W0182210

Respire…

De la même autrice

Aux éditions Philippe Rey

Un (autre) toi
Cardiff, près de la mer
Beaux Jours
La Nuit. Le sommeil. La mort. Les étoiles.
Poursuite
Ma vie de cafard
Femme à la fenêtre
Dé mem brer
Un livre de martyrs américains
Le Maître des poupées
Le Petit Paradis
L'Homme sans ombre
Trahison
Amours mortelles
Paysage perdu
La Princesse-Maïs
Valet de pique
Sacrifice
Dahlia noir & Rose blanche
Daddy Love
Carthage
Premier Amour
Maudits
Mudwoman
Cher époux
Le Mystérieux Mr Kidder
Étouffements
Petit Oiseau du ciel
Le Musée du Dr Moses
J'ai réussi à rester en vie
Petite Sœur, mon amour
Vallée de la mort
Fille noire, fille blanche
Journal 1973-1982
La Fille du fossoyeur
Mère disparue
Les Femelles
Vous ne me connaissez pas
Viol, une histoire d'amour
Les Chutes (prix Femina étranger)
La Foi d'un écrivain

Suite en fin de volume

Joyce Carol Oates

Respire…

roman

Traduit de l'anglais (États-Unis)
par Claude Seban

Philippe Rey

Titre original : *Breathe*
© 2021 by The Ontario Review, Inc.
Published by arrangement with Ecco,
an imprint of HARPERCOLLINS PUBLISHERS
All rights reserved

Pour la traduction française
© 2022, Éditions Philippe Rey
7, rue Rougemont – 75009 Paris

www.philippe-rey.fr

À la mémoire de Charlie Gross

« L'esprit est à soi-même sa propre demeure ;
il peut faire en soi un Ciel de l'Enfer,
un Enfer du Ciel. »
John Milton, *Le Paradis perdu*[1]

« Qu'il est dur d'entrer dans une maison vide. »
Anonyme

1. Traduction de François-René de Chateaubriand (*NdT*).

Première partie

La veille

1

Une voix issue d'un nuage de fièvre

Une main étreint la tienne. Une main sèche et chaude étreignant ta main glissante et humide.

Quelqu'un t'enjoint – *Respire!*

Penché sur toi, suppliant – *Respire!*

Pas des mots mais des vibrations, des ondes sonores dans l'eau. Une eau ondoyante où des grains de soleil s'agitent dans un délire ressemblant à la joie.

Un délire ivre de joie. Peau brûlante, fièvre. À quelle température les bactéries entrent-elles en ébullition ? À quelle température le cerveau entre-t-il en ébullition ?

Cligne des yeux si tu entends. Cligne des yeux si tu es en vie.

Cligne plisse tâche de voir qui se penche sur toi en suppliant *Respire!* – son visage est noyé d'ombre.

Mon amour je t'aime tant.

Je tiens ta main. Je ne t'abandonnerai jamais.

2

La veille

Rien d'autre ne compte : il ne doit pas mourir.

Il doit *respirer*. Il ne doit pas cesser de *respirer*.

Un flot lent et continu d'oxygène insufflé dans ses narines par l'intermédiaire d'un tube en plastique transparent.

Des liquides injectés par perfusion dans ses veines, sévèrement déshydratées.

Il n'est ni totalement réveillé ni totalement inconscient. Tu penses qu'il t'entend, son visage n'est pas impassible, il change sans cesse d'expression, ses yeux sous les paupières closes sont vigilants, vivants.

Tu es vigilante, vivante comme tu l'as rarement été dans ta vie, déterminée à ce que ton mari *respire*.

Tu implores avec désespoir. Avec un espoir enfantin, avec déraison. Tu supplies ton mari *Respire ! Ne cesse pas de respirer !*

Tu supplies comme tu n'aurais jamais imaginé supplier un jour au chevet d'un homme malade, étreignant ses mains qui (tu le notes, tu te rappelleras longtemps l'avoir noté dans un transport d'espoir naïf) sont aussi chaudes que les tiennes et qui (crois-tu) ont une réaction imperceptible – quand tu presses ses doigts, il semble répondre, faiblement, comme quelqu'un qui aurait l'esprit ailleurs.

Ne m'abandonne pas ! Je t'en prie ! Je t'aime tant, je ne peux pas vivre sans toi…

Une prière, une menace, une promesse, un serment – *ne peux pas vivre sans toi.*

Des mots pitoyables et futiles. Des mots prononcés si souvent dans le cours de l'histoire humaine et jamais autres que futiles.

Je ne peux pas ! Le dieu Crâne du haut désert entourant Santa Tierra éclate d'un rire railleur.

La terreur de la mort (de ton mari) t'a brisée, toute fierté t'a fuie, goutte à goutte, comme l'urine par le cathéter inséré dans le pénis recroquevillé du mari.

Fierté, dignité, bon sens enfuis. Où cela ?

(Dans une poche en plastique discrètement attachée sous le lit.)

Tu supplies l'homme qui lutte *Respire !*

Comment est-ce arrivé, pourquoi est-ce arrivé – ta vie liée à celle de cet homme.

Pourquoi lui, et pourquoi toi. Amoureux.

Amenée à t'interroger – sommes-nous des enfants au plus profond de nous-mêmes, dans nos souvenirs les plus profonds, unis par notre terreur de la perte absolue ?

Ce que tu aimes le plus, tu le perdras. Le prix de ton amour est cette perte.

Là où un dieu cruel et capricieux a conduit ton mari (et toi) pour qu'il meure.

Une erreur d'être venus dans ce lieu reculé. Une aventure, avait dit Gerard.

Encore que Santa Tierra, Nouveau-Mexique, ne soit pas vraiment le bout du monde, moins d'une heure de route d'Albuquerque. Une Santa Fe plus petite et moins embourgeoisée.

Des semaines, des jours que tu es ici, dans ce paysage nouveau pour toi. Ils passent avec une atroce lenteur, alors même que le fil des minutes se dévide à toute allure.

Trop vite! Trop vite! Un principe fondamental de la physique, le Temps accélère à l'approche du point d'impact.

Car ton mari, que tu aimes avec un désespoir fiévreux qui te surprend, ne respire plus normalement. Voilà des semaines qu'il ne respire plus qu'avec difficulté, et il est maintenant équipé d'un tube respiratoire qui envoie de l'oxygène pur à son cerveau. Voilà des semaines qu'il ne respire plus sans un visible effort, un effort qui se lit sur son visage, un effort qui est également devenu le tien.

Car tu l'aides à *respirer*. Tu es convaincue que tu l'aides à *respirer*.

Ce n'est pas une respiration régulière, une respiration de métronome, automatique, facile, mais plutôt une respiration entrecoupée, et dans les interstices de cette respiration il y a des pauses, des césures, comme ces faux pas dans les rêves qui vous font tituber, trébucher, tomber d'une marche ou d'un coin de trottoir et vous réveillent dans un sursaut.

Ces silences dans la respiration de ton mari, terribles à entendre, terrifiants.

Le diagnostic initial était: pneumonie. Puis caillot au poumon (gauche). Puis cancer (métastasé) au poumon (gauche) révélé par un scanner.

Puis: d'autres choses. Et maintenant, encore d'autres.

Vous aviez imaginé passer en revue ensemble tout ce qui était arrivé depuis l'hospitalisation. Vous aviez imaginé qu'il y aurait un temps, un interlude où vous pourriez ensemble faire un pas *hors-du-temps* pour mieux comprendre ce qui était arrivé et est en train d'arriver.

Mais ce temps *hors-du-temps* n'est pas venu.

Tu commences à comprendre qu'il n'y aura pas de temps *hors-du-temps.*

Tout ce que tu peux faire, c'est étreindre la main de ton mari. Lui enjoindre – *Respire!*

Au lieu que par le passé ces doigts forts étreignaient les tiens, que cette main enveloppait la tienne (plus petite). De même que l'âme de ton mari, plus magnanime que la tienne, embrassait et soutenait ton âme (blessée, rabougrie).

À présent, tu réconfortes Gerard. Tu espères désespérément réconforter Gerard. Tu commences à voir qu'il n'y a pas de but plus élevé dans ta vie que réconforter Gerard.

Avançant aveuglément dans l'espace de plus en plus réduit qu'est votre avenir (partagé) comme si cet espace ne se réduisait pas rapidement mais était sans limite.

Comment pouvons-nous comprendre un *univers en expansion infinie*? s'était demandé Gerard.

Fondamentalement, nous ne le pouvons pas.

Ne pouvons comprendre l'infini, du point de vue du fini.

Ne pouvons comprendre la magnitude de nos propres morts, du point de vue de nos (petites) vies.

Tu éprouves déjà la perte, l'angoisse à venir. La perte de cet homme que, dans la vie, tu avais cherché et (pour l'essentiel) échoué à comprendre.

De neuf ans ton aîné. Oui il a été paternel, protecteur. Mais maintenant tu dois le protéger.

Tu t'imagines follement supplier l'impassible oncologue – *Prenez ma moelle, si c'est possible, injectez-la-lui – sauvez-le!*

Insensé, pitoyable. *Tu* ne divaguerais pas de la sorte si tu avais *toute ta tête.*

Tu sens la tension du cœur de ton mari. Son cœur solide, durable, plein d'espoir. Son désir de vivre, de persévérer dans son être. Tu dois le tenir étroitement ! Pour la durée de sa vie et au-delà.

Transfert en soins palliatifs. Un tournant de la route menant à un cul-de-sac que vous n'aviez prévu ni l'un ni l'autre.

Tu n'y crois pas – *C'est impossible !*

Et pourtant – *Est-ce en train d'arriver ? Si vite ?*

Accélération à l'approche du point d'impact. Pas le temps de préparer ce que tu aurais pu préparer – une mort plus délibérée, une mort partagée. Car tu as été prise au dépourvu. Ton cerveau a été paralysé, il est lent à réagir. Tu boites, titubes, à la traîne. On te pousse sur une scène. Tu clignes des yeux, aveuglée par une lumière éblouissante. Tu n'as pas de scénario, pas de mots. Tu ne vois pas de spectateurs. Tu peux seulement implorer un changement de scénario. Implorer merci.

Je suis ici, je tiens ta main, je t'aime – n'abandonne pas, je t'en prie…

Tu t'entends bégayer d'une voix suppliante. D'une voix faible, défaillante. D'une voix qui tremble de peur, mais aussi d'espoir : tu assureras à ton mari qu'il est aimé, oui, très aimé. Et parce qu'il est aimé, il est en sécurité, il est entouré de soins, on s'assurera qu'il ne souffre pas. Il n'éprouvera plus de douleur, il sera protégé de la douleur, le pire de la douleur est derrière lui. On lui a donné des sédatifs, il flotte sur une mer de rêves chaude et miroitante, du Dilaudid à très fortes doses, chaque jour plus fortes, et il est donc à l'abri de nouvelles souffrances comme il est à l'abri de la cruauté de l'espoir auquel tu as bêtement succombé par ignorance, par naïveté. Mais à présent l'espoir s'est évanoui, l'air est plus clair.

Comme un train qui a quitté une gare de campagne reculée et a déjà disparu à l'horizon – l'espoir s'en est allé.

Et vous n'êtes pas dans ce train. Vous n'êtes plus dans ce train.

Alors que le temps qu'il vous reste à vivre ensemble se dévide rapidement.

Ce sont peut-être mes derniers jours – voilà ce que t'a dit Gerard au téléphone il y a onze jours. Il t'avait appelée peu après la visite du Dr N_ ce matin-là à 7 heures.

Ces mots inattendus, prononcés avec calme par ton mari, une voix issue de nulle part, issue d'un nuage, ces mots terribles que, les oreilles bourdonnantes, il t'avait d'abord semblé ne pas entendre.

Un cri au fond de toi – *Non. Non. Non. Non!*

Le téléphone avait failli échapper à tes doigts glacés, tomber avec fracas sur un plan de travail.

(Est-ce que ce sera la dernière fois que Gerard t'appelle sur ton portable ? Tu ne veux pas penser que oui, probablement.)

Le temps que tu arrives à l'hôpital, tu t'étais remise du choc provoqué par ce que tu avais entendu. Tu avais eu le temps de préparer tes mots à toi. Contre-arguments. Ripostes.

Répétant à Gerard qu'il se trompait sûrement, qu'il ne devait pas dire des choses pareilles, des choses aussi terribles, parce que cela te bouleverse, ce ne sont certainement pas ses *derniers jours* parce qu'il y avait quelques jours à peine le Dr N_ avait paru optimiste, il avait parlé de *zapper* les petites tumeurs, de commencer l'*immunothérapie* pour réduire la grosse tumeur – il ne s'en souvenait pas ? Le Dr N_ n'aurait certainement pas changé d'avis aussi rapidement. Il est donc erroné de parler de *derniers jours*...

Tâchant d'éviter que ton visage ne se fracasse comme du verre.

Je suis là. Je tiens ta main. Ne vois-tu pas que je ne t'abandonnerai jamais, je t'aime tant.

Tu es en colère, tu seras amère, non mais tu ne dois pas succomber au désespoir, évite de te rappeler (pour l'instant) que tu avais dû supplier le Dr N_, impassible, curieusement laconique, pour qu'il prescrive un scanner de l'estomac et de l'abdomen à ton mari (Gerard se plaignait de douleurs dans cette partie du corps depuis des semaines, mais sa détresse respiratoire était bien plus critique, devait être traitée immédiatement, et l'oncologue avait dédaigné la douleur abdominale, l'attribuant à la constipation, et effectivement le patient souffrait de constipation, mais c'était un symptôme et non une cause de la douleur) et le temps que le scanner soit fait la tumeur cancéreuse urétrale est trop grosse pour être opérable.

Pourquoi le Dr N_ attend-il aussi longtemps pour prescrire ce scanner ? Pourquoi le Dr N_ tout en opinant de la tête avec componction ne semble-t-il pas t'entendre ?

Mais pas de ces pensées (pour l'instant). Car c'est un autre moment : ton mari est (encore) en vie.

Voyant qu'il t'observe avec une sorte de pitié adoucie de tendresse, tu te dis soudain – *Je vais acheter des places d'opéra pour le mois d'août !* L'un des opéras préférés de Gerard est l'*Orphée et Eurydice* de Gluck, au programme du festival de Santa Tierra dans la première semaine d'août.

En réalité, on était au début d'avril, bien loin du mois d'août.

Que faire d'une telle *réalité* ? Brutale et pesante comme une pierre dans la main.

Une preuve de ta certitude que Gerard sera (encore) en vie au mois d'août. Une preuve que tu gardes confiance comme on le fait *in extremis*, en quelque chose qui ne peut être nommé.

Achète les billets, montre-les à Gerard demain ! Pour qu'il sache que tu es confiante. (Mais peut-être se contentera-t-il de rire tristement, de hocher la tête. Sans faire aucun commentaire.)

Et aujourd'hui est le 11 avril. Le treizième jour de Gerard en soins intensifs. Les médecins se sont réunis ce matin même – oncologue, pneumologue, urologue, néphrologue. Gastro-entérologue. Médecin en soins palliatifs, infirmière en soins palliatifs.

Une (nouvelle/dernière) biopsie a été programmée pour analyser une tumeur métastasée dans l'un des reins de ton mari. Une (dernière) immunothérapie pour traiter la (très grosse) tumeur urétrale.

L'espoir est cette chose à plumes. Mais non.

L'espoir est cette chose cruelle. Bannis l'espoir !

Une fois l'espoir banni, le mouvement du temps sera plus rapide même si les heures doivent passer avec la lenteur torturante d'une horloge soumise à la gravité de la planète Jupiter.

Tu tiendras ton mari dans tes bras, toujours plus étroitement. À Santa Tierra le vent souffle par rafales féroces et brûlantes secouant les vitres de la chambre d'hôpital si bien que (pourrait-il sembler) tu tiens ton mari étroitement enlacé pour empêcher ces rafales de vous séparer. Un besoin désespéré de l'enlacer, ses épaules, son torse, un besoin désespéré d'embrasser son front à la fois froid et fiévreux, ses joues où sont apparues de fines fissures, ses yeux (beaux) (bleu-gris) (mi-clos). (Gerard rouvrira-t-il jamais entièrement les yeux ? Et s'il les rouvre, verra-t-il ? *Te* verra-t-il ?) Tu déclares que tu ne le quitteras jamais, que tu l'aimes et ne cesseras jamais de l'aimer, qu'il ne sera jamais seul, que tu le porteras à jamais dans ton cœur ; jamais, toi qui prends au sérieux un serment de parler/écrire avec sincérité, clarté, sans rhétorique ni subterfuge, sans recourir à des clichés abstraits tels que *dans ton cœur*, tu n'as parlé de la sorte ; mais jamais non plus tu n'as été aussi hébétée, aussi perdue, désespérément avide d'assurer à ton mari qui lutte pour respirer qu'il est à l'abri de la souffrance, par quoi tu entends (évidemment) que les puissants opioïdes qui le soutiennent lui éviteront la douleur indicible qui attend si on laisse la brume opiacée se dissiper, et que par conséquent sa douleur est supportable ou promise supportable ; il n'est pas faux de ta part de lui affirmer qu'il est « à l'abri » – comme tu aimerais te penser à l'abri (quoique au bord d'un abîme : quand cette épreuve aura atteint son terme, tu devras choisir entre basculer dans cet abîme ou t'accrocher par lâcheté à ta vie diminuée et endeuillée) quoique tu ne sois (assurément) pas à l'abri car tu n'es pas sous sédatifs, tu n'as pas été anesthésiée contre la torture ravageuse du cancer, de cancers métastasés dans ton corps tout entier ; ta peau, chacun de tes nerfs fourmillent de sensations, en fait c'est comme si la couche supérieure de ta peau avait été écorchée et que le moindre souffle d'air lacère le derme vulnérable, teinté de sang.

Tout cela tu le diras encore et encore à ton mari bien-aimé, car chaque minute, chaque heure se répète, interminable parce que insondable, tous les espaces finis (comme cette chambre d'hôpital au septième étage du Centre de cancérologie de Santa Tierra) contenant des infinis.

De nouveau, et encore, et de nouveau, et encore, avec une assurance hypnotique tu supplies ton mari – *Respire !* – car tu ne peux imaginer le monde sans lui, tu ne peux imaginer aucune dimension d'être qui ne l'inclue pas ; tu ne peux imaginer que ta vie continue, tourmentée par la possibilité que chacune des respirations de ton mari puisse être la dernière ; courageux et stoïque, il a déjà tenu bon plus longtemps que ne s'y attendait le personnel médical, continuant à respirer péniblement, laborieusement, convulsivement, comme un catcheur lutterait pour respirer, la poitrine écrasée par la prise d'un adversaire cruel ; parvenant à respirer quoique tremblant sous l'effort ; parvenant à respirer quoique gémissant sous l'effort ; à moins que ce gémissement, ce tremblement ne soient les tiens, durant les heures de journées interminables, il respirera, et il respirera, comme tu l'en conjures – *Respire !* – et les pauses seront de plus en plus longues entre les respirations, chaque fois qu'une pause est plus longue, tu es à la torture, en proie à ton propre martyre, tu retiens ton propre souffle, attendant d'entendre ton mari respirer, l'inspiration haletante, le sifflement de l'air aspiré, ce déclic humide dans sa gorge – tu aimerais désespérément marchander comme pourrait le faire un enfant *Fais qu'il ne s'arrête pas, fais qu'il ne meure pas – pas encore* quoique tu n'aies rien à offrir en échange. Tu ne peux marchander ton âme à dieu ou diable car tu n'as d'autre âme que ta propre respiration défaillante. Tu ne peux marchander ton âme car si tu en avais une, elle est maintenant en lambeaux comme une lanterne de papier mâché ballottée par la tempête. Le temps est venu que ton mari meure, le personnel médical s'est montré stupéfait qu'il ait tenu aussi longtemps dans ce crépuscule entre veille et sommeil, conscience et inconscience ; peut-être rêve-t-il, peut-être rêve-t-il d'une femme hagarde qui se penche sur son lit d'hôpital en s'efforçant de l'enlacer, le visage mouillé de larmes, le visage déformé et enlaidi par les larmes, méconnaissable, déterminée à serrer farouchement son mari dans une étreinte à laquelle la mort même ne pourra l'arracher.

Est-ce un rêve ? Cela ne peut pas être vrai, ce doit être un rêve.

(Mais si nous rêvons ensemble ? Pouvons-nous nous sauver l'un l'autre !)

Pas le sol sous tes pieds, mais une sorte de pellicule de glace supportant le lit d'hôpital dans lequel ton mari repose, maintenu en place par les lignes de perfusion, une surface glacée d'un éclat aveuglant, tes yeux aveuglés ne voient pas nettement, n'osent pas voir nettement car tu es plongée dans le rêve opiacé qui miroite derrière les paupières meurtries de ton mari. Des rêves miroitants comme des reflets sur la glace. Dans l'eau gelée sous la glace. Tu vois presque ces rêves. Ils filent comme des poissons dans l'eau lumineuse sous la glace. Tu les sens contre tes bras écorchés – frémissement, palpitation, chaleur du corps de ton mari dans son combat pour rester en vie alors même qu'il est entraîné sous la surface scintillante de la glace vers la mort et la dissolution, vers des mots balbutiants, des grognements, entraîné par le dieu cruel et capricieux du haut plateau désertique au nom trop terrible pour qu'on le prononce à voix haute – *Ishtikini*. Dieu pueblo au rire édenté, dieu aux orbites vides, dieu Crâne, dieu animal, dieu charognard prêt à dévorer les organes corporels dès que la vie cesse d'y battre : cœur, cerveau, poumons, rein, foie, estomac, intestins.

Personne d'autre que toi ne se rappellera – *Mais cet homme est héroïque !* Luttant pour respirer, pour persister dans sa respiration, alors que ses organes défaillent. Lente réalisation de la diminution, de la perte. Réalisation progressive que de jour en jour, d'heure en heure le patient s'affaiblit, qu'il n'est pas fortifié par les liquides injectés dans ses veines mais dénutri par eux, pas d'appétit, plus capable de marcher dans le couloir comme il l'avait fait au début, ni même de se déplacer avec un déambulateur, à peine capable finalement de s'asseoir dans un fauteuil roulant que tu pousses pour lui en boucle dans le couloir de l'hôpital, perdant chaque jour des forces tout comme il ne (re)prenait pas le poids qu'il avait perdu mais en perdait davantage, joues creuses, yeux noyés d'humidité quand tu avais étreint ses mains en lui assurant qu'il avait été un mari merveilleux et qu'il avait dit *Merveilleux ? – mais je t'ai trahie en mourant.*

Un rire égaré, un rire effrayé d'enfant – *Que dis-tu ? Tu n'es pas mort, tu es ici avec moi. Nous sommes vivants tous les deux…*

Une crise de toux, ton mari ne peut te répondre, trop faible pour te contredire quand tu répètes qu'il a été un mari merveilleux, que tu n'aurais pu imaginer vie plus heureuse que celle que tu as eue avec lui, que c'est la seule vie que tu puisses imaginer, que tu ne veux pas vivre au-delà de cette vie. Alors qu'il se tait, tu lui assureras une fois encore qu'il est aimé, qu'il a été un merveilleux mari qui est aimé et en sécurité parce que aimé, qu'il se trouve dans un endroit sûr où il ne souffrira pas inutilement, où il ne souffrira pas du tout, tu ne quitteras pas son chevet un seul instant. Et dans les heures épuisantes et interminables à venir tu entendras ta voix croître et décroître, décroître et croître, devenir plus faible, plus forte, et de nouveau plus faible, de nouveau plus forte tandis que le courant de l'agonie de ton mari t'attire, essaie de t'entraîner vers le fond, mais tu restes résolue malgré tout – *Respire ! Chéri, je t'en prie respire… n'arrête pas.* Et les poumons malades aspirent l'air, de l'oxygène pur insufflé dans les narines par un étroit tube en plastique fixé sur le nez. Ton audace t'étonnera, la force désespérée dont tu ne te serais pas imaginée capable, comme un nageur qui ne s'est jamais aventuré en eau profonde s'étonne de sa capacité à se maintenir à la surface, à ne pas se noyer. Tu es résolue à ce que ton mari ne renonce pas, ne meure pas en t'abandonnant, pas un moment trop tôt. Mais tu seras alors si hébétée d'épuisement que tes paupières se fermeront, tu comprendras à peine ce qui se passe dans cette chambre d'hôpital, quelle épreuve, quelle horreur, pourquoi tu implores cet homme *Respire ! Respire !... je t'en prie...* car dans cet espace réfrigéré où bourdonnent les moniteurs pendant cet interminable interlude *hors-du-temps* il n'y aura que le temps présent où tu n'as pas dormi, pas mangé depuis tu ne sais combien d'heures, depuis avant l'aube de ce matin-là, enlaçant l'homme à qui tu as courageusement uni ta vie, penchée sur lui dans ce lit haut, le cou tendu et endolori, les épaules tendues et endolories, la gorge endolorie à force de lui assurer infatigablement, avec défi, que tu l'aimes, qu'il est en sécurité, qu'il ne souffrira pas, qu'il ne sera pas seul, combien de jours ont passé, aucune idée du nombre de jours, d'heures, de semaines tandis qu'au-dehors de la chambre d'hôpital les vents brûlants du Nouveau-Mexique continuent de souffler au long des heures ensoleillées, des rafales de vent chargées de particules de mica, une poussière granuleuse inspirée par les narines, la bouche, les poumons, des rafales de vent comme le rire féroce des dieux du désert, et au crépuscule le vent tombe, faiblit, la nuit est brutalement froide, plus un endroit chaud mais le haut plateau désertique et tu te rends compte de l'immense distance parcourue inconsidérément pour venir jusqu'ici, à des milliers de kilomètres de votre demeure confortable de Monroe Street, à Cambridge, avec ses murs de livres, des bibliothèques dans les chambres à coucher et les salles de bains, des bibliothèques dans les couloirs étroits, des piles de livres au sous-sol, des livres encore dans des cartons après votre déménagement vieux de douze ans quand vous aviez bravement décidé d'unir vos deux vies, riant d'insouciance, de désir et d'amour. *Acceptez-vous de prendre cet homme ? Oui, oui ! Acceptez-vous de prendre cette femme ? Bien sûr – oui…*

Dans la maladie et la santé. Jusqu'à ce que la mort nous sépare.

Tu te rappelles avec horreur avoir prononcé ces mots avec bonheur. Comme si *jusqu'à ce que la mort nous sépare* pouvait être interprété ainsi : avec bonheur.

Mouillée de transpiration et pourtant grelottante, la peau moite, terrorisée par ce-qui-est-à-venir. Dans un film, une musique inquiétante. À l'hôpital, juste le bruit d'une *respiration*.

Au début de son hospitalisation, Gerard avait eu l'œil acéré, les idées claires.

Accès de toux, infection des bronches, ayant besoin de sédatifs parce qu'il n'arrivait pas à dormir, ne pouvant respirer sans tousser, mais lucide, cohérent, pas encore soumis à une batterie d'analyses, pas encore envahi par de puissants opioïdes qui embrument son cerveau. Pas encore transféré dans le Centre de cancérologie voisin – une décision qui abat son moral et le tien. Antibiotiques, anticoagulant, oxycodone. Scanners, biopsies, IRM fonctionnelles. Le pronostic n'avait pas semblé ambigu au départ. Les premières tumeurs cancéreuses détectées (poumon, rein) avaient paru à *croissance lente*. En dépit de ces révélations inquiétantes et de sa nouvelle situation, Gerard tenait à travailler, furieux de perdre autant de temps, quelle malchance, une résidence de huit mois à l'Institut et un premier mois déjà bien entamé sans qu'il eût presque rien fait. Avide de travailler, refusant les médicaments qui l'abrutissaient, ou en tout cas les refusant aussi longtemps qu'il le pouvait, te donnant des instructions sur ce qu'il fallait lui apporter de son bureau de l'Institut, sur la façon dont tu pouvais l'aider avec le manuscrit révisé de quatre cents pages de son prochain livre, intitulé avec provocation *Malaise dans le cerveau humain* ; Gerard avait pour habitude de répondre à chaque question des correcteurs de son écriture cursive méticuleuse sur des Post-it jaunes, collés aux pages du manuscrit, si bien que les manuscrits révisés de Gerard étaient jalonnés de Post-it jaunes semblables à des drapeaux de prière miniatures.

Je peux peut-être arriver à faire quelque chose ici, mon temps hors-du-temps *ne sera peut-être pas entièrement perdu.*

Il voulait croire que son hospitalisation dans le Centre de cancérologie de Santa Tierra n'était rien de plus sérieux qu'un *entre-temps* thérapeutique, une occasion de se concentrer sur son travail.

L'espoir est l'appât empoisonné. *Les hommes y mordent et meurent.*

Ne se rendant pas compte (encore) que l'espoir est la distraction, l'illusion. L'espoir est ce que vous ne devez pas laisser s'infiltrer dans vos veines. L'espoir est ce en quoi il ne faut jamais croire. L'espoir vous brisera le cœur car il assourdit les mots soigneusement choisis de l'oncologue : *Docteur McManus, j'ai pris un rendez-vous avec le médecin des soins palliatifs pour vous et votre femme.* Vous n'entendez ces mots ni l'un ni l'autre, alors que vous entendez *scanner, biopsie, radiothérapie, « zapper » les petites tumeurs, immunothérapie pour réduire le cancer urétral, kinésithérapie, régime protéiné.* Pendant la série d'examens infligés à ton mari tu en viens à comprendre le sens du mot : *patient.* Car il faut de la *patience* pour se porter bien (de nouveau) : pour que les analyses deviennent normales ; poumons, cœur, reins, estomac, urètre – de nouveau (improbablement ?) normaux. Pour que l'organisme délicatement réglé qu'est le corps du patient fonctionne, qu'il ne soit pas déréglé par une décharge neuronale, par une côte fragile et donc aisément brisée ; par des caillots dans les cuisses, poumons, reins ; un accès de toux spasmodique qui réduit à néant des jours de convalescence, comme un cristal délicat fracassé par un idiot. Et quand l'appétit s'éteint et disparaît ; quand le patient qui aimait manger secoue la tête avec irritation – *Non, pas ça. Non* ; quand le patient est impatient, quand le patient n'est « pas lui-même » – que doit-on faire ?

Qu'a-t-il été fait, qui ne peut être défait ?

Puis le temps ralentit. Jours, nuits passent inexorablement et pourtant le temps a ralenti. Chaque jour, chaque nuit est interminable. Chaque heure. Il y a la possibilité (vraiment ? ou la femme du mari souffrant l'imagine-t-elle ?) d'une greffe de moelle si l'on peut trouver le donneur compatible (à temps). (Michaela McManus est-elle une donneuse compatible ? Tu as supplié qu'on te fasse subir des examens, pourquoi le Dr N_ n'a-t-il pas programmé une ponction lombaire ?) La transplantation de moelle osseuse est l'une des procédures médicales les plus difficiles – et les plus coûteuses –, tu le sais. Les mots clés te semblent néanmoins être *à temps*. Un donneur doit être trouvé, la procédure doit commencer presque immédiatement, pourquoi tout est-il si lent au Centre de cancérologie de Santa Tierra ?

Des ciels de nuages ciselés blessants pour l'œil, une beauté inconnue dans l'Est où le paysage urbain dévore les trois quarts du ciel, où l'air est brumeux. Quand tu cours sur la berge le long du fleuve Charles, tu essuies une fine sécrétion graisseuse au coin de tes yeux, gaz d'échappement et déchets industriels déposent des toxines dans le tissu rose tendre des poumons, il est bien plus sain de vivre à Santa Tierra, Nouveau-Mexique, à une altitude plus élevée, quoique (en fait) il soit difficile de dormir ici tant l'air et le sang sont pauvres en oxygène. Une migraine lancinante parce que depuis plusieurs nuits tu n'as pu dormir plus de quelques minutes d'affilée, désorientée, le souffle court, car déjà la veille a commencé, avant que tu ne comprennes ce qui se passe la terrible veille a commencé accélérant vers sa fin (inévitable) comme un glissement de terrain prend force et vitesse à mesure qu'il dévale une montagne. Chaque nuit étant identique aux autres, chaque nuit paraît *impersonnelle, non répertoriée*. Une nuit que tu as passée à la maison, pas *chez vous* (ton mari et toi n'avez jamais appelé cet endroit inconfortable autrement que *la maison*), et tu descends maintenant la colline d'un pas chancelant, comme une somnambule tu prends l'allée menant à l'Institut, traverses le parc pour gagner la première rue, puis la seconde, quasi déserte à cette heure, arrives enfin au boulevard Buena Vista avec ses hauts réverbères blancs et là sur cinq cents mètres tu marches d'un pas rapide, courant presque à l'approche de l'hôpital, pantelante, répétant la plus abjecte des prières *Mon Dieu, fais qu'il aille bien, fais qu'il soit en vie – encore cette fois...* te laissant aller à prier vainement un dieu en lequel tu n'as jamais cru, mais déterminée à user de tous les stratagèmes comme un joueur désespéré multiplie les paris face à une perte catastrophique.

Tu approches de la tour de crépi beige du Centre de cancérologie te sachant attendue avec impatience dans la chambre 771. Car Gerard t'a harcelée de coups de téléphone ce matin : le premier à 5 h 16, le deuxième à 6 h 20, le troisième à 6 h 47, heure à laquelle tu es pleinement réveillée, debout, les dents claquant d'appréhension/excitation, te préparant à partir pour l'hôpital sans prendre la peine de te doucher ni même de mettre d'autres vêtements que ceux que tu portais la veille et que tu n'avais pas ôtés lorsque tu t'étais effondrée dans ton lit, car c'est encore un temps où Gerard pouvait passer des appels sur son téléphone portable, exprimer une exaspération amusée vis-à-vis de lui-même, de l'impatience, sans réaliser (encore) que, quelle que soit son attitude face à son état médical, elle n'aura pas le moindre effet sur cet état, de même qu'aucune attitude, si digne d'éloges, si éloquemment exprimée soit-elle, n'aura le moindre effet sur ses chances de survie au-delà des prochaines quarante-huit heures, osant même rire, s'excuser – *Je regrette, Michaela. Que cela soit arrivé maintenant et bousille notre séjour ici à... où que nous soyons... Au Nouveau-Mexique, un si bel endroit, bon Dieu ! Et moi dans ce fichu hôpital...*

Et tu lui assures – *Mais tu seras bientôt sorti. Et après...*

Des journées interminables se fondent en une semaine rapide, une semaine devient des semaines, un jour tu regardes le calendrier stupéfaite qu'autant de temps soit passé et que (pourtant) Gerard ne soit pas suffisamment rétabli pour quitter l'hôpital ne serait-ce que pour un établissement de rééducation. Tu t'imagines en nageuse déterminée, déterminée à ne pas te noyer, déterminée à nager au-delà de tes capacités en gardant la tête hors de l'eau, en évitant que l'eau chauffée par le soleil n'entre dans ta bouche quand tu cherches à respirer, que l'eau chauffée par le soleil ne remonte par tes narines jusqu'à ta cavité crânienne, d'une certaine façon tu es (presque) fière de toi, de ton endurance beaucoup plus grande que tu n'aurais pu le prévoir.

Pourtant : fuis quand on emmène Gerard passer un scanner, une radio, une IRM. Une fois sortie de l'ombre immense du Centre de cancérologie, une décharge d'adrénaline pure dans le cœur, marche très vite, les jambes rapides comme celles d'un robot. Ne t'arrête que hors d'haleine, cherchant l'oxygène, le souffle court à cette altitude où l'air raréfié est coupant comme une lame de rasoir parce que autrement tu es incapable de dormir la nuit – incapable de débrancher ton cerveau hébété – un cerveau brillant comme un éclairage au néon qui ne te laisse pas dormir la nuit – un cerveau bourdonnant et crépitant comme un grille-insectes, comme les feux crépitants de l'enfer, qui ne te laisse pas dormir la nuit.

Épuise-toi jusqu'à tituber littéralement de fatigue. Des journées interminables commençant avant l'aube, finissant après minuit. Effondre-toi sur ton lit tout habillée, trop fatiguée même pour délacer et ôter les tennis roses et grises à lacets rose foncé que Gerard t'a aidée à choisir dans un magasin de sport de Cambridge, Massachusetts, dans une autre vie.

Tu tombes, sombres. Toujours plus bas.

Et puis au matin tu te réveilles dans un sursaut. *Est-il… ?* Mais non, il n'est pas près de toi.

Pas dans la salle de bains, robinets ouverts. Pas en train de fredonner tout bas. Pas en train de tousser. Pas là.

(Terrifiée) (dans un état second) tu descends au pas de course, haletante, les courbes « pittoresques » de Vista Drive, veillant à rester à l'extrême gauche de la route (à voie unique) quand des véhicules te dépassent, très peu nombreux à cette heure. Tu vois à peine les peupliers, les cactus en fleurs. Glycine, lavande, romarin, qui poussent à une hauteur inimaginable dans le Nord-Est.

Votre premier jour à Santa Tierra, Gerard et toi aviez descendu Vista Drive vers la ville, main dans la main comme des amoureux. Ce séjour serait un vrai voyage de noces ! Vous n'en aviez pas vraiment fait quand vous vous étiez mariés.

L'histoire que tu te racontes. L'histoire que tu te racontes encore et encore.

L'histoire qui n'explique rien tout en expliquant (apparemment) tout. Ce qui avait d'abord été diagnostiqué comme une pneumonie bactérienne se révèle après une vertigineuse succession d'examens inclure un caillot dans le poumon (infecté), un caillot dans la cuisse droite, de petites tumeurs au rein, aux poumons ; finalement, après un délai inexplicable, une tumeur à l'urètre de quatre centimètres sur quatorze, trop grosse pour être opérable. Une stratégie de radiothérapie, chimiothérapie, immunothérapie est programmée. Mais quid de la concentration élevée de créatinine du patient, y a-t-il un risque d'insuffisance rénale ? (Une TMC du rein révèle une affection rénale sévère dont la femme ne savait rien : le mari ignorait manifestement des symptômes de prostate depuis des années.) Et s'il y avait des métastases ganglionnaires ? Au cerveau ? Et ses chevilles, ses poignets, son bras droit enflés ? Bien que chaque heure, chaque jour passent avec une lenteur atroce, tout arrive en fait très vite, perte de poids, joues creusées, yeux vitreux, opioïdes et délire, une succession de médecins, une succession d'examens, une succession de plateaux-repas en plastique apportés dans la chambre et présentés au patient, une succession de repas auxquels il touche à peine, une succession de repas auxquels il ne touche pas, jusqu'à ce matin où tu étreins les mains de ton mari en t'écriant *Ne me quitte pas! Ne me quitte pas!* – suppliant comme une enfant, sanglotant comme une enfant, comment cette femme égarée peut-elle être *toi* ? – fondant en larmes, un flot de larmes, des larmes à l'infini, chez quelqu'un qui se targuait (se vantait) de pleurer rarement, de n'avoir pas pleuré depuis des dizaines d'années, pas depuis la mort de ses parents, d'une grand-mère bien-aimée, vidée de toutes larmes mais pleurant maintenant chaque fois qu'elle est seule, s'efforçant de ne pas pleurer en présence du patient pour ne pas l'effrayer et le démoraliser.

Tout est pour le patient. Au service du mari-patient. Toi, la femme, est prête à tous les marchandages.

Au chevet du mari tu implores *Peux-tu essayer de manger, Gerard ? Je t'en prie, essaie ? Il y a de la bisque de tomate, aujourd'hui, plutôt bonne en fait, je crois qu'elle pourrait te plaire… non ? Et du yaourt aux myrtilles, ton préféré, tu en goûtes un peu ? S'il te plaît ?* Comme on cajolerait un enfant récalcitrant. Portant une cuiller de plastique blanc à la bouche de ton mari qui la contemple un bref instant le visage renfrogné puis l'écarte d'un geste dédaigneux qui te glace le cœur.

Je t'en prie s'il te plaît essaie de manger. Tu as perdu sept kilos, il faut que tu manges…

Entends-toi : supplie.

Au risque de provoquer la colère de ton mari : supplie.

Le médecin (une femme) en soins palliatifs t'a parlé avec précaution en ta qualité d'épouse du mari-patient. L'infirmier (une femme) en soins palliatifs t'a parlé avec précaution. Ils sont bienveillants, pleins de tact, de douceur, de tendresse. Les infirmières et les aides-soignantes de l'étage t'ont préparée avec leurs sourires sombres et leur courtoisie, l'oncologue, le Dr N_, qui a fait admettre Gerard McManus au Centre de cancérologie de Santa Tierra, t'évite habilement, tes yeux rougis, ton regard dévasté, ce qui est (tu le comprendras avec le temps) une autre manière de te préparer au pire, car pour le Dr N_, habillé avec chic, portant des chemises de lin colorées sous sa veste blanche, parfois même un nœud papillon, la perte d'un patient est un embarras. Et la perte (possible, potentielle) d'un patient aussi distingué que Gerard McManus de l'Institut de recherche avancée de Santa Tierra est un embarras extrême, l'occasion de circonlocutions habiles, de plaisanteries gauches et d'allusions obscures même pour Gerard McManus qui s'efforce néanmoins de rire poliment quand c'est la réaction qui semble attendue.

Tu ne ris pas des plaisanteries gauches du Dr N_. *Tu* dévisages avidement le masque qu'est son visage pour forcer les yeux de ce masque à croiser les tiens, ce qu'ils font rarement.

Et maintenant, nous sommes plus tard. Cela s'est fait on ne sait comment. Les jours se sont transformés en semaines, et il est donc *plus tard*. Vous aviez eu l'intention de revenir en arrière, de regarder en arrière, Gerard et toi, de passer en revue ce qui était arrivé, la succession des événements, y compris l'arrivée initiale à l'aéroport d'Albuquerque, tant de choses à se rappeler, à conserver dans un ordre chronologique ! – avec le passage du temps, atrocement lent et cependant rapide, tu présumes qu'il y aura un *entre-temps* te permettant de comprendre ce qui arrive, et pourtant – bien que tu aies été préparée au déclin, tu n'es (en fait) pas du tout préparée au déclin (réel), peu rapide d'abord, oui mais rapide ensuite et apparemment irréversible : perte de poids, déshydratation, insuffisance rénale, nausées dues à la pression de la tumeur urétrale (quatre centimètres sur quatorze) sur l'estomac, impossible pour le mari-patient (qui se trouve être Gerard) de supporter beaucoup plus longtemps la tension à laquelle sont soumis ses organes, cœur, poumons, reins, foie ; il n'a pas avalé un seul repas depuis des semaines, ce qui avait initialement passé pour du snobisme face à une nourriture d'hôpital médiocre dont on pouvait (presque) être perversement fier s'est révélé être le symptôme d'une pathologie et non d'un goût délicat ; à présent, même quand il essaie Gerard ne parvient pas à manger ; n'a quasiment rien mangé du tout depuis une semaine ; quand il tente d'avaler des aliments, même mixés, il est pris de haut-le-cœur, quand il tente d'avaler des liquides, il est pris de haut-le-cœur, il est visiblement épuisé, ses chevilles et ses poignets sont très enflés, son urine est retenue dans sa vessie (dure, enflée), des œdèmes aussi sévères peuvent être mortels en eux-mêmes et donc bien sûr tu dois te préparer à la fin, à ses derniers instants ; tu dois te préparer, et pourtant ton esprit s'échappe dans une vapeur d'ignorance ; tu te rappelles votre première rencontre, à l'occasion d'un récital Murray Perahia à Cambridge, un pur hasard, présentés l'un à l'autre par une connaissance commune qui ne jouerait jamais d'autre rôle dans votre vie.

Le coup de foudre. Enfin – presque.

Mais oui, je crois que nous avons su tous les deux.

Serrer la main d'un inconnu ! Car telle est la coutume.

Et maintenant, des années plus tard, la fin catastrophique. Et maintenant, le prix qui doit être payé pour ce bonheur.

Trop grosse pour être opérable. Quand tu avais entendu ces mots, tu avais su. Gerard avait su.

Serrant une nouvelle fois la main de l'homme. La même main. Car en cet instant, il ne pouvait y avoir de mots. Et cette fois, la main qui avait été si chaude, si forte, si accueillante paraissait froide et n'était pas aussi réactive.

Mais où demeurera l'amour ? te demandes-tu. Quand le corps du mari t'aura été enlevé.

Ces pensées, tu ne peux les retenir. À l'instant même où elles traversent ton esprit, elles ont disparu.

Respire ! Je t'aime.

Seuls ensemble maintenant. Enfin seuls. Aucune intrusion du personnel médical ne vous interrompra. Plus de repas, tous les repas ont cessé. Plus de vérification des signes vitaux, tous ces contrôles de routine ont cessé. Dis-toi que c'est ton désir. Ce que tu souhaitais. C'est la promesse qui t'a été faite : toi seule peux réconforter ton mari (mourant), tu peux mettre un baume sur ses lèvres gercées, tu peux passer une compresse fraîche sur son front, il entend (peut-être) les mots que tu lui murmures, s'il ne peut (probablement) pas répondre, il t'entend (peut-être) murmurer de nouveau en le serrant dans tes bras que tu l'aimes, qu'il a été un mari merveilleux et que tu as été immensément heureuse dans ce mariage ; l'histoire que tu racontes, encore et encore, est qu'il a transformé ta vie à jamais ; alors que sa respiration est devenue un tourment pour lui, et un tourment à entendre, cette respiration rauque, laborieuse, cette respiration qui s'étrangle, les pauses terribles de plusieurs secondes entre deux respirations, et quand tu penses *C'est fini,* vient une autre respiration hoquetante, et une autre encore, et une autre, au prix d'un effort qui la fait trembler, comme si un gros rocher obstruant l'entrée d'une grotte était écarté pour l'inonder de lumière, pour libérer l'esprit prisonnier de ses ténèbres. Si souvent durant ces derniers jours, une euphorie folle t'a saisie – *Non. Il ne mourra pas, cela ne finira jamais. Cela dure depuis si longtemps, cela ne finira pas. Je ne le laisserai pas arriver.* Et tu as presque fini par croire, depuis le début de l'hospitalisation de ton mari il y a près de vingt jours, que cet interlude, cette épreuve ne finira pas, qu'elle pourrait très facilement continuer très longtemps, et dans l'intervalle il est (tout à fait) possible qu'une nouvelle procédure pour réduire les cancers métastasés soit découverte, devienne accessible, au Centre de cancérologie de Santa Tierra il est (tout à fait) possible que cette procédure radicalement nouvelle soit adoptée, peut-être y aura-t-il un *essai clinique* auquel Gerard McManus pourrait participer, cela n'a absolument rien d'irréaliste, tu n'as pas à croire aux miracles – d'ailleurs tu *ne crois pas aux miracles* – pour le croire. Car tu aimes tant ton mari que c'est une torture pour toi. Tu devrais le libérer mais il t'est impossible de le faire et tu continues à supplier *Oh chéri respire ! Respire !* – tu es paralysée de peur, désespérée à l'idée de perdre cet homme que tu aimes plus que tu ne t'aimes toi-même, tu n'as aucun désir de lui survivre, naïvement et vaguement tu avais prévu d'apporter des somnifères, une poignée de barbituriques de ta cache secrète, de faire en sorte (on ne sait comment) d'avaler suffisamment de cachets pour cesser de respirer au moment où ton mari cessera de respirer, un fantasme romantique auquel tu t'es abandonnée dans ton état d'épuisement, mais (bien sûr) ce fantasme ne peut être réalisé, si tu avais voulu mourir en tenant ton mari dans tes bras tu aurais dû prévoir une stratégie, prendre des dispositions pour que ton mari quitte le Centre de cancérologie et reçoive des soins palliatifs à domicile, dans votre lieu de résidence où tu aurais eu l'intimité nécessaire pour cet acte (noble ?) mais (bien sûr) tu n'avais pris aucune disposition, les jours et les semaines ont passé et maintenant il est trop tard car tu t'es contentée de poser des questions hésitantes, tu étais trop égarée par l'épreuve subie par ton mari, trop hypnotisée par ses souffrances et par la conscience constante de n'avoir pas plus de pouvoir sur ce qui arrive à ton mari et à toi que si vous étiez tous les deux des feuilles sèches emportées par les vents brûlants du désert.

Respire ! Ne. Cesse. Jamais.

Folie ! Tu ne peux cesser de supplier ton mari, tu ne peux renoncer à lui, terrifiée à l'idée de le perdre, alors même qu'il lutte pour respirer comme un poisson se convulse et suffoque hors de l'eau. Tu sanglotes, impuissante et brisée, l'épouse désespérée, dépossédée de toute honte, de toute inhibition, tentant maintenant d'enlacer son corps de tes deux bras, pressant ton visage brûlant et humide au creux de son cou en l'implorant encore de ne pas te quitter, de ne pas t'abandonner, paralysée d'horreur devant ce qui arrive, l'aboutissement de semaines, jours, heures, l'aboutissement de quarante-huit ans de la vie d'un homme ; cette unique journée interminable qui a commencé à l'aube et continué douze, treize et maintenant quatorze heures alors que tu réalises peu à peu que la Mort est déjà dans la chambre, que la Mort s'est glissée dans la chambre à ton insu, dans un coin de la pièce au plafond la Mort est là, une ombre s'épaississant, une tache, une tache sombre étoilée irradiant comme une éclipse du soleil qui est une éclipse de ta vie.

Tu sais, tu comprends. Pourtant tu ne peux pas savoir et tu ne peux pas comprendre. Tu es égarée, hystérique. Tu as perdu tout sens de la décence. Tu cries *Non! Respire! Ne me quitte pas – non!* alors même que ton mari épuisé meurt dans tes bras, une ultime inspiration brève et une longue pause tremblante et un ultime soupir de lassitude profonde qui est le soupir de la mort, la dernière exhalation de la vie d'un homme.

Ce soupir, tu ne l'oublieras jamais. Ce soupir, tu l'entendras quasiment chaque heure de chaque jour de ce qu'il te reste de vie.

Ce soupir, et le silence qui suit pareil au silence suivant un coup de tonnerre.

3

Post-mortem

Madame McManus ?… Vous pouvez rester avec votre mari aussi longtemps que vous le souhaitez.

Nous attendrons dans le couloir.

4

Temps-hors-du-temps

C'était une saison de vents brûlants pendant la journée. La nuit, un froid de pierre et un air immobile. Une saison de leur vie (commune, conjugale) qui était *hors-du-temps* : une résidence de huit mois pour Gerard McManus à l'Institut de recherche avancée, à Santa Tierra, Nouveau-Mexique, où ils ne connaissaient personne. Quarante-trois kilomètres au nord d'Albuquerque, où ils ne connaissaient personne.

En fait, ils ne connaissaient personne dans tout le Nouveau-Mexique, ni l'un ni l'autre n'y avaient jamais vécu ni séjourné.

Une région nouvelle. Un haut plateau désertique, des bataillons de nuages sculptés, des ciels sombres et meurtris à la Greco. L'œil était invinciblement attiré vers le haut, intimidé par la lame acérée et blessante de la beauté.

Et l'air, à deux mille quatre cents mètres d'altitude, d'une pureté virginale, teinté de blanc, sensiblement plus pauvre en oxygène que celui (urbain, pollué, proche du niveau de la mer) auquel ils étaient habitués à Cambridge, Massachusetts.

Dans ce paysage lunaire austère, ils avaient du mal à reprendre leur souffle. Gerard, en particulier, qui avait eu de l'asthme dans son enfance et restait prédisposé aux infections respiratoires.

Michaela, qui avait l'habitude de courir une heure au petit matin le long du fleuve Charles, à Cambridge, était contrariée de se retrouver hors d'haleine en l'espace de quelques minutes à Santa Tierra quand elle courait sur le sentier d'un canyon ou montait trop vite les marches d'une colline. Elle était réveillée la nuit par la sensation angoissante de ne plus pouvoir respirer, comme si on avait appuyé sur son nez et sa bouche un coussin, ou une main désincarnée, ou un tissu imbibé d'éther… Incapable d'abord de reconnaître l'endroit où elle se trouvait, ameublement spartiate, murs blancs nus, panneaux vitrés, une lune d'un blanc si éclatant qu'elle aurait pu être radioactive, visible à travers le mur de la chambre – en fait, une fenêtre près de leur lit, là où Michaela aurait juré qu'une fenêtre ne pouvait se trouver.

Mais c'était une nouvelle maison. Dans un nouveau paysage. Des couleurs arides, froides et dures où la lumière naturelle pouvait être aveuglante. Et dans ce cadre, une profusion incongrue de cactus exotiques, glycines aux branches grosses comme des boas constrictors, houx, armoise dentelée, lavande et romarin poussant à des hauteurs inimaginables dans le Massachusetts.

Une maison encore inhabitée. Une maison qu'ils devaient faire *leur*.

À l'intérieur, il y avait étonnamment peu de couleurs. Car c'était une demeure particulière construite dans le style austère de Frank Lloyd Wright, lequel avait dessiné en personne le bâtiment originel de l'Institut en 1951.

L'atmosphère intérieure était celle d'un musée d'objets minimalistes. De féroces masques de guerre amérindiens sur le manteau de la cheminée et sur les murs ; de hautes et épaisses bougies artisanales qu'on imaginait devoir émettre des nuages de fumée toxique ; de grossières sculptures en bois représentant diverses créatures, allant des monstres de Gila à des divinités ou démons ventripotents qu'un regard inattentif aurait pu prendre pour des bouddhas. Une déesse-démon aux seins tombants et à la bouche hurlante, avec des griffes recourbées à la place des doigts et ce qui semblait être (ni Michaela ni Gerard ne souhaitaient s'en assurer de trop près) un vagin béant protubérant entre ses jambes écartées. Un personnage masculin au crâne disproportionné, hérissé de grossières mèches de cheveux noirs (humains ?) lui tombant aux épaules, avec une bouche béante, un ventre gonflé et un mince pénis en érection incurvé comme un serpent – Michaela apprendrait qu'il s'agissait du dieu charognard Ishtikini dont l'appétit vorace est insatiable.

Dans la chambre à coucher principale se trouvait une créature trapue aux allures de crapaud, avec des yeux exorbités, des fentes profondes en guise de narines, une peau grêlée qui semblait de boue calcifiée – une sculpture en bois dur faisant plusieurs fois la taille d'une grenouille-taureau. L'objet le plus étrange était une tête de cerf grandeur nature composée d'une myriade de lanières de cuir maintenues par des agrafes ressemblant à des graines miniatures ; elle avait des billes dépariées à la place des yeux et de véritables bois de cerf, longs de trente centimètres, dont l'un était fêlé et pendait de travers.

« Oh, mon Dieu ! Qu'est-ce que c'est que *ça* ! » s'était écriée Michaela avec exaspération.

Michaela prit en grippe ces objets, quoi qu'ils fussent, et elle les cacha (discrètement) dans des placards et des tiroirs en espérant que Gerard ne regretterait pas leur absence ; si c'était le cas, elle lui expliquerait que ces horribles choses n'étaient pas de l'*art* et qu'elle doutait même qu'elles fussent authentiquement amérindiennes.

Michaela détestait tout particulièrement la déesse (obscène) qui n'avait pu être créée que par un artiste masculin. Si abominable que, non contente de la cacher dans un placard, elle la recouvrit d'une serviette.

L'art indigène authentique, bien sûr, ils étaient tout prêts à en acquérir. Avant leur voyage, Gerard avait fait des recherches sur les œuvres des artistes tribaux les plus respectés – Navajo, Pueblo de Taos – qu'il comptait acheter et rapporter dans leur maison de Monroe Street à Cambridge. C'étaient de belles sculptures, principalement d'animaux, des tentures murales, des tapis tissés main, des *quilts* qui « racontaient des histoires ».

Oui ! Michaela était d'accord. La maison où elle était venue vivre avec Gerard douze ans auparavant avait besoin d'un coup de neuf.

Son cœur débordait d'espoir, ce *temps-hors-du-temps* serait le voyage de noces qu'ils n'avaient jamais eu le temps de faire.

Allez-vous-en ! Partez !

On ne veut pas de vous ici.

Michaela voyait presque la chose accroupie sur sa poitrine – recroquevillée, rabougrie, une chevelure sauvage aux épaules et des yeux flamboyants qui étaient (néanmoins) aveugles. À croire que cette créature humanoïde l'avait repérée à l'odeur, dans l'obscurité.

Se réveillant le cœur battant. Paralysée sous le poids de la créature.

Puis, parvenant à repousser la panique comme une toile d'araignée collée à son visage. Ne voulant pas déranger Gerard parce que la partie rationnelle de son cerveau comprenait qu'elle devait être en train de rêver.

... pas de toi ici.

... en danger ici.

La voix était distincte. Comme un froissement de chardons à son oreille, l'équivalent approximatif d'un murmure humain.

Se redressant dans le lit, avec précaution. Tandis que les battements affolés de son cœur revenaient lentement à la normale.

Dormir avec quelqu'un d'autre est une responsabilité, une charge de confiance : vous ne devez pas vous ingérer dans les rêves de l'autre.

Et surtout, vous ne devez pas inquiéter l'autre avec vos peurs (infondées).

C'était la nouvelle maison, le nouveau lit, pas très confortable, oui, et cet air nouveau, raréfié, une sensation de malaise, rien de plus. Elle s'attendait encore à se réveiller dans le lit, la chambre, la maison de Cambridge où les meubles leur étaient devenus si familiers qu'ils ne les voyaient pratiquement plus, où les murs étaient tapissés de livres du sol au plafond comme l'intérieur d'un cocon, où le monde extérieur n'avait presque pas de place : si l'on voyait quelque chose du dehors dans la maison de Monroe Street, c'était modeste, un paysage urbain d'arbres à feuilles caduques, la maison voisine, un carré de ciel nuageux.

Raide à côté d'elle, Gerard dormait en lui tournant le dos. Michaela hésita, elle avait envie de le toucher, doucement ; de caresser son épaule, son bras, son flanc ; elle aurait aimé presser ses lèvres contre la peau fraîche de son dos, suivre du bout des doigts l'archipel de taches de rousseur et de grains de beauté, pareil à du braille, un langage secret qu'elle seule, l'épouse, pouvait déchiffrer.

Mais Gerard n'avait pas envie d'être touché en cet instant. Elle le savait.

Pendant des années, après son divorce, Gerard avait vécu seul. Désespérément seul d'abord, mais ensuite, peu à peu, il s'était senti soulagé – les relations humaines sont si compliquées, si difficiles à interpréter. Comme une langue étrangère quand on est trop vieux pour apprendre facilement une langue étrangère.

La solitude était devenue un état naturel pour Gerard, l'intimité n'avait parfois pas vraiment d'attrait pour lui.

Michaela aussi avait vécu seule longtemps après la fin d'une relation. Mais vivre seule, dormir seule, se définir comme essentiellement seule n'était pas quelque chose qu'elle souhaitait préserver. Elle ne pouvait supporter une vie sans intimité ou du moins sans la possibilité d'une intimité et donc elle resta parfaitement immobile (comme une mariée) (une mariée virginale) et attendit de voir si Gerard se tournerait vers elle, lui parlerait avec douceur. S'il la prendrait dans ses bras, comme il le faisait parfois, à l'improviste, avec un petit rire tendre.

Hé. Chérie. Je t'aime !

Ou : Tu es réveillée ? Embrasse-moi !

Mais Gerard ne se tourna pas vers Michaela ni ne la prit dans ses bras. Il ne l'appela pas chérie ni ne lui ordonna plaisamment de l'embrasser.

Et elle se sentit si seule dans la nuit ! À côté d'un mari souhaitant dormir et ne pas être réveillé par sa femme à ce moment précis parce que (semblait-il) il restait une infinité de ces moments dans leur vie commune.

D'inépuisables occasions de baisers.

5

Impensable

Tu sais que je t'aime.
… ne t'abandonnerai jamais.
Ma promesse quand nous nous sommes mariés.

Car si je t'abandonne c'est la mort.
C'est ta mort, et c'est ma mort.
Et donc, nous ne devons pas les laisser nous séparer – pas même l'espace d'un battement de cœur.

Tu le sais – non ?

6

Un parasite rare

Vingt-deux jours après leur départ de Cambridge dans le Massachusetts pour Santa Tierra au Nouveau-Mexique, Gerard tomba malade.

Ils avaient voulu y voir un effet de l'altitude et de l'air raréfié du Nouveau-Mexique. Voir dans les vents brûlants impitoyables qui soufflaient quotidiennement presque tout le jour, asséchant leurs sinus et laissant une fine pellicule de poussière dans leur bouche, la cause des symptômes de Gerard : une toux sèche, suppliciante mais (quasiment) sans expectoration, une toux-causant-des-douleurs-aiguës-dans-la-poitrine.

Rien d'autre que de l'asthme, soutenait Gerard. Il prenait (déjà) des médicaments pour cela tous les matins.

Michaela protestait : cette toux sèche ne ressemblait pas à la toux asthmatique de Gerard, elle en était certaine… Elle lui trouverait un médecin, s'il le souhaitait.

« Ne sois pas ridicule, Michaela. Ce n'est rien. »

Rien ! Évidemment que ce n'était *pas rien*, cette toux qui secouait Gerard au petit matin, dans la salle de bains où il faisait souvent vrombir le ventilateur pour masquer le bruit alarmant de ces quintes sèches et brèves comme des détonations de pistolet.

Manifestement, il *ne le souhaitait pas.*

Gerard finit par admettre que le « son » de sa toux était inquiétant : il doublerait la dose de son médicament contre l'asthme.

Depuis que Michaela connaissait Gerard, il résistait à toutes ses préoccupations concernant son bien-être. L'intimité physique ne s'était pas accompagnée d'une intimité dans d'autres domaines. Michaela n'était pas du genre à s'immiscer dans la vie privée d'autrui, et donc, avec Gerard, il y avait une ligne qu'elle n'osait franchir, s'immiscer dans sa vie privée.

Pardon : c'est ma vie privée.

Désolé. C'est ma vie privée.

Pourquoi veux-tu savoir ? C'est ma vie privée.

Absurde ! Pourtant, Michaela ne pouvait ignorer l'importance que cela avait pour Gerard.

Ce mur de brique auquel on se heurte, chez l'autre. Un jour.

Ce mur qui est la fin de l'intimité. Ce mur qui sépare.

Le mur de la déraison, de l'intransigeance. Le mur dont vous pouvez rire, qui demeure (néanmoins) inébranlable.

Michaela n'arrivait pas à comprendre : son mari (cordial, raisonnable) appréciait que Michaela l'interroge sur de nombreuses facettes de sa vie, y compris sa petite enfance ; mais il opposait une résistance à une certaine sorte d'attention, tournant autour de la faiblesse, de l'infirmité, du vieillissement. Une sorte d'attention évoquant l'indiscrétion, l'indécence. Dévêtu devant Michaela, Gerard ne montrait pas la moindre gêne – mais il avait une bouffée de contrariété si elle découvrait chez lui quelque chose qui pouvait être considéré comme un problème de santé, un problème médical.

Car Gerard n'était pas un mari qui voyait d'un bon œil la sollicitude maternelle d'une épouse. *Il* était la personnalité dominante de leur couple, c'était entre eux un accord tacite.

Pendant des jours d'affilée Michaela fut contrainte d'écouter sans faire de commentaire la nouvelle toux sèche et râpeuse de son mari, qu'il lui était pénible d'entendre. On aurait dit que quelque chose s'était insinué dans la poitrine de Gerard et l'étouffait – *cette figure humanoïde accroupie sur sa poitrine.*

Attirée par la chaleur de son sang, sûrement. L'un de ces démons trapus qui demeuraient dans la maison de location…

Allez-vous-en ! Partez ! On ne veut pas de vous ici.

Quelque chose de terrible va vous arriver si vous restez.

Mais où pouvaient-ils aller ? Ils venaient d'arriver à Santa Tierra. Leur maison de Cambridge était louée jusqu'au mois d'août. Gerard n'aurait jamais consenti à renoncer à sa résidence dans ce prestigieux institut qui payait mieux ses chercheurs que l'Institut de recherche avancée de Princeton.

Sapez la fierté d'un homme, vous risquez de blesser sa vanité. Et un homme *est* sa vanité.

Tous les matins, Gerard était impatient de se rendre dans son bureau de l'Institut, où il s'était fait expédier son ordinateur, des cartons de livres et de documents de Cambridge. Michaela trouvait touchant l'enthousiasme qu'il montrait pour son travail, comme s'il n'était pas un brillant historien des sciences mais l'un de ses propres post-docs. (Michaela avait également obtenu un poste universitaire pour le trimestre de printemps, quoique moins prestigieux et assorti d'un salaire modeste : un atelier d'écriture créative hebdomadaire dans l'un des campus de l'université du Nouveau-Mexique.)

Il y avait vingt minutes de marche de leur maison à flanc de colline jusqu'au campus de l'Institut, une allée dallée descendait jusqu'à ce quadrilatère de bâtiments d'une beauté et d'une étrangeté incomparables, pierres du désert cuites par le soleil, bois non traité et béton coulé, immenses panneaux de verre verticaux dans la tradition de Frank Lloyd Wright. Le bureau de Gerard donnait sur une cour rappelant un jardin zen, pierres noires polies, cactus nains et fleurs cireuses incolores qu'on aurait crues artificielles – mais Michaela avait découvert que c'étaient en fait des fleurs bien vivantes quand, par curiosité, elle avait pincé un pétale et qu'il était aussitôt tombé à terre, meurtri.

Étrange ! – Michaela avait reculé, comme si elle avait involontairement tué quelque chose de vivant.

En cette saison de vents brûlants le jour, soufflant sans discontinuer la nuit avec un sifflement aigu qui s'insinuait dans les replis et les recoins du cerveau comme un parasite rare.

7

L'homme qui ne rêve jamais

Il s'est vanté de ne jamais rêver. Tu lui as dit, peut-être est-ce simplement que tu ne te rappelles pas tes rêves.

Il insiste : c'est analogue à l'amnésie. Si tu ne te rappelles pas un événement, il ne s'est pas produit.

Ce qui ne s'imprime pas dans les cellules cérébrales « n'existe pas » – cela ne s'est pas réellement produit.

Tu protestes : mais bien sûr que cela s'est produit ! Si tu éprouves une douleur, tu l'as éprouvée…

Non. Si ton cerveau n'a pas enregistré la douleur, ce n'est pas arrivé – pour toi.

C'est peut-être « arrivé » – à un être vivant doué de sensation. Mais si ton cerveau n'en a pas gardé la trace et que tu n'en as pas le souvenir, cela ne t'est pas arrivé à toi.

8

Répit

Et tu as alors cette révélation : ce n'est pas (encore) arrivé.

Quoi qu'il doive arriver, qui déchirera ta vie en deux, pas nettement et proprement comme on déchirerait une feuille de papier le long d'une pliure, mais brutalement, horriblement, comme on arracherait une jambe ou un bras à un être vivant, n'est pas (encore) arrivé.

Quel soulagement ! Ton mari est toujours à peu près comme tu l'avais laissé la veille dans son lit d'hôpital au septième étage du Centre de cancérologie de Santa Tierra.

Tu vois d'un coup d'œil : des bégonias en pot de l'Institut sur un rebord de fenêtre ; un bouquet d'œillets que tu avais apporté à Gerard, dépérissant dans un vase en plastique ; une corbeille de fruits en osier que tu avais apportée pour Gerard, quasiment intacte ; les *New York Times* accumulés depuis plusieurs jours et des revues professionnelles telles que *Science*, *Nature*, *Journal of Neuroscience* ; sur la table de chevet, une pile de livres, carnets, tirés à part de Gerard ainsi que son ordinateur portable et son téléphone. Rien n'a changé pendant les heures de la nuit où tu n'étais pas là – un soulagement !

Et pourtant, un instant, sur le seuil de la chambre 771, tu contemples l'homme couché dans ce lit. *Est-ce* ton mari, ou est-ce un inconnu ?

Un homme d'un certain âge, plus de cinquante ans, adossé contre des coussins, au milieu d'un fouillis de notes, de pages imprimées, de revues professionnelles qu'il ne paraît cependant pas lire. Le ventre flasque, léthargique dans sa tenue d'hôpital. Les deux bras meurtris, une perfusion fixée à l'un des bras.

Le visage, d'une pâleur alarmante, surtout autour des yeux ; des cheveux raides grisonnants, des joues ombrées de barbe blanche, le regard vide/mélancolique avant qu'il te voie et que ses yeux s'animent : « Ah, Michaela ! Mon amour. »

Mon amour. En entendant ces mots ton cœur déborde de joie.

Encore en vie ! Mon mari est encore en vie.

9

Attends

Naturellement tu veux prévenir sa famille. Ses enfants (adultes). Mais très vite il dit *non*.

« Pas encore.

– Mais… quand ?

– Pas tout de suite. »

Il n'est pas alarmiste. (*Tu* es l'alarmiste.)

Gerard McManus n'est pas un homme qui recherche l'attention, qui souhaite s'immiscer dans la vie des autres. Il hésite à prendre contact avec ses enfants (adultes) de peur (devines-tu) qu'ils ne se précipitent pas pour venir le voir dans le lointain Nouveau-Mexique, à moins que la situation leur soit présentée (pas par lui : par toi, l'alarmiste) comme urgente.

« Nous pouvons attendre. Si c'est une fausse alerte, nous ne les voulons pas ici.

– Mais… attendre combien de temps ?

– Je te le dirai. *Attends*. »

De la même façon, il avait d'abord refusé de porter une blouse d'hôpital. Insisté pour avoir ses propres vêtements : chemise bleue à manches courtes infroissable même quand on dormait avec, jean fatigué, chaussettes de coton blanc. Et quand il était assis dans un fauteuil ou qu'il marchait dans le couloir en tirant son pied de perfusion, paire de sandales.

Cinq jours, une semaine, il avait tenu bon. Bravement. Obstinément. Jusqu'à ce que finalement il devienne plus pratique de renoncer à ses vêtements, d'adopter la tenue de l'hôpital. À ce moment-là, le patient était trop malade pour se soucier encore des apparences.

Pourtant, tu ne l'aurais pas imaginé : ton mari ne porterait plus jamais ses propres vêtements.

Tu ne l'aurais pas imaginé : ton mari ne t'appellerait plus jamais de son portable.

Tu ne l'aurais pas imaginé : ton mari ne reverrait jamais ses enfants (adultes).

10

Spinoza

L'exemplaire de poche copieusement annoté de l'*Éthique* de Spinoza, tu le lui as apporté dans sa chambre d'hôpital à sa demande. Comme Gerard l'a observé avec humour, il travaille contre la montre.

Tu entends cette remarque, tu souris en l'entendant, tu ne tiques pas, Gerard l'ayant faite plusieurs fois depuis qu'il est hospitalisé.

En fait, le manuscrit corrigé/révisé de *Malaise dans le cerveau humain* doit être renvoyé aux Presses de l'université de Harvard avant la fin du mois.

Gerard y travaille par intermittence depuis des semaines mais a été considérablement ralenti par « les circonstances », ainsi qu'il qualifie l'inconvénient d'être hospitalisé.

Il est essentiel pour lui de vérifier l'exactitude des citations de l'*Éthique* disséminées dans son ouvrage. Il a donc réquisitionné ton aide pour rechercher dans l'épais manuscrit tous les Post-it signalant les références à Spinoza.

Tu tâches d'écouter Gerard parler de Spinoza qu'il relie obliquement aux neurosciences cognitives, mais tu es distraite ce matin, tu n'enregistres guère ce qu'il dit. C'est la voix, ou presque la voix de Gerard McManus, personnage public, celui qui éblouit les auditoires par ses idées surprenantes et originales, mais tu ne te souviendras par la suite que d'un écheveau de syllabes absurdes qui n'ont absolument aucun sens pour toi.

« Toute substance (physique) est nécessairement infinie. Toute substance (non) physique est nécessairement finie. »

Des parasites crépitent dans ta tête. *Infini, fini !*

La seule chose qui importe est le prochain compte rendu du laboratoire. La quantité de globules blancs du patient, l'oxymétrie du patient, les résultats du dosage de créatinine du patient.

Le « progrès » des tumeurs.

La première fois que tu avais entendu Gerard parler en public il avait déclaré à un intervieweur que lire l'*Éthique* de Spinoza à l'âge de dix-huit ans, en première année de faculté, avait changé sa vie à jamais : « Chacune des molécules de mon être. »

De même, plus tard, la lecture de Schopenhauer, Nietzsche, Wittgenstein transformerait encore davantage sa vie : « Ils ont fait de moi la personne que je suis aujourd'hui. »

Une sorte de modestie présomptueuse, avait-il semblé. Sincère, cependant.

Maintenant, pourtant, tu as envie de protester, avec colère – *Non. Ce n'est pas vrai. Les parents qui t'ont aimé ont fait de toi ce que tu es. Ceux qui ont eu de la tendresse pour toi quand tu étais vulnérable, qui t'ont protégé en te cachant qu'ils te protégeaient, et ceux qui t'aiment aujourd'hui et qui te protègent aujourd'hui – voilà ceux qui ont fait de toi ce que tu es. Pas des hommes que tu n'as jamais connus et qui ne t'ont jamais connu. Et pas des livres.*

11

Lit de serpents

Entre des draps humides et froissés, incapable de dormir, et lorsque tu glisses dans le sommeil tu te retrouves dans un lit grouillant de serpents et te réveilles terrorisée – *Oh! Oh mon Dieu.*

Tu te jettes hors du lit, un de tes genoux heurte le plancher – *Mon Dieu aide-moi…*

Terreur du sommeil.

Terreur de passer la nuit sans sommeil.

12

La veille II

Mais il n'y a pas de commencement.
Et il n'y a pas de fin.

Courir ! Il faut que tu coures ! Descente/montée de la colline. Aller/retour entre la maison et le Centre de cancérologie de Santa Tierra, Buena Vista Boulevard, Santa Tierra, Nouveau-Mexique.

Un entrelacs de serpents te poursuit. Un grouillement de serpents à la peau froide contre tes bras, tes jambes, ton ventre nu.

... rêvé que j'étais couchée dans un lit de serpents, je me suis réveillée en hurlant, terrifiée, qu'est-ce que ça veut dire d'après toi ? Que j'ai peur de quelque chose, j'imagine.

Habituée à préparer de petites anecdotes pour divertir Gerard quand il est d'humeur à être diverti.

Toute ta vie, depuis plus longtemps que tu n'as de souvenirs, tu t'es présentée aux autres par le biais de petites anecdotes – d'« histoires ». Le ton de ta voix se fait léger et désinvolte dans ces cas-là ; tu ne souhaites pas donner l'impression à ceux qui t'écoutent ni à quiconque que tu te prends au sérieux.

Qui elle se croit ?

Elle croit qu'elle a le droit de vivre !

De temps à autre tu sollicites les conseils de ton mari, ou sa compassion ; ton mari est de très bon conseil, mais sa compassion est méfiante comme s'il avait appris (de son expérience de père ?) qu'une compassion immédiate et sans condition peut être contre-productive, encourager la faiblesse.

Tu veilles donc à ne jamais lui donner l'impression de t'apitoyer sur toi-même, car Gerard le supporte aussi difficilement chez les autres que chez lui-même.

Mais depuis qu'il est tombé malade, qu'il est préoccupé par sa propre mortalité, tu n'as plus personne à qui raconter ces anecdotes divertissantes.

Personne qui te permette de te définir. Personne qui fasse attention à *toi*.

S'il n'y a personne pour écouter le récit de notre existence, existons-nous réellement ?

Quelle forfanterie dans ces déclarations formulées dans un vide où personne n'écoute, personne n'admire.

S'il n'y a personne pour nous admirer, existons-nous ?

Et le corollaire : *S'il n'y a personne pour nous aimer, méritons-nous d'exister ?*

Tourmentée par ces pensées. Envahie par ces pensées comme par une infection dans le sang.

Courir ! Tu dois courir.

Ne jamais cesser de courir.

Tôt le matin elle descendait d'un pas rapide jusqu'au Centre de cancérologie et tard le soir elle remontait (moins rapidement) du Centre à la maison.

Bon d'être épuisée ! Bon.

Consciente du va-et-vient de ses poumons. Poches de tissu. Air tranchant comme un rasoir apportant un oxygène indigent à son cerveau.

Quand elle n'est pas au chevet de son mari, l'épouse est dévorée d'angoisse à l'idée que quelque chose de terrible va lui arriver en son absence.

Pourtant, une fois par semaine, le jeudi après-midi, Michaela dirige un atelier d'écriture de trois heures dans un campus de l'université du Nouveau-Mexique à Albuquerque, un trajet d'une cinquantaine de kilomètres.

C'est un risque terrible pour elle. Passer dans une autre dimension – incarner une autre personne.

Pas son moi désespéré, l'épouse désespérée agitant bras et jambes pour tâcher de ne pas se noyer.

Elle est parvenue à ne pas manquer un seul atelier depuis l'hospitalisation de Gerard et parle d'ailleurs rarement de ce cours à son mari qui a peut-être oublié que Michaela avait une occupation quelconque hors de sa chambre d'hôpital.

Elle ne veut pas penser que Gerard a peut-être oublié, est peut-être en train d'oublier qui, exactement, est Michaela dans sa vie.

Une seconde épouse ne peut être que… secondaire.

La première femme est la mère des enfants. Dans la zone la plus profonde du cerveau du mari, première femme/mère doit être irrémédiablement imprimé.

Michaela ne veut penser à rien de tout cela. Surtout quand elle roule sur l'autoroute encombrée au volant de la voiture de location à laquelle elle est mal habituée, qu'elle conduit dans un état de panique latent en espérant ne pas avoir d'accident dans un moment aussi critique.

Mais mon mari est très malade, à l'hôpital.

Je ne peux pas mourir et l'abandonner ! Il n'aurait aucune idée de l'endroit où je me trouve.

Avec une sorte de fierté résolue, Michaela tient à assurer son cours jusqu'au bout et à ne pas décevoir les étudiants. Tient à ne pas se chercher d'excuses, à n'informer aucune des personnes concernées de l'état de son mari. Pas plus le directeur du programme d'écriture qui l'a engagée que les quinze étudiants, pour la plupart assez âgés, qui se sont inscrits à son cours. Car l'atelier lui est devenu précieux, un canot de sauvetage sur une mer houleuse et dangereuse.

Terrible d'être aussi loin de Gerard pendant plus de cinq heures. Elle a demandé aux infirmières de l'appeler sur son portable en cas d'urgence.

Pendant les trois heures de cours, Michaela n'éteint pas son portable. Souvent distraite par les vibrations qui semblent en émaner, réclamer son attention et qui, quand elle vérifie discrètement, se révèlent imaginaires.

Pourtant, même quand elle n'est pas à Albuquerque, Michaela n'est pas toujours au chevet de Gerard. Elle passe ses nuits seule dans la maison de la colline. Gerard sombre dans un sommeil agité sous l'effet des opioïdes vers 23 heures, après avoir pris ses médicaments pour la nuit, et l'infirmière conseille alors à Michaela de rentrer chez elle, de tâcher elle aussi de dormir.

Votre système immunitaire va s'effondrer si vous ne dormez pas. Si vous tombez malade vous aussi, vous ne serez plus d'aucune aide à votre mari ni à personne, madame McManus.

Mme McManus ! Un nom qui commence déjà à résonner comme un reproche.

Des rafales de vent brûlant pendant la journée, un froid de pierre la nuit comme à l'intérieur d'un mausolée.

Au petit matin le ciel s'irise d'une teinte violet foncé, comme une meurtrissure d'une beauté exquise, puis s'éclaircit peu à peu à l'est. Presque toutes les nuits la lune est si présente dans le ciel que Michaela peut remonter la colline jusqu'à la maison (vide, obscure) sans avoir besoin de la petite lampe de poche de Gerard.

La maison aux parois de verre, propriété de l'Institut, se trouve sur une colline abrupte, en porte-à-faux au-dessus d'un ravin peu profond où gîtent des animaux nocturnes dont les yeux et les dents luisent dans le clair de lune. Des insectes nocturnes pulsent et vibrent, le bruit de la folie.

Le jour, Michaela aperçoit parfois dans les feuillages du ravin des oiseaux au plumage gai qui passent pour être des perroquets domestiques échappés et retournés à l'état sauvage. Si elle tend l'oreille, elle peut entendre leurs cris d'excitation.

La nuit, Michaela est très fatiguée et regarde rarement dans la direction du ravin. Les lumières de la maison projettent sur les baies vitrées le reflet d'un visage d'une pâleur spectrale présentant peu de ressemblance avec le sien.

Et au matin, elle retourne au Centre de cancérologie. Vite !

Qu'elle ait dormi ou non. *Au diable le sommeil, qui a besoin de sommeil* – une voix grossière égrillarde tout près de son oreille.

Magne-toi le train, ma fille. Descends.

Une fois en mouvement, l'élan vous entraîne. Loi de la pesanteur, inertie.

Les poumons aspirent/expirent/aspirent l'air. Le premier principe de la vie : *Respirer*.

Elle en est venue à redouter/détester le vent incessant du désert. Le goût de poussière sur ses lèvres. La respiration coupée par le vent. Elle trouve un refuge dans l'hôpital réfrigéré.

'Jour, m'dame – la réceptionniste (du matin) la salue et lui sourit, mais insiste cependant pour qu'elle signe le registre comme elle le fait invariablement tous les matins depuis l'admission de Gerard au Centre de cancérologie de Santa Tierra.

MICHAELA MCMANUS 771 ONCOLOGIE (DR) GERARD MCMANUS

Comme si *(Dr)* changeait quelque chose ! Néanmoins, elle doit faire un effort.

Le garder en vie. En vie ! Mon mari.

Dans la chambre 771, il est merveilleux de voir l'oxygène pénétrer silencieusement dans les narines du mari par l'intermédiaire d'un tube de plastique transparent.

Merveilleux de voir que le mari est *en vie* et qu'il *respire*.

« Gerard ! Bonjour. »

Elle presse la main du mari qui presse la sienne en retour, mais avec un temps de retard. Elle ne veut pas remarquer que ces derniers jours les réflexes de Gerard se sont ralentis, que ses yeux mêmes semblent plus lents à accommoder. Qu'une note de reproche tend à se glisser dans sa voix quand il lui demande pourquoi elle est en *retard*.

Elle tente de lui expliquer qu'elle ne l'est pas.

Où était-elle ? demande Gerard. En visite chez des amis ?

Pas d'amis ici. Pas un seul.

Gerard est malheureux parce qu'il a du mal à lire depuis quelque temps. Les caractères se brouillent devant ses yeux. Ces fichus médicaments altèrent sa vue et le mettent dans le cirage, alors Michaela pourrait-elle lui faire la lecture ? Des articles en petits caractères de *Science*, *Nature*, l'*American Journal of Neuroscience & Cognitive Psychology*. Les premières pages du *New York Times*.

Michaela n'est pas habituée à lire à haute voix, l'exercice se révèle étonnamment ardu. Elle a la gorge desséchée, rauque. Sans parler de l'effort qu'il lui faut faire pour ne pas pleurer. Elle entend sa voix, faussement enthousiaste, « sincère » : on peut douter (un doute qui lui semble impersonnel, le vrombissement d'un moustique invisible) que les sons qui sortent de sa bouche soient réellement *sa voix*. Par moments, tandis qu'elle lit, Gerard se tortille ou grimace de douleur (?), mais fait signe à Michaela de ne pas s'arrêter – il écoute et ne souhaite pas qu'elle interrompe tout de suite sa lecture.

Parfois Michaela découvre qu'il s'est assoupi, épuisé, la bouche molle, un filet de salive luisant aux commissures de ses lèvres gercées qu'elle essuie alors doucement et embrasse. (Michaela prend le risque d'embrasser son mari endormi, redoutant de le réveiller.)

Dans ces moments-là, il a une respiration rauque, pénible à entendre. Et quand il y a une longue pause entre deux respirations, le cœur de Michaela s'emballe –

Respire ! Respire…

Si angoissée parfois qu'elle lit à Gerard une suite de mots qui pourraient être dans une langue étrangère, sans aucune idée de leur sens et, loin de s'être endormi, Gerard est vigilant, contrarié : « Michaela ! Tu vas trop vite, je n'arrive pas à suivre. Relis, s'il te plaît.

– Du commencement ?

– Oui ! Du commencement. »

Mais il n'y a pas de commencement.

Et il n'y a pas de fin.

13

Soins d'urgence

« Excusez-moi. Il faut que je vous parle, professeur. »

Des mots sombres : le cœur se serre.

Et le visage est sombre, lui aussi, une jeune femme au teint triste et jaunâtre, les yeux humides, pleins de reproche, une odeur faible mais perceptible d'aisselles, de sous-vêtements mal lavés. Par contraste, ses cheveux sont fluorescents – des mèches festives, bleues, magenta, argent, cuivre – coupés court, irréguliers et dépeignés. Ses vêtements sont informes, asexués, froissés comme si elle avait dormi avec. Elle prononce le mot *professeur* avec une ironie acide.

Depuis la fin de l'atelier, à 18 heures, Letitia Tanik attend en rongeant son frein que les autres étudiants quittent la salle. Elle avait contrarié Michaela en arrivant avec vingt minutes de retard, s'excusant dans un marmonnement – *Par-don !* Distraite, elle avait passé les trois heures de cours à soupirer et à jeter des coups d'œil furtifs à son portable comme une enfant, s'imaginant que Michaela ne s'en rendait pas compte.

Michaela est cependant décidée à sourire avec bienveillance à Letitia, qui traverse manifestement une mauvaise passe.

« Bien sûr, Letitia. Mon bureau est au troisième…

– Ne pourrait-on pas rester ici, professeur ? Je dois partir dans quelques minutes. »

Letitia parle d'un ton de reproche. Michaela la remettrait volontiers à sa place, mais elle comprend que la jeune femme est en plein désarroi et que son impolitesse n'est pas délibérée.

Non plus, décide-t-elle de penser, qu'il n'y a d'intention moqueuse ou ironique dans ce titre de *professeur* adressé à une maître-assistante.

Pour assurer leur intimité, Michaela ferme la porte de la salle. Elle invite la jeune femme à s'asseoir. « Que se passe-t-il, Letitia ? » Elle adopte un ton de professeur à mi-chemin entre sollicitude amicale et respect prudent des distances.

Pendant tout le semestre, Michaela a tenu à jouer un personnage qui n'est pas elle : pas la femme d'un mari mourant ; pas perpétuellement distraite, pas anxieuse, pas anéantie comme si des murs se refermaient sur elle et que le sol se dérobait sous ses pieds.

Un personnage qui est effectivement un professeur d'université : une figure d'autorité (affable, bienveillante).

Cela lui a demandé autant d'effort que de respirer par l'intermédiaire d'une paille. La paille a beau être tordue, brisée, on parvient tout de même à respirer, avec effort.

Respire ! N'arrête pas.

Des dix-huit étudiants de l'atelier d'écriture, Letitia Tanik est la plus problématique, la plus déconcertante. Au début du semestre, elle avait été une participante active, voire véhémente, tremblant parfois littéralement d'excitation et d'enthousiasme ; puis, après avoir remis deux textes en prose, détaillés jusqu'à l'obsession, où elle décrivait la vie familiale dans une communauté d'immigrants très soudée de Las Cruces, au sud de l'État, textes qui lui avaient valu les compliments de ses camarades et de Michaela ainsi que quelques suggestions critiques, Letitia avait manqué deux cours et cessé de rendre les textes demandés. D'un ton neutre, elle avait présenté ses excuses à Michaela – *Pardon de m'être absentée. J'avais un genre de grippe.*

Elle avait changé de façon saisissante ! Alors qu'elle soignait son apparence, beaucoup plus que la plupart des autres jeunes femmes de l'atelier, cultivant un style punk glamour, rouge à lèvres et vernis à ongles violets, eye-liner d'un noir d'encre, piercings scintillants dans les sourcils et le nez, visage poudré couleur ivoire, une évocation troublante (pense Michaela) de la défunte Amy Winehouse, elle a maintenant un visage jaunâtre, quelconque, chagrin. Alors que ses cheveux évoquaient le plumage d'un oiseau exotique, ils sont maintenant brun terne aux racines. Comme le rouge à lèvres violet, les bijoux punk ont disparu – leur scintillement d'arbre de Noël. Non maquillés, ses yeux semblent rétrécis et dépourvus de cils, d'éclat. Ses tenues colorées ont été remplacées par des vêtements informes. Comme si elle exerçait des représailles contre son corps, Letitia semble avoir cessé de se préoccuper de sa personne physique.

Sa voix n'est plus qu'un souffle qui oblige les autres à se pencher vers elle pour entendre tandis que la rigidité de son maintien avertit : *Passez au large ! Gardez vos distances.*

Michaela a noté ces signaux. Elle n'a d'ailleurs nullement l'intention de s'approcher de la jeune femme renfrognée.

Mais voici une surprise : tout ce que Letitia semble vouloir de son enseignante est une faveur simple, une note d'*incomplete* attestant qu'elle n'a pas achevé son travail pour des raisons indépendantes de sa volonté.

Elle a pris trop de retard pour pouvoir le rattraper, dit-elle. Elle veut que ce qu'elle écrit soit bon, et ce n'est pas le cas en ce moment.

Elle regrette, mais elle ne va pas bien. Elle a également manqué d'autres cours. La raison en étant: *problèmes personnels.*

Michaela comprend: *personnels* signifie *ne posez pas de questions.*

Michaela dit qu'elle est désolée – elle se doutait que quelque chose n'allait pas. Letitia avait manqué deux cours et n'avait remis aucun travail depuis un moment.

Elle veille à ne pas donner l'impression d'accuser Letitia. De la juger.

Elle hésite à poser des questions de peur que sa sollicitude ne soit interprétée comme de l'indiscrétion, une curiosité excessive. Déplacée chez une enseignante beaucoup plus âgée que son étudiante.

Michaela assure à Letitia qu'elle ne voit aucune objection à lui attribuer la mention d'incomplet temporaire. Mais le semestre compte encore trois semaines, peut-être Letitia pourra-t-elle rattraper son retard avant qu'il se termine…

« M'dame! Vous ne m'avez pas écoutée, je crois. Je vous disais que je ne pouvais pas écrire, pas comme avant. J'ai comme un poids sur la poitrine, qui m'écrase… Je me sens si *fatiguée.* »

Michaela entend dans ce *M'dame*, comme dans *Professeur*, une sorte de reproche.

Attirée, rejetée. Sans en avoir conscience, pense Michaela, la jeune fille cherche la compassion tout en la repoussant.

Comme les mourants désirent que nous les sauvions, tout en nous repoussant parce que nous en sommes incapables.

« Avez-vous vu un médecin, Letitia? Si vous vous sentez… »

La jeune fille a un rire moqueur. Comme si Michaela avait suggéré par inadvertance quelque chose de très drôle.

Michaela se dit que Letitia est la seule de ses dix-huit étudiants à ne jamais l'avoir appelée par son prénom comme elle les y avait encouragés ; Letitia ne l'a d'ailleurs jamais appelée ni par son nom ni par son prénom.

« Oh *merde.* »

Un jacassement de perroquet se fait soudain entendre : le téléphone portable de Letitia sonne dans son sac de chanvre à bandoulière. Elle fouille à l'intérieur, le sourcil froncé, trouve le téléphone, répond d'un ton contrarié dans une langue que Michaela prend d'abord pour de l'espagnol.

Elle tâche de ne pas écouter. De ne pas donner l'impression d'écouter.

Ce n'est pas de l'espagnol. Même si c'en était, étant donné sa connaissance limitée de cette langue Michaela ne saisirait pas grand-chose, car Letitia parle vite, la voix basse et impatiente.

Et avec quelle colère ! Une fureur qui la lacère, comme si elle se griffait le visage de ses ongles.

Michaela se dit : demander une mention d'incomplet temporaire pour l'atelier d'écriture ne paraît pas déraisonnable. Ce qui devait compter, c'était le travail de l'étudiant, pas de le punir parce qu'il ne rendait pas ce qui lui était demandé. Michaela est une pièce rapportée dans le département d'anglais de l'université du Nouveau-Mexique à Albuquerque ; une maître-assistante temporaire dont l'enseignement s'achèvera vraisemblablement à la fin du semestre. (À supposer même qu'elle le termine.) D'ailleurs, Michaela n'aime pas donner des notes en « écriture créative » ; elle ne met généralement que des A et des B, sauf si l'étudiant n'accomplit pas un minimum de travail.

Pour ce cours elle avait passé les candidatures au crible, sélectionnant dix-huit étudiants sur plus d'une quarantaine ; elle estime que tous ont prouvé leur talent par le simple fait d'avoir été choisis. Avec deux ou trois autres, Letitia Tanik était l'une des meilleures candidates.

Elle ne voit pas l'intérêt de sanctionner des étudiants malheureux qui ont pris du retard sur les autres comme des nageurs se débattant dans une mer tumultueuse.

Quand Letitia met fin à sa conversation téléphonique, Michaela suppose qu'elle va se lever d'un bond et quitter la salle. Mais Letitia ne bouge pas, elle appuie ses coudes sur la table et pose la tête dans ses mains. Elle pousse un profond soupir, tout n'a pas été dit.

Michaela se demande si la jeune femme attend d'autres questions de sa part, bien qu'ayant indiqué ne pas souhaiter d'ingérence dans sa vie privée.

Elle note que Letitia Tanik est probablement plus jeune qu'elle ne l'avait d'abord paru, elle n'a peut-être pas plus de vingt ans. Non maquillée, elle paraît sans défense, vulnérable. Sa peau est abîmée à la naissance des cheveux, ses paupières sont enflammées. Après cette brève conversation téléphonique, sa respiration est devenue rauque ; elle change de position, répandant une odeur âcre de rage animale.

« Vous comprenez, madame, ce qui m'est arrivé, il y a trois semaines, trois semaines et deux jours, c'est que – j'ai été violée – j'ai été violée par cet *ami*… »

Michaela écoute, stupéfaite. *Violée, ami.* Une association incongrue.

« … dans la maison où j'habite, à l'extérieur du campus, il y a surtout des étudiants de troisième cycle, il est étudiant en ingénierie chimique… Mais vous devez me promettre que vous n'en parlerez à personne. »

Sans réfléchir, Michaela fait oui de la tête. Bien sûr.

Letitia explique que l'« ami » qui l'a violée n'était pas son petit ami mais qu'il se conduisait plus ou moins comme s'il souhaitait l'être, il s'attardait dans sa chambre, l'accompagnait dans la rue, avait quelquefois pris un verre avec elle, pas en tête à tête mais avec d'autres, des étudiants étrangers comme lui, tous en ingénierie – « Comme si, dans le pays d'où ils viennent, c'est ce qu'ils veulent tous être : *ingénieurs.* » Ce soir-là, ils avaient beaucoup ri tous les deux en regardant des vidéos sur YouTube, tantôt dans sa chambre à elle, tantôt dans la sienne, et ils avaient fini dans la sienne, sans qu'elle sache comment elle s'était réveillée nue dans son lit, malade à vomir, et, dégoûté, son « ami » avait dit qu'elle devait retourner dans sa chambre, qu'elle ne pouvait pas rester avec lui, qu'il devait dormir avant son cours, tôt le lendemain matin…

Letitia se met à pleurer. Des sanglots rageurs. Elle dit à Michaela qu'elle n'en a parlé à personne, qu'elle ne voulait en parler à personne, mais qu'il faut que Michaela lui laisse une chance, si elle est recalée à ce cours, ou si Michaela la dénonce, elle en *mourra*.

Et ce garçon à qui elle faisait confiance, il lui disait que ce qui était arrivé était *consenti*.

Ne me mets pas ça sur le dos, disait-il. *Si quelqu'un est coupable, tu l'es autant que moi.*

« Il me regarde comme si j'étais une traînée et une menteuse, comme s'il me *détestait.* »

Elle ajoute : « Il disait qu'il aimait mon "look" – "cool" –, *lui* il a les cheveux courts et il déteste le heavy metal… »

Michaela laisse Letitia parler, avec colère, avec amertume. Elle voudrait poser une main sur son bras pour la réconforter – mais non.

Le geste pourrait être mal interprété. Mal compris. Sa compassion, passer pour de la condescendance.

Michaela essaie de réfléchir : quel est le règlement universitaire ? Elle n'avait guère prêté attention à la brochure qu'elle avait trouvée dans sa boîte aux lettres, supposant que le protocole de traitement des situations de violences et de harcèlement sexuels ne concernerait jamais ses relations avec ses étudiants, qu'elle ne voit qu'une fois par semaine et qui dans leur grande majorité sont des adultes, des étudiants à temps partiel.

Il est malheureux qu'elle ait déjà promis à Letitia de ne pas signaler l'incident, sans savoir vraiment ce qu'elle faisait.

Michaela demande à Letitia si son « ami » lui a fait du mal et la jeune fille répond avec raideur qu'elle pense que oui, d'après la dernière fois où elle avait regardé. Mais lui disait que c'était juste un accident, qu'ils étaient tous les deux ivres, il n'arrêtait pas de répéter que c'était *con-sen-ti*.

« Vous n'en avez parlé à personne ?

– Je vous ai dit que non. »

Elle ne peut en parler à personne, insiste Letitia avec véhémence. Ce serait pire.

Sa famille en particulier ne doit pas savoir ce qui s'est passé. *Elle ne doit pas savoir.*

Ils auraient honte d'elle, dit Letitia. Ils seraient humiliés. Dans leur communauté, on ne pouvait même pas prononcer le mot *viol* à voix haute. Une femme ne dirait jamais ce mot, même devant son mari – surtout devant son mari.

Tout le monde saurait ce qui lui était arrivé, la famille ne s'en remettrait jamais. Parents, grands-parents. *Tous* ses grands-parents. Ils ne lui pardonneraient jamais !

Ses sœurs – elles s'arrangeraient pour le lui rappeler. Elles la plaindraient mais elles s'arrangeraient pour – toujours – le lui rappeler. « Elles sont comme ça. »

Ses parents avaient voulu qu'elle aille dans une université de cycle court à Las Cruces, et pas à Albuquerque. Alors pour eux, ce serait sa faute. Ils avaient voulu qu'elle habite dans une résidence universitaire et pas dans un logement à l'extérieur du campus avec des étudiants plus âgés, alors ce serait sa faute aussi – que le viol soit arrivé là. Il n'y aurait personne dans sa famille pour penser que ce n'était pas sa faute – parce qu'elle avait bu, qu'elle était ivre. Parce qu'elle avait perdu connaissance. Le seul fait qu'elle ait bu les dégoûterait. Ils ne se doutaient pas que Letitia buvait, pas beaucoup mais quelquefois. Pas plus que n'importe qui d'autre. En fait, moins que n'importe qui d'autre. Par conséquent, ce qui était arrivé était sa faute, c'est ce qu'ils penseraient et ils seraient tellement écœurés que certains d'entre eux ne voudraient même plus lui parler, elle le savait. À leurs yeux, elle l'avait cherché. Le soi-disant ami qui l'avait soûlée, qui l'avait violée alors qu'elle était ivre, inconsciente et nue dans son lit puant, elle a encore des bleus sur les bras, le ventre, les hanches, les cuisses, qui commencent juste à s'effacer après tout ce temps, et une bosse sur le côté de la tête comme si (peut-être) il la lui avait cognée contre le mur à côté de son lit. Dieu sait ce qui s'était passé et tout ce qu'il trouve à dire c'est qu'elle est autant à blâmer que lui.

Et aussi, il essaie de faire comme si rien de très important n'était arrivé entre eux. Rien de particulier. Quand il la voit dans la maison, il lui dit bonjour, s'il y a d'autres gens autour, il la salue de la main comme s'ils étaient – encore – amis…

Avec amertume, Letitia dit : « Il n'est pas blanc, si vous vous posez la question. »

Michaela n'a aucune idée de ce que cela signifie. Ni de la raison du ton accusateur de Letitia.

« Il est de la même religion que moi. Et ça, ça rendrait mes parents vraiment malades. »

Mais pourquoi ? se demande Michaela. Sa famille s'attendait-elle à ce que l'un des leurs se conduise mieux que ne le ferait un jeune Blanc ? Mais Letitia n'est-elle pas *blanche* ? Est-ce que « Tanik » n'est pas un nom d'Europe de l'Est ?

Nonobstant le nom de famille de Letitia, celui de sa mère est peut-être très différent. Letitia est peut-être biraciale. Anxieuse, Michaela a l'impression de s'aventurer dans des eaux dont elle ne connaît pas la profondeur, sans savoir où elle pose le pied.

Elle en revient au bon sens : conseiller à Letitia de voir un médecin. Même si l'agression date de trois semaines. Même si elle pense ne pas vouloir signaler le viol. Michaela l'accompagnera à l'infirmerie si elle ne souhaite pas y aller seule, propose-t-elle. Elle restera avec elle et la raccompagnera ensuite.

Michaela s'étonne de cette proposition impulsive. Et Letitia semble touchée. Elle hésite un instant. Puis elle secoue la tête avec véhémence.

Non non non non non.

Un autre monde où vivre. Notre écriture.

Et si vous écrivez un récit autobiographique, votre vie réelle y est enclose comme un embryon dans l'utérus.

Michaela a écrit deux récits autobiographiques sur son enfance et son adolescence dans l'Amérique suburbaine du Midwest de la fin du XXe siècle, tous deux salués par la critique. Sa prose est impressionniste, dans le style de Virginia Woolf : des états d'esprit aussi mouvants que les sables du désert, prenant des formes sans cesse nouvelles et saisissantes, imprévisibles.

À une époque où l'identité individuelle est devenue le nexus de l'anxiété et le dysfonctionnement familial, apparemment universel, Michaela s'est concentrée sur les petits rituels de la vie quotidienne, domestique, du Midwest, sur les « vertus thérapeutiques » de plaisirs partagés avec parents et voisins, un mode de vie en voie de disparition quand elle avait commencé à publier, vers la trentaine.

Le ton de ces récits est respectueux, voire révérenciel. Michaela n'a aucun goût pour l'âpreté de la satire, aucun désir de « voir » à travers un œil objectif d'appareil photographique. Était-ce Gloucester qui disait dans *Le Roi Lear* – *Je vois par ce que je ressens.*

Depuis la maladie de Gerard, Michaela n'a pas été capable d'écrire et n'en a pas non plus ressenti un besoin pressant. Tout, autour d'elle, est trop imprégné de *ressenti.*

Trop de souffrance, d'impuissance. De tous côtés. Elle ne peut regarder les informations télévisées, ne peut lire les titres des journaux. Les photos placées en haut et au centre du *New York Times* – non.

La mort banalisée, produit de consommation. Les morts. Alors qu'autrefois les journaux n'auraient jamais publié des photos de mutilés, de blessés, d'agonisants, de morts, ces atrocités sont aujourd'hui devenues banales. Tant de chagrin.

Elle parcourt les couloirs de l'hôpital dans un état second. Ne s'autorise pas à glisser un regard dans les chambres devant lesquelles elle passe.

Michaela incite ses étudiants à tenir un journal quand ils n'arrivent pas à écrire. Car c'est sans doute la forme d'écriture la plus sincère, parce que la plus intime.

Mais pour Michaela, c'est impossible. Car qu'est-ce qu'*écrire* sinon se distraire de l'essentiel : la vie, la mort.

Plus exactement, la vie menacée par la mort.

Plus exactement, une vie particulière, menacée par une mort particulière.

Écrire est alors une tromperie, une illusion : la personne qui est l'*écrivain* ne peut rien savoir d'elle-même excepté dans l'épreuve, et quand elle est dans l'épreuve, elle est incapable d'*écrire*.

Comme Letitia Tanik. Trop égarée, trop malheureuse.

Michaela souhaite penser qu'un jour *quand ce sera terminé, quand Gerard sera de nouveau à la maison* elle pourrait écrire quelque chose de différent, maintenant qu'elle a fait l'expérience de cette peur panique, la peur panique de la désintégration…

Mais elle ne peut imaginer sa conclusion, elle peut à peine imaginer sa vie avant le début de la catastrophe. Elle est si concentrée sur sa veille à l'hôpital, comme quelqu'un si collé à un mur qu'il est incapable de le voir, incapable de savoir comment commencer.

« Dieu merci, j'ai mes étudiants… »

Quoi qu'il soit naïf de penser « *mes* étudiants » – plutôt des individus dont la vie a croisé celle de Michaela dans ce moment de vulnérabilité.

Reconnaissante de cette occasion d'abnégation, d'oubli de *soi*.

L'enseignant se soumet à la volonté des autres. Comme dans une méditation zen, il doit faire le vide en lui et se laisser remplir par d'autres dont les besoins sont plus grands que les siens.

La salle du séminaire est devenue une oasis, un sanctuaire. Pourvu que le *moi* de l'enseignant soit tenu à distance.

Michaela tire une fierté (pitoyable) de ce qu'aucun de ses étudiants ne se doute que son mari est hospitalisé. Qu'il est gravement malade. Et elle est résolue à ce que cela continue.

Où est ma femme ? Pourquoi m'a-t-elle abandonné ?

Maintenant que je suis mort, personne ne l'aimera.

Michaela en pleurerait, tant c'est injuste, et accablant.

Gerard n'est pas mort ! Elle ne l'abandonne pas, elle tente juste de se rapprocher des autres dans l'intervalle. De respirer un air qui ne soit pas celui de l'hôpital, anormalement froid, recyclé.

Comme un accès de fièvre, le désir d'être *utile*.

Comme si, en se rendant *utile*, Michaela allait impressionner un être invisible par sa bonté et par sa vertu et en être récompensée par la guérison de Gerard.

Si simple, une logique d'enfant. Pourtant, Michaela y croit un peu.

Néanmoins elle a des crises de faiblesse, de désespoir. Même ces jeudis après-midi à Albuquerque où personne n'est au courant du combat de Gerard. Assaillie par des pensées dévastatrices pareilles à un grouillement de bactéries dévorant sa chair.

Tu te fais des illusions. En cherchant un réconfort dans une (fausse) identité présentée par fragments à des inconnus.

Comme si tu comptais pour eux, ou eux pour toi.

Comme si quoi que ce soit comptait, excepté que ton mari est mourant, que tu es incapable de le sauver.

Depuis le début du semestre, quand Gerard s'était mis à tousser, Michaela maigrit. Ses vêtements sont devenus trop grands pour elle. (Un peu comme ceux de Letitia Tanik.) Une peau molle fripée, meurtrie sous les yeux. Par défi, elle s'est investie trop ardemment dans le travail de ses étudiants, chaque séance de trois heures est intense, épuisante. Comme si sa vie en dépendait.

Sa voix se casse tandis qu'elle leur parle, elle a l'impression d'avoir la gorge à vif. Elle s'interrompt parfois comme si elle était perdue, comme une aveugle. Elle a une nouvelle manie inconsciente, chercher à tâtons son portable (dans son sac à main) parce qu'il lui semble avoir entendu une sonnerie inaudible, une vibration – mais quand ses doigts trouvent le téléphone, il est silencieux, sans vie.

Combien de fois depuis qu'ils sont mariés Michaela et Gerard se sont-ils appelés ? Combien de fois Michaela a-t-elle souri gaiement à la perspective d'entendre la voix de Gerard à son oreille – Bonjour, Michaela ? Où es-tu, chérie ? (une question qu'il pose invariablement). Mais à présent Gerard a cessé d'appeler Michaela, et quand Michaela appelle Gerard le répondeur de son téléphone se déclenche immédiatement.

Parfois le portable de Gerard se perd dans les draps de son lit d'hôpital ou finit par terre, mais même quand Michaela l'a placé avec soin à côté du lit, où Gerard l'a sous les yeux, il est rare désormais qu'il réponde à un appel.

Tu vas devoir vivre sans moi, Michaela.

Puisque tu m'as abandonné, ce sera ton choix.

Les larmes aux yeux, Letitia maintient que *non*, elle ne veut pas voir de médecin. Aucune intention de voir un médecin. Ni d'informer quiconque à l'université, non plus que la police d'Albuquerque.

Sa bouche est amère, boudeuse. Elle est à deux doigts de hurler à Michaela – *Non non non. Laissez-moi tranquille.*

Malgré tout, Michaela insiste. À défaut d'un médecin, Letitia devrait au moins voir un thérapeute. Il y a une cellule d'aide aux victimes de viol à l'université, Michaela a vu des affiches. Il y a un service d'assistance psychologique.

Un professionnel conseillerait probablement à Letitia d'éviter tout contact avec son violeur, dit Michaela. L'idéal serait qu'elle quitte la maison où ils habitent tous les deux.

Letitia proteste : pourquoi *elle* devrait partir, c'est *lui* qui devrait être contraint de le faire.

Michaela tâche d'expliquer : si aucune accusation n'est portée contre le violeur, il ne sera contraint à rien du tout et il continuera à se conduire comme s'il ne s'était rien passé. Il est important que Letitia l'évite, ne lui parle ni ne lui permette de lui parler, pas d'appels téléphoniques, pas d'e-mails ni de textos. Si elle décide de porter plainte, ces communications pourraient être utilisées contre elle par un avocat qui insinuerait qu'elle ne peut avoir été violée par un homme avec qui elle est restée en si bons termes après le viol (présumé).

Avec feu, Letitia dit que le viol n'est pas « présumé ». Il a eu lieu !

Et elle n'est pas en « bons termes » avec ce type depuis ce qui est arrivé. Vraiment pas !

Michaela explique patiemment que « présumé » est un terme juridique. Il sera employé systématiquement jusqu'à ce que l'affaire soit jugée et ne cessera de l'être que si le violeur est déclaré coupable.

Quelles conneries ! s'exclame Letitia, écœurée.

« *Il* sait, et *je* sais. Il devrait être soumis à un détecteur de mensonge, on verrait qui ment. »

La violence des paroles de Letitia est révélatrice, se dit Michaela. Sa haine pour le violeur est contaminée par d'autres émotions plus ambiguës.

« Oh ! mon Dieu, je voudrais être *morte*. »

La porte de la salle est poussée avec hésitation, des étudiants s'apprêtent à entrer pour le cours suivant. Avec un cri d'exaspération et de détresse, Letitia saisit son sac et se rue hors de la pièce. Michaela lui emboîte le pas, se sentant le devoir de protéger la jeune femme dont le visage est luisant de larmes et dont les yeux flamboient.

Veut-elle que les autres voient ? Sa honte, son humiliation ?

Michaela suit Letitia dans le couloir. Elle répugne à la laisser partir et sent que Letitia répugne à la quitter.

Une conduite entièrement nouvelle de la part de Michaela : suivre une étudiante désespérée, tenter de la raisonner. *Prends garde !* pourrait lui conseiller Gerard.

Elle ne peut abandonner la jeune femme dans ces circonstances. Une victime de viol peut se nuire, commettre un acte irrévocable.

La colère de Letitia est un rempart qui la protège d'un effondrement complet, se dit Michaela. Elle a le devoir moral d'aider la jeune fille, en dépit de sa résistance.

Elle n'aurait pas dû accepter aussi facilement de ne pas signaler le viol. Mais elle se dit qu'elle peut convaincre Letitia de changer d'avis.

« Letitia ? Et si je vous emmenais dans un centre de soins d'urgence ? Nous n'avons pas à aller à l'infirmerie du campus. Ce serait une très bonne idée. »

Letitia s'arrête, méfiante. Elle écoute Michaela lui expliquer ce qu'est un centre de soins d'urgence : pas une clinique ni un hôpital, rien à voir avec l'université ni avec la police d'Albuquerque. « Si vous vous inquiétez du coût, je paierai. Je suis couverte par l'assurance de l'université, je peux m'arranger. »

Naturellement, ce n'est pas le cas. En tant qu'épouse de Gerard, elle bénéficie de son assurance médicale à

Harvard, mais n'a aucune couverture à l'université du Nouveau-Mexique.

Après plusieurs minutes de conversation, Letitia accepte à contrecœur d'être emmenée dans un centre de soins d'urgence. Mais seulement si Michaela promet de ne pas l'accompagner dans la salle d'examen et de ne pas parler avec le médecin ou l'infirmière après l'examen. Et de ne pas lui poser de questions.

Une exigence absurde à laquelle Michaela consent. À son cœur défendant, mais a-t-elle le choix? Il lui faut espérer convaincre Letitia de coopérer après l'examen.

S'il y a eu viol, un crime a été commis, se dit-elle. *Un crime devra être signalé aux autorités.*

Que c'est étrange qu'une inconnue soit assise à côté d'elle dans sa voiture! Si Gerard la voyait, il n'en reviendrait pas.

Michaela se rappelle être souvent passée devant un centre de soins d'urgence sur Lomas Boulevard, à un kilomètre ou deux du campus. Elle y conduit Letitia, qui s'agite et se tortille sur son siège comme une enfant anxieuse.

Dans la salle d'attente Michaela parle à la réceptionniste tandis que Letitia va s'asseoir dans un coin, boudeuse, les épaules affaissées. Ses cheveux hérissés fluorescents semblent particulièrement incongrus dans ce cadre, Letitia attire l'attention.

Michaela donne sa carte de crédit, s'étonnant de sa folie. Que dira Gerard quand, parcourant le relevé de compte à la fin du mois, il tombera sur cette dépense inexplicable: centre de soins d'urgence, Albuquerque?

Quarante minutes d'attente avant que Letitia puisse voir un médecin.

Michaela prend la main de la jeune femme, qui est molle, moite. Celle de Gerard mise à part, il y a longtemps qu'elle n'a pas tenu la main de quelqu'un dans la sienne.

Elle assure à la jeune femme effrayée que tout ira bien.

Bien. Bien. Aucune idée de ce que peut signifier ce mot rebattu.

Letitia se tient d'abord très raide, comme en état de choc. Chaque fois qu'on appelle un patient, elle se tend : mais ce n'est pas son nom qu'on prononce. Bientôt, elle s'agite de nouveau, s'énerve. Elle retire sa main de celle de Michaela. Pianote sur son portable. Regarde si elle a des e-mails. Soupire, en prenant des airs de martyr. Comme si Michaela l'avait amenée là pour des raisons personnelles qui ne la concernent pas.

Finalement, dans un accès de contrariété, elle déclare qu'elle a changé d'avis. Elle ne veut pas être examinée – pas maintenant, en tout cas. Il faut qu'elle parte, elle a des choses à faire.

Michaela proteste : Letitia a attendu une demi-heure, pourquoi pas quelques minutes de plus ?

C'est pour son bien qu'elle doit être examinée. Elle a peut-être été blessée d'une façon qu'elle ignore… Et si elle avait une infection ?

« *Il faut que je parte*, je vous ai dit. »

Letitia élève la voix. Dans la salle d'attente, on l'observe, et on observe Michaela qui, mal à l'aise, tâche de la raisonner.

(Et quels liens y a-t-il entre la jeune fille excitée aux cheveux arc-en-ciel et cette femme soucieuse, plus âgée ? Sûrement pas des liens de parenté, c'est évident.)

Letitia se lève d'un bond, quitte la salle d'attente. Profondément embarrassée, Michaela est bien forcée d'aller voir la réceptionniste, d'annuler le rendez-vous. (En espérant que sa carte de crédit ne sera pas débitée.) Elle est consternée, elle en a assez, qu'il est donc difficile de s'occuper d'une jeune personne, de celle-ci en particulier, on croirait conduire un poids-lourd sur une route en pente raide, à peine capable de le stabiliser, en danger à chaque instant.

Michaela sort, gagne le parking. Elle espère à moitié que Letitia aura disparu, mais quand elle s'approche de sa voiture elle constate que bien entendu, sans surprise, Letitia est là, boudant sur le siège passager.

Son visage rayonne de fureur, de vertu offensée. Une odeur aigre monte de ses aisselles.

Car Michaela est fautive. Michaela doit être considérée comme fautive.

D'une voix tremblante, Letitia déclare qu'elle doit rentrer chez elle, là où elle habite. Maintenant.

« Je n'ai pas le temps pour ça. Ça rend les choses encore pires, j'ai essayé de vous le dire, mais vous ne vouliez pas écouter. »

Michaela se dit – *Elle a peur. Je dois respecter sa peur.*

Michaela se dit – *Je suis l'adulte, je suis responsable.*

« Faites comme vous le souhaitez, Letitia. Bien sûr. »

Elle continue néanmoins de penser que Letitia finira par se ranger à sa façon de voir, peut-être demain. Ce soir, elle revivra ces moments, elle entendra de nouveau la voix calme de Michaela.

Michaela repart avec Letitia en direction de l'université, tendant l'oreille pour entendre les indications qu'elle lui murmure. C'est exaspérant ! Letitia la punit en parlant d'une voix à peine audible.

Très fatiguée, une sensation de vertige. Les trois heures d'atelier. Et avant cela, une heure de trajet sur l'autoroute pour arriver à Albuquerque. *Si fatiguée, je suis si fatiguée. Quand aurai-je le temps de mourir.*

Quand Michaela se gare enfin devant la maison couleur de sable sale de La Union Street, il lui semble qu'il y a des heures que Letitia et elle sont ensemble. Qu'elles ont fait des kilomètres ensemble.

La maison est une ancienne demeure particulière, trapue et sans grâce, divisée en appartements pour étudiants comme d'autres dans la rue. Elle a deux étages, pourvus d'étroits balcons : du linge sèche au premier et, au second, un homme torse nu, accoudé à la balustrade, fume et boit une boisson à même la boîte. Dans le soleil déclinant de la fin d'après-midi, ses cheveux luisent d'un éclat sombre, comme de la laque. Michaela se demande si c'est pour lui que Letitia éprouve cette haine surexcitée.

La jeune fille frappe le bras de Michaela : « Non ! Ne vous arrêtez pas là ! Allez jusqu'au coin. »

Elle ajoute d'un ton contrit : « S'il vous plaît. »

Au coin de la rue, à plusieurs maisons de distance, Michaela s'arrête. Se disant que, si le jeune homme du balcon a remarqué la voiture qui passait lentement devant la maison, il n'a pas pu la reconnaître.

Pendant une longue minute Letitia reste tassée sur son siège, haletante. Michaela sent ses pensées tournoyantes et chaotiques comme un essaim de frelons.

Subitement, impulsivement, la jeune fille se tourne vers Michaela et se penche gauchement pour l'étreindre, pressant son visage humide contre son cou.

Une telle intimité, si brusquement – Michaela en est abasourdie.

Puis un murmure, quelque chose comme *OK, professeur – merci !* et Letitia s'écarte, claque la portière, disparaît.

Si fugace.

Dans le rétroviseur, Michaela la voit courir vers la maison couleur sable avec une agilité surprenante. Pas une créature blessée, en fin de compte, Michaela a été abusée.

Elle regarde la silhouette s'amenuiser rapidement dans le rétroviseur, grimper deux à deux les marches du perron, pousser la porte et disparaître à l'intérieur.

Michaela s'arrache à une sorte de stupeur, ne sachant l'espace d'un instant où elle se trouve ni pourquoi.

Un quartier qu'elle ne connaît pas, des enfants jouant dehors. Des véhicules garés des deux côtés de la rue. Michaela doit rouler avec une prudence extrême, les cris des enfants se muant en quolibets sur son passage. Elle se sent accablée de solitude, terrifiée par ce qui l'attend.

OK, professeur – merci! Michaela secoue la tête avec perplexité, elle ne s'était pas attendue à être remerciée, étreinte.

Et il n'y avait pas d'intention ironique dans ce *professeur*, se dit-elle.

Elle s'aperçoit qu'elle a fait le tour du pâté de maisons. Elle est de nouveau sur La Union Boulevard, va repasser devant la maison couleur sable.

Elle ralentit pour mieux voir. En levant les yeux, elle est surprise, mais peut-être pas, de voir sur le balcon du deuxième étage une silhouette féminine s'approcher du jeune homme au torse nu.

Michaela regarde. Michaela se sent flouée. Un coup au cœur.

Pourtant, à cette distance et sous cet angle, à travers le pare-brise de la voiture de location qui n'est pas très propre, opacifié par de minuscules particules de poussière et de pollen, une pellicule luisante de saleté, Michaela ne peut être absolument sûre que la jeune femme soit Letitia Tanik ni même qu'elle lui ressemble : le soleil de cette fin d'après-midi aveugle Michaela, le visage et les cheveux de la fille sont flous.

Éloigne-toi le plus discrètement possible. À ton tour de disparaître.

Elle reconnaît les lieux à présent, elle est sur Lomas Boulevard qui conduit à la bretelle d'accès de l'I-25. La route du retour à Santa Tierra.

Mais elle est en retard ! Elle sera en retard.

Dans une circulation qui avance au pas. C'est la punition de Michaela, ces décrochages, dérapages. Au fond de l'océan, des tentacules épais, sinueux, s'enroulent autour d'elle, elle est retenue prisonnière, l'immobilisant, l'étranglant.

Tout ce qu'elle a tenu à distance pendant des heures se rue à présent sur elle comme une eau noire souillée, elle est impuissante à en retenir le flot.

Quand je suis mort, tu n'étais pas là.

Où tu étais, je ne le saurai jamais.

Et maintenant – tu seras l'abandonnée.

14

Répit II

Mais non. Ce n'est pas (encore) arrivé.

Ce qui doit arriver, qui arrivera inévitablement et inexorablement et déchirera en deux ta vie de papier mâché, n'est pas (encore) (manifestement) arrivé.

Quel soulagement ! Tu pleures de gratitude, d'épuisement. La journée entière a basculé dans l'obscurité, il est près de 20 heures. Tu es hébétée de faim. Pourtant le plus délicieux bonheur quand tu vacilles sur le seuil de la chambre 771.

Car ton mari n'est pas mort pendant ton absence (clandestine). Il n'a pas sombré dans le coma. Il n'a pas *cessé de respirer.*

En fait, Gerard est étendu à peu près comme tu l'as laissé huit heures auparavant. Dans son lit d'hôpital au septième étage du Centre de cancérologie de Santa Tierra. Perfusion saline dans son bras droit meurtri, oxycodone dans son bras gauche meurtri. Pas (encore) d'oxygène et de tube nasal.

Des draps froissés que l'équipe de nuit changera. Peut-être, dissimulé dans les draps, le portable de Gerard que tu avais placé sur sa table roulante précisément pour qu'il ne se perde pas dans les draps.

Éparpillées sur le lit des pages volantes du *New York Times* que tu as lues à Gerard ce matin de ta voix tendue d'écolière avide de plaire.

Pas si vite, Michaela ! Reprends depuis le commencement.

Le commencement ?

Oui ! Le commencement.

15

La cache secrète

Si fatiguée ! Une migraine lui martèle le crâne. Un étau se resserre autour de sa tête jusqu'à lui déformer le crâne.

C'est l'insupportable. L'innommable. Une pression toujours accrue. Et la *fatigue*.

Pourtant *fatigue* n'implique pas sommeil. Seulement *épuisement*.

Elle ne peut pas se risquer à prendre des somnifères. Risquer la dépendance. Pas dans ce moment crucial où elle doit être réveillée, sur le qui-vive. Elle est *l'épouse*.

Car la dépendance aux somnifères serait immédiate, Michaela le sait. D'expérience. De courts interludes intenses de sommeil sans rêve. Le réveil, un effort, comme si vous étiez sous des blocs de béton brisés. Si lourds ! Tenter de les soulever avec des ailes brisées en guise de bras.

Ces fichus cachets ne vous accordent qu'environ quatre heures de sommeil. Au matin, un goût aigre d'urine séchée dans la bouche.

Gerard n'était pas favorable aux somnifères sauf dans des cas désespérés comme celui où il se trouve maintenant (pris au piège) : barbituriques, opioïdes, morphine à doses toujours plus élevées pour endormir une douleur insoutenable.

Pourtant : Michaela a (secrètement) accumulé ce type de médicaments. Pas seulement depuis l'hospitalisation de Gerard, avant aussi. Depuis des années. Une cache (secrète) dans un sac à main qu'elle avait transportée avec elle de Cambridge à Santa Tierra, et dont Gerard ne saura jamais rien.

Pourquoi ? Michaela dirait qu'elle n'en a pas la moindre idée.

Bientôt le patient de la chambre 711 sera autorisé à s'auto-administrer de l'hydromorphone (morphine) pour contrôler la douleur. Quoique (naturellement) la morphine accessible au patient ne soit pas illimitée, mais étroitement surveillée.

Le Dr McManus a-t-il fait un testament, madame McManus ? Pourriez-vous en apporter une photocopie lors de votre prochaine visite, s'il vous plaît ?

16

Une théorie pré-post-mortem

La *Naegleria fowleri* a cheminé par leurs voies nasales jusqu'à leur cerveau.

S'est enfoncée profondément dans la moelle de leurs os.

En chevauchant la crête de vagues minuscules, le cours chaud du sang.

Une eau douce chauffée par le soleil, boueuse et grouillante de microbes.

Une aventure! avaient-ils pensé. Nager dans ce lac de montagne des Berkshire chauffé par le soleil, invités pour le week-end dans la maison d'amis de Boston.

Gerard y avait nagé plus longtemps que Michaela. Par conséquent il a été infecté plus gravement qu'elle. Voilà la théorie.

Il est possible que Michaela ne soit pas infectée du tout ou que, si elle l'est, ce ne soit pas par la *Naegleria fowleri* mangeuse de cerveau, mais par un autre microbe. (C'est une autre théorie, non prouvée.)

(Tant qu'il n'y a pas eu autopsie, ou autopsies, rien ne peut être prouvé.)

Leurs hôtes, qui avaient une dizaine d'années de plus que Michaela, de vieux amis de Gerard, avaient expliqué d'un ton d'excuse qu'ils ne se baignaient plus que rarement dans le lac, il y avait trop d'algues près du bord, quoique le lac fût toujours très beau. D'un ton d'excuse encore, ils avaient expliqué ne plus se promener que rarement dans les bois, trop de tiques, la maladie de Lyme, des amis avaient été infectés, mais si l'on était prudent, comme Gerard et Michaela le seraient certainement, il n'y avait pas de réel danger.

Et puis – *Nous ne sommes plus tout jeunes ! Difficile de suivre le rythme de Gerard.*

Michaela se rappellera longtemps Gerard sortant du lac : l'eau ruisselant sur son torse, ses bras et ses jambes nues, collant les poils contre la peau comme une fourrure animale.

Michaela se rappellera longtemps le baiser qu'ils avaient échangé debout dans le lac, de l'eau à la taille. Gerard était tendre, espiègle. La peau très pâle autour de ses yeux et les yeux très nus, sans ses lunettes.

Je t'aime, tu sais. Ma chère femme.

J'espère que tu le sais.

Il était rare qu'il prononce ce genre de mots. Car Gerard était timide, dans la langue de l'intimité. Orateur brillant, débatteur affûté, bien plus à l'aise devant de larges auditoires que dans les petites réunions, souvent muet en présence de sa femme. Les émotions l'envahissaient, le submergeaient. Les émotions auxquelles il ne pouvait donner de nom n'avaient (d'une certaine façon) pas d'existence. Ou il ne pouvait pas reconnaître leur existence. Michaela riait de ravissement devant cet homme, son corps musclé enrobé, plis de chair à la taille, ventre lourd, mais jambes minces et dures.

Défaillant d'amour pour son mari. Oh ! elle l'adorait.

Quoique n'aimant pas la façon dont, alors qu'ils nageaient ensemble dans le lac des Berkshire, Gerard la distançait souvent en arrière, oubliant sa présence. Comme il le faisait parfois quand ils randonnaient ensemble. Ou même quand ils se promenaient ensemble, à moins que Michaela ne ruse en faisant en sorte qu'ils se tiennent par la main. On aurait dit que quelque chose tirait irrésistiblement Gerard vers le futur. Lui faisant oublier, non pas *elle* (pensait-elle), mais la présence de quelqu'un d'autre. Une sorte de transe le prenait comme s'il était attiré par la force d'attraction de pensées intimes (un futur ? mais quel futur ? incluait-il Michaela ?) dans les eaux chaudes alanguies du lac des Berkshire où des taches de lumière clignotaient et brillaient comme un grouillement de vie.

17

Épouse solitaire

Mais quelle solitude, la nuit ! Michaela cherchait à toucher la main de son mari, ou son poignet, ou son côté, son flanc – légèrement, parce qu'elle ne voulait pas le réveiller.

Simplement pour savoir que tu es là.

Parce que si tu es là, c'est que je suis ici.

Pas entièrement réveillée, mais effrayée brusquement. En détresse, en désarroi. Oh, où était-il – son mari ?

Elle le cherchait à tâtons dans le lit. Dans la nuit. Affolée parce qu'elle ne savait pas où il était. Ni dans quel moment du temps elle se trouvait.

Était-il possible qu'elle n'eût pas (encore) rencontré Gerard McManus ? Que leur bonheur soit devant eux, comme une terre ensoleillée s'étendant jusqu'au fond de l'horizon, vue d'un petit avion qui prend son essor ?

Pourtant elle se rappelait cet homme, dans le futur où il deviendrait son *mari*.

Le mot lui-même avait acquis pour elle un pouvoir, un mystère terrible : mari.

Maladie et santé. Jusqu'à ce que la mort vous sépare.

Comment en est-on arrivé là, Michaela est devenue si faible ! Plus jeune, elle était beaucoup plus forte. Plus jeune, insouciante de l'avenir, elle respirait l'assurance, l'indépendance. Mais maintenant on dirait que ses os se liquéfient. La perception qu'elle a d'elle-même fond comme la glace à la fin de l'hiver.

Le scintillement de ruisseaux d'eau glacée sur un toit de bardeaux pentu. Étincelant, ruisselant en arabesques serpentines.

Michaela avait été une femme qui ne voulait pas se marier. Qui se vantait de ne pas vouloir d'enfant. De ne pas avoir besoin d'enfants pour se prolonger. Un sentiment fallacieux d'immortalité.

À présent, cependant, Michaela est incomplète sans cet homme. Sans ce mari diminué, défiguré.

L'amour a un goût amer. L'amour est ce qui dévore. *Tu m'as privée de la moitié de mon âme. Maintenant, je ne suis que la moitié d'une personne.*

Elle sort de la douche dans la salle de bains noyée de vapeur. Mal assurée sur ses jambes, s'enveloppant dans une grande serviette comme à la recherche de réconfort. Voyant sur le carrelage, dans un coin où la vapeur est presque opaque, quelque chose qui semble être une silhouette, petite, sombre, naine – Michaela se fige, les yeux écarquillés. Est-ce – vivant ? Un animal venu de dehors qui a rampé dans la maison ?

Partout ici dans le paysage, des lézards, des serpents, de gros scarabées scintillants. Des araignées, des scorpions ? Des créatures venimeuses et mortelles.

Michaela constate que la chose est inanimée, du bois sculpté et peint : le dieu charognard Ishtikini, à la bouche béante et au ventre bedonnant, parfois appelé le dieu Crâne.

Un objet d'une laideur incomparable ! Et que fait-il *ici* ?

Michaela se rappelle que Gerard l'avait taquinée parce qu'elle n'appréciait pas l'art amérindien « exotique ». Il s'était moqué d'elle, mais n'avait pas émis d'objection quand elle avait dissimulé ces *objets d'art** à la vue. Le souvenir lui met les larmes aux yeux.

Sans Gerard, il n'y aura plus personne pour la taquiner. Personne pour la chapitrer, même par jeu. Personne pour la pousser à protester et pour rire de ses protestations.

Figée d'horreur, Michaela reste là, enveloppée dans la serviette, dans l'air chaud, frissonnant devant cette révélation. *Seule. Tu seras seule.* Elle regarde fixement la silhouette difforme sur le sol. Elle n'a aucune idée de la façon dont cet objet est arrivé là ni de la raison pour laquelle sa vue la bouleverse autant.

Puis elle comprend : le dieu charognard vorace est venu pour Gerard. Mais il est aveugle, sa compréhension est déficiente, il est venu le chercher au mauvais endroit.

« Hideux ! Maléfique ! » Michaela tient absolument à traîner la représentation d'Ishtikini dans un placard, sous le lavabo, où (elle en est certaine) elle l'avait cachée des semaines plus tôt.

Comme Gerard se moquerait d'elle ! En fait, si Gerard était là, dans la maison, Michaela aurait pu le soupçonner de lui avoir fait une farce en plaçant cette horreur dans un coin de la salle de bains.

Quoique ce ne soit pas le genre de Gerard de faire des farces. Et certainement pas une farce aussi grossière.

Pourtant (Michaela raisonne follement) *si* Gerard était là, et *si* Gerard avait un comportement aberrant (à cause des médicaments peut-être : stéroïdes, voire opioïdes), il *aurait pu* faire une farce à Michaela.

Une explication plus raisonnable : une femme de ménage employée par l'Institut a été envoyée chez eux en l'absence de Michaela et a nettoyé la maison à son insu ; pour une raison quelconque, elle a sorti la statue d'Ishtikini de sa cachette sous le lavabo…

Michaela n'a remarqué aucune trace du passage d'une femme de ménage. Michaela est déterminée à ne pas en chercher. Car c'est une explication logique à la présence de la statue d'Ishtikini dans la salle de bains et si Gerard était là, il serait probablement d'accord.

En fait, Michaela sait qu'il serait d'accord, et en quels termes il s'exprimerait.

Le rasoir d'Ockham : il ne faut pas multiplier les entités sans nécessité. L'explication la plus simple a toutes les chances d'être la bonne.

Elle parlera à Gerard de la statue d'Ishtikini, pense-t-elle.

Mais peut-être pas. Non. (*Pourquoi* Michaela lui raconterait-elle quelque chose qui risque de le troubler et de le contrarier ?)

Pour le divertir ? Pour lui rappeler la répugnance de sa femme à l'égard de ces *objets d'art** hideux, qui l'avait amusé et dont il s'était tendrement moqué ?

Pour lui rappeler la précieuse intimité de leur mariage, menacée à présent de glisser dans l'oubli ?

Michaela décidera à son arrivée à l'hôpital d'en parler ou non. Cela dépendra en grande partie de Gerard : s'il a les idées claires ou confuses.

Avant de quitter la maison, Michaela vérifie que les autres représentations de démons sont toujours là où elle les avait cachées : la femme à la bouche hurlante (identifiée par la suite comme Skli, déesse de la Création et de la Destruction) et le crapaud trapu aux yeux exorbités et aveugles (Weyaki, dieu du Chaos). Elle ne parvient pas à retrouver le crâne de cerf en cuir avec de « vrais » bois, caché (croyait-elle) dans le placard de l'entrée, et décide de ne plus y penser.

18

« Laisse-nous te venir en aide, s'il te plaît »

Pas de visiteurs, par pitié ! Son état ne le justifiait pas.

Pas d'enfants (adultes), de parents, d'amis de Cambridge – pas encore.

Une simple pneumonie sans gravité. Bon d'accord, peut-être un caillot dans un poumon. Il sortirait de l'hôpital d'ici quelques jours.

Ensuite, son état se révélant plus sérieux, voire critique, il avait été encore plus opposé à des visites – par souci de préserver sa vie privée, par vanité.

Non non *non*. Pas tout de suite.

Un de ces jours – peut-être. Pas maintenant.

Chaque fois, elle avait tenté de lui faire entendre raison. Car ceux qui l'aimaient souhaiteraient le voir – évidemment ! Et elle savait que c'était à elle, l'épouse, la « nouvelle » épouse, qu'ils feraient des reproches si quelque chose de terrible arrivait et qu'elle ne les ait pas avertis à temps...

« Je te l'ai dit, Michaela. Pas maintenant.

– Mais... quand ?

– Un de ces jours.

– Lucinda, surtout… » (Lucinda était la fille de vingt-neuf ans de Gerard, qui était mariée et habitait à Seattle.)

« J'ai dit… *un de ces jours.* »

C'était devenu un refrain. Une nouvelle phrase, prononcée d'un ton distrait/détaché qu'elle ne lui avait encore jamais entendu :

Un de ces jours.

Je te le ferai savoir.

En attendant, n'insiste pas, Michaela. Je t'en prie.

Tâchant de lui faire entendre raison. Mais avec précaution – en évitant de le contrarier. Car il est risqué de contrarier Gerard McManus dans un état de faiblesse où il n'est pas vraiment *lui-même.*

Tu ne voulais surtout pas voir le masque de bienveillance courtoise disparaître du visage de Gerard, une expression de fureur sauvage s'allumer dans ses beaux yeux bleu-gris.

Non. Tu ne voulais pas voir ça.

Et si tu l'as fait, si tu l'as vu : à effacer aussitôt de ta mémoire.

Ne t'oppose pas à lui. Ne le contredis pas. Si tu l'aimes, ne le provoque jamais.

Malgré tout, des nouvelles alarmantes de l'état de Gerard McManus avaient dû parvenir dans l'Est telles des spores aéroportées, car un jour une amie de Cambridge appelle Michaela pour s'exclamer à son oreille : « Nous avons entendu dire que Gerard était hospitalisé ! Est-ce vrai ? Devons-nous venir ? Gerard souhaite-t-il avoir de la visite ? Et *toi*, le souhaites-tu ? Laisse-nous te venir en aide, Michaela ! »

Non non *non*. Pas tout de suite.

Un de ces jours – peut-être. Pas maintenant.

« Mais ce doit être une terrible épreuve pour toi aussi, Michaela. Nous avons entendu dire que Gerard était gravement malade. Et vous n'avez personne d'autre là-bas, si ? La famille de Gerard ? Non ? Et où diable êtes-vous, d'ailleurs ? On nous a parlé de... Santa Fe ? Le Nouveau-Mexique ? Pourrais-tu rapatrier Gerard par avion à l'hôpital général du Massachusetts s'il le fallait ? Est-ce une possibilité ? Mais j'imagine que votre assurance ne paierait pas... »

Un ton de reproche, de réprimande. Et, au-dessous, une inquiétude réelle.

Michaela bégaie une réponse, explique qu'elle ne peut parler pour le moment, qu'elle doit raccrocher, mais la voix énergique insiste : « Laisse-nous au moins venir, Rob et moi, pour t'aider. Nous pourrons te faire la cuisine, t'accompagner à l'hôpital, faire des courses... »

M'aider ? Me faire la cuisine ? – Michaela rit. C'est drôle : ces temps-ci, elle se nourrit essentiellement de restes grappillés sur les plateaux-repas intacts de Gerard. Paquets nains de Cheerios, briques naines de jus d'orange, jus de pomme, jus de canneberge (trop sucrés), yaourts nains, gelées, glaces. Elle n'a pas fait de *repas* digne de ce nom, assise à une table, depuis des siècles.

Michaela proteste : elle n'a pas besoin d'aide, vraiment il n'y a pas de problème, elle va très *bien*.

« Tu ne peux pas être bien toute seule, Michaela ! C'est une terrible épreuve d'avoir un conjoint à l'hôpital. Quand il est "en soins intensifs". Laisse-nous venir t'aider. C'est le moins que nous puissions faire, tu as été si généreuse avec nous... »

Généreuse ? Quand ? Michaela se souvient vaguement... un incident dans son ancienne vie disparue, à Cambridge... Elle éprouve un sentiment de panique à l'idée d'être piégée aujourd'hui par des actes de générosité fortuits du passé : avoir accompagné cette amie dans une clinique pour une coloscopie quand aucun membre de sa famille n'était disponible, l'avoir attendue, avoir été près d'elle à son réveil...

« Michaela ? Tu es toujours là ? Tu n'as pas l'air bien. Laisse-nous te venir en aide, je t'en prie. »

Mais personne ne peut nous aider. Personne ne peut intervenir.

Elle rassemble ses forces pour battre en brèche l'argument de l'amie. Elle parle vite, remercie profusément, explique, sur le téléphone portable de Gerard (Madelyn Bronwell a composé le numéro de Gerard, Michaela a découvert l'appareil qui vibrait faiblement, oublié sur la table de chevet), qu'ils n'ont pas vraiment besoin d'aide pour le moment, tout se passe raisonnablement bien et la fille de Gerard, Lucinda, compte venir sous peu, elle séjournera dans leur maison, avec Michaela – « C'est simplement une question de traitement, maintenant. Toutes les analyses ont été faites, et un régime est prévu. Gerard est entre de bonnes mains, ici, à Santa Tierra. Les soins médicaux sont de premier ordre. »

Bonnes mains. Premier ordre. Des mots si banals que Michaela n'arrive pas à croire qu'elle les prononce. Pourtant, ce sont les mots qui nous viennent spontanément aux lèvres dans ce genre de circonstances.

« Tout de même, l'hôpital général du Massachusetts serait tellement plus...

– Désolée, mais c'est ici que nous sommes. Il n'est pas question de "rapatrier" Gerard où que ce soit. »

Michaela a parlé sèchement. L'amie a d'autres questions, mais Michaela lui explique qu'elle ne peut parler davantage, qu'elle rappellera plus tard. Elle a la voix fêlée, rauque, tant elle fait d'effort pour ne pas hurler.

Après ce coup de téléphone, Michaela tremble comme si elle avait échappé de peu à un danger. Elle espère qu'aucun de leurs autres amis de Cambridge n'appellera. Et personne de la famille de Gerard.

Si ce sont les Derniers Jours, ils sont précieux. Personne d'autre n'est le bienvenu.

19

La veille III

Pas de commencement.
Et pas de fin.

Un soulagement tremblant que ce ne soit pas (encore) arrivé.

Pas ce matin. Pas ce midi. Pas cet après-midi. Quoi que soit ce qui arrivera, mais pas (encore).

Il demande où est *ma femme*.

(Mais quelle femme ? Michaela se tend, préparée à entendre le mauvais nom, mais Gerard est trop habile pour prononcer un nom quelconque, tout comme, avait-elle remarqué, lors de grandes soirées et de réceptions à Cambridge, il évitait parfois de présenter des gens les uns aux autres, leur laissant le soin de le faire s'ils le souhaitaient sans s'exposer à l'embarras de ne pas se rappeler leurs noms.)

Il veut savoir : pourquoi est-il là ? Quel est cet endroit ? Où est son médecin ? Qui est son médecin ? (Le Dr T_, de Cambridge ?) Pourquoi les gens d'ici parlent-ils avec l'accent russe ? Est-ce un genre d'échange Fulbright, la CIA finance-t-elle l'Institut, va-t-il devoir signer un serment de loyauté ?

Il refusera, dit Gerard. Pas question qu'il *signe un serment de loyauté*.

Il secoue la tête avec véhémence pour se clarifier les idées comme si les secouer davantage pouvait les remettre en place.

Il repousse la main de Michaela quand elle veut le réconforter.

« … temps de rentrer. La voiture est garée dans le… comment déjà… le *parking*. »

Il s'agite. Il s'excite. Il s'emporte. Il déprime. Il refuse de manger : ne veut/peut avaler de nourriture solide. Il refuse de boire : les liquides lui donnent des haut-le-cœur. Une cuillère portée à ses lèvres lui donne des haut-le-cœur, il repousse la main de Michaela. Elle le met en colère et lui donne des haut-le-cœur. *Elle, l'épouse, le met en colère et lui donne des haut-le-cœur.*

« Je te l'ai dit – il est temps de rentrer. Ils ne font absolument rien pour moi ici. »

Rentrer. Michaela se dit que Gerard ne pense pas à la maison aux parois de verre de Vista Drive à Santa Tierra, mais à la demeure de brique de Monroe Street à Cambridge où il a vécu l'essentiel de ce dernier quart de siècle.

« … faut que je travaille mieux, à la maison. Je suis tout le temps interrompu, ici. » Malgré tout, Gerard travaille ou essaie de travailler sur le manuscrit révisé du *Malaise dans le cerveau humain*. Mais les pages s'éparpillent, entre les draps, sur la table de chevet, l'appui de la fenêtre et même par terre, derrière le lit, où Michaela les a plusieurs fois découvertes.

Plusieurs fois, elle a subrepticement vérifié : la page de dédicace est toujours à sa place – *pour ma femme bien-aimée et première lectrice Michaela*. Le matin n'est pas le meilleur moment de la journée pour Gerard, car le lourd engourdissement narcotique des opioïdes l'accable jusqu'à midi.

Et midi, le milieu de l'après-midi ne sont pas ses meilleurs moments parce que la succession continue des aides-soignants et du personnel médical l'épuise.

Soir d'une journée interminable. Dîner apporté sur un plateau en plastique, dîner remporté sur un plateau en plastique. C'est devenu évident : Gerard n'est *pas lui-même*.

Et il ne semble pas évident à Michaela que l'état de Gerard s'améliore ou ait des chances de s'améliorer.

Dans leur ancienne vie familière, c'est-à-dire il y a quelques semaines à peine, une vie au charme aussi désuet aujourd'hui qu'un daguerréotype du XIXe siècle, le mari doux et courtois de Michaela n'avait jamais un mot dur ou impatient à son égard. Il ne la regardait jamais d'un air furieux comme s'il la reconnaissait à peine.

« … parlent avec un accent chinois ? Sommes-nous à Pékin ? »

Délire. Michaela a été prévenue de l'éventualité de ces accès de *délire* après des jours de perfusion d'oxycodone.

Anesthésier, abrutir. Opioïdes : opium. Un choix entre une douleur intolérable et la confusion, l'hébétude. *Délire* est le terme médical officiel, mais Michaela le trouve trompeur.

En réalité, il lui semble que son mari est de plus en plus englué dans des rêves. Des rêves perturbants. Comme pris dans des sables mouvants, se débattant vaillamment, mais incapable de se libérer, à la façon dont un homme prisonnier d'un rêve ne peut ouvrir les yeux, bien qu'il sente – *sache* – qu'il rêve.

« … sans un traducteur. Des billets de trains pour… l'Ouzbékistan ? »

Michaela n'était pas allée en Russie, en Extrême-Orient, en Afrique avec Gerard. La plupart de ces voyages avaient eu lieu avant leur mariage. Elle éprouve maintenant un double serrement de cœur : non seulement son mari dérive loin d'elle, mais il le fait en compagnie (suppose-t-elle) d'une autre femme, de jeunes enfants.

« ... mon passeport ? Est-ce que tu l'as vu ? Où est mon passeport ? »

Dans cet état de *délire*, l'homme généralement raisonnable qu'est Gerard McManus ne souhaite pas coopérer avec le personnel médical. Il ne veut pas qu'on extraie du sang de ses bras malmenés et meurtris. Et surtout, il ne veut pas avaler quatre litres d'un liquide écœurant pour nettoyer son côlon en prévision d'une coloscopie, et il ne veut pas d'un cathéter dans son pénis. Non ! Il ne veut pas qu'on l'étende sur un énième chariot, qu'on lui fasse descendre sept étages vertigineux jusqu'au service de radiologie pour un énième scanner.

Combien d'analyses, de scanners, de biopsies le patient a-t-il endurés ! Et pourtant le traitement n'a pas encore permis de réduire les tumeurs cancéreuses.

Bientôt ! Nous zapperons les petites tumeurs par la radiothérapie. Puis...

Michaela s'est efforcée de comprendre pourquoi le traitement agressif du cancer de Gerard, que le Dr N_ a promis ou paru promettre, n'a pas débuté. Elle s'est efforcée de comprendre pourquoi l'élégant Dr N_ avec son nœud papillon a attendu aussi longtemps pour découvrir la tumeur urétrale, négligeant la douleur dont se plaignait le patient... Pourquoi, au nom du ciel, un oncologue néglige-t-il de rechercher une tumeur dans l'estomac ou l'abdomen d'un patient qui se plaint de douleurs, jusqu'à ce qu'elle devienne *trop grosse pour être opérable*.

Pourtant : il faut encore une analyse. Rein, biopsie.

Incroyablement : encore une analyse. Alors qu'il y en a déjà tant eu.

Bientôt, peut-être demain, après les résultats de la biopsie, le premier des traitements par radiothérapie sera programmé.

Est-ce certain ? demande Michaela d'un ton plaintif.

Est-ce une promesse ? – avec une pointe d'énervement dans la voix.

Elle parcourt le septième étage à la recherche du Dr N_, qui a été particulièrement difficile à rencontrer ces derniers jours. C'est un homme de haute taille, massif, au visage impassible comme un masque mortuaire, et par les trous de ce masque de petits yeux noirs brillent d'un éclat méfiant. Michaela a beau arriver à l'hôpital à 7 heures, haletante d'avoir couru, il semble que le Dr N_ ait déjà achevé sa tournée et soit parti.

Elle voudrait tomber à genoux, supplier le Dr N_. *Sauvez mon mari !*

Elle voudrait l'agripper par le bras, lui hurler au visage. *Que faites-vous ! Pourquoi attendez-vous ! Commencez le traitement maintenant ! Aujourd'hui !*

Mauvais pour Michaela de se laisser aller au désespoir. Surtout à un désespoir plein de colère.

Mauvais pour Michaela de tenter de quitter la chambre de Gerard s'il n'est pas endormi.

Il s'écrie : « Attends, où vas-tu ? Ne me laisse pas ici ! Ne m'abandonne pas ! Tu es ma femme, tu ne peux pas m'abandonner. Amène la voiture devant l'entrée. Elle est dans le parking, là où je l'ai laissée. Voici les clés… »

Michaela tâche d'expliquer à son mari surexcité qu'elle descend simplement quelques minutes à la cafétéria. Elle ne quitte pas l'hôpital, elle ne le quitte pas. Mais lui ne peut pas sortir (tout de suite) de l'hôpital. Le traitement de sa maladie n'a pas (encore) commencé.

« ... mais quelle "maladie" ? De quoi parles-tu ? On ne m'a rien expliqué.

– Si, chéri. On t'a expliqué...

– Non, rien ! Qu'est-ce que tu racontes ! »

Gerard a reçu des informations détaillées jusqu'à l'insoutenable sur son état, en plus de le subir, mais il semble avoir oublié en bonne partie ce qui lui est arrivé depuis son admission aux urgences. Il s'impatiente quand Michaela parle lentement et il s'impatiente quand elle parle trop vite. Et quand il l'écoute, il semble confondre l'insaisissable Dr N_ avec son médecin de toujours, le Dr T_ de Cambridge.

Une fois encore, Michaela explique. Mais au bout de quelques minutes, Gerard repose les mêmes questions. Formule les mêmes exigences.

« Tu te rappelles où nous avons laissé la voiture ? Dans le parking ? Va la chercher, s'il te plaît... Je n'ai pas de chaussures. On ne me laissera pas sortir d'ici si tu ne m'aides pas. Appelle une infirmière, je vais m'occuper des formalités de sortie. Voici les clés... »

Le cœur de Michaela se serre en voyant Gerard tâtonner à la recherche d'une poche dans sa blouse d'hôpital, et de clés dans cette poche, sauf que (naturellement) il n'y a pas de poche et il n'y a pas de clés.

Elle a couru dans le vent brûlant. Couru jusqu'à trébucher. Jusqu'à ce que des larmes ruissellent sur son visage. Jusqu'à ce que son cœur éclate, qu'elle ne puisse courir davantage. Elle a couru jusqu'à avoir mal au ventre. Jusqu'à avoir des crampes dans les deux jambes, jusqu'à crier de douleur. Jusqu'à ce que l'artère battant dans son cerveau éclate comme une constellation. Elle a couru hors de l'hôpital, couru aveuglément le long d'une route. Couru dans des lieux inconnus où l'air était coupant comme une lame de rasoir et n'alimentait pas son cerveau défaillant, déclinant. Elle a couru, fuyant son regard incrédule et accusateur. Ses yeux aux capillaires éclatés. Fuyant les doigts de son mari qui cherchaient à tâtons des clés de voiture dans une poche inexistante. Fuyant ses supplications pathétiques.

Michaela, ne pars pas ! Ne m'abandonne pas, reste avec moi.

Si tu m'abandonnes quelque chose de terrible va nous arriver à tous les deux si tu m'abandonnes…

20

L'expérience

Des moments de lucidité. Même à présent, dans ces Derniers Jours, dans l'obscurité grandissante d'eaux tumultueuses, il y a des îlots soudains de cohérence lumineuse.

Devant un gobelet de médicaments que lui tend une infirmière, la bouche adoucie par un curieux sourire : « Tu sais, Michaela, je ne crois pas que les protocoles de cette expérience aient été conçus en me prenant en considération. »

À son chevet, Michaela rit, car elle sent que Gerard a dit quelque chose de spirituel. Au dix-septième jour de veille, Michaela commence à perdre la notion de ce qu'est l'*humour*.

Mais elle notera ces mots excentriques dans un carnet aux pages presque toutes vides. Souhaitant se les rappeler, les chérir, les répéter à ceux qui ont connu et admiré Gerard McManus.

Je ne crois pas que les protocoles de cette expérience aient été conçus en me prenant en considération.

Une fois encore, Gerard lui parle avec sérieux de Spinoza.

Ce n'est pas la première fois, bien sûr. Très souvent, au cours des ans, il lui a parlé de Spinoza, toujours avec sérieux et avec une euphorie presque enfantine. Opposant la rigueur « agnostique » de Spinoza aux « abstractions vides » de Kant et de Platon. Spinoza, l'emblème même de l'âme solitaire, farouchement indépendante.

Dans le rôle de la jeune épouse admirative qu'adoptait naturellement Michaela, elle écoutait poliment Gerard sans vraiment saisir grand-chose de ce qu'il disait. À présent, des années plus tard, alors que Gerard parle de son lit d'hôpital, d'une voix faible mais toujours sérieuse, pressante, enthousiaste, Michaela essaie d'écouter plus attentivement, mais ne comprend tout de même pas vraiment.

Dans le carnet, elle écrit :

> A changé ma vie. Parce que changé ma façon de penser – la nature de la pensée.
>
> Toute chose est achevée, finie. Contenue dans l'éternité. (Spinoza)
>
> Toute substance (physique) est nécessairement infinie. Toute substance (non) physique est nécessairement finie.
>
> Le bonheur est une quantité finie en ce qu'il est un phénomène du temps, de l'espace et des circonstances ; mais le bonheur est une quantité infinie en ce qu'il est un phénomène de l'âme (Éternité).

Aucune idée de ce que cela signifie ! Néanmoins Michaela note avec soin dans son carnet.

Ce que *signifient* les mots n'est pas évident. Quand vous êtes en train de perdre la seule personne que vous aimez et qui vous a aimé.

Un matin, Gerard la contemple avec calme par-dessus la première page du *New York Times*, que (Michaela le remarque avec horreur) il tient à l'envers sans s'en rendre compte. En l'absence de lunettes, des marques rouges sont visibles sur la peau tendre de l'arête de son nez, et ses yeux paraissent plus grands, ses pupilles, dilatées.

« Ma chère femme ! Tu ne regrettes pas de m'avoir épousé, si ? »

Michaela rit, mal à l'aise, quelle absurdité !

« Tu es bien ma femme, n'est-ce pas ? "Michaela" ! »

Il lui sourit. Comme si elle le ravissait. Mais qui est-*elle* ? Le nom « Michaela » semble problématique.

« Bien sûr que je suis ta femme, Gerard. Pourquoi dis-tu des choses pareilles ? Tu me fais peur...

– Tu ne m'en veux pas de t'avoir trahie en mourant ?

– Tu... tu ne m'as pas trahie... Tu n'es pas mort. »

Michaela parle vite, d'une voix faible. Elle est effrayée de voir que son mari continue à la regarder en souriant comme s'il ne l'avait jamais vue.

« Tu m'accompagneras, alors ?

– Où cela ? À la maison ?

– Pas à la maison. Non.

– Oui, bien sûr que je t'accompagne. » Puis, ne sachant pas vraiment à quoi elle a donné son accord : « T'accompagner... où cela ?

– Là où on m'emmènera. »

Gerard parle lentement, d'un ton neutre. Ses yeux sont gris-bleu, de la couleur de la pierre. Autour des yeux, la peau est flasque, blanche.

« Il y a de la place dans ces endroits-là pour "mari et femme". Tu es ma femme. Il y a de la place pour *toi*.

– Je ne comprends pas...

– Mais si. »

Tu rentres dans la maison que vous louez, tu t'effondres sur le lit (dans les draps défaits, malpropres).

Épuisée, tu pleures jusqu'à sombrer dans le sommeil, cahotée sur une route défoncée dans une sorte de wagon ouvert, le dos malmené, les mâchoires serrées, moite de sueur, te disant – *Voici donc l'enfer ; mais je n'y suis même pas encore arrivée.*

Quelque chose rampe dans ton oreille – un minuscule insecte venimeux, d'innombrables pattes frémissantes – *ces pattes, tu les sens presque* – et tu te réveilles en proie à une terreur si atroce que tu es incapable de hurler.

21

Orphée, Eurydice

Comme la résidence de huit mois de Gerard à l'Institut court jusqu'à la fin août et qu'ils ont leurs billets de retour pour Boston le 30, il est parfaitement raisonnable de la part de Michaela d'acheter des billets d'opéra pour le 2 août, soirée d'ouverture de l'*Orphée et Eurydice* de Gluck.

Pas exactement une décision impulsive, mais Michaela se retrouve au Pavillon des arts de Santa Tierra qui abrite l'opéra, alors qu'elle n'y est encore jamais allée, quelque chose comme un pli du temps et elle a pu s'absenter de l'hôpital, une pause de moins d'une heure, elle s'accordera cinquante-cinq minutes, il faut qu'elle soit repartie d'ici dix minutes, qu'elle marche vite, coure.

Merci, chérie! Un de mes opéras préférés.

Merci d'avoir foi en moi. De croire que je serai encore en vie.

Évidemment que Gerard sera encore en vie, il est impossible qu'il ne le soit pas pour aller à l'opéra avec sa femme Michaela. Des milliards d'êtres humains seront en vie ce jour (à venir) du 2 août, alors pourquoi pas Gerard McManus. Et pourquoi pas assis à côté de Michaela. Une fois que vous êtes né, raisonne-t-elle, vous avez de bonnes chances de survivre.

Avant de naître, et surtout avant d'être conçu… ces chances sont nettement moindres.

Par conséquent, il est absurde de s'en faire !

Michaela pense que Gerard, qui s'intéresse à l'architecture en amateur, sera impressionné par le Pavillon des arts de Santa Tierra, conçu pour se fondre dans l'architecture locale d'adobe, de crépi, de grès et de verre. L'opéra de Santa Tierra, qui figure sur la couverture de nombreux magazines, est un bâtiment particulièrement saisissant, agencé de façon que la majorité de ses sièges en gradin regardent les monts San Mateo, à l'ouest de la ville ; les représentations sont programmées juste après le coucher du soleil, aux dernières lueurs du crépuscule.

Merci pour cette beauté, Michaela. Je t'aime tant.

L'erreur que commet Orphée, se retourner pour regarder Eurydice, la condamnant dans le même instant à l'Hadès pour l'éternité, est une erreur innocente, pense Michaela. Et de ce fait, terrifiante.

Elle espère ne pas commettre d'erreurs. Conduire Gerard hors de l'Hadès.

Mais il est difficile de savoir ce qui serait une erreur, dans la vie. Car dans la vie il n'y a pas de script, pas de partition. Pas de musique d'accompagnement. Il n'y a pas d'*auteur*, donc pas d'*intention de l'auteur*.

Venir à Santa Tierra, Nouveau-Mexique, n'aurait pas dû être une erreur. Pourtant, Michaela ne peut s'empêcher de penser que s'ils étaient restés à Cambridge, Gerard ne serait pas hospitalisé aujourd'hui.

L'air raréfié des montagnes, pauvre en oxygène. La poussière charriée par le vent incessant, absorbée par le tissu rose tendre des poumons.

Accès de toux, caillot. Pneumonie (bactérienne).

Oui, mais les cancers métastasés avaient forcément des mois d'existence.

Cellules cancéreuses, le corps se retournant contre lui-même.

Si Dieu existe, le cancer est Dieu se retournant contre l'humanité.

Pourquoi ? Parce que telle est la nature de Dieu.

Michaela est prise de tournis sur la place bondée où il semble n'y avoir que des couples, des familles. Des cohortes de touristes dont certains parlent des langues étrangères.

Gerard et elle avaient eu le projet de faire à pied le trajet de leur maison de Vista Drive jusqu'au quartier historique de Santa Tierra, une distance de plusieurs kilomètres. Ils avaient eu le projet de visiter la mission espagnole de San Gabriel, une église locale remarquable par ses peintures murales mexicaines, la Foire des arts amérindiens et ethnographiques de l'Aigle noir, les fiestas de Santa Tierra, le bûcher de Skli. (Michaela a appris que la sculpture atrocement laide, obscène d'une femme à la bouche béante, au vagin béant, aux doigts griffus, qu'elle avait cachée à la vue dans leur maison de location, est censée représenter Skli, une déesse amérindienne de la Création et de la Destruction.) Gerard se faisait une joie toute particulière de randonner dans le Cold Spring Canyon au pied des monts San Mateo et le long des rives du rio de Piedras ; il avait parlé d'une excursion au légendaire village de la Demeure des morts, dans les montagnes, accessible uniquement à pied. Autant de lieux qu'il avait marqués d'un astérisque rouge dans le guide *Lonely Planet*. Ils allaient avoir tant de choses à découvrir, comme un couple de nouveaux mariés !

Cela semble si loin, à présent.

Sans Gerard à son côté, Michaela est désorientée, déséquilibrée. Comme un animal captif qui s'est défait de sa laisse, elle éprouve un sentiment de culpabilité sur cette place publique, vibrante de vie.

Un animal captif qui est aussi un animal d'expérimentation. La porte de sa cage a été laissée ouverte et sans avoir conscience de ce qu'elle fait Michaela s'est aventurée hors de la cage…

Elle sent des yeux se poser sur elle, glisser sur elle. Se river sur elle comme des crochets dans la chair. Elle n'a pourtant fait aucun effort pour se présenter comme une femme, encore moins comme un être sexué.

Elle a trente-sept ans. Sa jeunesse est derrière elle.

Les membres longs, les hanches et le torse étroits. Elle a l'impression d'avoir la lèvre inférieure enflée, comme si elle avait été mordue. La langue enflée. Ses cheveux, naguère abondants, brillants, d'un châtain chaud, sont devenus secs, couleur de sable ; passés derrière les oreilles et maintenus par un chapeau de paille fatigué, enfoncé bas sur le front. Il y a si longtemps qu'elle évite d'examiner son visage dans une glace qu'elle se rappelle à peine à quoi elle ressemble.

Ma ravissante épouse ! Embrasse-moi.

Voilà un certain temps que Gerard n'a pas prononcé ces mots, qui brûlent maintenant dans le cœur de Michaela. Elle défaille de nostalgie en se rappelant son expression d'extase désemparée, qui l'avait tant émue quand ils venaient de tomber *amoureux*.

Futile de se rappeler ces mots maintenant. Cruel.

Gerard lui manque ! Si intensément.

Elle voudrait glisser son bras sous le sien comme elle le faisait parfois quand ils se promenaient. Prendre sa main, tenir sa main. L'intimité la plus précieuse entre eux (pense Michaela) avait été ces gestes simples, sans parole – plus spontanés que leurs rapports amoureux.

Être enlacée. Protégée. Rassurée – *Je ne t'abandonnerai jamais.*

Michaela a un instant de vertige en imaginant les bras de Gerard se refermer autour d'elle. Un sentiment d'horreur à l'idée que cela pourrait ne jamais plus arriver.

Elle ne veut rien d'autre. Si ce n'est pas possible, alors rien.

Elle se sent si étrangère dans ce quartier touristique de boutiques et de magasins chics. Car il n'y a rien là qu'elle veuille, qui puisse être acheté.

Des bijoux navajos, argent et turquoise. Des tapis tissés main aux couleurs vives, des poteries vernissées, des *quilts* et des couvertures. Des oiseaux, des animaux en bois, exquisément sculptés, des figures humaines grotesquement exagérées. Pourquoi les animaux étaient-ils représentés avec respect, alors qu'on donnait un aspect monstrueux aux êtres humains ?

Nous haïssons et craignons notre propre espèce. Nous connaissons notre espèce, la noirceur de son cœur.

Des vendeurs la hèlent. Michaela sourit poliment, mais ne s'attarde pas. Si Gerard était avec elle, ils entreraient dans certaines boutiques, notamment celles qui se doublent d'un atelier d'artisan. Ils examineraient les nombreuses sculptures d'objets, de personnages. Gerard souhaiterait probablement acheter l'une des figures humanoïdes, parfois facétieusement déformées, comme des parodies de l'iconographie amérindienne.

Michaela voit avec répugnance des représentations des dieux-démons pareilles à celles qu'elle a cachées dans sa maison. Le dieu charognard Ishtikini avec son crâne grotesquement disproportionné, hérissé de grossiers cheveux noirs « humains », son ventre gonflé et son maigre pénis en érection…

Une étiquette explique *Ishtikini prend de nombreuses formes. Ishtikini n'est pas ce qu'il semble. Quand vous pensez à Ishtikini, repensez-y.*

Sans Gerard, peu de choses l'intéressent vraiment dans le monde des arts, de l'artisanat, des présents, des objets. Rien qui puisse lui donner un moment de plaisir. Gerard lui a fait de nombreux cadeaux au cours des ans et ici, à Santa Tierra, il aurait certainement choisi pour elle des bijoux en argent et turquoise qu'elle aurait portés avec beaucoup de plaisir. Mais sans lui, quel sens avaient les bijoux ? Quel sens avait quoi que ce soit ?

Ce que Michaela veut est *immatériel* : que Gerard retrouve la santé.

Elle s'arrête pour lire une description d'*Orphée et Eurydice* sur une affiche devant l'opéra. Quelle légende cruelle !

Pendant qu'il conduit Eurydice hors de l'Hadès, Orphée doit lâcher sa main sans explication alors qu'il ne marche pas à son côté, mais devant elle ; troublée, Eurydice y voit un reproche, elle doute de son amour et crie son nom ; sans réfléchir, Orphée se retourne pour la réconforter, comme un époux réconforterait sa femme – et à l'instant même Eurydice meurt.

Parce que Orphée l'aime au point d'oublier l'avertissement qui lui interdit de se retourner si elle l'appelle.

Au moment même où Eurydice désespère de l'amour d'Orphée, son amour pour elle garantit qu'il la détruise.

Les légendes anciennes. Ce qu'il y a de plus humain en nous sera notre malédiction, et assurera notre damnation.

À une trentaine de pas, en lisière de la place, Michaela remarque une silhouette bizarre, en partie masquée par les passants. L'homme n'est pas sur son chemin, mais à la perpendiculaire. À peu près de l'âge de Gerard, il a une barbe grise clairsemée, des cheveux gris dépeignés. Détail choquant, il semble porter une tenue d'hôpital. Un tube de perfusion pend à l'un de ses bras (terriblement meurtri). Des taches de sang sur ses vêtements. Ses jambes livides sont nues et il porte des chaussons en papier !

Se pourrait-il que ce soit Gerard ? Michaela regarde, horrifiée.

Michaela sait que cet homme n'est pas Gerard. Qu'il est impossible que ce soit Gerard. Et pourtant – elle regarde.

Elle voudrait l'appeler, mais sa gorge s'est contractée. Sa langue enflée lui emplit la bouche, elle ne peut parler.

Gerard ! Sa voix est étranglée, inaudible.

Un mouvement de foule, et la triste silhouette à la blouse d'hôpital tachée disparaît à sa vue. Michaela essaie de suivre l'homme, mais n'a aucune idée de la direction qu'il a prise.

Elle a l'impression que Gerard dans sa tenue d'hôpital, un tube de perfusion pendant de son bras, est entraîné loin d'elle comme par un torrent.

Vague après vague, une eau bouillonnante.

Oh, mais c'est ridicule ! L'idée que cette personne (un vagabond, un malade mental) puisse être d'une façon quelconque Gerard, son mari. Un chercheur éminent, professeur à Harvard, attaché à l'Institut de recherche avancée de Santa Tierra...

Mais si c'est Gerard, tu dois le conduire hors des Enfers. Tu ne dois pas l'abandonner.

Michaela se détourne, bouleversée. Il faut qu'elle parte, qu'elle retourne immédiatement à l'hôpital, c'est un signe. Elle marche vite, se met à courir, haletante, elle gravit la colline abrupte et la façade crépie du Centre de cancérologie de Santa Tierra se dresse bientôt devant elle, majestueuse.

Des rangées de fenêtres brillant comme des yeux, masquant le ciel.

22

La veille : nuit

Au début il te renvoyait chez toi tous les soirs à 22 heures. Voyant que tu étais épuisée et avais besoin de sommeil : *Rentre à la maison, chérie ! Je te verrai demain matin.*

Chaque journée, très longue. Quoique pas (encore) interminable.

Il embrassait tes mains, tes paupières tremblantes, tes lèvres quand tu te penchais vers lui, débordant d'amour pour lui.

Tout irait bien, assurait-il. Souriant, riant même. C'est le plaisir particulier du mari hospitalisé de rire des craintes de son épouse qui (il en est sûr !) sont exagérées.

Il regarderait les informations pendant une demi-heure : télé, ordinateur. CNN, MS-NBC, PBS, BBC. Il finirait le *New York Times*. Puis il essaierait de dormir, éteindrait à 23 heures. La matinée commençait à l'aube à l'hôpital, mais il était inutile que tu viennes avant 8 heures.

Même si, généralement, tu arrivais à 7 h 30.

À ce moment-là, les questions pratiques, pragmatiques prédominaient : livres qu'il souhaitait te voir apporter, tâches qu'il espérait te voir accomplir pour lui, recherches à faire (sur Internet, mais aussi à la bibliothèque de l'Institut). Plats préparés (chinois, italiens, moyen-orientaux) qu'il t'incombait de lui apporter pour remplacer la nourriture (médiocre) de l'hôpital qui lui inspirait un si grand mépris.

Mais bientôt, Gerard cesserait de se plaindre de la nourriture. Bientôt, il cesserait de s'intéresser à la nourriture. Il cesserait de demander des livres. Il semble avoir cessé de travailler sur *Malaise dans le cerveau humain*, dont tu veilles à réassembler les pages éparpillées que tu mets en sécurité sur une étagère de placard sans faire de commentaires.

Gerard dit vaguement qu'une fois sorti de « ce fichu hôpital » il se remettra au manuscrit et le finira.

Tu l'aideras, assures-tu.

Oui – *un de ces jours!*

Des semaines plus tard, si Gerard est réveillé quand tu te prépares à le quitter pour la nuit, il lève faiblement la tête de l'oreiller, implore: *Ne pars pas tout de suite, Michaela! Reste avec moi...*

Oui! Bien sûr.

Bien sûr que oui.

Tu ne le quitteras pas avant qu'il se soit endormi.

Tu t'attardes à son chevet, tiens sa main, caresses ses doigts, lui parles, le rassures jusqu'à ce qu'il glisse dans le sommeil opioïde qui lui donne un teint terreux, un visage relâché. Une respiration irrégulière, rauque.

Une perfusion de Dilaudid coule goutte à goutte dans son bras meurtri depuis 21 heures pour le plonger dans l'inconscience, dans un quasi-coma.

Pas l'insaisissable Dr N_ (profondément embarrassé par la perspective de son échec d'oncologue à maintenir son patient en vie comme il avait paru le promettre au départ), mais la douce Dr S_ (infirmière de soins palliatifs) vous a expliqué, à Gerard et à toi : il faut choisir entre une douleur (insoutenable) et la lucidité ou une douleur (anesthésiée, assourdie) et la confusion d'esprit.

Sauf que, lorsque la douleur est insoutenable, on ne peut pas être vraiment lucide.

Nous n'avons donc pas vraiment le choix, docteur. C'est ce que vous dites.

Je le crains. Oui, je le crains – c'est ce que je dis.

Pas de fin. Pas de commencement.

Sauf que si, bien sûr : il y a une fin.

Malade de culpabilité tous les soirs quand tu quittes Gerard. Malade de panique à l'idée qu'un matin, à ton retour, Gerard pourrait ne plus être là.

Mais ils ne feraient pas ça, si ? L'hôpital a ton numéro. On t'appellerait pendant la nuit.

Chaque soir tu restes plus longtemps. L'inertie s'est insinuée dans tes membres. Car Gerard ne veut pas que tu partes. Car Gerard devient visiblement anxieux quand tu te prépares à partir. Et puis arrive 23 heures, quand l'hôpital prend son rythme nocturne. Moins de bruits de pas, moins de voix, les télés muettes, les chambres obscures. Quand tu passes devant les chambres obscures pour rejoindre les ascenseurs au bout du couloir, tu es dévorée de culpabilité.

Tu es prise d'un malaise particulier, d'une peur croissante quand tu vois le crépuscule s'approfondir de l'autre côté des fenêtres de la chambre, le mouvement lent de lumières clignotantes au loin, sur l'autoroute. Les lumières de la ville, les lumières dans le ciel qui disparaissent peu à peu à mesure que les reflets de la chambre engloutissent le monde du dehors.

Gerard ne regarde plus la télé. Ne s'intéresse plus aux « informations » – ce qui naguère excitait sa colère, son écœurement, sa consternation ne semble plus lui faire beaucoup d'impression.

Et veut-il encore travailler sur son manuscrit aujourd'hui ou dois-tu le ranger pour lui ?

Un de ces jours.

Une réponse qui n'en est pas vraiment une. Mais si tu reformules la question avec soin, la réponse est, simplement – *Un de ces jours.*

Hébétée de fatigue tu descends les sept étages jusqu'au hall quasi désert. Les moindres détails de la cabine d'ascenseur – position des boutons d'étage lumineux, affiches fluorescentes vantant la cafétéria et la boutique de l'hôpital, rayures et éraflures sombres sur les parois – te sont aussi familiers que l'intérieur de tes paupières quoique (simultanément) (immédiatement) oubliés, effacés de ta conscience à l'instant où tu sors de la cabine.

Derrière le long comptoir, il n'y a plus à cette heure tardive qu'une seule réceptionniste pour te reconnaître comme la femme d'un patient du septième étage : oncologie.

Bonne nuit, madame. À demain !

Tu souris, tu salues de la main. Toujours assez polie pour sourire, saluer. Tu as beau avoir le cœur brisé, tu peux sourire, saluer. Et pourquoi *pas.*

« Si vous pouviez rester, madame McManus. Peut-être… cette nuit… »

L'état de ton mari ne s'est pas amélioré, on pourrait dire qu'il s'aggrave, alors mieux vaudrait rester auprès de lui la nuit. À compter d'aujourd'hui. Car quelquefois, semble-t-il, le Dr McManus est *confus, désorienté*.

Il est utile d'avoir un membre de la famille dans la chambre dans ces moments-là – explique le personnel infirmier.

(Tu essaies de ne pas remarquer que la plus jeune des infirmières te fait cette requête avec un regard extrêmement gêné. *A-t-elle peur ? De quoi, mon Dieu – de qui ?)*

Oui mais il n'y a pas d'autre membre de la famille, leur dis-tu. Oui il n'y a que l'épouse.

Quelquefois un patient très malade acceptera de manger si un proche insiste. S'il vous plaît !

Tu portes une cuillère à soupe à la bouche de Gerard, lentement, précautionneusement. Cliquetis de la cuillère contre des dents récalcitrantes. Facile à renverser, attention. De minuscules cuillerées de yaourt, de fromage blanc. *Ton préféré, chéri : aux myrtilles. Essaie, je t'en prie.*

Il ouvre la bouche comme un oisillon. Affamé mais incapable de manger. La nourriture lui donne la nausée. Des aliments qui lui plaisaient il y a encore à peine une semaine, tranche de banane, Cheerios, jus de pomme, lui donnent maintenant la nausée.

Incapable d'avaler. Des haut-le-cœur. Il repousse ta main. *Assez, Michaela. Stop.*

Il te pardonne. Mais il est (parfois) (souvent) furieux contre toi.

Tu embrasseras Gerard, tu tireras une consolation du fait, si mineur et modeste soit-il, que Gerard te rende ton baiser, quoique faiblement. Et puis, tu rassembles tes forces pour monter sur le lit et t'étendre près de lui, veillant à ne pas le bousculer, à ne pas déranger les lignes de perfusion dans ses bras. Bien blottie contre lui, tu l'entoures fermement de ton bras. Ta tête à côté de sa tête sur l'oreiller. Poussant doucement sa tête. Ta respiration cherchant à s'accorder à la sienne.

Tu déclares que tu l'aimes. Tu ne le quitteras jamais. Tu es sa femme – *Michaela*.

Le plus délicieux des sommeils te submerge. Car tu es très, très fatiguée. Ferme les yeux, commence la chute libre dans les ténèbres.

Je t'aime, ne te quitterai jamais. Je t'aime t'aime t'aime ne te quitterai jamais, c'est une promesse.

Tu implores – *Respire ! Je t'en prie, chéri.*

Un long ruban de Möbius – interminable.

Depuis que tu avais conduit Gerard aux urgences un matin de la fin janvier. Dans la voiture à côté de toi se plaignant sur le ton de la plaisanterie que tu *dramatises*, que tu *exagères*, comme d'habitude. T'informant, entre deux accès de toux, qu'il avait consenti pour te faire plaisir, rien de plus.

Aux urgences (prédit-il) on l'examinera, il aura droit à quelques analyses, puis on le laissera partir. Il n'a rien de plus grave qu'une fichue crise d'asthme chronique, aggravée par l'air sec brûlant du Nouveau-Mexique, mais soignable avec des médicaments.

Souris, tâche de le croire. La maladie de ton mari est entièrement le fruit de ton imagination. Elle n'est *pas réelle*, elle n'a pas le pouvoir de *tuer*.

Oui, mais tu es contente qu'il ait souhaité te faire plaisir. L'amour d'un mari pour sa femme – *lui faire plaisir*.

Tu dors sur le canapé de vinyle à quelques pas du lit de ton mari. Car à présent tous les faux-semblants sont écartés, déchirés, froissés en boule et jetés comme la fine feuille de papier craquant d'une table d'examen une fois son usage rempli. Tu resteras la nuit parce que les infirmières de nuit te l'ont instamment demandé. Parce que tu comprends, tu n'oses pas partir.

Mal installée sur le canapé, trop court pour toi, mais peu importe : de toute façon tu ne dormiras pas. Sensible aux machines dans la pièce. À la respiration rauque et laborieuse de ton mari.

Tâche de ne pas compter les respirations. Tâche de ne pas compter les secondes entre les respirations.

Mais où sommes-nous ? Quel est cet endroit ?

Perfusion saline. Perfusion d'oxycodone. Perfusion de Dilaudid. Perfusion d'hydromorphone. Angioplastie rénale. Embolie pulmonaire. Adénocarcinome. Thrombose veineuse. Gastroentérologue. Imagerie ultrasonore des voies urinaires. Échocardiogramme. Scanner cérébral. IRM. IRM fonctionnelle. Radiothérapie, chimiothérapie, immunologie.

Transfert en soins palliatifs.

Une autre nuit, quoique (toujours) la même nuit.

Tu es étendue sur le canapé, sous une mince couverture d'hôpital. Avec un pull de grosse laine. Tu n'es pas dévêtue mais portes chemise, pantalon, chaussettes de coton. Le crâne martelé par la douleur et par la réverbération de la douleur, tu es certaine de ne pas avoir fermé l'œil pendant cette nuit interminable, mais tu es réveillée en sursaut par Gerard qui se redresse dans son lit, affolé et belliqueux, en dépit de sédatifs puissants Gerard a été réveillé par la douleur ou par un accès de panique ou par la terreur et il crie – *Hé ? Hé ? Qu'est-ce qui se passe ici ?*

Une voix qui n'est pas celle de Gerard. Une voix aiguë, tremblante de fureur, que tu assurerais n'avoir jamais entendue.

Qu'est-ce qui se passe ici ? On est où ici ? Hé ! HÉ !

Tu as très peur. Tu n'as jamais vu ton mari aussi agité, le visage aussi déformé. Tu essaies de le réconforter, mais il rejette ta main. Tu lui assures que tout va bien, que tu es là, que tu es avec lui à l'hôpital de Santa Tierra parce qu'il est malade, mais qu'il est très bien soigné… Dans son état d'excitation, Gerard ne t'entend pas. Il te dévisage sans paraître te reconnaître.

Toi ! Toi ! Toi…

Avant que tu aies pu intervenir, Gerard a soulevé le drap, empoigné le cathéter et tente de l'arracher de la chair tendre de son pénis. Il grommelle, jure comme tu ne l'as jamais entendu jurer, avec un mélange de fureur et de désespoir.

Tu luttes avec lui, attrapes son bras, Gerard a maigri à l'hôpital mais il est encore fort, plus fort que toi, et il a l'avantage de l'indignation – *C'est quoi, ce truc ! Enlève-le, débarrasse-moi de ça !* Tu es stupéfaite, cet homme en larmes, furieux, n'est pas Gerard. Tu luttes avec lui, essaies de lui expliquer. Où il est, pourquoi il est là. Pourquoi tu es là avec lui, que tu prendras soin de lui…

Ton mari courtois, Gerard McManus ! Hirsute, livide, des touffes de cheveux gris hérissées sur le crâne, les yeux brûlants de haine.

Merde ! Merde à tout ça ! Toi !

Tu sonnes pour appeler les infirmières ! Encore, et encore.

Personne pendant de longues minutes alors que Gerard menace de se jeter hors du lit, arrachant les tubes de ses bras, délogeant le cathéter. Tu sanglotes, implores. Réduite à le supplier, alors qu'il cherche à te gifler, te frappe l'épaule de son poing. *Toi – qu'est-ce que tu me fais ! Toi – qui es-tu !*

Finalement, affolée, tu abandonnes le patient et te précipites dans le couloir. Tu cours, cours ! Jusqu'au poste infirmier. Tu dis à une infirmière surprise que ton mari est effrayé, surexcité, qu'il ne sait pas où il se trouve, tu as peur qu'il ne se blesse, ne se jette hors de son lit – « Envoyez quelqu'un, s'il vous plaît ! Tout de suite ! Oh s'il vous plaît – *aidez-nous.* »

Incapable de dire – Je suis terrifiée.
Terrifiée par ce qui lui arrive. Ce qui nous arrive.

23

Prosopagnosie

Il avait toujours été physionomiste. Une mémoire visuelle remarquable de personnes qu'il n'avait pas vues depuis des dizaines d'années, anciens étudiants, post-docs dont il pouvait retrouver le nom en quelques secondes. Tout jeune enfant, il avait pris plaisir à apprendre par cœur les tables mathématiques – multiplication, division. Plus tard, la classification périodique des éléments. Listes de vocabulaire, mots et phrases de langues étrangères. Cartes du monde. Planches anatomiques – os, tissus. Les zones du cerveau (et elles sont nombreuses). Une mémoire visuelle aiguisée de lieux qu'il n'avait pas vus depuis des années, de sentiers qu'il n'avait suivis qu'une ou deux fois, préservés on ne sait pourquoi dans son cerveau avec une netteté onirique.

Michaela, dont la mémoire était moins définie, impressionniste et capricieuse, déterminée plus par l'émotion que par la logique, l'enviait et était parfois époustouflée.

Oui, chérie. Mais j'ai oublié beaucoup plus que je ne me rappelle. Beaucoup plus! disait Gerard en riant, éludant le compliment.

(Michaela aurait-elle dû être blessée ? Que Gerard minimisât son compliment, comme si elle ne faisait que flatter un homme important, à la façon dont d'autres pouvaient le faire ? Une curieuse forme de modestie, se disait-elle : accepter les compliments revenait pour Gerard à contracter une dette, et avoir une dette envers qui que ce soit mettait Gerard mal à l'aise.)

Il avait amusé Michaela en lui parlant d'un ami, neuroscientifique célèbre, qui souffrait d'une prosopagnosie si sévère qu'il ne reconnaissait pas sa propre image dans une glace ou sur une photographie. (Plus tard, Michaela apprendrait que cet ami était Oliver Sacks avec qui Gerard avait collaboré sur plusieurs projets quand il était jeune chercheur à Columbia.)

Ne pas reconnaître son *propre visage* ? Cela semblait à Michaela difficilement croyable, chez quelqu'un (comme Sacks) d'un aussi haut niveau par ailleurs.

Gerard lui avait assuré que c'était vrai. On ne savait presque rien de la façon dont les neurones « reconnaissent » les visages. C'est si rapide et, généralement, exact.

Prosopagnosie – une pathologie neurologique où les neurones ne déchargent pas, ne « reconnaissent » pas. Dans certains cas, elle est acquise, dans d'autres elle est consécutive à une maladie ou à une lésion cérébrale. Parfois encore, elle est simplement liée à l'âge.

Ses yeux sont ouverts et ils bougent – aux aguets. Une lueur d'intelligence y brille. La vieille lueur d'ironie, de conscience de soi.

Non. C'est une lueur de peur, de terreur. Il n'a aucune idée de l'endroit où il se trouve, de ce qu'il « voit ».

Peut-être ne voit-il rien d'autre que des gradations de lumière, d'ombre. Il voit des « silhouettes » – des formes – dont les mouvements sont dépourvus de sens. Peut-être n'entend-il plus comme auparavant. Quand il t'entend parler, il ne comprend pas que c'est « ta » voix ni même que c'est une « voix ».

Quand il te voit, il ne te voit pas, « toi » – il voit au-delà de toi.

24

Soins palliatifs/Lune de miel

Comme un fil (court) passé à travers le chas d'une aiguille, aussitôt entré aussitôt sorti.

Une fois que les mots sont prononcés – *soins palliatifs*. Un ébranlement sismique, l'air même devient épais, humide.

À la périphérie de ton champ de vision, un obscurcissement. À mesure que la zone de pénombre se réduit.

Avec le temps, cela deviendra un tunnel. Qui ne cesse de diminuer, de s'amincir. Jusqu'à ce que la lumière restante soit assez petite pour tenir dans le creux des deux mains. Et puis, disparaisse.

Car quand *soins palliatifs* est prononcé, on reconnaît – *Il n'y a pas d'espoir*.

Pas d'espoir. Les mots sont obscènes, indicibles. Être *sans espoir*, c'est être sans futur. Pire encore, pour reconnaître être sans futur – il faut avoir « abandonné ».

Quand les mots *soins palliatifs* avaient été prononcés pour la première fois – avec beaucoup de prudence, de précaution, par un médecin – il n'était pas certain que Gerard et toi eussiez entendu. Si vous aviez entendu, cela ne s'était pas imprimé dans votre cerveau.

Un vague bourdonnement à vos oreilles, un tintement comme celui d'un signal d'alarme lointain, dans une pièce fermée. Rien de plus.

Et puis, *soins palliatifs* en était venu à être prononcé plus fréquemment.

Et puis, Gerard en était venu à prononcer les mots *derniers jours.*

Comme timidement. Au téléphone. Pour que tu n'aies pas à voir son visage. Ni lui, le tien.

Comme on bégaie *Je t'aime.*

Pour certains, une déclaration impossible – *Je t'aime.*

Mais Gerard y était parvenu, et tu y étais parvenue – pas facilement, pas éloquemment, mais sincèrement, des larmes dans la voix : *Je t'aime.*

Je pense que ce sont peut-être mes derniers jours. Gerard te l'avait dit tranquillement, calmement.

Et donc tu avais entendu, mais n'avais pas entendu. Non.

Mais oui, tu avais entendu. Les murs de la salle (de bains) tournoyant autour de toi, tu avais manqué t'évanouir et ta tête avait heurté la baignoire de porcelaine.

Protestant comme une enfant effrayée – *Non ! Ne dis pas cela, ce ne sont pas tes « derniers jours »*…

Cela t'était insupportable. Tu ne savais pas encore, à ce moment-là, l'immense Sahara à venir de tout ce que tu ne pourrais, ne peux supporter.

Car toujours, à chaque pas, tu avais résisté.

Jusqu'à ce jour, cette heure. Il y a toujours un jour, une heure.

Où tu t'étais toi-même mise à parler de *soins palliatifs.*

D'abord avec timidité, toi aussi, la voix hésitante. La gorge comme lacérée par une limaille métallique létale.

Peu à peu tu as appris à prononcer ces syllabes clairement, bravement – *pal lia tifs*.

Bientôt tu as commencé à établir la liste de tes serments. Les formulant curieusement comme à l'adresse de Dieu, un décret officiel.

C'est mon espoir : je ferai des soins palliatifs une lune de miel.

Mon vœu est de faire en sorte que mon mari passe ces jours le mieux possible.

De le rendre heureux. De nous rendre heureux tous les deux.

De satisfaire tous ses désirs dans la mesure du possible.

D'abord : un nouveau cadre. PAS le Centre de cancérologie de Santa Tierra.

Nous nous installerons dans la maison de verre de Vista Drive. Nous avons signé un bail jusqu'à la fin août. Le matin, la salle de séjour est inondée de lumière, elle donne sur les monts San Mateo.

Il y a toujours de beaux nuages sculptés ! Gerard les regardera, assis dans son lit.

Nous nous tiendrons par la main. Je dormirai à côté de lui en le tenant dans mes bras.

Un lit d'hôpital placé de façon que Gerard contemple toujours la beauté : montagnes, ciel.

Je répandrai des graines sur la terrasse en séquoia devant la fenêtre. Gerard aimera regarder les oiseaux…

Et Gerard adore la musique ! Il baignera dans la plus belle musique pendant ses heures de veille.

*Nous nous tiendrons la main en écoutant Beethoven, Mozart. Tant que ce sera possible, je m'étendrai près de lui, je le tiendrai dans mes bras. Nous écouterons ensemble l'*Ode à la joie *de Beethoven.*

Nous nous endormirons ensemble. Ma tête à côté de celle de Gerard sur l'oreiller.

J'apporterai des livres d'art, ses artistes préférés, nous regarderons ensemble de belles œuvres d'art. Je tiendrai sa main, nous regarderons ensemble de belles œuvres d'art.

Ses plats préférés… Nous essaierons, en tout cas !

Peut-être retrouvera-t-il l'appétit dans ce nouveau cadre.

Je ferai le voyage de Cambridge dans la journée pour aller choisir des photos à lui montrer. Son enfance, ses parents. Sa famille. Son premier mariage, ses enfants. Et puis des photos de nous deux, de notre mariage… Nous prendrons notre temps pour regarder ces photos précieuses retraçant la vie de Gerard. Nous nous tiendrons la main, nous pleurerons ensemble et nous réconforterons mutuellement.

Ce ne sera pas triste mais joyeux, une lune de miel.

Une autre possibilité serait d'aller nous installer Monroe Street à Cambridge. De mettre le lit de Gerard dans son bureau du premier étage, qui donne sur le jardin de derrière, sur des arbres. Une vue limitée, pas de vue des montagnes, mais ce serait un environnement familier : les amis de Gerard, ses collègues, ses étudiants ; les livres de Gerard, ceux que Gerard McManus avait écrits et les milliers d'autres qu'il possédait.

(Car Gerard supplie qu'on le ramène chez lui ! À la maison ! À la maison ! implore-t-il. Une maison qui, pour Gerard, n'est pas celle de Santa Tierra.)

Mais comment transporter Gerard d'Albuquerque à Boston ? S'il ne va pas assez bien pour prendre un vol commercial ? Un avion de transport médical coûterait trente mille dollars (je me suis renseignée) et il faudrait ensuite une ambulance pour l'emmener de l'aéroport à la maison, et la présence d'infirmières en soins palliatifs pour prendre soin de lui… Le danger, comme il a été souligné, est qu'un patient gravement malade ne supporte pas le trajet, qu'il ne survive pas à un voyage d'une durée d'environ huit heures.

Peu importe. Les soins palliatifs/lune de miel auront lieu ici.

Nous serons heureux ici pendant les derniers jours de Gerard.

En fait, cela ne se passa absolument pas ainsi.

Soins palliatifs, oui. *Lune de miel*, non.

25

L'insupportable

Michaela était toute petite, trois ou quatre ans, quand cela avait commencé : le rêve de l'insupportable.

La sensation d'une pression à l'intérieur de sa tête. Des ailes noires qui s'ouvraient de plus en plus grand, déformant son crâne.

Ou alors un étau autour de sa tête. Un étau de plus en plus serré qui déformait son crâne.

Elle hurlait, hurlait à en avoir la gorge à vif. Les yeux révulsés, aveugles. La peau hypersensible, brûlante.

Michaela, réveille-toi ! Arrête de hurler.

Juste un mauvais rêve, ce n'est rien.

Pour l'amour du ciel – arrête.

Tu n'es plus un bébé, tu es une grande fille, maintenant.

Nous réveiller tous comme ça – arrête.

Peut-être n'était-ce pas un rêve. Peut-être était-ce pure sensation. Une décharge neuronale rapide et anormale, provoquant une anxiété aiguë, une sensation évoquant des convulsions, l'épilepsie.

(A-t-on jamais examiné Michaela pour savoir si elle était épileptique ? Une IRM pour déceler de subtiles distorsions des ondes cérébrales ?)

(Non, et elle n'a pas l'intention d'en faire une. Mieux vaut ne pas savoir.)

Pendant des années, elle avait oublié. Laissé le rêve derrière elle. Puis, vers la trentaine, le rêve est revenu.

Difficile de déterminer si vous êtes réveillée ou endormie. Et si vous dormez près de quelqu'un, devez-vous essayer de le protéger du cauchemar ; essayer d'étouffer votre panique, vos cris…

Un mauvais rêve, rien de plus. Bon Dieu !

(Ou était-ce la *vie* ?)

La sensation pure de quelque chose qui se resserre, toujours davantage, jusqu'à l'insupportable. Pressant son crâne à le déformer, exorbitant ses yeux. Jamais Michaela n'est parvenue à décrire ce rêve, si c'en est un, à quelqu'un d'autre.

L'intimité est un risque. Un pas après l'autre sur une glace dont vous ne pouvez savoir : épaisse, pas épaisse ? En train de *fondre* ?

Au prochain pas que vous ferez, cédera-t-elle sous vos pieds en vous précipitant dans une eau glacée ? Vous rendant, vous et votre terreur, assez ridicules.

Elle avait bien souvent tenté d'expliquer l'*insupportable*, mais pas à Gerard McManus qui était entré tard dans sa vie. Alors qu'elle était devenue prudente, méfiante.

Elle ne voulait pas que Gerard sache. Soupçonne. Que Michaela n'était pas la jeune femme radieuse pour qui il la prenait. Qu'elle n'était pas l'*âme sereine* qu'il aimait voir en elle.

Quand ils s'étaient rencontrés, il avait été charmé par sa jeunesse, sa vivacité. Il avait cru qu'elle avait dix, douze ans de moins que son âge. *Lui* était l'homme mûr, éprouvé par la vie, ironique, jouissant d'une certaine réputation, c'était son rôle. Elle ne pouvait le décevoir en lui révélant qu'elle avait peut-être l'âme plus vieille et plus éprouvée que la sienne.

Des bébés qui s'étaient accrochés aux parois de son utérus comme à la vie même. Emportés finalement par une hémorragie de sang noir, épais comme du suif. Même en pleurant de soulagement, elle avait pleuré de chagrin. Car ce saignement est une forme de pleurs.

Le corps pleure, cette partie du corps se vide avec chagrin tous les mois. Michaela avait été stupéfaite quand elle avait eu ses premières règles à l'âge de quinze ans, plus tard que la plupart de ses amies, n'arrivant pas tout à fait à croire qu'une chose pareille pût arriver, surtout à *elle*.

Des périodes de sa vie où elle avait maigri au point de cesser d'avoir ses règles sans s'en rendre compte. Légère, l'âme effervescente. En voyant des mères dénuder en public un gros sein blanc veiné de bleu pour allaiter leur enfant, elle regardait, ahurie, comme devant les bizarreries d'une autre espèce.

As-tu jamais été enceinte ?

Eh bien, pas à ma connaissance. Non.

Mais tu l'aurais su, non ?

Je – je n'en suis pas sûre. Est-ce qu'on sait toujours ?

Personne ne savait, elle ne l'avait dit à personne. À qui le dire ? Un fœtus conçu par hasard dans une tristesse solitaire n'a pas de père.

Grossesse : une substance étrangère s'est introduite dans les cavités du corps où elle s'enracine, puis grandit, et grandit encore jusqu'à déformer le corps.

Quelque chose qui s'est introduit dans son oreille ? Alors qu'elle est étendue, vulnérable, inconsciente ? Cela pourrait être une araignée, un scorpion, une tique. Une fois dans l'oreille, s'y enfouissant.

Ou s'insinuant dans ses narines. Envahissant son cerveau.

Si le cerveau est lacéré, en sang. Pas de passage pour le sang. La pression augmente, la douleur est atroce.

Comme si quelque chose de trop gros était introduit de force dans le crâne.

Tard dans la nuit pendant la veille des Derniers Jours, l'insupportable est devenu l'oxygène même auquel elle aspire. Comme si toute sa vie l'avait conduite à cela. Comme si toute sa vie précédente – peur, panique, terreur – avait été une préparation à cela. Crier à celui que vous aimez *Respire ! Respire !* – alors même que la respiration s'éteint. Crier pourtant *Respire !* – en collant votre bouche à la sienne. Quels mots pour décrire cette souffrance, il n'y a pas de mots. Les mots font défaut, la respiration même. Un sifflement aigu devenant toujours plus aigu rend lentement fou celui qui l'entend. La hausse lente de la température qui fait bouillir le cerveau.

Elle a lamentablement échoué : dans son égarement, elle avait oublié d'apporter son stock (secret) de cachets. Pendant la nuit, quand Gerard peinait à respirer, elle aurait pu ingérer assez de cachets pour que son cœur se convulse, mais naturellement elle ne s'était pas préparée, ne s'est pas préparée, et de toute façon elle aurait été découverte, effondrée sur le canapé à côté du lit de son mari, le pouls presque imperceptible, encore en vie, emmenée en hâte aux urgences où des techniciens l'auraient ranimée. Car bien sûr personne ne respecte le désir naïf du suicidé de *ne pas être ressuscité*.

Quelle que soit la façon de considérer les choses, un manque de courage et d'imagination.

Et maintenant, trop tard. Bien entendu elle tiendra son mari dans ses bras quand il mourra. Bien entendu elle ne le laissera pas mourir seul. Pendant des heures elle le tiendra dans ses bras, suppliera – *Respire ! Je t'aime.*

Épuisée, elle se rappelle qu'un jour sa mère lui avait demandé presque en passant, comme si le sujet venait de lui traverser l'esprit, si elle se rappelait que, petite fille, elle avait été si malade qu'elle avait manqué mourir : « Ton père et moi étions dans le Peace Corps en Ouganda. Nous avions une vingtaine d'années. Nous nous faisions une haute idée du "service public", de l'"entraide". Mais nous avions une enfant – toi. Ce n'était pas vraiment pratique, je me demande où nous avions la tête. Tout s'est bien passé jusqu'à ce que nous tombions tous malades. Et puis, *tu* as été vraiment malade, un genre de fièvre, un peu comme la rougeole mais pire que la rougeole, tu avais à peine deux ans. Ta température ne cessait de grimper quels que soient les conseils du médecin. Je me rappelle que le thermomètre est monté jusqu'à 39 degrés. Tu brûlais ! Je pleurais et j'étais terrifiée à l'idée que nous pouvions te perdre. Par moments nous ne savions pas si tu respirais. Dans la clinique d'autres bébés mouraient – de déshydratation. Leurs veines étaient trop petites pour des perfusions. Le médecin était un Américain barbu qui ressemblait aux portraits de Charles Darwin, sauf qu'il avait tout juste notre âge. Il avait plus ou moins hérité de la clinique, disait-il. Ce n'était peut-être pas un vrai médecin, pas un médecin accrédité ou habilité… Il disait être diplômé de la faculté de médecine de Pennsylvanie, mais ne pas avoir de doctorat en médecine. C'était un homme bon, attentionné, il s'est révélé qu'il était morphinomane, mais ça, c'était plus tard. Il y avait une semaine qu'il ne dormait pas, nous a-t-il dit, à cause de cette "peste" qui ressemblait à la rougeole. Je me rappelle combien nous étions effrayés, impuissants, désespérés comme si Dieu avait scié le sommet de notre crâne et nous regardait en ricanant. Ce type que nous voulions croire un vrai médecin nous a dit que dans quelques heures nous saurions, et nous avons dit, savoir quoi ? – *quoi ?* Et il a répondu, si votre fille survivra à la fièvre, et si c'est le cas, si elle survivra comme la fille que vous connaissez. »

Derniers jours. Dernier moment. Mais on ne sait jamais que c'est le dernier moment.

Tu approches de l'hôpital. Ton esprit est une passoire à travers laquelle coule sans discontinuer un flot de pensées décousues. *'Jour, m'dame* – la dernière fois que la réceptionniste (du matin) te sourit en insistant néanmoins pour que tu signes le registre comme tu le fais invariablement depuis des semaines :

MICHAELA MCMANUS 771 ONCOLOGIE (DR) GERARD MCMANUS

Tu as envie de dire à la réceptionniste – *Mais nous allons avoir des soins palliatifs chez nous. Notre lune de miel.*

Tu as envie d'expliquer – *Vous ne me verrez donc plus beaucoup, d'ici peu.*

Mais il n'y a pas de mots. Déjà, tu te détournes.

Tu montes au septième étage. Cet acquiescement stupide, celui du bétail frappé par des maillets, étourdi debout alors qu'il titube le long de la rampe d'abattage. Alors que l'*insupportable* s'insinue dans ton cerveau. Une telle pression dans son cerveau ! *Respire !* t'enjoins-tu. Ne t'avise pas de t'évanouir, Gerard n'a personne d'autre que toi.

Michaela, viens avec moi !
Il y a une place pour toi. Avec moi.

26

Annulé

Aujourd'hui, 14 avril, un avis est scotché sur la porte de la salle du séminaire au rez-de-chaussée du Memorial Hall de l'université du Nouveau-Mexique à Albuquerque.

EN RAISON DE CIRCONSTANCES INÉVITABLES
L'ATELIER D'ÉCRITURE CRÉATIVE 343
(PROFESSEUR M. MCMANUS)
NE SE RÉUNIRA PAS AUJOURD'HUI.

27

« Bonne nouvelle »

Une veille à l'hôpital se distingue par de soudaines interruptions car (souvent) tu glisses dans un sommeil épuisé au chevet du patient sans savoir où tu es ni même *pourquoi* tu es là où tu ne sais pas clairement où tu es, et (souvent) quand tu te réveilles un pouls bat dans tes oreilles, à l'intérieur de ta tête, tâchant de déterminer : *où, pourquoi ?*

Pas au chevet de ton mari en oncologie, mais ailleurs, dans un endroit inconnu, bien que le cadre soit manifestement toujours médical – glacial ! (Pourquoi fait-il aussi froid dans les hôpitaux ? Pour décourager la multiplication [inévitable] des bactéries. Plus intense le froid, plus réduite la fécondité bactérienne, quoique [bien sûr] jamais une fécondité nulle tant qu'il y a la pulsation chaude de la vie.)

Un grondement dans les oreilles, tu entends difficilement la voix joviale d'un médecin.

Bonne nouvelle, madame _! Il y a du nouveau dans le pronostic du patient.

Bonne nouvelle, madame _! La greffe de moelle osseuse a été approuvée à la condition que tu sois toujours disposée à faire un don de moelle à ton mari.

Bonne nouvelle, madame _! Il y a de fortes possibilités pour que tu puisses sauver la vie de ton mari.

Tu es transportée. Et néanmoins, tu es terrifiée.

Tu es dans une salle de conférence de l'hôpital. Plusieurs médecins y sont réunis ; on te dit leur nom, que tu oublies instantanément. Le Dr N_, oncologue, explique la procédure de prélèvement de la moelle, une opération d'une durée minimum de deux heures sous anesthésie partielle, pratiquée par un spécialiste. Il y a des risques (bien sûr). Il y aura une certaine douleur (bien sûr).

Une aiguille de quarante-cinq centimètres sera enfoncée dans ton os iliaque et une quantité infime de moelle, ponctionnée.

En fait, indique le Dr N_, le « risque le plus sévère » pour le donneur n'est pas le prélèvement de moelle en lui-même, mais l'anesthésie.

Le Dr N_ fait cette déclaration d'un ton si monocorde que tu comprends qu'il s'agit d'un genre de bon mot. À moins que ce soit un reproche affectueux. L'un des médecins lève une main penaude pour se présenter – Dr T_, anesthésiste.

Un autre des médecins est le chirurgien, le Dr R_, qui te salue d'un geste gamin de la main.

Des semaines auparavant tu avais dit au Dr N_ que tu étais prête à faire don de ta moelle si cela pouvait être utile à ton mari. À l'époque, le Dr N_ avait repoussé ta requête d'un haussement d'épaules, comme offensé par sa naïveté.

Ton mari, qui avait entendu, avait protesté – *Ne sois pas ridicule ! Je ne te permettrai pas de courir un tel risque, et de toute façon ce ne sera pas nécessaire.*

Tu noteras plus tard que l'idée qu'ils puissent s'affaiblir, décliner et mourir est jugée « ridicule » par de nombreux patients qui vous mettent au défi de les contredire, ce que par conséquent vous faites rarement.

À présent, l'idée qu'on enfonce une aiguille de quarante-cinq centimètres dans ton os iliaque te fait défaillir. Le sang quitte ton cerveau. D'un ton de très léger reproche (car il perçoit ton affolement), le Dr N_ dit que la transplantation de moelle osseuse est bien plus dangereuse pour le receveur que le prélèvement ne l'est pour le donneur : le taux de mortalité pour le receveur est de... (tu n'entends pas les statistiques qu'il marmonne), alors que pour le donneur il est de moins de trois pour cent.

Soit quatre-vingt-dix-sept pour cent de chances de survie (pour le donneur).

Avec un taux de survie aussi excellent, tu aurais honte de dire autre chose que *oui*.

Néanmoins, tu grelottes. Bien que tu te sois mise à transpirer. Tu éprouves le besoin d'agripper le rebord de la table de conférence pour ne pas tomber.

Le Dr N_ met une main en coupe autour de son oreille. *Quelle est votre réponse, madame _ ?*

J'ai dit – oui.

Oui... ?

Je donnerai ma moelle pour mon mari.

Là ! C'est dit.

Autour de la table, les médecins te regardent en hochant gravement la tête. Tu crois voir dans leurs yeux du respect, de l'admiration. L'épouse (bonne, courageuse) va faire don de sa moelle osseuse au mari !

Ou… oui.

Un document juridique t'est présenté par un notaire (une femme). Il est volumineux, comporte de nombreuses pages et addenda. Tu lis avec difficulté les petits caractères qui s'effacent à mesure que tes yeux parcourent les lignes. À la fin du document (trente pages) tu as oublié ce que tu as lu.

Signez ici, madame _. La notaire atteste ta signature.

Bien que ta main tremble terriblement, tu parviens à apposer ta signature avec le stylo qu'on te tend.

Cette respiration rauque ! Tu espères que ce n'est pas la tienne.

Tu as la peau brûlante, la fièvre te fait délirer. Une sueur froide visqueuse sur ton front, au creux de tes aisselles.

Madame _? Par ici.

À ton grand soulagement, une aide-soignante va te laver. Te débarrasser de cette sueur poisseuse, de l'odeur embarrassante de ton corps (de femme effrayée).

Tu t'essuies avec une immense serviette blanche rugueuse, couvres ta nudité d'une courte blouse de papier qui s'attache dans le dos. Si tu t'assois au bord d'une table d'opération, la blouse de papier se fripe et remonte sur tes cuisses, blanches comme du saindoux.

Absurdement pudique pour une femme de ton âge, une femme qui n'est plus jeune mais a la prétention de le paraître.

La dernière des prétentions est celle d'être sexuellement attirante. Au moins pour une autre personne.

Mon mari pense que je suis belle. Il est la seule personne au monde qui le pense.

Mon mari est la seule personne au monde qui m'aime.

On te demande de t'étendre sur le chariot. Tu vas être transportée au bloc pour le prélèvement. Au-dessus de toi, un plafond perforé passe dans un brouillard. Tes cheveux emmêlés pendent par-dessus le bord du chariot. Tu es aussi impuissante qu'une tortue retournée sur le dos. Tu te rends compte que tu as maigri depuis le début de ta veille à l'hôpital et tu croises les bras sur tes petits seins flasques comme pour te faire plus petite encore.

Tu seras anesthésiée partiellement, t'explique-t-on (de nouveau). Tu seras partiellement consciente pendant l'opération, mais incapable de bouger. Tu ne te rappelleras presque rien ensuite.

Oui, il y aura de la douleur. Mais si tu ne te rappelles pas la douleur ensuite, est-ce de la *douleur* ?

Oui, il y aura du chagrin. Mais si tu ne te rappelles pas le chagrin ensuite, est-ce du *chagrin* ?

D'habiles doigts gantés cherchent une veine au creux de ton bras droit pour poser une perfusion. Tes veines sont déshydratées, plusieurs tentatives (douloureuses) échouent avant que l'aiguille soit correctement insérée – *Un-deux-trois ! Ça va pincer !*

Un cri t'échappe. Mais très vite tu te mets à flotter. Bien que tu n'aies pas les yeux ouverts, tu vois nettement les visages à demi masqués qui font cercle autour de toi, les yeux brillants de curiosité.

Une aiguille de quarante-cinq centimètres, étincelante, est élevée dans les airs par des doigts gantés. Fascinée, tu la regardes descendre. Une sensation de froid dans l'os iliaque gauche, puis une douleur aiguë, qui se fait plus aiguë encore à mesure que l'aiguille pénètre plus profondément, jusque dans l'os, dans la moelle de l'os. Une douleur si intense que tu ne trouves pas ton souffle pour hurler. Tu n'as pas la force de bouger – tu es paralysée, comme on te l'a promis.

Oh! Oh mon Dieu… mais tes cris sont assourdis, personne n'entend.

Peut-être est-ce une erreur chirurgicale, ton cerveau se fige, ton cœur défaille, tu sombres dans le néant : meurs.

Ou tu ne meurs pas, mais reprends conscience, l'esprit confus, en salle de réveil, des heures plus tard.

Ouvrez les yeux, madame _! Ouvrez les yeux!

Ta colonne vertébrale, ton cou et l'arrière de ta tête sont douloureux, mais le bas de ton corps a disparu dans une brume d'engourdissement.

Où est ton mari ? Tu t'attends vaguement à ce qu'on l'ait fait venir à ton chevet pour qu'il puisse étreindre ta main et te féliciter d'avoir été très, très courageuse.

Un bruit de papier froissé, la blouse absurde que tu portes, tachée de sang, est remontée sur tes cuisses.

Un bruit de toux étouffée. De rire étouffé ?

On t'informe avec solennité, d'une voix embarrassée – *Les nouvelles ne sont pas très bonnes, madame _! Il semble que vous ne soyez pas une candidate recevable pour un don de moelle osseuse, en fin de compte. Il semble que vous soyez paralysée de l'os iliaque jusqu'aux pieds.*

Silence abasourdi. Tu ouvres la bouche pour protester, mais aucun mot n'en sort.

Encore des bruits de toux, de rire étouffé. Tu parviens, avec effort, à te redresser sur les coudes.

Idiote. Croyais. Tu. Vraiment. Que. L'un. Quelconque. De. Tes. Actes. Pitoyables. Pourrait. Sauver. Ton. Mari.

On t'informe que ton mari est mort, mort depuis quarante-huit heures. La moelle précieuse, extraite de ton os iliaque, est « donnée » en cet instant même à un autre patient, plus fortuné et plus important.

On t'informe que ton mari t'attend à la morgue de l'hôpital, niveau C. Tu vas être emmenée au niveau C immédiatement.

28

Respire

… cette histoire, que tu racontes, racontes et re-racontes. Cette histoire que tu ne peux conclure. Cette histoire qui est entrée dans ta respiration même. Qui est le battement de ton cœur. Qui s'est insinuée dans la moelle de tes os.

Respire.
Respire.
Respire.
Respire.
Respire.
Respire.
Respire.

29

Acte de décès

Bien entendu, la veille a pris fin.

L'histoire que tu te racontais a pris fin depuis des jours.

Le rêve fiévreux persistera, mais la *respiration* a cessé.

Dans tes bras désespérés, la *respiration* a (finalement) cessé.

Combien d'heures, de jours, de semaines avais-tu tenu ton mari dans tes bras ! Implorant *respire, respire…*

Mais tu as échoué. Tu n'étais pas assez forte pour l'emporter sur la Mort.

Heure et date de la mort : 14 h 36, 13 avril 2019.

Centre de cancérologie de Santa Tierra, Nouveau-Mexique.

Cause de la mort :

Insuffisance rénale aiguë
Insuffisance respiratoire aiguë
Œdème pulmonaire
Cancer urothélial métastasé

Vous devriez faire de nombreuses copies de l'acte de décès, madame McManus. Une bonne dizaine, c'est ce que nous préconisons généralement.

Et quoi que vous fassiez – ne perdez pas l'original.

Deuxième partie

Post-mortem

30

La blessure

Non, non! Ce n'est pas (encore) arrivé.

Un malentendu. Quoi qu'il soit arrivé n'est pas (encore) arrivé.

Tu te réveilles de ton rêve fiévreux, hébétée, les vêtements trempés de sueur. Tu t'es apparemment endormie sur un canapé trop court pour tes jambes. Une douleur aiguë dans le cou, sur toute la longueur de ta colonne vertébrale, des décharges de douleur aiguë dans l'os iliaque gauche parce que tu étais couchée de travers, les genoux remontés contre la poitrine.

« Gerard… »

Affolée, tu te redresses aussitôt pour voir : ton mari est (toujours) vivant dans son lit d'hôpital, (toujours) profondément endormi, (toujours) en train de respirer.

Un soulagement immense. Tu en pleurerais. Gerard est (toujours) en vie.

Tout ce qui est arrivé, ou va arriver, n'est pas (encore) arrivé.

Si fatiguée ! Tu te demandes si tu n'as pas perdu de la moelle osseuse tant tu es faible.

Tu gagnes tant bien que mal la salle de bains. Ton poids portant presque entièrement sur la jambe droite. Dans une glace, tu essaies de déceler une petite blessure chirurgicale ronde sur l'os iliaque gauche, mais naturellement il n'y en a pas, une douleur sourde palpite cependant à l'endroit où serait la blessure, s'il y en avait une.

31

Post-mortem

Madame McManus ? Vous pouvez rester avec votre mari aussi longtemps que vous le souhaitez.

Nous attendrons dans le couloir.

Toujours au chevet du mari. Des sanglots incontrôlables, labourée par le chagrin.

Si inutile, le chagrin ! Comme le remarquerait Gerard, l'avantage du chagrin du point de vue de l'évolution n'est pas flagrant.

Ses dents claquent, l'air est si froid !

Insupportable de partir. Car comment peut-on partir.

Quel peut être le moment précis où une épouse se détourne pour *partir*.

Tu tiens Gerard dans tes bras, tu embrasses son visage encore tiède, caresses son visage, ses cheveux frisés.

Avec des ciseaux à ongles, apportés dans ce but particulier, tu coupes une mèche de ses cheveux.

Deux mèches, en fait : l'une d'un blanc argenté sur sa tempe droite, l'autre, argent et cuivre, sur la nuque, où les cheveux sont plus épais.

Comme Gerard serait gêné ! *Michaela, pour l'amour du ciel, que fais-tu ? Si on nous voyait…*

De beaux cheveux ! Tu pleureras en voyant ces mèches des beaux cheveux de ton mari préservés à jamais dans une petite enveloppe blanche cachée dans un tiroir.

Tu prends ses mains inertes dans les tiennes et les embrasses. Ce sont les mains d'un homme en bonne santé – penserait-on : une peau non pas fine et parcheminée, mais épaisse, colorée.

Tu tires la couverture sur les épaules de Gerard. La replies autour de son cou. Gerard s'est souvent plaint du froid dans cette chambre – lui qui se promenait tête nue à Cambridge par des températures glaciales, et sans manteau, avec juste une veste sport en tweed, des gants.

Il riait de bon cœur en voyant Michaela grelotter dans un manteau matelassé en Thermolactyl qui lui arrivait aux chevilles…

Mais qui se moquera de toi, maintenant ? Qui se préoccupe de toi, maintenant ?

Voici quelque chose d'étrange : Gerard ne *respire* plus.

Tu regardes sa gorge, sa poitrine. Appuies la paume de ta main contre sa poitrine. Tu te penches pour déterminer – *respire-t-il* ?

Ses yeux sont entrouverts. Des yeux bleu-gris regardant dans le vague, comme recouverts d'une pellicule transparente. Il te semble pourtant que ces yeux te « voient » – on ne sait comment.

Et que Gerard t'« entend » – on ne sait comment.

Tu murmures une fois encore, presque timidement – *Respire ! Est-ce que tu peux… respirer…*

Tu oses à peine le supplier après son long combat – *S'il te plaît essaie, essaie de respirer, n'abandonne pas, ne me quitte pas, je t'aime tant…*

Gerard n'a pas abandonné – si?

Tu n'as pas abandonné. Mais tu es très fatiguée.

Tu baises ses lèvres, qui commencent à refroidir. L'envie folle te vient de mordre ces lèvres, de toutes tes forces. Gerard grimacera, criera de douleur.

Involontairement, il prendra une inspiration.

Respire! Je t'en prie, essaie…

Mais quarante minutes ont passé, et puis soixante minutes. Fascinant, le passage impitoyable du temps.

Voici une énigme: comment peut-il y avoir un seul instant singulier qui soit *l'*instant de l'adieu?

Car chaque instant pourrait aisément être le pénultième, et non le *dernier instant*.

Pourquoi alors choisirait-on un seul instant singulier qui soit le *dernier*.

Tu souris, c'est absurde. Il n'y a pas de *dernier instant* inévitable.

La possibilité que la veille soit finalement terminée et que Gerard soit finalement mort est inacceptable, illogique.

Une pensée insupportable comme quelque chose qui s'est logé dans ta tête et y déploie de larges ailes beaucoup trop grandes pour l'intérieur de ta tête.

Non, non! supplies-tu. Quoi que ce soit, il ne faut pas que ces larges ailes noires se déploient à l'intérieur de ta tête…

Non, c'est insupportable. Incompréhensible.

Et cette dernière expiration oppressée… ce soupir.

Tu entendras toujours ce soupir. Tu l'entends maintenant. Si las, si lourd.

Dernier souffle. Des mots durs et beaux et intransigeants.

Pourtant : pourquoi un souffle – sur toute une vie de souffles – serait-il le *dernier* ? Comment le déterminer ? Pas un pur hasard, sûrement ? Et pourtant…

Qu'en dirait Spinoza ? Le philosophe bien-aimé qui avait paru croire à un univers purement déterminé tout en semblant croire aussi à l'âme humaine ?

Tu es impatiente de poser la question à Gerard. Gerard adore qu'on lui pose ce genre de question !

Être interrompu dans son bureau ne le dérangeait absolument pas – si tu avais à lui poser une question méritant une interruption. *Entre ! Entre ! Que puis-je faire pour toi, chérie ?* Il se renversait dangereusement en arrière dans son fauteuil grinçant, les mains croisées derrière la tête, plissant le front tandis qu'il réfléchissait à la question, formulant une réponse sérieuse et généralement longue…

Et viens m'embrasser pendant que tu es là.

Une sensation de faiblesse, d'irréalité. Ferme les yeux, et tu entends la voix de ton mari. Ferme les yeux, et tu entends ton mari *respirer*.

Tu essaies de te rappeler ce que tu avais demandé à Gerard au cours des ans. Tant de questions, et il y avait toujours eu des réponses. Mais maintenant tu sembles incapable de te rappeler une seule question, une seule réponse.

Car tu es fascinée par le visage de Gerard. Ce n'est pas un visage impassible, ce n'est pas un visage « figé » – à tout moment, il peut s'animer, la vie peut revenir dans les yeux. Tu en es convaincue. Tu sembles l'attendre.

Tu serres les mains de Gerard dans les deux tiennes, pour les affermir. Sinon tes mains trembleront terriblement.

Oui, tu es sûre que d'ici un instant les paupières de Gerard pourraient palpiter, ses lèvres s'entrouvrir, il pourrait recommencer à respirer – sa poitrine retrouver le mouvement de la vie… Tu peux presque anticiper la première respiration, l'air violemment aspiré, la lueur de reconnaissance revenant dans le regard…

Attends. Ne cesse jamais d'attendre.

Madame McManus ? Vous devriez peut-être vous retirer à présent.

Vous avez fait tout ce que vous pouviez pour votre mari, madame McManus.

Maintenant… il est temps de vous occuper de vous-même.

32

« Veuve »

Hébétée, elle passe des coups de téléphone. Oui, c'est terminé. Une veille de plusieurs semaines, maintenant terminée. Oui, elle regrette infiniment qu'ils n'aient pas été informés, mais Gerard ne voulait pas de visites. Il ne voulait pas non plus d'appels téléphoniques. Oui, Gerard était catégorique.

Oui, ils avaient envisagé des *soins palliatifs* dans la maison qu'ils louaient à Santa Tierra. Mais non, cela ne s'était pas fait parce que Gerard s'était affaibli trop vite à la fin.

Oui, elle regrette qu'il n'y ait pas eu de *soins palliatifs* – pas de visites. Parce que Gerard s'était affaibli trop vite. Mais non, elle n'avait rien pu y changer alors, et elle ne peut rien y changer maintenant.

« Je comprends. Oui, c'est bouleversant pour vous. Oui, je sais que vous l'aimiez. Mais non, il est inutile que vous preniez l'avion. Gerard a demandé à être incinéré. Il ne voulait pas d'obsèques. Il ne voulait pas d'"enterrement". Il y aura une cérémonie à Cambridge, peut-être à l'automne. Vous serez invités, bien sûr. Oui. »

Elle retourna dans la chambre, le lit était maintenant vide et les draps avaient été retirés. Une odeur prenante de désinfectant lui mit les larmes aux yeux.

Des heures plus tard. Les moniteurs de surveillance avaient été enlevés, la pièce était anormalement silencieuse. Anonyme. Sans signification qu'elle pût discerner.

Immobile sur le seuil, elle regardait. Ce lit – où avait-elle déjà vu ce lit ? Quelque chose de terrifiant dans ce lit (vide, dépouillé).

Quelque chose de terrifiant dans le fait de (ré)entrer dans cette chambre et de constater qu'elle y était *seule*.

Pour la première fois, *seule* dans cette chambre. Elle inclinait à penser que ce n'était pas la bonne, qu'elle s'était trompée, car à quoi pouvait bien servir d'être *seule* dans cette chambre ?

De même qu'elle serait assaillie pendant les heures, les jours, les semaines et les mois à venir par cette pensée : à quoi pouvait bien servir une vie vécue *seule* ?

Elle s'efforçait de ne pas se demander *Mais où est-il. Où l'ont-ils emmené. Et s'il n'était pas mort, s'il était encore en vie, il va se réveiller et se retrouver – où cela ?*

S'efforçait de fixer son attention sur la tâche en cours. Récupérer les affaires de Gerard. Débarrasser la chambre avant de la quitter à jamais. Telle était sa mission, et elle avait tenu à l'accomplir seule.

Elle laisserait beaucoup de choses. Toutes les fleurs, y compris les bégonias roses envoyés par l'assistante administrative Iris Esdras, son principal contact avec l'Institut, ainsi que tous les journaux et revues qui s'étaient accumulés sur l'appui de la fenêtre. Les quelques cartes des quelques connaissances que Gerard s'était faites à l'Institut avant de succomber à la maladie, Michaela les remporterait par égard pour les expéditeurs bien qu'ils lui soient inconnus.

Dans le tiroir de la table de chevet se trouvaient les lunettes, le bracelet-montre, l'alliance, le téléphone portable, la liseuse de Gerard. Elle passa aussitôt la montre à son poignet, glissa l'alliance à son pouce. Dans un placard étroit, sur l'étagère du haut, se trouvaient l'ordinateur de Gerard, d'autres livres, ce qui était apparemment le manuscrit révisé de *Malaise dans le cerveau humain*. C'était elle-même qui l'avait rangé là pour le mettre en sécurité, mais elle s'en souvenait à peine. Les vêtements de Gerard sur des cintres, brutalement serrés les uns contre les autres dans cet espace exigu. Sa chemise bleue préférée, qu'il avait portée quelques jours à la place d'une blouse d'hôpital ! Elle pressa son visage contre la chemise, la respirant avidement. Un short kaki, des tee-shirts que Gerard lui avait demandé d'apporter mais n'avait jamais portés. Il avait eu l'intention de passer davantage de temps à travailler, assis sur une chaise près de la fenêtre ; il avait eu l'intention de marcher autant qu'il le pouvait dans l'hôpital, d'explorer un jardin sur le toit qu'ils voyaient de la fenêtre quand, bien qu'affaibli, il espérait encore être déplacé dans un fauteuil roulant (par Michaela), mais en fait ils n'avaient quasiment rien fait de tout cela, le temps était passé trop vite, ce dont ils se souvenaient comme du moi essentiel de Gerard, son moi en bonne santé, ne cessait de s'éloigner comme une silhouette aperçue dans le rétroviseur d'une voiture qui prend de la vitesse. Inutiles, les vêtements que Michaela avait apportés, comme avaient été inutiles les nombreux plats préparés que Gerard s'était révélé incapable de manger, et de s'en rendre compte maintenant son cœur se brisait de nouveau, c'était insupportable.

Michaela, arrête.

Arrête, *bon Dieu.*

Elle avait effrayé Gerard, puis elle l'avait irrité en fondant en larmes devant lui, comme elle le faisait si souvent quand elle était seule, des sanglots rauques qui la secouaient de spasmes, le visage déformé, les yeux brûlants de larmes. La première fois, Gerard s'était bouché les oreilles de ses mains, se détournant avec consternation, il n'avait jamais vu Michaela dans un tel état.

Elle avait eu la présence d'esprit de quitter aussitôt sa chambre pour l'épargner. S'était cachée comme un animal blessé dans un box des toilettes.

Bien entendu, ton mari ne veut pas te voir pleurer. Il ne veut pas savoir que tu es terrifiée par sa mort et il ne veut pas être terrifié lui-même par sa mort, pas plus qu'il ne veut pleurer. Alors – arrête.

Il l'avait moins aimée, pensa-t-elle. Après cette scène.

Ou sa capacité d'aimer s'était affaiblie. Comme l'indicateur mesurant la rétention d'oxygène, vacillant, irrégulier, mais en baisse progressive.

Elle s'accroupit gauchement pour ramasser chaussures, sous-vêtements et chaussettes (sales) sur le sol. Tout cela, fourré dans un sac avec les affaires de toilette – brosse à cheveux, brosse à dents, dentifrice, déodorant, rassemblés à la hâte.

Brosse à dents, déodorant. Michaela se mord la lèvre pour ne pas sangloter.

Puis elle découvre que le manuscrit de *Malaise dans le cerveau humain* est dans un état déplorable : pages froissées et mutilées, dont certaines sur le sol au milieu des sous-vêtements (sales). Le précieux manuscrit de Gerard, comment était-ce arrivé !

Michaela est prise d'un accès de panique, de culpabilité. Si Gerard savait, il serait déçu…

Non. Il serait furieux. Il lui avait fait confiance !

Il était tacitement entendu entre eux que Michaela préserverait le manuscrit, initialement jusqu'à ce que Gerard fût suffisamment remis pour sortir de l'hôpital et se remettre à travailler à la maison ; plus tard, quand il était devenu évident qu'il ne serait plus en état d'y retravailler jamais. Mais égarée, bouleversée, Michaela avait dû l'oublier.

Elle constate maintenant avec consternation que le plus grand désordre règne dans les pages. Le manuscrit entier avait dû tomber par terre et quelqu'un (du personnel hospitalier ?) avait rassemblé le tout à la va-vite, n'importe comment. Quel cauchemar si des pages annotées par Gerard manquaient, car, dans ce cas, Michaela n'aurait aucun moyen de savoir ce qu'il avait écrit dans les marges du manuscrit ; il n'y avait pas de fichier informatique pour ces corrections de détail.

« Oh, Gerard. Pardonne-moi. »

Désespérée, à quatre pattes, elle cherche les pages perdues. Sous le lit, sous la table de chevet. Voilà la page 93, déchirée, et une autre – la page 261. Michaela découvre avec horreur une page si tachée et si déchirée qu'elle est à peine lisible ; une autre, la page de dédicace qui l'avait rendue si heureuse, dans un coin de la pièce, derrière le lit.

On y lit maintenant – *pour ma emme et prem ecl*

Soulagée de trouver ces pages, si abîmées soient-elles. Si contente !

À quatre pattes, la veuve rampe, haletante, sanglotante. À plat ventre, la veuve rampe comme un serpent au dos brisé.

33

Skli

Michaela ! Pourquoi ne m'avez-vous pas appelée !
Je vous avais demandé de me tenir informée !
Quelle terrible perte ! Une tragédie !
Oh ! ma pauvre, pauvre chérie ! Laissez-moi vous serrer dans mes bras.

Iris Esdras fond sur Michaela comme un oiseau prédateur l'enveloppant de ses ailes. Une quadragénaire plantureuse aux hanches larges, au visage sauvagement maquillé, cheveux teints en noir théâtralement séparés par une raie médiane, châles exotiques, bijoux turquoise, parfum – mais ses manières sont bienveillantes, généreuses, maternelles. Personne ne s'est montré aussi chaleureux avec Michaela depuis un certain temps et par conséquent l'étreinte d'Iris Esdras est irrésistible, profondément émouvante quoique (légèrement, indubitablement) étouffante.

Dans cette heure d'épreuve, Michaela a été soutenue par l'assistante administrative de l'Institut de recherche avancée de Santa Tierra, la personne avec qui Gerard avait été le plus fréquemment en contact avant leur arrivée à Santa Tierra.

Mme Esdras, qui avait insisté *Si jamais vous avez besoin d'aide, de quelque information que ce soit… n'hésitez pas à m'appeler, je vous en prie.*

Bien que ne pouvant avoir vraiment connu Gerard, Iris semble sincèrement bouleversée par sa mort. La *luxuriance* même de son chagrin donne à la veuve le sentiment d'être anémique, incompétente. Jusqu'à son rimmel noir qui a fondu sous ses larmes.

Elle étreint Michaela. Si fort qu'elle lui fait mal aux côtes.

Elle lui assure que tout le monde à l'Institut admirait l'*historien des sciences* qu'était son mari. Quelle tragédie !

Iris insiste pour raccompagner Michaela chez elle. Elles feront des courses en chemin. *Elle* se chargera des achats, Michaela pourra rester dans la voiture. Fermer les yeux. Essayer de se reposer. L'astucieuse Iris semble avoir déduit au premier coup d'œil du visage pâle et hagard de Michaela, de ses yeux rougis et de ses cheveux gras emmêlés, l'effet que sa veille à l'hôpital a produit sur elle.

Pas question que Michaela conduise ! Son mari est mort ce matin même, elle doit maintenant se ménager.

Mais il y a des dispositions à prendre pour l'enlèvement du corps qui n'est conservé que temporairement à l'hôpital.

Iris aidera Michaela à tout arranger avec le funérarium et crématorium de la chapelle des Cimes (hautement recommandé par l'Institut). En fait, Iris se propose d'appeler la chapelle des Cimes pour Michaela.

Chapelle des Cimes ! Le cerveau hébété de Michaela entend *chapelle des Crimes.*

Les restes de Gerard McManus, conservés à la morgue du Centre de cancérologie, seront récupérés par un représentant de la chapelle des Cimes et transportés au crématorium.

Ah, chapelle des *Cimes*. Michaela écoute attentivement.

Et voilà qui déroute aussi l'esprit hébété de Michaela : son mari n'est plus *Gerard.* Tant qu'il avait respiré et qu'elle l'avait tenu en sécurité dans ses bras, il avait été *Gerard.* Mais maintenant il est devenu *les restes de Gerard McManus.*

Michaela se demande – *Mais où est Gerard ? N'est-il pas « son » corps ?*

Spinoza l'aurait-il su ? Y a-t-il un esprit qui habite un corps ou l'esprit est-il répandu dans tout le corps ? Et où va l'esprit quand le corps défaille ?

Iris informe Michaela qu'elle a la possibilité d'assister à la crémation des restes de son mari, et Michaela la regarde sans comprendre.

« Vous pouvez prendre rendez-vous. Vous pouvez être témoin. Cela dit, vous ne "voyez" pas l'incinération – vous voyez le cercueil emporté par un tapis roulant dans un four chauffé à mille cent degrés, mais c'est tout. L'opération peut durer jusqu'à trois heures. Vous y assistez en étant présente au début. »

Michaela secoue aussitôt la tête : *non.*

Que la vie est absurde, pense-t-elle. Son mari est mort, la laissant sans protection, à la dérive, et la voici en train de discuter calmement du devenir de son corps avec une inconnue. De la volonté qu'elle a ou non d'assister à son incinération. Elle regarde fixement un grain de beauté couleur chocolat sur le cou de l'inconnue.

Tandis qu'Iris Esdras parle, Michaela imagine que le grain de beauté bouge. En fait, le cou d'Iris est parsemé de petits grains de beauté, gros comme des araignées ou des tiques, et tous bougent de façon presque imperceptible. (Pourquoi Iris ne le remarque-t-elle pas ? Cela ne lui fait donc rien ?)

Michaela s'essuie les yeux, en proie à un sentiment de vertige. L'un de ses rêves insupportables de ces derniers jours était précisément celui-ci, réalise-t-elle : une nuée de minuscules insectes venimeux rampant sur son corps alors qu'elle gît, paralysée, dans son lit…

L'un d'eux, s'insinuant dans son oreille.

Devant son air de détresse, Iris lui saisit la main et la serre, la pressant contre sa chaude poitrine soyeuse. « Vous vous en sortirez, ma chérie. Nous le faisons tous, je vous assure… »

Michaela résiste à l'envie de s'écarter. Non, non ! Elle refuse que des inconnus la revendiquent comme l'une des leurs.

Quant au bureau de Gerard à l'Institut (un nouveau sujet auquel Michaela n'est pas préparée), Iris lui assure qu'il n'y a « aucune urgence ». Elle mettra elle-même les livres du Dr McManus dans des cartons, veillera à ce que son ordinateur soit bien emballé et que tout soit livré à la maison de Vista Drive. « Aucune urgence » non plus à libérer la maison, bien entendu.

Michaela est saisie de panique. *Libérer la maison ?* Si vite ? Gerard et elle avaient signé un bail jusqu'à la fin août. Elle est certaine qu'ils avaient signé tous les deux. Elle explique à Iris qu'elle n'est pas encore prête à quitter Santa Tierra. Elle donne un cours d'écriture à l'université du Nouveau-Mexique à Albuquerque et doit impérativement terminer le trimestre.

Et aussi (mais Michaela garde cette information pour elle), elle ne peut quitter Santa Tierra parce que c'est là que Gerard est mort. La longue angoisse, le supplice prolongé qu'a été la mort de son mari, son héroïsme – son esprit. Elle ne peut pas *le* quitter.

S'il y a une âme, une âme perdue, errante, une âme « libérée » du corps – nul doute qu'elle serait ici, à Santa Tierra.

Bien que ne croyant pas davantage à une vie spirituelle durable que Gerard ou ses collègues scientifiques, cela, Michaela le croit.

Iris dit, avec hésitation : « Oui, bien sûr, Michaela. Vous avez loué la maison jusqu'à la fin août. Mais vous préférerez peut-être vous installer dans quelque chose de plus petit pendant que vous donnez vos cours. Vous pourriez même déménager à Albuquerque. »

Déménager à Albuquerque ! Michaela est horrifiée. Comment serait-ce possible, alors que Gerard est mort à Santa Tierra ?

Iris informe Michaela que, si elle souhaite dénoncer le bail, cela pourrait être arrangé. Dans ces « circonstances particulières », elle ne serait pas pénalisée – « Votre caution vous serait intégralement remboursée. »

Michaela proteste : « Mais je ne veux pas dénoncer le bail. Je ne suis pas prête à déménager.

– La maison va vous paraître grande, Michaela. On peut se sentir bien isolé quand on habite sur la colline...

– Mais c'est là que Gerard habitait, avec moi. Il y a quelques semaines à peine. C'est le dernier endroit où nous ayons été ensemble. Ses vêtements, ses affaires sont là. C'est là que je travaillerai sur son manuscrit. Nous comptions visiter ensemble de nombreux endroits aux alentours de Santa Tierra. Je... je ne peux pas déménager tout de suite.

– Je comprends, ma chérie. » Mais le ton d'Iris est hésitant, car elle ne comprend pas.

« Je ne peux pas le quitter tout de suite.

– Oh, ma chérie. Bien sûr que non.

– Je me suis portée volontaire pour faire un don de "moelle osseuse" à Gerard. Je crois que – je pense que cela s'est peut-être fait... » Michaela s'interrompt, désorientée. Il lui semble se rappeler une longue aiguille enfoncée dans son os iliaque gauche. « Je crois qu'ils m'ont prélevé de la moelle, mais ensuite, je ne sais pas trop... ils l'ont perdue. »

Iris écoute avec beaucoup de compassion, comme si elle attendait patiemment l'occasion de changer de sujet.

« Vous croyez que, s'ils la trouvaient – la moelle – s'ils la retrouvaient à l'hôpital, ils pourraient… réessayer ? Avec Gerard ? Ou bien – Michaela hésite, se frotte la hanche gauche, voyant une expression indéchiffrable sur le visage d'Iris – est-ce trop tard ? »

Iris dit avec douceur que oui, il est *trop tard.* Elle en a bien peur – *oui.*

Mais le sujet… quel était le sujet ? *Libérer la maison.*

Il y a des semaines que Michaela n'a pas pensé un seul instant à sa vie ailleurs qu'à l'hôpital. Tout l'univers se réduisait à sa veille au chevet de Gerard. Encore maintenant elle se tourmente à l'idée qu'elle est au mauvais endroit : elle devrait être dans la chambre 771 du Centre de cancérologie de Santa Tierra, car Gerard va s'inquiéter de son absence.

Terrifiant de penser que désormais partout où elle se trouvera Michaela sera au *mauvais endroit.*

Elle ne peut envisager sans répulsion de retourner sans Gerard dans la maison de Monroe Street à Cambridge où elle a vécu avec lui les douze années de leur mariage. *La première chose à faire, avant même de monter tes valises idiotes à l'étage, est de te tuer.*

Comme tu pourras, tu trouveras bien un moyen.

Michaela sent quelque chose heurter sa tête – fort. Elle est stupéfaite, perplexe – est-elle *par terre* ?

On ne sait comment, elle s'est effondrée. Un affaissement plutôt qu'une chute. Consciente de s'évanouir, mais incapable de garder suffisamment de force dans les jambes. Le coup à sa tempe gauche est un reproche.

Iris Esdras se penche sur elle, s'exclame.

Un instant, Michaela pense presque que cette femme blanche au maquillage sauvagement tapageur l'a jetée à terre.

Skli. Toujours avide de vengeance.

« Oh, Michaela ! Que vous êtes-vous fait ? »

Iris est horrifiée. Elle a remonté les manches amples de Michaela, découvrant des stries de vingt centimètres à l'intérieur de ses deux bras. Des sillons dans la chair blanche qui semblent avoir été faits par des ongles pointus, pas profonds mais ensanglantés. Les blessures ne sont pas récentes, elles ont plusieurs jours, et de longues croûtes minces se sont formées.

Michaela proteste : « Ce n'est pas moi. Je ne me suis pas fait ça. »

Michaela est humiliée, abasourdie. Elle se demande s'il peut y avoir un rapport avec la ponction de moelle osseuse... Et pourquoi cette inconnue importune se penche-t-elle sur elle sous prétexte de la réconforter tout en la réprimandant et en examinant ces croûtes horribles sur ses bras que Michaela voit pour la première fois ? C'est vraiment embarrassant.

Gerard, qui avait été consterné par ses pleurs incontrôlables à l'hôpital, le serait encore davantage cette fois.

« Michaela ! Il faut que vous me laissiez vous aider. »

Iris insiste pour conduire Michaela dans une salle de bains, savonner délicatement ses bras, appliquer un antiseptique sur les blessures, puis des pansements sur les longues croûtes minces. Michaela grimace parce que l'antiseptique pique beaucoup. Mais, surtout, Michaela est confuse – cette femme excitable va croire qu'elle a tenté de se suicider, elle parlera sûrement d'elle à d'autres personnes de l'Institut.

Cette pauvre femme – l'épouse de Gerard McManus – la veuve...

Si désespérée qu'elle a tenté de se trancher les poignets... mais pas très habilement.

C'est arrivé si vite, Michaela tente de comprendre. Son erreur a été de laisser entrer Skli dans la maison.

Son erreur – *leur* erreur – a été de pénétrer dans cette maison, occupée par Skli et par les autres démons.

« … m'arranger pour que vous voyiez un thérapeute, Michaela. J'en connais plusieurs d'excellents à Santa Tierra. Je ne vous "signalerai" pas – ça ne servirait à personne. Vous avez manifestement été soumise à un stress terrible durant des semaines, et sans personne pour vous aider, semble-t-il, mais ce n'est pas une solution, ma chérie – que dirait votre mari ? »

Michaela regarde ses bras bandés. Gaze blanche éclatante, sparadrap. De façon peu convaincante, elle proteste qu'elle n'avait jamais vu ces longues égratignures sinueuses. Elle n'avait pas ressenti de douleur – absolument aucune. (Jusqu'à maintenant.)

S'était-elle lacérée de ses ongles dans son sommeil ? Ou à l'hôpital, au chevet de Gerard ? Pour se punir, parce que Gerard semblait souffrir ? Pour *souffrir avec* lui ?

(Mais les ongles de Michaela sont émoussés, cassés ; elle n'aurait jamais pu s'égratigner aussi profondément.)

« Je ne me suis pas "coupé" les poignets. Il y a une erreur quelque part. »

Iris, qui conduit, ne répond rien. Michaela s'obstine, dit plus fort, comme si Iris était dure d'oreille : « Je sais ce que vous pensez, mais vous vous trompez. Même adolescente, je ne me suis pas "coupée". Jamais. »

Avec une sorte de satisfaction sombre, souriant comme pourrait le faire une mère, une sollicitude exaspérante brillant dans le regard, Iris dit : « Bon. Je vais vous mettre en contact avec un excellent thérapeute – un "accompagnateur de deuil" – et vous lui expliquerez. »

Une fois dans la maison, Iris insiste pour rester avec Michaela jusqu'à ce qu'elle sombre dans un sommeil épuisé.

Elle vérifie toutes les portes et fenêtres. Informe Michaela d'une voix neutre, une voix qui essaie de ne pas réprimander, qu'elle avait omis de fermer la porte de derrière ainsi que les baies vitrées de la salle de séjour.

« Il faut que vous fassiez davantage attention à vous, Michaela. Le premier devoir de la veuve est de *rester en vie.* »

Michaela flotte sur un large fleuve obscur dans une sorte de petite embarcation. Gerard lui a dit le nom du fleuve, car c'est là qu'ils doivent se retrouver : *rio de Piedras*. De tous côtés, des cris de perroquets sauvages, de singes. La déesse-démon Skli émerge de l'ombre. Une femme nue, la bouche hurlante, les seins tombants, le vagin béant comme une plaie et de longues griffes incurvées en guise de doigts.

Légèrement, par agacerie, ces griffes effleurent les bras de Michaela, qui ne sont plus bandés maintenant, mais nus, hypersensibles.

Oh, insupportable ! Michaela se réveille brutalement dans un grand frisson.

Impossible de dormir. Sa première nuit de *veuve*.

Quoique Iris Esdras soit partie, l'odeur douceâtre de son parfum demeure. Michaela entend presque sa voix véhémente, exclamative, quelque part dans la maison, des mots indistincts.

Elle se rend d'un pas trébuchant aux toilettes. Évite son reflet dans la glace. Car elle est déjà considérablement changée, Gerard reconnaîtrait à peine son visage ravagé.

Avec hésitation, craignant ce qu'elle découvrira, Michaela ouvre le placard sous le lavabo : oui, la maléfique statue en bois d'Ishtikini est toujours là où elle l'avait cachée.

Sauf qu'elle est certaine de l'avoir poussée tout au fond, en tournant son visage hideux vers le mur. Alors que maintenant il lui fait impudemment face.

Ailleurs, les autres *objets d'art** dérangeants que Michaela avait dissimulés sont toujours là où elle les avait mis, y compris la représentation de la déesse-démon Skli. Une sculpture grossière, haute d'une vingtaine de centimètres, principalement en bois, dotée de doigts métalliques, d'ongles acérés, incurvés comme des griffes. Sous une lumière vive, Michaela examine les griffes.

Des traces de sang ? *Son* sang ? Pas sûr.

Elle jetterait cette horreur dans le ravin derrière la maison si elle n'appartenait pas à l'Institut, de même que la maison, louée à son nom jusqu'à la fin août, appartient à l'Institut.

Elle place la chose dans le placard, ferme la porte. Haletante, vacillant sur ses jambes. Les bras emmaillotés de gaze blanche, il lui faudra porter des manches longues quand elle sortira pour dissimuler les pansements.

Elle n'est veuve que depuis dix-neuf heures.

34

Étau du chagrin

Dans l'étau du chagrin : tout ce que tu feras, tout ce que même tu imagineras faire demandera infiniment plus d'effort.

Étendue sur ton lit dans un désordre de draps moites. Étendue bras et jambes serrés, tête inclinée, redoutant ce qui pourrait arriver si tu faisais un mouvement brusque, si tu te « redressais »…

Osant à peine respirer parce que l'étau du chagrin se resserrera autour de ta poitrine, chassant tout air de tes poumons.

Tu entends un téléphone sonner. La sonnette de la porte, plusieurs fois.

Une voix faible, déclinante.

Où sommes-nous ? Quel est cet endroit ?

Où es-tu ? Michaela !

Pourquoi m'as-tu abandonné ?

35

Chapelle des Cimes

« Madame McManus ? Suivez-moi, je vous prie. »

Mme McManus. Ton cœur se serre. Maintenant qu'il n'y a plus de *M. McManus*, quel est le statut ontologique de *Mme McManus* ?

La chapelle des Cimes sur Alameda Boulevard, Santa Tierra, est un bâtiment digne et majestueux, avec dôme doré resplendissant, colonnes ioniennes, fontaine étincelante dans laquelle ont été jetées des piécettes de monnaie.

Tu te demandes ce qu'ont bien pu souhaiter les visiteurs de la chapelle des Cimes.

Trop tôt ! Trop tôt ! Rendez-nous nos morts.

On t'escorte solennellement dans une grande pièce moquettée contenant une table oblongue luisante où trente personnes tiendraient à l'aise. Il t'est donné à comprendre que les enterrements/crémations ne sont généralement pas organisés par une seule personne, mais par des familles.

Tu attends dans la pièce sévèrement climatisée qu'un représentant de la chapelle des Cimes te rejoigne. À ta disposition, de luxueuses brochures, d'élégants ensembles de photos présentant des enterrements/crémations à « thème » convenant à des hommes – cornemuses, équipement de chasse et de pêche, ski, voile.

Et aussi bowling, aviation, *Star Wars*, Elvis Presley…

Soudain, un rire étranglé, grossier. Le *tien* ?

Tu repousses les brochures. À travers une fenêtre teintée, tu perçois une activité frénétique au-dehors : de grands oiseaux au plumage noir s'agitent confusément au pied d'un eucalyptus.

Tu entends une pulsation rythmée, sourde, étouffée. Peut-être le battement du sang à tes oreilles.

Et que fais-tu ici, Michaela ? demande une voix amusée.

Tu ne peux être nulle part ailleurs qu'ici. Car tous les endroits sont également irréels.

Au bout d'un temps qui paraît très long mais qui ne dure sans doute qu'une dizaine de minutes, la porte s'ouvre et un « administrateur » du crématorium entre et te serre gravement la main. Un homme entre deux âges, costume et cravate sombres, postiche d'épaisses touffes de cheveux châtains. Quelque chose dans ses yeux globuleux et sa peau légèrement grêlée te fait penser à – qui ? – Weyaki, dieu du Chaos ? –, mais d'une voix imperturbable il te demande si tu as eu le temps de parcourir les imprimés et si tu as des questions, et tu lui assures que non, tu n'as pas de questions, tu comptes acheter la crémation la plus basique pour ton défunt mari, le cercueil « recyclable » le plus ordinaire, pas de hobby, pas de thème, pas de musique particulière. Et l'« urne » la plus ordinaire.

« Ah, oui ! Je vois. »

Weyaki est visiblement déçu. Une lueur dure dans les yeux derrière des verres à double foyer scintillants. Pourtant, Iris Esdras a certainement informé la chapelle des Cimes que ton mari était un chercheur de l'Institut, un historien universitaire dont la crémation serait probablement spartiate.

« Il y aura une cérémonie du souvenir à Cambridge, dans le Massachusetts. À l'automne. Gerard était professeur à Harvard.

– Oui. Bien sûr.

– Un éminent professeur. Tous ses amis – collègues – sont à Cambridge. En fait, nous ne connaissons personne, ici. »

Bizarre de donner autant d'informations d'une voix rauque et guindée qui n'est pas la tienne. Comme si tu devais une explication à cet inconnu.

Cela fait un moment que tu n'as pas autant parlé. Tu te sens hébétée, vidée.

Un peu contrariée d'avoir perçu un tremblement de vantardise dans ta voix. Comme si vanter les qualités d'un mari (défunt) pouvait rendre la perte moins horrible ?

S'il y a vraiment une cérémonie à Cambridge à l'automne, tu choisiras la musique préférée de Gerard pour l'occasion : les *Vêpres* de Rachmaninov, l'*Ode à la joie* de Beethoven, Murray Perahia jouant Chopin, Bach. Quoiqu'il te semble peu probable d'être encore en vie à ce moment-là.

Quelque chose de déplaisant, de vulgaire à rester en vie dans ces conditions.

Weyaki s'active à préparer un contrat. Snobé par sa cliente, l'administrateur est maintenant strictement professionnel, brusque, pragmatique. Le prix de la crémation, dit-il, toutes taxes et frais compris, s'élèvera à 2 639,86 dollars.

Gerard rirait, car les absurdités ordinaires le ravissaient. Pourquoi trente-*neuf* dollars ? Pourquoi *quatre-vingt-six* cents ?

Weyaki te lance un coup d'œil comme si tu avais parlé tout haut. Comme si tu avais eu un rire méprisant.

Pendant cet entretien, tu as été distraite par l'agitation de l'autre côté de la fenêtre, une haute fenêtre étroite aux vitres teintées qui laisse passer un jour maussade. Un mur crépi se dresse à proximité et, devant le mur, un eucalyptus, au pied duquel quelque chose est attaqué, ou dévoré, par des oiseaux charognards ressemblant à des vautours.

Ce qui gît sur le sol, animal, humain – tu préfères ne pas savoir. Ce doit être mort car cela ne se défend pas contre les oiseaux voraces.

Ah, c'est blanc, nu... pas un animal...

Weyaki demande poliment si tu as des questions sur la procédure et le contrat.

Tu regardes par-delà les touffes de son postiche le remue-ménage des oiseaux dont les larges ailes te cachent ce qui gît sur le sol, incapable de se défendre contre la frappe staccato de leurs becs.

« ... comment souhaiteriez-vous payer, madame ? Nous demandons le règlement de la somme totale, immédiatement, si possible... »

Tu regardes, mais ne parviens pas à voir. Ce qui est dévoré dehors, au pied de l'eucalyptus, tu ne peux le voir...

Weyaki se retourne lourdement pour regarder par la fenêtre, intrigué parce que tu sembles fixer quelque chose derrière lui. Mais il ne voit rien.

« Pardon, madame McManus ?... Michaela ? Quelque chose ne va pas ? »

Répondre à cette question même par un simple *non* exige beaucoup trop d'énergie. Tu ignores Weyaki et fais un effort pour détacher tes yeux de la fenêtre.

Tu prends le contrat pour le lire attentivement, comme (te souviens-tu) Gerard prenait une page du manuscrit révisé pour l'étudier quand ses yeux n'accommodaient plus.

Tu l'avais aussi vu, les yeux plissés, lire le *New York Times* en le tenant à l'envers.

Jamais tu ne te remettras de ce choc : ton mari brillant, tâchant de lire le *New York Times* en le tenant à l'envers.

Tu signes le contrat, mais tes doigts tremblent. Tu affermis ta main avec ton autre main, observée par Weyaki, qui fronce les sourcils.

« Je suis désolée, je ne peux pas… je n'arrive pas…

– Madame McManus ? Avez-vous besoin d'aide ?

– … ce n'est qu'un tremblement. Ça va bientôt passer… »

De ton autre main, tu te protèges les yeux du spectacle derrière la fenêtre. Il ne faut pas que tu regardes.

Visage livide. Yeux battus. Si lasse !

Respiration respiration respiration qui s'est insinuée dans tes poumons qui respirent maintenant à l'unisson des poumons de ton mari parce que sa mort s'est logée dans ta vie.

Finalement, le contrat est signé.

Tu es veuve depuis quatre-vingt-sept heures.

36

Les instructions

Comme suit.

La mission de la veuve est d'assurer à son mari un passage sans encombre de ce monde dans l'autre.

Pendant ces jours (cruciaux) où l'âme erre sans domicile.

La veuve sera informée de l'achèvement de la crémation.

La veuve se présentera à la chapelle des Cimes pour recevoir les cendres dans une urne.

Qu'elle embarque ensuite avec les cendres pour la rivière des Pierres.

Là, qu'elle attende de nouvelles instructions.

Voici qui est une surprise ! Elle n'est pas seule.

Elle se réveille dans la maison de Vista Drive, froide comme une morgue. Dans ce premier instant d'éveil, appelant son âme à réintégrer son corps, qui ne le fait qu'à contrecœur.

Il s'avère que Michaela n'est pas un être solitaire comme elle le pensait avec un désespoir et un abattement (prématurés) depuis la mort de son mari. Bien que la maison soit vide d'habitation (humaine), elle semble emplie d'une agitation excitée de l'air pareille à des remous.

Des voix étouffées, un chœur de voix. Et même des rires.

Ces voix sont familières, réconfortantes. Quoiqu'elle ne les entende pas nettement. Le bruissement des eucalyptus entourant la maison. Des cris montant du ravin. Son nom est prononcé, chaque voyelle et chaque consonne avec la même accentuation – MI CHAE LA.

Pressant, apaisant. Patient, bienveillant. Mélancolique.

Le nom du mari n'est pas prononcé. Une correction, suppose la veuve.

Car l'être particulier qui s'est éteint n'avait reçu un nom que par commodité. Une sorte de sténo ou de code.

Celui-qui-t'a-quittée-à-jamais.

Celui-qui-a-été-ton-mari.

Celui-qui-t'aimera-par-delà-la-mort.

Celui-qui-t'attend-par-delà-la-mort.

37

Ydez mi sippli yddez mi

« Bien entendu – je n'annulerai pas! Je tiens toujours parole. »

Elle s'entend parler au téléphone, haletante. Expliquer qu'elle compte terminer le séminaire d'écriture, n'a aucune intention de l'annuler ni même de manquer un autre cours. L'*urgence familiale* a été réglée.

En fait, elle compte rattraper l'unique cours qu'elle n'avait pas assuré. Elle l'expliquera aux étudiants, aujourd'hui.

Son oasis! Quand son mari était à l'hôpital.

Le jeudi, elle s'habillait avec un soin particulier. Cheveux bien brossés, chemise en popeline fraîchement repassée, pantalon de lin blanc au pli marqué. Posture impeccable, sourire rouge-à-lèvres, signes de normalité.

En option : veste de lin blanc, foulard de soie noué autour du cou.

Hors-du-temps. Michaela peut s'extraire du temps tandis qu'à l'hôpital la veille (sans fin) continue.

Naturellement, Michaela a retenu le nom de tous ses étudiants. Pendant ses nuits sans sommeil, luttant contre désespoir, abattement, terreur, il était bien plus réconfortant de se réciter le nom des inconnus assis autour de la table de séminaire, visages animés tournés vers elle.

Lorsque Michaela reprendra son cours d'écriture jeudi après-midi, pas un de ces inconnus ne se doutera de la raison de son absence la semaine précédente.

Absurde, cette vanité. Comme si quoi que ce soit avait de l'importance maintenant que ton mari est mort.

Même Letitia Tanik ne se doutera de rien. Letitia, à qui Michaela a écrit plusieurs e-mails implorants.

Letitia, je suis désolée de ne pas m'être manifestée. J'ai dû faire face à une urgence familiale, qui est maintenant réglée. Tenez-moi au courant de votre situation, je vous en prie.

Aucune réponse à cet e-mail.

Letitia, j'espère ne pas vous avoir déstabilisée et ne pas avoir fait pression sur vous la semaine dernière. Je m'inquiète toujours pour vous. Je ne voulais que votre bien…

Pas de réponse non plus à ce mail-là.

Letitia, j'espère que nous pourrons nous parler après notre atelier de jeudi. Si vous avez des questions, n'hésitez pas à les poser.

Là encore, aucune réponse.

Oh! mon Dieu, oh! Gerard – ai-je commis une terrible erreur? Aide-moi, je t'en prie…

Pleine d'appréhension, elle prend la route d'Albuquerque.

Il n'avait pas su où elle allait le jeudi après-midi, du moins pendant les dernières semaines. Elle avait cessé d'expliquer quand il avait cessé de se souvenir et, finalement, il avait été trop faible et trop distrait pour se souvenir de lui poser la question et elle s'était abstenue de lui en parler, comptant qu'il ne serait pas assez lucide pour s'apercevoir qu'elle s'absentait plusieurs heures et que pendant ces heures elle était *hors-du-temps*.

Bien que Gerard ne l'attende plus au Centre de cancérologie de Santa Tierra, elle perçoit pourtant sa désapprobation, sa douleur. *Où es-tu, pourquoi m'as-tu abandonné?* – car Michaela est la femme d'un mourant et n'a aucun droit de fuir *hors-du-temps* dans une autre ville.

Sa place est à Santa Tierra. Où erre l'âme inquiète de Gerard.

Voilà pourquoi elle appréhende de rouler sur l'autoroute. C'est téméraire de sa part, elle risque d'être punie. L'étau du chagrin se resserre autour de sa poitrine proportionnellement à la densité de la circulation. Il serre, serre – *serre*… Elle s'entend aspirer l'air comme un poisson sorti de l'eau et jeté sur le sable, mais si elle est très calme, l'accès passera, l'étau se desserrera. Temporairement.

Une circulation grondant comme les chutes du Niagara et, comme elles, sans commencement ni fin. Des camions gigantesques dépassent son véhicule (compact, léger), le rasant si près sur sa gauche que sa voiture de location vibre, aspirée dans leur sillage.

Et il y a du tirage, un tirage sensible dans le volant, qui l'entraîne vers la gauche. Affolée, Michaela étreint le volant, résiste.

Non. Non pas question.

Celui qui la pousse à se déporter sur la voie de gauche dans le flot grondant des véhicules qui qu'il soit, doit être un genre de démon farceur. Pas l'une des voix réconfortantes, ni (manifestement) l'une de celles qui souhaitent instruire la veuve de sa mission.

Bon Dieu non. Pas question.

Mais : assurance d'une mort instantanée.

Mais : Michaela a des obligations à remplir dans ce qu'il reste de sa vie.

Comme si quoi que ce soit avait de l'importance maintenant que ton mari est mort.

Quelle folle elle fait ! Et quelle folie c'est.

Une irréalité qui l'enveloppe comme un brouillard. Air pollué. Elle en a presque le goût dans la bouche.

Respire. Tiens bon. Pour l'amour du ciel !

Sa première erreur (pense-t-elle) a été l'erreur (naïve) de l'enseignant inexpérimenté : s'impliquer dans la vie d'un étudiant. En l'occurrence, la vie personnelle/troublée d'une étudiante de premier cycle.

Sauf que, se reproche Michaela : on ne peut pas dire qu'elle soit véritablement *inexpérimentée*. Ni qu'elle soit non plus une jeune enseignante. Concernant Letitia Tanik, son comportement a été impulsif et irréfléchi.

Elle ne voit cependant pas ce qu'elle aurait pu faire et qu'elle n'a pas fait.

Comment ignorer Letitia ? Je ne pouvais pas l'ignorer.

Une fois que Letitia lui avait parlé du viol (présumé) – pas de marche arrière possible pour Michaela.

Elle se rappelle avec émotion la façon dont la jeune fille l'avait étreinte – impulsivement – en pressant son visage contre son cou. Sans avertissement.

(Était-ce vraiment arrivé ? Quand Michaela essaie de s'en souvenir, elle a un doute.)

Puis son saisissement quand elle avait fait le tour du pâté de maisons et qu'elle avait vu Letitia, ou quelqu'un qui lui ressemblait beaucoup, sur le balcon de la maison, s'approchant du jeune homme...

Quoi qu'il en soit, Letitia semble absente (de nouveau) cet après-midi. Michaela est blessée de ce rejet.

À moins que ce n'en soit pas un : Letitia a peut-être décidé d'abandonner ses études.

Elle s'est peut-être réconciliée avec le jeune homme (non nommé) – le violeur (présumé).

Elle a peut-être fait une dépression. S'est peut-être fait du mal. *Elle s'est peut-être suicidée, et ce sera ta faute.*

Aucun étudiant n'occupe le siège vide de Letitia à la table du séminaire. Comme s'il était tacitement réservé à l'absente.

Michaela se demande s'il est *ironiquement* réservé à Letitia. Le signe que les autres comprennent ce qui s'est passé et veulent que leur enseignante sache qu'ils savent.

Mais la jugent-ils responsable ? se demande Michaela.

Quand Letitia Tanik était assise sur cette chaise, maussade et agitée, les épaules affaissées, poussant de gros soupirs, Michaela était distraite et contrariée par sa présence, elle aurait souhaité que la jeune femme égocentrique s'abstînt entièrement de venir. À présent, Michaela s'inquiète qu'elle ne soit pas (encore) arrivée, le cours a commencé depuis quinze minutes et Letitia n'est (toujours) pas là, bientôt la porte de la salle sera fermée.

Elle est tentée de demander aux autres étudiants s'ils ont eu de ses nouvelles, si l'un d'eux la connaît…

Elle n'avait pas à se mêler de la vie privée des étudiants.

Oh – mais elle se souciait de nous !

De l'une d'entre nous, au moins.

Une masse confuse de visages, des visages presque familiers, impossible de se rappeler les noms alors qu'elle les savait par cœur, des regards perplexes comme si les étudiants ne la reconnaissaient plus après quinze jours seulement d'absence. Peur qu'ils ne voient à travers le sourire rouge-à-lèvres que leur enseignante a été éviscérée, l'enveloppe d'une femme, plus une *épouse* mais une *veuve*… Elle doit se faire passer pour celle que ces inconnus attendent. Quelqu'un qui *n'est pas éviscéré.*

Michaela rassemble ses forces, elle ne faiblira pas.

Michaela rassemble ses forces qui la fuient pourtant comme une eau de pluie entre les doigts d'une main.

Elle regarde les travaux d'étudiants qu'elle a lus avec soin, relus ce matin en prévision du cours et qu'il lui semble maintenant n'avoir jamais vus. Des pages entières, vierges de commentaires, alors qu'elle est certaine de les avoir annotées. Même sa voix est hésitante, fausse. Ses tentatives pour manifester entrain – « humour » – se heurtent à des regards vides. Quand des étudiants parlent, leur voix est assourdie, déformée, et Michaela doit se pencher en avant pour tenter d'entendre ce qu'ils disent.

On dirait qu'une sorte de barrière s'est élevée entre elle et eux. Un Plexiglas pas entièrement transparent.

Oh, qu'est-il arrivé ? Michaela aimait tant cet atelier, ces étudiants… Leurs noms lui reviennent vaguement : Melanie, Zora, Wyn, Frankie, Brett, Simon. Mais à quel nom rattacher quel visage ? La plupart des étudiants ont un certain âge, ne sont pas inscrits en premier cycle à l'université. Ce sont des adultes, il y a parmi eux des mères célibataires, tous travaillent. À mi-temps, à temps plein. Ils se sont montrés sérieux, enthousiastes. Très sympathiques. Ils ne l'ont pas déçue. L'un d'eux semble assez handicapé, épaules affaissées, respiration rauque d'asthmatique, et pourtant il n'a pas manqué un seul cours, écoute avec attention son enseignante et hoche la tête à chacune de ses syllabes. (Est-ce Simon ? Ou – un nom qu'elle a oublié ?) Ces jeudis après-midi ont été de vraies oasis pour Michaela, son interlude d'espoir. Elle était convaincue que, si Gerard avait pu savoir quelle était sa vie loin de lui, il aurait approuvé.

Si je ne suis pas heureuse, j'ai l'espoir de rendre d'autres gens heureux. S'il est impossible de m'aider, j'ai l'espoir d'aider les autres...

Mais les étudiants ne sont pas amicaux, cette semaine. Après cette longue interruption. Comme si elle avait creusé un abîme : *avant, après.*

Avant ma mort. Et après.

Leurs visages sont figés, indéchiffrables. Zora lorgne son portable qu'elle a placé discrètement sur un genou, dissimulé en partie par la table. Frankie a un air maussade, excédé. (À cause de l'attente ? Mais Michaela est-elle en retard ?) Le jeune-vieux Simon aux épaules affaissées, les bras croisés autour de son torse maigre, regarde par-dessus la tête de Michaela – Simon, d'ordinaire si timidement amical avec elle. Plusieurs personnes paraissent même de parfaits inconnus à Michaela, qui jurerait ne les avoir jamais vues. Non seulement elle a du mal à entendre leurs voix, mais ils semblent avoir du mal à entendre la sienne, grimacent et plissent les yeux quand elle parle, les mains en coupe autour des oreilles, ne réagissent pas à ses remarques.

Hé? Hé?

Bizarre qu'ils soient tous assis à l'autre bout de la table, serrés les uns contre les autres, faisant face à Michaela. Et la table est moitié plus longue que dans son souvenir.

Difficile de croire qu'une nouvelle table, plus longue, a été substituée à l'ancienne.

Hé? Parlez plus distinctement s'il vous plaît.

Michaela entend les voix, mais pas les mots. Elle voit les bouches remuer – les lèvres. Fait un effort pathétique pour lire sur les lèvres à travers la barrière de Plexiglas. Tend si fort le cou en avant qu'il lui fait mal.

A-t-elle un problème aux oreilles? Une infection? Une sensation de brûlure dans son oreille interne gauche.

Et ses mots à elle, assourdis par la barrière de Plexiglas: ses étudiants devinent-ils aux contorsions de son visage, de sa bouche, de ses yeux ce qu'elle cherche si ardemment à leur dire?

Ydez mi sippli yddez mi

***

Elle fait couler de l'eau froide dans un lavabo. Dans les toilettes des enseignants. Asperge d'eau son visage brûlant qu'elle n'ose pas examiner de trop près de peur de découvrir qu'il s'efface. Place ses poignets aux veines bleutées sous l'eau qui jaillit du robinet. Grimace lorsqu'elle se penche parce que l'étau de chagrin lui a meurtri la cage thoracique.

Rien de tout cela n'a l'ombre d'une réalité.

Tu le sais, n'est-ce pas?

Tu n'es pas enseignante dans une université. Quelle blague!

Ton mari n'est pas mort, c'est toi qui es morte.

Toi qui es punie pour l'avoir abandonné, le cerveau bouillant de fièvre.

38

Message sur répondeur !

Et puis la vie de la veuve prend un tour totalement inattendu.

Oui, c'est totalement inattendu. Même si (oui) la veuve aurait dû être plus confiante.

Car bien que Michaela ait laissé son portable allumé, il se trouve que quelqu'un l'a appelée pendant les trois heures de l'atelier.

Elle n'avait pas entendu le téléphone sonner, elle en est certaine.

Elle avait demandé aux infirmières du Centre de cancérologie de l'appeler s'il y avait des nouvelles. S'il arrivait quelque chose...

Elles avaient donc appelé, ou en tout cas quelqu'un avait appelé et, bien que Michaela eût veillé à garder son portable allumé, elle n'avait pas entendu sa trille optimiste, ne l'avait pas senti vibrer, ne s'était aperçue de rien.

Elle écoute maintenant son répondeur, intensément, anxieusement : *Ce message s'adresse à Mme Gerard McManus. Il y a eu une erreur, madame McManus. Votre mari Gerard est en vie. Il a été transféré du Centre de cancérologie de Santa Tierra à…* Le reste du message est brouillé, confus.

Elle le repasse – *Ce message s'adresse à Mme Gerard McManus. Il y a eu une erreur, madame McManus. Votre mari Gerard est en vie. Il a été transféré du Centre de cancérologie de Santa Tierra à…*

Encore, repassé encore et encore – *Ce message s'adresse à Mme Gerard McManus. Il y a eu une erreur, madame McManus. Votre mari Gerard est en vie. Il a été transféré du Centre de cancérologie de Santa Tierra à…*

Désespérément, Michaela presse le téléphone contre son oreille pour mieux entendre.

Encore une fois ?

39

« Personne ne peut le joindre »

Michaela se le rappellera longtemps : son retour à Santa Tierra en début de soirée.

Un fleuve de lumières qui clignotent, palpitent. Quelque chose l'attend, elle ne se rappelle pas exactement ce que c'est, mais *c'est quelque chose.*

Car *rien* est ce qui terrifie la veuve. Que *rien* n'attende.

Son cœur s'emballe, elle se rendra directement à l'hôpital. Prendra l'ascenseur jusqu'au septième étage, se dirigera rapidement et sans hésitation vers la chambre 771… Ce sera l'heure du dîner, elle mangera avec Gerard, les restes du plateau qu'on lui a apporté et qu'il aura repoussé, une nourriture d'hôpital immangeable, quoique (comme Michaela le souligne, pour l'encourager) la compote de pommes ne soit pas mauvaise, ni le yaourt nature et, si Gerard le souhaite, Michaela pourra demander du jus de pomme, en fait si la cafétéria du rez-de-chaussée est encore ouverte elle pourra y faire un saut pour lui acheter une glace, celles à la vanille semblent les mieux acceptées par Gerard ces derniers temps.

Mais non. Fini. La chambre 771 est maintenant occupée par un inconnu.

Aucune des infirmières ne reconnaîtrait plus Michaela. Aucune des réceptionnistes.

À l'hôpital, maintenant, il n'y a *rien.*

Il faut qu'elle s'adapte. Se réadapte. D'autres l'ont fait au long des millénaires.

Là où il y avait quelque chose, maintenant… rien.

Si épuisée ! Alors que par le passé l'atelier d'écriture lui avait apporté tant de plaisir, cet après-midi elle avait eu l'impression de pousser un énorme rocher en haut d'une pente, toujours plus haut, une pente interminable…

Trois heures passées dans un brouillard. Qui s'effacent déjà de sa mémoire comme un rêve perturbant s'efface au réveil.

L'oasis de bonheur (pitoyable) de la veuve. Cela aussi sera retiré à Michaela, car sa mission ne consiste pas à apaiser sa conscience mais à surveiller le passage de l'esprit de son mari dans l'autre monde.

Impatiente de rentrer à Santa Tierra. Pas à l'hôpital, bien sûr, car Gerard n'y est plus un patient, mais à la maison de Vista Drive où elle habite (maintenant) seule… quoique (comprend-elle) pas entièrement seule.

Alors qu'elle dépasse la sortie de Placitas, elle commence à le sentir – sans doute possible : le volant tire vers la gauche.

Elle resserre son étreinte, maintient le cap, cent quinze kilomètres à l'heure, une vitesse qui lui permet de suivre l'allure de la circulation sur la voie de droite tandis que des véhicules la dépassent continuellement sur celle de gauche, un flot soutenu de véhicules sur les voies de gauche, que Michaela évite. Mais des doigts invisibles lui disputent le contrôle du volant, elle le ramène vers la droite, affolée, déterminée à conserver une trajectoire régulière, rectiligne, à ne pas mordre sur la voie de gauche où son véhicule serait broyé, fracassé en l'espace de quelques secondes…

Mort instantanée. Hors-du-temps.

Michaela n'est pas sûre de pouvoir empêcher le volant de tourner. La sueur perle à son front. Ruisselle le long de ses flancs sous la chemise propre, qui sent maintenant la transpiration. Désespérée, elle freine et dans un cahot s'arrête sur le bas-côté de l'autoroute.

Elle tremble violemment. Si épuisée, et si seule !

Elle cherche son portable dans son fourre-tout. Un appareil légèrement différent de celui dont elle a le souvenir, une sorte de moniteur cardiaque connecté électroniquement à son cœur, doublé d'un téléphone classique.

« Oh, Gerard ! Aide-moi. »

Un soulagement de voir que *Gerard McManus* est toujours dans la liste de ses contacts.

Elle entend le téléphone de Gerard sonner au loin.

Oh, si loin ! Les yeux de Michaela s'embuent, aucune idée de l'endroit où Gerard est parti en emportant son téléphone avec lui.

« Chéri, réponds, je t'en prie. Je t'en prie, réponds-moi… »

Son cœur se serre : un message enregistré se déclenche, l'informant d'un ton bref que *la messagerie de Gerard McManus est pleine,* qu'*il n'est plus possible d'y laisser de messages.*

Michaela écoute à plusieurs reprises pour s'assurer qu'elle a bien entendu. Pour s'assurer que quelque chose ne lui a pas échappé.

Dans la voiture de location au bord de l'I-25, dépassée par un flot de véhicules qui gronde comme les chutes du Niagara alors que descend le crépuscule.

« C'est donc ça. Personne ne peut le joindre. »

40

Disparue

Sans Gerard, elle commence à perdre Michaela.

Quand précisément cela a commencé, aucune idée.

Elle s'est aperçue un matin que des parties de son visage manquaient. Puis, par hasard, surprise, stupéfaite, que le côté gauche de son front semblait s'être effacé, œil gauche vide, côté gauche de la bouche figé et plus mince que le reste de la bouche qui souriait (bravement), « bon » œil clair, résolu.

Plus tard, elle découvrirait que son bras (gauche) avait en partie disparu. L'ombre de l'os commençant à être visible sous la peau translucide.

Elle examine sa main (droite), quatre doigts seulement, qu'elle compte, recompte soigneusement.

… *quatre, cinq. (Cinq ? Combien de doigts aurait-elle dû avoir ?)*

Elle place ses mains côte à côte. Sans doute possible, l'une est plus grande que l'autre.

Des ongles cassés, sales. Comme si elle avait griffé un mur de pierre inflexible.

Elle se rappelle très nettement la main de Gerard. La vigueur, la force de sa main. L'épaisseur réconfortante du poignet.

Des poils piquetant le dos de sa main. Des poils plus épais sur ses avant-bras, qu'elle avait caressés comme on caresserait la fourrure d'un chat.

Je t'aime. Oh je t'aime !

Sous l'irréalité de ce monde qui miroite, frémit, frissonne comme des rides à la surface d'une eau à la profondeur insondable se trouve l'*autre monde*, que Gerard attend.

Elle essaie de lever les yeux pour voir le visage de Gerard.

Mais ce visage aussi a perdu sa définition. Il s'efface alors même que la main étreint la sienne, avec force. Et la voix de Gerard, plus grave que dans son souvenir.

Viens m'embrasser ! J'attends.

41

Trois kilos cent

Étrange : pour les cendres de Gerard, elle ne ressent presque rien.

Bizarre, inattendu : de ressentir aussi peu.

Un appel de la chapelle des Cimes. Accent hispanique, difficile à comprendre, voix basse et rauque si bien que l'espace d'un instant elle entend (mal) : *chapelle des Crimes.*

D'instinct on a envie de rire. En entendant ces mots solennels *Les restes cinéraires de votre époux*, on a particulièrement envie de rire.

La veuve traverse la ville en voiture pour aller à la chapelle des Cimes récupérer les *restes cinéraires* de son mari. Seule, personne sur le siège à côté d'elle. Seule, la veuve accomplit un autre des *devoirs funèbres* que les traditions et la loi ont établi qu'elle devait accomplir en qualité de veuve d'un mari récemment décédé. À ce stade, Michaela est devenue un agent neutre, anesthésié.

Éviscérée comme un poulet (vidé). Plus de larmes à verser. Les ruisselets de larmes ont creusé ses joues.

Oui bien sûr je préférerais de loin être morte, mais il se trouve que je ne le suis pas.

L'urne contenant les restes est discrètement enfermée dans un sac en tissu bordeaux muni d'un cordon. Pour recevoir cette urne, Michaela doit présenter une pièce d'identité avec photo qu'une employée du crématorium au visage grave examine avec attention comme si une fraude était sérieusement envisageable dans ces circonstances. Michaela doit de surcroît signer plusieurs documents juridiques bien qu'elle ait déjà payé l'incinération de son mari.

Une telle vigilance intrigue Michaela, qui est tentée de demander à la femme extrêmement maquillée – *Est-il courant que des inconnus s'approprient les cendres d'un défunt? Est-ce un problème particulier à la chapelle des Cimes?* Mais cela aurait l'air d'une plaisanterie, et il est indélicat de plaisanter dans un pareil moment.

Ou cela pourrait passer pour un sarcasme, et il est de mauvais goût d'être sarcastique dans un pareil moment.

Oui, c'est complètement absurde, des conneries comme diraient les jeunes, mais ne vous inquiétez pas, je remplirai mes obligations comme je le fais invariablement.

Oh, que c'est lourd! Michaela éprouve un sentiment de panique quand on lui tend les *restes cinéraires* dans le sac de tissu bordeaux – tellement plus lourds qu'elle ne l'aurait imaginé. Seulement trois kilos cent? Un homme qui, à peine quelques mois auparavant, pesait près de quatre-vingt-dix kilos?

Michaela craint un instant de laisser tomber l'urne. Car il est tout à fait impossible de croire qu'elle tient, dans ses bras, tout ce qu'il reste de Gerard McManus.

Mais elle serre l'objet bien fort contre sa poitrine.

Elle doit avoir l'air très pâle, malade. L'employée lui saisit le bras et demande si elle se sent bien.

Oui ! assure Michaela au visage très maquillé avec un grand sourire factice, elle se sent *bien.*

Car il lui est apparu clairement que l'esprit de Gerard erre sans repos et n'a que très peu à voir avec le corps purement physique qui a été incinéré plusieurs heures durant dans un four incandescent et réduit à trois kilos cent de quelque chose qu'on appelle *cendres.*

Siège arrière, siège avant ? Lequel convient le mieux aux *restes cinéraires* d'un mari ?

Michaela place avec précaution l'urne sur le siège passager, à côté d'elle.

(Mais pas de ceinture de sécurité ! Non.)

Tout ce qui reste de Gerard McManus ? Michaela sourit à cette pensée.

De simples cendres ne peuvent contenir l'essence unique de Gerard. Impossible.

Tu sais que je suis ici, Michaela. Mais je suis ailleurs.

Sur le parcours de trois kilomètres qui la sépare de la maison de Vista Drive, Michaela veille à conduire prudemment. Tremblante et respirant étrangement, elle redoute un accident, si minime soit-il, dans ce moment de tension.

Qu'il est bizarre, et néanmoins ordinaire, voire banal que Michaela rapporte les *restes cinéraires* de son mari dans une maison qui n'a jamais été leur foyer, dans une urne – « modèle économique » – enfermée dans un sac en tissu qui conviendrait mieux à des affaires de toilette ; et que cette urne soit à côté d'elle, comme un compagnon, sur le siège passager de la voiture.

Souvent, pendant sa veille à l'hôpital des semaines passées il lui avait semblé que, lorsque Gerard luttait pour respirer, elle respirait pour lui et à présent il lui semble qu'elle *respire* toujours pour lui.

Raison pour laquelle elle doit continuer à respirer – des respirations profondes, régulières – pour le calmer. Et se calmer.

Un nombre fini de respirations nécessaire pour rapporter les *restes* de Gerard à la maison, les placer sur la commode de leur chambre.

Malgré tout, elle ne ressent pas grand-chose. Rien, en fait. Car (elle le sait) Gerard est ailleurs, et non dans ce sac en tissu ridicule. Absurde !

Absurde aussi la volonté d'Iris Esdras de se mêler des *devoirs funèbres* de la veuve. Débordante de sollicitude, elle avait proposé de conduire Michaela au crématorium pour qu'elle ne fût pas seule « dans un moment pareil » ; Iris s'est d'ailleurs gentiment proposée pour assister Michaela dans différentes missions, la présenter à un thérapeute du « deuil » par exemple, et elle l'a plusieurs fois invitée, à dîner, à déjeuner, à prendre un verre ou le thé, à venir à son cours de yoga – *Si vous souhaitez de la compagnie dans ces moments difficiles, Michaela. Sachez que je suis là.*

Impossible ! pense Michaela, avec indignation.

Car Gerard ne l'approchera que si elle est seule.

42

Café Luz de la Luna

Si seule ! C'était insupportable.

Les féroces vents brûlants avaient cessé. Le ciel était déchiré, en lambeaux, comme gangrené. Des éclairs de chaleur fulguraient et s'évanouissaient.

Une lumière crépusculaire, alors que ce n'était que l'après-midi. Michaela pensait, surexcitée – *L'autre monde est là, tout près. Il sera facile de passer de l'un à l'autre.*

Il fallait qu'elle quitte la maison, où il devenait difficile de respirer. Ils lui enjoignaient de quitter la maison. Vite ! les entendait-elle murmurer. Dans un sac à dos, elle emportait le manuscrit.

Les *restes cinéraires*, elle les laisserait, bien sûr. Posés sur la commode de leur chambre à coucher, dans le sac en tissu bordeaux qu'il était difficile de prendre pour un objet d'importance : pure matière.

Tu sais que je suis ailleurs.

Elle savait. Elle n'avait pas le moindre doute.

Rapidement ensuite, elle descendit la colline. Une pente si abrupte que les muscles de ses mollets furent vite douloureux.

Elle avait si souvent descendu cette colline qu'elle avait oblitéré le souvenir de toutes les autres collines de sa vie. De même que l'effort de respirer pour Gerard avait oblitéré le souvenir de tout autre effort.

(Était-elle devenue le genre de femme qui porte un sac à dos, des vêtements dans lesquels elle semble avoir dormi et dont les cheveux emmêlés sont coiffés par le vent ? Bientôt elle aurait les dents jaunies, des ongles de main et de pied tordus comme des griffes.)

(Sa déesse serait le démon Skli à la bouche béante, au vagin béant, dont le vide vorace ne peut être comblé.)

Au pied de la colline, haletante et amère, Michaela se détourna des hauts murs d'adobe de l'Institut. Du jour au lendemain, une rage déraisonnable l'avait saisie à l'idée que le bureau de Gerard avait été vidé et donné à un autre chercheur. Les livres qu'elle l'avait aidé à emballer à Cambridge, Massachusetts, qu'il avait disposés si délibérément sur les étagères de son bureau, par ordre alphabétique, avec tant d'espoir dans le travail qu'il espérait accomplir au cours des semaines futures, avaient été enlevés, mis dans des cartons et lui avaient été rapportés, ou plutôt rapportés à sa veuve, dans la maison de Vista Drive.

Quand ces livres seraient-ils sortis de leurs cartons ? Michaela ne pouvait se résoudre à l'imaginer.

Mais pourquoi si amère ? Elle ne se posait pas la question.

Les morts en veulent aux vivants. Car les morts n'ont que les vivants pour les honorer.

Ils attendaient que Michaela quitte Santa Tierra, elle le savait. Iris Esdras le lui avait clairement fait comprendre. Elle avait beau se prétendre l'amie de Michaela, elle espérait la persuader de partir. Libérez la maison, rentrez dans le

Massachusetts, nous vous aiderons à déménager, nous nous occuperons de tout.

Mais Michaela résistait, Michaela effaçait leurs e-mails, leurs messages téléphoniques.

… j'ai essayé de faire en sorte que la pauvre femme voie un thérapeute. Essayé de devenir son amie.

Quand j'ai voulu la serrer dans mes bras, elle s'est raidie…

… étrange, on aurait dit que sa peau était en feu.

Fait rare à Santa Tierra, le ciel avait la couleur de l'étain. Une pluie fine s'était mise à tomber, l'air était imprégné de brume. Dans une ruelle Michaela vit un petit café avec une terrasse, des tables et des parasols. C'était un établissement devant lequel elle était souvent passée en allant à l'hôpital sans y faire très attention – café Luz de la Luna. À cette heure, il était quasi désert. Cinq ou six tables, des guirlandes de petites ampoules blanches au-dessus, inutiles et idiotes de jour.

Le café était-il même ouvert ? Personne sur la terrasse, personne de visible à l'intérieur.

Un bon endroit pour nous. Personne pour nous déranger.

Michaela révise lentement le manuscrit (très abîmé) de *Malaise dans le cerveau humain.*

Lentement, consciencieusement, obsessivement – terrifiée à l'idée de laisser passer des erreurs ou d'en commettre.

Elle avait aidé Gerard dans son travail de recherche par le passé. Collationné les notes de bas de page, corrigé les épreuves. Retapé des pages avec plaisir, car elle appréciait véritablement la prose de son mari. Et oui, Michaela avait perçu que s'immerger dans le travail de Gerard McManus serait une façon de gagner son cœur, une façon de lui devenir indispensable, comme épouse et comme amie intime ; sa première femme n'avait pas beaucoup partagé ses intérêts intellectuels, savait-elle, et elle s'était éloignée de lui au fil des ans. Mais Michaela, elle, ne tiendrait pas Gerard McManus pour acquis, Michaela avait d'autres plans.

Aimer Gerard plus qu'il ne l'aimait ne l'avait pas dérangée. Qu'il fût le dominant de leur couple lui paraissait naturel. Sa position dans le monde était bien plus élevée que la sienne. Sa personnalité lui paraissait plus développée, plus vaste que la sienne. Il était assurément plus intelligent, plus cultivé. Il avait déjà été marié, il avait des enfants ; Michaela n'avait pas d'enfant et n'avait jamais été mariée. Il avait exprimé la crainte de l'exploiter, d'exploiter son désir même de l'assister dans son travail, mais Michaela avait protesté que non, absolument pas, elle apprenait à son contact, elle lui était reconnaissante du bonheur qu'il apportait dans sa vie.

Il n'avait jamais paru croire véritablement qu'elle lui était reconnaissante de son amour. Une sorte de mendiante, se disait-elle avec ironie.

Elle était si fière des dédicaces des livres de Gerard – *à Michaela, ma femme bien-aimée et première lectrice.*

(Naturellement, Michaela avait dédicacé ses deux minces ouvrages *à Gerard, mon mari bien-aimé et premier lecteur.*)

Par conséquent Michaela a la responsabilité de *Malaise dans le cerveau humain*. Personne d'autre qu'elle ne peut préparer cet ultime ouvrage de Gerard pour sa publication aux Presses universitaires de Harvard.

Bien qu'elle ait revu le manuscrit méthodiquement, espérant réparer les dégâts, il est encore loin d'être complet. Non seulement il manque des pages éparses, mais des sections entières semblent également manquer ou alors sont mal numérotées et difficiles à retrouver. Il semble probable qu'un bon nombre de Post-it portant des questions éditoriales aient été égarés ainsi que des pages annotées par Gerard de sa petite écriture précise. Plusieurs chapitres de la fin comportent des trous et des notes de bas de page incomplètes, comme si l'auteur avait été pressé et eu l'intention de les compléter plus tard ; dans les marges figurent des questions que l'auteur se posait apparemment à lui-même (*quoi ? pourquoi ? possible comment ?*) et qui n'ont pas reçu de réponse. Les quatre-vingt-dix premières pages semblent avoir été corrigées et revues, et se lisent sans accroc ; ensuite, le manuscrit se détériore, le texte est incohérent et obscur. Des ajouts, scotchés aux pages, se sont décollés ; combien d'entre eux sont perdus, Michaela n'a aucun moyen de le savoir. Elle a corrigé les erreurs manifestes et réécrit des passages obscurs pour les rendre plus clairs. (Naturellement, elle a restauré la dédicace originelle – à *ma femme bien-aimée et première lectrice* – mystérieusement estropiée.)

Inexplicablement, Michaela n'a pu avoir accès au fichier informatique de Gerard, car elle a apparemment un mot de passe « invalide », alors que (elle en jurerait) c'était celui que Gerard avait toujours eu et qu'elle connaissait aussi bien que le sien.

Quel cauchemar ! *Malaise dans le cerveau humain* est une histoire et une critique ambitieuse de l'éthique de la science expérimentale en Amérique à laquelle Gerard avait travaillé plus de cinq ans ; c'est la première exploration du sujet, et elle a exigé d'énormes recherches dans des bibliothèques et des centres d'études nombreux, des interviews, des prises de notes méticuleuses ainsi que la préparation d'une longue bibliographie qui, Michaela a pu s'en rendre compte, est loin d'être complète.

Il y a même une nouvelle section vers la fin du manuscrit sur l'éthique de l'anthropologie linguistique, qui met l'accent sur la linguistique de langues *éteintes* ou *menacées de disparition*.

Dans ce chapitre fascinant, Michaela apprend qu'il y a près de sept mille langues dans le monde, dont environ la moitié ont moins de trois mille locuteurs – ce qui les classe parmi les langues *menacées*.

Si une majorité des locuteurs est âgée, le risque de disparition augmente encore.

Si une langue est écrite, elle durera (jusqu'à un certain point). Si elle est essentiellement orale, elle ne durera qu'aussi longtemps qu'il y a des êtres vivants pour la parler.

Michaela se demande : à quoi ressemble d'être le dernier survivant d'une langue ?

Dans un couple, l'un survit forcément à l'autre.

Parmi les langues indigènes nord-américaines dont Gerard traite dans son livre figurent celles des Comanches, des Hopis, des Pieds-Noirs, des Arapahos et des Pueblos Taos ; Gerard semblait très documenté sur la langue kiwaan, parlée par moins d'une centaine d'Indiens pueblos des hautes terres de Santa Tierra. Il s'était adressé à l'Institut de Santa Tierra pour faire des recherches sur les cultures indiennes indigènes du nord du Nouveau-Mexique, un domaine entièrement nouveau pour lui.

Linguistique, anthropologie, psychologie, neurosciences – et philosophie (Spinoza). Apparemment pour Gerard cela allait ensemble. Michaela ne comprenait pas, mais ne doutait pas que cela fît sens pour Gerard. Elle avait été impressionnée que, à ce stade de sa carrière, à son âge, Gerard élargît sa définition de l'expérimentation scientifique pour y inclure la linguistique. *L'éthique de l'appropriation de cultures « subordonnées » par la culture (blanche) prédominante.*

Mais, à Santa Tierra, la maladie l'avait terrassé presque immédiatement. Il n'avait jamais visité les sites pueblos, d'après ce que savait Michaela il n'avait jamais pris contact avec des locuteurs pueblos du kiwaan. Ils n'avaient fait que deux randonnées dans le désert et une seule dans le parc national de San Mateo. L'être même de Gerard – physique, mental – avait été accaparé par des envahisseurs cellulaires.

Au début, on avait mal diagnostiqué son état. Ses symptômes induisaient en erreur. L'oncologue n'avait vu dans ses maux d'estomac, qui n'avaient pas encore atteint un niveau insoutenable, qu'un simple problème de constipation, ce qui avait retardé de plusieurs semaines le scanner capital qui révélerait un cancer de l'urètre. Il était alors trop tard pour opérer…

Oh, pourquoi se tourmentait-elle de nouveau avec cette histoire ? Encore et toujours cette histoire aux mille possibilités, mais dont l'issue était inévitable comme un cul-de-sac : inévitable comme un sac sur la tête qui aveugle, étouffe. Michaela se rappelle avoir hurlé au Dr N_ – *Que se passe-t-il ? Pourquoi êtes-vous aussi lent ? Pourquoi ne commencez-vous pas le traitement ?*

Mais peut-être l'avait-elle seulement imaginé. Elle avait voulu hurler, mais les mots étaient restés coincés dans sa gorge.

Sauvez-le. Sauvez mon mari. Sauvez-lui la vie !

Pourquoi en faites-vous aussi peu ? Sauvez-lui la vie !

Une faute professionnelle sûrement, ce retard. Mais Michaela était trop épuisée pour être combative, et elle n'avait ni l'énergie ni le courage de mener une enquête. Il n'y avait pas eu d'autopsie. Et maintenant, plus que des cendres.

Dans une urne, dans la chambre à coucher ! Plus que des cendres.

Elle la rapporterait à Cambridge, supposait-elle. L'urne dans son sac en tissu, les cendres à l'intérieur de l'urne, trois kilos cent, tout ce qui restait de Gerard McManus.

Impossible. Michaela en est sûre.

De même qu'il est impossible que Michaela retourne jamais à Cambridge. Elle en est sûre.

Sous une pluie légère, une pluie fine comme une brume, sous le parasol d'une table de café, Michaela essaie de comprendre l'argumentation de Gerard dans de longs paragraphes, une prose dense. L'écriture universitaire est discursive, argumentative : on établit un point, contre une opposition (supposée). L'effet produit est celui d'un marteau qui martèle. Michaela lit page après page en prenant des notes. (Ces pages *sont-elles* numérotées correctement ? Michaela se demande si l'imprimante n'a pas eu des ratés.) Elle lutte contre la migraine, retardant le moment où elle cédera et avalera un Tylenol ; prendre des cachets lui semble une faiblesse, comme cela l'avait été pour Gerard avant sa maladie.

Michaela est intriguée par ses recherches sur les langues *éteintes* et *menacées*. Elle se rappelle maintenant les conversations qu'il avait eues avec des amis sur le sujet, notamment sa discussion avec un ami poète sur un texte de Borges ; Michaela n'y avait pas participé, n'en sachant pas assez, et elle regrette à présent de ne pas avoir posé de questions à Gerard. *Avait-il été déçu, comme il l'avait été par sa première femme, par son incapacité à poser les questions appropriées ?* Gerard avait une assez bonne connaissance écrite de plusieurs langues, dont le français, l'allemand et l'italien ; il ne connaissait aucune langue amérindienne, Michaela en était certaine. Son intérêt pour le kiwaan était entièrement nouveau.

Elle s'efforce de ne pas succomber à l'angoisse. Elle est l'unique espoir de son mari. Les post-docs de Gerard sont pris par leurs propres projets, son éditeur des Presses universitaires de Harvard n'est pas un spécialiste de l'histoire des sciences et a exprimé sa reconnaissance à Michaela pour l'aide qu'elle pourra apporter.

Gerard McManus avait été l'un des enseignants les plus éminents de Harvard, il avait reçu des prix, des bourses, été élu à l'Académie nationale des sciences et à la Société philosophique américaine, honneurs qui cependant ne l'avaient jamais entièrement satisfait. Ce n'était pas un homme vaniteux, avide de supériorité sur ses collègues et amis, mais sa mortalité lui faisait peur (pense Michaela) et il avait peut-être cru plus ou moins consciemment que plus il recevait de récompenses, plus il était distingué et honoré, plus il avait des chances de ne pas mourir comme les autres.

Michaela s'entend rire. Non, Michaela s'entend sangloter.

« Madame ? » Un serveur s'est approché, avec hésitation.

Un jeune Américano-Mexicain, semble-t-il. Apparemment, le café est ouvert. Ou vient d'ouvrir. Le serveur regarde Michaela d'un air méfiant, comme s'il n'avait pas toujours eu des expériences agréables avec les touristes blanches.

Mais Michaela n'a pas l'air d'une touriste. Elle n'a même pas l'air *blanche*, pense-t-elle. Si on la regarde de près, sa peau est *salie, souillée*.

Elle ne saurait dire depuis combien de temps elle est assise à cette table. Dans son état second, le temps passe de manière imprévisible : avec une lenteur glaciale, puis par bonds et plis rapides, comme si quelqu'un tournait impatiemment les pages d'un livre. Elle a revu une partie du manuscrit, mais il lui faudra l'examiner une deuxième fois, et probablement une troisième ; elle progresse peu, car elle rencontre sans cesse de nouveaux problèmes.

Ce matin où il avait dit calmement, comme on annoncerait la température : « Je suis tellement plus faible que je ne l'étais hier. »

Michaela tourne l'énorme montre d'homme à son poignet en espérant voir l'heure, mais l'heure exacte lui échappe.

« Madame ? Quelque chose ne va pas ? »

Je ne suis pas madame. S'il vous plaît.

Mais bien entendu Michaela est *madame*. Michaela est une femme blanche et Michaela est *madame*. Le serveur n'a pas plus de vingt-cinq ans. Qui qu'elle soit, elle n'en a plus vingt-cinq depuis une bonne dizaine d'années.

« Voulez-vous commander maintenant, madame, ou préférez-vous attendre que votre ami revienne ?

– "Ami" ? Que voulez-vous dire ? »

Le serveur regarde autour de lui avec un demi-sourire perplexe. Comme s'il y avait quelqu'un dans les environs qu'il avait perdu de vue. Un jeune garçon séduisant au visage étroit de renard. Favoris, petite moustache. Il pourrait avoir tout juste vingt ans – ou même moins. Michaela se demande ce que ses yeux bruns méfiants voient en la voyant.

« Y avait-il quelqu'un avec moi ? » Michaela tâche de garder un ton léger. Comme si elle ne faisait que plaisanter avec lui, rien de menaçant, rien de vraiment sérieux.

« Pardon, avez-vous dit – que vous aviez vu quelqu'un ici avec moi ? »

Le serveur répond avec hésitation que oui. Il n'en est plus aussi certain.

« À quoi ressemblait-il ? »

Le serveur a un sourire embarrassé. Car c'est peut-être une plaisanterie. Le sens de l'humour d'une femme blanche ? Il explique qu'il n'a pas très bien vu son compagnon.

« C'était un homme ? »

Un homme, oui.

Le serveur semble pressé de s'esquiver. Aucune commande en perspective. Il est déchiré entre un sentiment de compassion pour cette femme blanche solitaire et le simple désir de s'échapper.

« Était-il grand ? Avec des cheveux sombres grisonnants ? Un peu plus âgé que moi ? Était-il – semblait-il… »

Le serveur secoue la tête, *sais pas, madame.*

Michaela a d'autres questions, mais le serveur s'éclipse. Disparaît à l'intérieur du café. Le ciel de l'après-midi s'est assombri, des éclairs l'illuminent, telles des veines livides. Quand elle regarde plus attentivement, elle voit que le café est plongé dans l'obscurité, sur la porte un écriteau indique FERMÉ.

43

Clinique

J'imagine que cela s'est insinué dans votre oreille quand vous dormiez.

Gros comme la pointe d'un crayon ! J'ai extirpé cette saleté avec une pince chirurgicale.

Le problème, c'est que vous avez attendu longtemps avant de venir ici, madame.

Croyiez-vous que ça partirait tout seul ? Une infection, si près du cerveau ?

44

Accompagnateur de deuil

Comme une artère éclatée, cela s'est répandu dans le monde.

Ce qui avait été l'*insupportable*, maintenant répandu dans le monde.

L'ancien rêve de l'enfance, maintenant répandu autour de toi.

Tu ne peux respirer sans respirer l'*insupportable*.

La bouche barbue remue, gravement. À travers un crissement strident de cigales les mots arrivent par morceaux.

« … chagrin est normal, madame McManus. Votre mari a disparu il y a moins de quatre semaines… »

Délicate hésitation sur le mot *disparu*. Tu sens que la bouche barbue répugne à prononcer un mot aussi brutal que *mort*.

« … mais très bon pour vous de rester active. De préparer le manuscrit de votre défunt mari pour sa publication… »

Comme si tu étais une enfant, une enfant précoce, mal à l'aise en société, qu'il fallait encourager à se comporter comme d'autres enfants, plus équilibrés, se comportent d'instinct.

Comme si tu avais accompli quoi que ce soit de significatif avec le manuscrit mutilé de Gerard. Ces semaines !

« … d'après tout ce que j'ai pu entendre, le Dr McManus était un homme remarquable, en fait je suis sûr d'avoir lu certains de ses… »

C'est la bouche rouge-à-lèvres qui sourit à la bouche barbue. Polie, encourageante. Derrière des lunettes sombres les yeux (un peu rougis) sont dissimulés à la vue de sorte que le Dr M_ ne peut vraiment *interagir* avec la cliente.

Sourire poli pour encourager le Dr M_ à la bouche barbue grisonnante dont les intentions sont bonnes. Car les accompagnateurs de deuil bedonnants entre deux âges qui exhibent sur les murs de leur cabinet des certificats encadrés de l'Association américaine des professionnels de santé et un master en conseil clinique de santé mentale de l'université du Nouveau-Mexique ont eux aussi besoin d'encouragements.

Un homme ayant à peu près l'âge de Gerard. Tu devrais être portée à la compassion.

« … un livre qui a l'air très intéressant et important, une "histoire de l'éthique de la recherche scientifique", vraiment très intéressant, madame – Michaela ! Votre mari serait soulagé de savoir que vous allez assurer sa publication… »

Comment osez-vous parler de mon mari. Vous ne le connaissiez pas.

Comment osez-vous me traiter avec condescendance. Vous ne me connaissez pas.

« … groupe de parole, une fois par semaine… plusieurs personnes – des veuves, en fait – qui ont perdu leur conjoint récemment… »

Te laissant entendre que dans ton état de veuve tu n'es *pas seule*.

Alors que (en fait) tu es totalement, terriblement et irréfutablement seule.

« … important de garder le contact avec vos émotions, de ne pas nier, étouffer, éviter… »

Les mots de la logique, du bon sens. Le marketing de la banalité. *Chagrin, deuil, rester actif, voir des amis. « Système de soutien ». Ne pas devenir une recluse.*

Tu sembles sans doute dans un état quasi catatonique. Hébétée, hypnotisée. L'œil vitreux en écoutant ces mots censés consoler, rassurer : résignez-vous à l'*insupportable*.

Pourtant : ton cœur s'est mis à battre plus vite. Comme des doigts tambourinant sur une table.

« … recommande vivement un examen médical… les aidants des personnes gravement malades négligent presque toujours leur propre santé. »

« Et si possible, j'aimerais aussi vous adresser à un pharmacologue… »

Une vague nauséeuse te submerge à la perspective d'un examen médical : ton corps meurtri violé davantage, un objet métallique et pointu enfoncé dans ton bassin, du sang prélevé dans ton bras déjà (mystérieusement) marqué de bleus comme ceux de Gerard l'avaient été durant des semaines, les bleus les plus récents recouvrant les anciens.

Quant à un pharmacologue – pourquoi, alors que tu as déjà une cache (secrète) de médicaments pour te guérir de ton profond malheur ?

« … pardon, madame McManus ? »

Tu regardais dans le vague, le visage vide, hypnotisée. La catatonie, une sorte d'éther diffusé dans ton être.

Tu te réveilles en sursaut, comme d'un mauvais rêve. Tu te lèves, trop agitée pour rester assise face à l'accompagnateur de deuil de l'autre côté de son bureau en teck.

Tu assures aussitôt au Dr M_, étonné, que tu n'as pas l'intention de quitter son cabinet sur-le-champ. Mais que tu éprouves le besoin d'être debout, de bouger un peu, de donner du mouvement à tes jambes engourdies.

« … bien sûr, Michaela… si vous vous sentez plus à l'aise. »

Mais que tu sois debout, que tu te déplaces dans son cabinet semble mettre le Dr M_ mal à l'aise. Ses yeux te suivent, avec méfiance.

Tu te demandes ce qu'Iris Esdras, qui a pris ce rendez-vous pour toi, a dit au Dr M_ à ton sujet. *Ne s'adapte pas au changement radical de sa situation. Ne coopère pas avec ceux qui lui offrent leur aide. Risque peut-être de se nuire, de se suicider. A refusé de libérer la maison qu'elle loue à l'Institut et de rentrer chez elle dans l'Est.*

Veuve, tu es vêtue de blanc comme une mariée, tu te refuses à porter du noir comme un vautour. Veste de lin blanc, pantalon de lin blanc, chemisier de soie rose pâle, foulard de soie autour du cou. Jouant la femme pleine d'assurance que tu avais (un jour) été.

Tu as pris une douche ce matin à 5 heures, éliminé l'odeur rance de panique animale, shampouiné et brossé rudement tes cheveux avec la brosse de Gerard, rapportée de l'hôpital en même temps que ses affaires. Émue par la façon dont la brosse mêle maintenant tes cheveux et ceux de Gerard, cheveux argentés, gris, blancs, brun cuivré, brun foncé entrelacés…

Pour tenir ton rôle tu as manucuré tes ongles (courts, cassés) avant d'aller chez l'accompagnateur de deuil. Tu as maquillé ta peau terreuse, rougi tes lèvres pâles. Avec un crayon à sourcils Maybelline trouvé dans des toilettes publiques et rapporté chez toi, tu as assombri avec art tes sourcils.

Tu comptes *faire des efforts*. Tu ne comptes pas *abandonner.*

Ton alliance est devenue trop grande pour ton doigt, elle glisse et tourne. (Celle de Gerard, tu la portes autour du cou au bout d'une mince chaîne en argent, dissimulée sous tes vêtements.) Et tu portes la grosse montre de ton mari qui glisse et tourne autour de ton poignet, si peu pratique qu'en général tu n'arrives pas à lire l'heure.

De toute façon c'est un *temps-de-veuve*: *hors-du-temps*.

Tu attends, debout. Combien de temps ? En te disant pour l'amour du ciel *respire*.

Parce que tu attends. L'angoisse, l'anxiété de l'attente. Un état perpétuel d'attente. Tu n'oses pas dormir.

Tu attends – quoi ?

Que ce qui est arrivé arrive. Le pire qui puisse arriver. Ou qu'on t'apprenne que *ce n'est pas (encore) arrivé*.

Pendant ce temps le Dr M_ continue de parler de sa voix modulée pour apaiser les patients (secrètement) angoissés et (secrètement) suicidaires tandis que, affectant la nonchalance, tu es allée te poster devant une fenêtre donnant sur le parking.

Pourquoi ? Personne ne t'a appelée.

Pourtant : trois étages plus bas, une silhouette masculine se matérialise, émergeant de la lumière éclatante du soleil.

Tu regardes entre les lattes du store à demi baissé. Soudain bouleversée, les sens en alerte.

Un homme ayant la taille, le maintien de Gerard.

Est-ce… ? Non. Impossible.

Tu es pétrifiée, paralysée. Ton cœur se met à battre follement.

« … pourquoi ne pas regarder par ici, Michaela ? Vous seriez peut-être mieux en mesure de vous concentrer sur ce que nous disons… »

Mais tu es concentrée tout entière sur la silhouette solitaire dans le parking: un homme ayant à peu près l'âge, la taille, le maintien de Gerard. Il porte des vêtements qui ne te sont pas immédiatement reconnaissables – short kaki, chemisette à motifs. Sur sa tête, une casquette de base-ball de la couleur bleu ardoise d'un geai de Steller, laquelle est également une nouveauté. Mais, après tout, il y a plusieurs semaines que tu n'as pas vu Gerard et tu n'as aucune idée de ce qu'il pourrait porter maintenant; il serait naturel qu'il ait fait l'achat d'un tel couvre-chef pour protéger ses yeux du soleil du Nouveau-Mexique, même si en principe Gerard n'aime pas beaucoup les chapeaux, et encore moins les casquettes de base-ball... Et la lumière est si éclatante que tu ne vois (probablement) pas nettement les couleurs, tout semble décoloré.

« Michaela ? Quelque chose ne va pas ? » Une note d'agacement dans la voix bienveillante du Dr M_, comme si même l'accompagnateur de deuil pouvait perdre patience.

Tu es distraite, tu entends à peine. Inquiète parce que l'homme à la casquette de base-ball s'est détourné et qu'il s'éloigne, sans se soucier de ta présence derrière une fenêtre du troisième étage, à moins de quinze mètres de lui.

Mais il sait que tu es là. Il montre le chemin, tu dois suivre.

« Michaela ? Madame McManus ? Attendez... »

Tu as attrapé ton sac sur une table et quittes le cabinet du Dr M_. Vite, vite! Pas un regard en arrière. Une heure de consultation gratuite arrangée par l'Institut, pas le temps de présenter des excuses polies au Dr M_ ébahi, tu te précipites dans le couloir, dévales l'escalier jusqu'à la sortie de derrière et émerges, haletante et trébuchante, dans la lumière aveuglante, désespérément impatiente de retrouver ton mari perdu – *Gerard? Gerard!* Mais ta gorge semble nouée, tu entends à peine ta voix râpeuse héler quelqu'un qui a disparu de ta vue.

Où est-il passé ? *Était*-ce Gerard ? Tu sembles savoir que tu dois le suivre, mais – il s'est évanoui…

Tu avances dans le parking, entre des files de véhicules, tous inoccupés, inconnus. Personne. Rien.

Naturellement, il est possible que l'homme à la casquette de base-ball soit un inconnu et qu'il soit parti en voiture pendant le temps qu'il t'a fallu pour gagner la porte de l'immeuble – mais tu ne le crois pas. Il est plus vraisemblable (penses-tu) qu'il ait pénétré dans cet immeuble de bureaux et pris un ascenseur – le bâtiment compte sept étages, un labyrinthe.

« Hé ? Quelqu'un ? » Mais il n'y a personne dans le parking.

Pas de témoins. Personne à questionner. Si l'homme à la casquette de base-ball venait de se garer dans le parking, tu n'as aucune idée de la voiture qui pourrait être la sienne.

Pas la voiture de location, avec laquelle tu es venue jusqu'ici. (Toujours enregistrée au nom de Gerard McManus.)

Sous le soleil aveuglant, tu hésites. Tu es très excitée – une décharge d'adrénaline au cœur. Mais en même temps tu te sens ridicule, perdue.

Oh ! Michaela, que t'est-il arrivé !

Tu aurais dû venir avec moi quand tu en avais l'occasion.

Tu as été lâche. Tu vas le payer, à présent.

Pendant une demi-heure tu erres avec agitation dans le parking comme une épave ballottée par une marée invisible. Tu entres de nouveau dans le bâtiment, suis un couloir aveugle, ressors par une autre porte, tu es bel et bien perdue, à la dérive. Revenue dans le parking, tu envisages d'attendre le retour de l'homme à la casquette de base-ball – mais comprends que si longtemps que tu attendes au milieu de cette mer de véhicules scintillants et rutilants, si longtemps que tu te tiennes absurde et pleine d'espoir sous le soleil éclatant, les yeux cuisants de larmes derrière les lunettes sombres, ton cœur idiot cognant à tout rompre, Gerard avec sa casquette bleu vif et son short kaki tout neufs ne reviendra pas.

Parti.

45

Déesse-démon

… flottant sur un large fleuve sombre dans une petite embarcation, une petite voile blanche fluorescente, haute d'à peine un mètre cinquante. Un fleuve peu profond, mais rapide. Dans le ciel meurtri, des éclairs de chaleur. Bien que Gerard se soit dérobé, il a donné à Michaela le nom du fleuve où ils se retrouveront : rio de Piedras.

Mais quand se retrouveront-ils ? Michaela souhaite désespérément le savoir.

De tous côtés, les cris de perroquets sauvages, de singes. Sur les rives, des glycines violettes sauvages, des buissons de lavande gigantesques, des cactus à la floraison luxuriante. La déesse-démon Skli émerge de l'ombre. Une figure féminine nue à la bouche hurlante, les seins tombant sur une cage thoracique osseuse, le vagin béant comme une plaie à vif. En guise de doigts, de longues griffes incurvées.

Légèrement, par agacerie, ces griffes effleurent les bras nus de Michaela, qui sont hypersensibles.

Oh, insupportable ! Michaela se réveille brutalement dans un grand frisson.

Elle se redresse, pétrifiée. Il lui faut plusieurs minutes pour recouvrer ses esprits, ses forces.

Elle regarde ses bras, encore légèrement marqués de cicatrices. Passe un index sur les longues cicatrices verticales en tremblant.

Michaela ne s'était jamais coupé les bras. Elle espère en avoir finalement convaincu Iris Esdras. Je ne me punis pas. Je ne suis pas suicidaire.

Pieds nus, elle va regarder dans le placard du vestibule où la statue de Skli a été cachée dans un recoin obscur, recouverte d'une serviette. Constate avec satisfaction que oui, la chose hideuse est exactement où elle l'avait mise, des semaines plus tôt. (Inutile de regarder sous la serviette!)

Et la statue trapue et voûtée d'Ishtikini est toujours dans le placard de la salle de bains, sous le lavabo, quoiqu'elle ne se rappelle plus si elle l'avait placée face au mur ou, comme maintenant, petits yeux lubriques de fouine face à quiconque se baisse pour regarder à l'intérieur.

Et viens m'embrasser! J'attends.

46

Vision aveugle

Michaela, viens avec moi !

Il y a une place pour toi, avec moi.

Pas un jour, pas une heure où elle ne le cherche dans Santa Tierra. Sachant qu'il l'attend. Qu'il la voit peut-être sans pouvoir communiquer avec elle.

(Avait-il eu conscience de sa présence dans le parking quand elle le regardait de la fenêtre du troisième étage ? Avait-il été empêché, dans l'impossibilité de la reconnaître ? De même que Michaela, dans le cabinet de l'accompagnateur de deuil, était restée clouée sur place pendant des secondes cruciales, incapable de se libérer, muette.)

Il est possible que dans l'autre monde les esprits des morts puissent être aveugles. Que leurs sens soient atrophiés. Gerard n'avait-il pas parlé à Michaela d'expériences cruelles en neurosciences où l'on maintenait des singes, des chats, des souris nouveau-nés dans une obscurité totale jusqu'à ce que leur vue se détériore et qu'ils deviennent aveugles – bien qu'à d'autres égards leurs sens soient normaux ?

Et Gerard ne lui avait-il pas parlé du phénomène de la « vision aveugle » – une découverte récente des neurosciences prouvant que des gens qui ont eu des lésions du cortex visuel primaire peuvent (souvent) percevoir un objet, quoique incapables de le « voir ». Alors qu'ils affirment ne rien « voir », ils désignent pourtant l'objet sans hésitation. Quand on leur demande pourquoi ils désignent quelque chose qu'ils affirment ne pas être là, ils sont incapables de l'expliquer.

Michaela s'était étonnée. Comment était-ce possible ?

Gerard avait essayé d'expliquer : l'œil peut être « aveugle » alors que le cerveau « voit » – quelque chose que nous appelons « vision » se produit, mais pas pour l'agent conscient.

Mais – comment *cela* était-il possible ? – Michaela avait ri, alarmée des limites de sa compréhension.

Gerard lui avait assuré : bien des choses qui semblent impossibles sont possibles. Et bien des choses qui semblent possibles se révèlent impossibles.

C'est à cela que Michaela pense, maintenant : *vision aveugle*. Quelque chose que nous appelons « vision » se produit, mais pas pour l'agent conscient.

Comme la souffrance peut se produire, une souffrance indicible, mais dont le souvenir disparaît dans l'amnésie comme des gouttes de pluie dans de l'eau, si bien qu'il n'y a pas de *souffrant*.

Seule dans Santa Tierra à la recherche de son mari perdu.

Elle voudrait protester – elle avait supplié qu'on lui laisse faire un don de moelle osseuse pour le sauver. Mais rien ne garantissait que cela pouvait le sauver.

Comme veuve, Michaela est infatigable, alerte. La vie de veuve est celle d'une pénitente portant son cœur (grotesque, sanguinolent) à l'extérieur de son corps. Ne dormir que deux ou trois heures par nuit a aiguisé ses sens, pense-t-elle. *Acérés comme un rasoir*. D'après ses calculs, elle est veuve depuis à peu près sept cent cinquante heures.

Quels que soient les détours qu'elle prend pour descendre la colline de Vista Drive, Michaela aboutit infailliblement dans le quartier historique de Santa Tierra – la plaza de la Catedral de Santa Teresa. Là, un flot incessant de visiteurs entre et sort de l'édifice de style espagnol avec sa basilique dorée étincelante ; les touristes se bousculent sur les marches pour prendre des photos avec leur smartphone. L'ambiance est gaie, festive. Le ballet des pigeons, des colombes blanches est continuel. À midi, il n'y a pas d'ombres, et au crépuscule les lumières éblouissantes les annihilent. La stratégie de Michaela consiste à se déplacer au hasard parmi les piétons de façon à ne pas éveiller les soupçons si elle est observée.

Michaela, où es-tu ?

Pourquoi m'as-tu abandonné ?

Elle voudrait protester : elle ne l'avait pas abandonné. Il y avait eu un moment confus où il avait paru cesser de respirer. Elle l'avait si longtemps, si désespérément serré dans ses bras. Elle avait respiré pour lui, dans ses poumons qui cherchaient frénétiquement de l'air, mais ensuite quelque chose était arrivé et elle s'était laissé persuader qu'elle pouvait le quitter, puis revenir auprès de lui ; mais quand on l'avait laissée revenir, quelque chose était arrivé dans l'intervalle et il n'était plus là.

Le lit nu, l'odeur toxique de désinfectant qui a pénétré son âme. L'éclat des murs blancs. Le vide.

Vain de protester – *Pardonne-moi, Gerard !*

Elle entend ce dernier soupir oppressé. Et puis – le silence.

Michaela est devenue sauvage ces dernières semaines. Elle passe autant de temps qu'elle le peut à l'extérieur et quand elle est chez elle – c'est-à-dire, dans la maison de location de

Vista Drive –, elle est souvent vautrée sur le lit défait qu'elle avait partagé avec Gerard en des temps de bonheur si insouciant qu'elle a du mal à croire qu'ils les aient connus un jour ; dans un sommeil hébété et intermittent, ponctué de crises de toux/sanglots. Souvent elle n'ose pas retirer ses vêtements parce qu'elle craint vaguement d'être réveillée en pleine nuit et appelée à l'hôpital – *Vite ! Votre mari ne peut pas respirer.* (Elle ne sait pas trop si la moelle osseuse extraite si douloureusement de sa hanche gauche a été conservée ou si on l'a laissée se détériorer. Il lui semble se rappeler avoir été informée que la moelle ne pourrait être utilisée que si Gerard était assez fort pour supporter la greffe, mais ensuite un transfert dans un autre établissement à l'équipe médicale plus qualifiée avait semé la confusion...) Michaela mange rarement assise à une table, et jamais des plats qu'elle a elle-même préparés – ce serait tenter le sort : être appelée soudain à l'hôpital, dans la chambre de soins intensifs où Gerard lutte pour respirer.

Tellement plus pratique d'ouvrir une boîte de soupe Progresso qu'elle avale sans la réchauffer, à la cuiller ; des pots de vingt centilitres de fromage blanc, de compote de pommes, de yaourt. Dans le Centre de cancérologie de Santa Tierra la femme du patient gravement malade a pris l'habitude de récupérer la nourriture laissée intacte par Gerard, et maintenant elle mange quand l'occasion se présente, comme le font les animaux sauvages. Sauvage aussi dans son apparence, androgyne et anonyme : Michaela a adopté une sorte de tenue de camouflage sexuel – pantalon long même les jours d'extrême chaleur, tee-shirts de Gerard trop grands aux épaules, chapeau de paille crasseux à large bord pour protéger sa peau sensible et lunettes teintées pour protéger ses yeux sensibles. Une broussaille de cheveux évoquant les gribouillis d'un stylo fou lui tombe aux épaules, la crinière hirsute d'un animal sauvage. Un sac sur le dos, des tennis honteusement usées. Pas une de leurs connaissances de l'Institut ne reconnaîtrait en elle la jeune épouse séduisante et même élégante de leur collègue de Harvard, Gerard McManus.

Si par hasard les étudiants du séminaire d'écriture de Michaela la voyaient dans cet état, ils seraient frappés de consternation, de pitié et de honte. Leur professeur !

Mais naturellement, Michaela n'a jamais été leur *professeur*. Juste une auxiliaire, une imitation.

Sur la place bondée, animée, Michaela est péniblement visible. Personne d'autre qu'elle n'est seul ici.

À l'affût de figures masculines solitaires. Presque tous les gens qu'elle voit sont en compagnie d'au moins une autre personne, la plupart sont en famille. Son cœur se serre, elle les regarde avec envie. Elle n'a pas d'enfant, et maintenant elle n'a plus de mari. Il est rare de voir un homme seul dans le centre de Santa Tierra à moins que ce ne soit quelqu'un qui y travaille, un Latino ou un Amérindien, pas un touriste ni un visiteur de passage.

Encore plus rare de voir quelqu'un ressemblant superficiellement à Gerard – blanc, d'âge mûr, touriste ou visiteur – qui ne soit pas accompagné d'une épouse.

Michaela regarde avec fascination les femmes de son âge accompagnées d'hommes ou de familles ; elle éprouve un pincement d'envie, une véritable douleur dans la poitrine. Ces femmes lui semblent auréolées de lumière, bien qu'elles n'aient apparemment pas conscience de leur chance.

Tenir l'autre pour acquis – Michaela a oublié ce qu'est ce luxe.

Elle n'avait jamais tenu Gerard pour acquis. Ils ne s'étaient pas connus assez longtemps pour cela, Michaela ne s'était jamais sentie entièrement *à l'aise* avec lui.

C'était la nature d'un mariage « tardif », supposait-elle : savoir que les choses auraient pu facilement tourner autrement.

Peu après leur arrivée à Santa Tierra, Gerard et Michaela avaient visité la belle cathédrale de Santa Teresa dans le plus vieux quartier de la ville. Au fond de l'église ils avaient assisté à la fin d'une messe, de longues files de communiants s'approchant de la table, les mains jointes en prière et les yeux dévotement baissés. Quarante ans qu'il n'avait pas communié, avait dit Gerard à Michaela.

Quarante ans ! Pourtant, avait-il dit, il en gardait un souvenir très vif.

L'hostie – de la taille d'une pièce de cinquante *cents*, blanche, très fine, très sèche, insipide. On ne mâchait pas l'hostie, on la laissait fondre dans sa bouche.

Et c'était le corps et le sang du Christ ? avait demandé Michaela.

Le corps du Christ, pas le sang. Le sang, c'était le vin.

Gerard avait ri pour indiquer l'absurdité de ces croyances. Mais Michaela avait entendu une note de mélancolie dans son rire.

Son éducation catholique avait été de pure forme, savait-elle. Ni son père ni sa mère n'avaient été des catholiques fervents. Michaela avait assisté, enfant, à des services unitariens avec des camarades d'école, mais ses parents ne l'avaient jamais emmenée à des services religieux. Elle n'avait pas la nostalgie romantique de la religion.

Si l'espèce humaine a une religion, pensait-elle, ce doit être celle de l'humanité. Sentiments humains, amour humain. Responsabilité humaine.

Mais l'*amour* n'est pas si facilement accessible. *Aimer* peut s'accompagner de peur autant que de bonheur.

Michaela avait demandé à Gerard si sa religion lui manquait et il avait répondu que non, bien sûr que non.

Nous avons soif de vérité, avait-il dit. Pas d'illusions.

Oui ! avait approuvé Michaela.

Si la vérité peut être un réconfort. Comme peuvent l'être les illusions.

Il n'était pas sûr d'avoir jamais cru en Dieu, avait dit Gerard d'un ton pensif, mais les « certitudes » de ce temps-là lui manquaient : le *Catéchisme de Baltimore*, les livres de prière, les rosaires.

La consolation inexprimable d'un rosaire, passé entre les doigts. Chaque grain une prière, et chaque prière entendue par Dieu.

Vous regrettiez la possibilité de contenter quelqu'un ou quelque chose – car quand vous obéissiez à Dieu, Dieu était content de vous.

Une religion si simple ! C'était du moins ainsi qu'on la présentait aux enfants.

Aux États-Unis, le christianisme ressemble à une langue menacée, pensait Gerard : d'instinct, on a envie de le préserver, comme on le fait des espèces menacées. Mais peut-être est-ce vain. Peut-être tout est-il fait pour naître, s'épanouir et mourir, et intervenir dans ce cycle est-il de la bonté mal placée.

Ce qui lui avait véritablement manqué, avait-il dit, c'était d'être un enfant. Aimé inconditionnellement par sa mère.

Il avait ri, puis toussé. (Comme cela lui arrivait fréquemment depuis leur arrivée à Santa Tierra.) Michaela n'avait pas ri, elle avait protesté qu'*elle* l'aimait inconditionnellement – « Je suis celle qui t'aime, à présent. »

Peut-être Michaela était-elle jalouse. Est-elle jalouse. De tous ceux qui avaient aimé Gerard McManus bien avant qu'il ne devînt son mari.

À présent, elle entre en tremblant dans la pénombre de la cathédrale. Oh, quel risque elle prend ! Revenir à l'endroit même où elle avait hardiment murmuré à l'oreille de Gerard *Je suis celle qui t'aime, à présent.*

Elle se rappelle avoir glissé sa main dans la sienne tandis qu'ils attendaient la fin de la messe, et son étonnement devant la psalmodie mécanique du prêtre, qui lui avait paru presque moqueuse, une sorte de jingle publicitaire.

Un air chaud et sec, un air manquant d'oxygène, à peine brassé par des ventilateurs placés de façon stratégique sur le sol de pierre de la cathédrale.

Michaela défaille en se rappelant toutes les fois où elle avait pris la main de Gerard à l'improviste. Elle n'avait jamais cherché la main de quelqu'un d'autre de cette façon – elle avait eu des amants, mais n'avait pas eu pour eux cet amour sans réserve.

Ou peut-être qu'elle n'avait pas eu d'*amants*. Des connaissances qui étaient des hommes, avec qui elle avait couché. (Pas beaucoup !) Mais personne comme Gerard.

Elle cherchait spontanément sa main, glissait ses doigts entre les siens. Quand ils se promenaient ou qu'ils faisaient la queue. Dans des lieux bondés. Un geste d'affection enfantine.

Son cœur s'était dilaté de bonheur ! Glisser ses doigts entre les siens.

Parce que tu es mon mari. Parce que personne d'autre n'a ce droit.

Dans la cathédrale, Michaela est désorientée. Il n'y a pas de messe cet après-midi – juste des rangées de bancs, des vitraux éblouissants, des statues éparses. Un grouillement de touristes. Mais, essentiellement – le vide.

Michaela tente, mais vainement, de se rappeler où Gerard et elle s'étaient tenus. S'étaient-ils glissés sur l'un des bancs quelques minutes ? Mais lequel ?

Elle se rappelle en revanche qu'ils avaient admiré les statues de bois grandeur nature qui faisaient la célébrité de la cathédrale de Santa Teresa dans le Sud-Ouest. De couleurs vives, comme peintes par un enfant imaginatif, les statues sont primitives, mais aucune n'est grotesque et plusieurs paraissent très belles à Michaela. Il y a la Vierge Marie dans une robe bleu turquoise, avec un visage de poupée inexpressif, couleur crème ; dans ses bras, l'enfant Jésus, dont la peau est encore plus claire que la sienne et dont la petite bouche est très rose. Tout près, une représentation sombre, grandeur nature, d'un Jésus vêtu d'une robe resplendissante, une auréole sur la tête, la main droite levée, paume en avant, dans un salut qui fait étonnamment vernaculaire.

Au centre de la poitrine de Jésus, un cœur grotesquement exposé, plus gros que nature, percé d'une lance et surmonté de flammes dansantes.

« Le Sacré-Cœur de Jésus », avait indiqué Gerard à Michaela.

Jésus est représenté avec un visage hispanique austère et barbu, une expression de résignation impassible et noble. Ses lèvres sont d'un rouge improbable, ses yeux peints, noirs et brillants comme ceux d'un corbeau.

Mais pourquoi son cœur est-il *exposé* ? avait demandé Michaela en frissonnant.

C'est la tradition, avait dit Gerard, avec un peu de raideur.

Oui, mais *pourquoi* ?

Parce que c'est la tradition. Le Sacré-Cœur de Jésus ne pourrait exister s'il n'était pas *exposé*.

Comme Michaela gardait le silence, il avait ajouté : On ne remet pas en question la tradition.

Mais, *toi*, tu l'as fait, fit remarquer Michaela. Tu as toujours remis la tradition en question.

Michaela flatte toujours son mari. Presque inconsciemment, d'instinct. Une sorte d'héliotropisme, irrésistible.

L'Église n'est que tradition, dit Gerard. C'est son seul fondement. Tu as foi dans la foi. « Le Sacré-Cœur de Jésus » est une dévotion introduite dans la liturgie catholique au XVIIe siècle, à la requête d'une religieuse qui a affirmé que le Christ lui était apparu dix-neuf jours après la Pentecôte.

Une religieuse ! Une femme unique et singulière, apportant une contribution à la foi catholique romaine au XVIIe siècle. Elle est oubliée depuis longtemps mais le Sacré-Cœur de Jésus perdure jusqu'à aujourd'hui, au XXIe siècle.

Michaela hésita à demander ce qu'était la Pentecôte – ne voulant pas agacer davantage son mari.

Car personne n'aime être interrogé sur une religion dans laquelle il ne croit plus, pense Michaela. Quand il parlait de ces sujets, Gerard était à la fois gêné et sur la défensive, comme il l'avait été en parlant, indirectement, évasivement, de son premier mariage « raté », des années précédant sa rencontre avec Michaela.

Ce n'est pas la peine de poser des questions, chérie. Tu ne veux pas vraiment savoir.

Et en fait, je ne me rappelle pas. Les détails se sont effacés et ils ne nous concernent pas.

Examinant le Sacré-Cœur de Jésus, d'un rouge criard, placé au milieu de la poitrine de la statue, Michaela comprend que sa question à propos de cette tradition était naïve. Le cœur grotesque, le cœur rouge blessé, saignant et brûlant est la douleur qui ne peut être dissimulée, la souffrance que l'on doit endurer que l'on soit catholique ou non.

Tous ceux qui contemplent ce spectacle horrible comprennent, en le ressentant. Comme ils comprennent le corps brisé sur la croix.

Michaela s'essuie les yeux. Mais, fini les larmes ! Elle se le jure.

Depuis l'hospitalisation de Gerard, elle avait pleuré davantage que pendant les trente-sept premières années de sa vie. Généralement en cachette, seule. Là où personne ne pouvait la voir ni l'entendre. Elle est saisie de honte en pensant qu'elle s'était effondrée en présence de Gerard, qui avait eu à subir le chagrin (prématuré) de sa femme.

Vacillante, elle s'assoit quelques minutes sur un banc pour tâcher de retrouver des forces.

Enfouit son visage dans ses mains comme une communiante se faisant humble pour accepter l'hostie sacrée.

Mais où es-tu, ma chère femme. Je t'attends.

Un brouillard d'ailes blanches ! Sur les marches de la cathédrale des colombes s'envolent bruyamment à côté de Michaela, frôlant son visage de leurs ailes.

Michaela les chasse, se protégeant le visage jusqu'à ce qu'elles soient parties.

Elle se rappelle que, des mois plus tôt, des colombes blanches avaient également voleté autour de leurs têtes quand Gerard et elle étaient sortis de la cathédrale. Impossible de dissuader les touristes d'émietter sur les marches des bouts de pain pour ces oiseaux qui arrivaient alors par nuées bruissantes, comme impatients d'être photographiés.

Michaela ne sait trop que faire, à présent. Où se diriger. Elle n'a pas (encore) aperçu la silhouette masculine solitaire qui pourrait éveiller son intérêt. Quasiment tous les gens qu'elle voit ici sur la plaza, au cœur de la vieille ville, sont des touristes.

À l'extrémité sud de la place se dresse le nouvel opéra étincelant de Santa Tierra où dans un accès d'enthousiasme fou Michaela avait acheté deux billets pour une représentation d'*Orphée et Eurydice* au début du mois d'août.

C'était un jour tourmenté d'avril, dans ce qui lui semble aujourd'hui une autre vie. À quoi pensait-elle ! Le pauvre Gerard n'aurait pas pu vivre aussi longtemps, bien sûr. Et même s'il l'avait fait, il n'aurait pas été en état d'aller à l'opéra.

Elle en veut au Dr N_. Âprement. Sans l'oncologue, dont l'incompréhensible lenteur avait laissé le temps au cancer fatal de l'urètre de se développer toujours davantage, Gerard McManus serait aujourd'hui en vie. Michaela estime que c'est un fait irréfutable.

Elle n'a pas revu les billets d'opéra (coûteux) depuis et imagine qu'ils sont perdus.

Voilà le café de Palomas Blancas où l'un de leurs premiers jours à Santa Tierra Gerard et Michaela s'étaient arrêtés pour déjeuner.

Ils s'étaient promenés pour la première fois dans le quartier historique, main dans la main. Le souffle coupé par l'altitude, un peu étourdis, euphoriques. Ils avaient eu l'impression d'un voyage de noces, à ce moment-là. L'aventure de Santa Tierra.

Le cœur de Michaela se serre. Comment est-ce arrivé ? Elle est devenue un fantôme hantant sa propre vie perdue…

Michaela demande une table en terrasse, quoique sachant que le serveur préférerait la garder pour un couple et installer la cliente solitaire à l'intérieur ; mais cette table est proche de celle où, des mois auparavant, Gerard et elle s'étaient assis. Michaela revoit presque la scène : Gerard lisant à Michaela des pages du guide de Santa Tierra, où il griffonnait des annotations. Quand il n'était pas plongé dans son travail, Gerard accordait à ses activités de loisir la même attention aux détails.

Ce souvenir la fait défaillir, ses yeux s'embuent. Elle est si près de cette autre table – mais ce sont des inconnus qui y sont assis, pas Gerard et Michaela.

Elle est tentée de demander aux serveurs du café de Palomas Blancas s'ils se souviennent de son mari et d'elle, mais non, bien sûr, personne ne se souviendrait.

Personne ne se soucie de nous, en dehors de nous. Personne ne se soucie de *moi*. En dehors de *toi*.

Même si elle ne voit pas Gerard, il est possible, selon la logique de la vision aveugle, que son cerveau « voie » – enregistre – sa présence. Et si Gerard ne la voit pas (comme il avait paru ne pas la voir quand elle le regardait de la fenêtre de l'accompagnateur de deuil), il se pourrait néanmoins qu'il la « voie » avec une autre partie de son cerveau.

Voilà pourquoi Michaela travaille essentiellement sur le manuscrit dehors, dans des endroits publics. Elle est trop agitée pour rester dans la maison de Vista Drive où flottent des odeurs bizarres, non localisables, d'aliments rancis, de viande pourrie, de flatulences, alors que chaque pièce (Michaela s'en est assurée) a été nettoyée de fond en comble et qu'elle ne fait jamais à manger dans la cuisine ; le réfrigérateur est quasi vide. Pour une raison quelconque, l'étau du chagrin l'étreint plus étroitement à l'intérieur : elle doit parfois s'asseoir, chercher sa respiration, haletant comme une asthmatique… Jusqu'à ce que l'étau se desserre et que l'oxygène circule de nouveau dans ses poumons.

Il est bien préférable de travailler dehors, au milieu d'une foule d'inconnus, où elle est anonyme et donc invisible à leurs yeux. Et si Gerard la découvre, il sera heureux de voir avec quel zèle elle se consacre à son *Malaise dans le cerveau humain*.

Il avait sûrement souffert d'avoir négligé son manuscrit pendant ces dernières semaines à l'hôpital. Michaela est impatiente de le rassurer, elle préparera le texte pour sa publication comme il l'avait souhaité.

Tu ne peux pas me laisser tomber, Michaela. Je n'ai que toi.

Une autre raison la pousse à emporter le manuscrit partout où elle va : elle ne veut pas courir le risque de le laisser dans la maison. Comme laisser la flamme d'une bougie ou un être vivant – on n'ose risquer son extinction.

Et puis, Michaela craint aussi que l'Institut ne tente de l'expulser. Que ses affaires ne soient mises sur le trottoir en son absence. Ou pire encore, détruites.

Qu'on ne cherche le manuscrit de Gerard et qu'on ne le détruise.

Michaela en est venue à se dire que *Malaise dans le cerveau humain* est peut-être un chef-d'œuvre. Et, par sa remise en question de l'appropriation universitaire (blanche) des langues indigènes, il pourrait être hérétique. Des historiens rivaux auraient de bonnes raisons de souhaiter le détruire.

Michaela est tour à tour surexcitée et découragée par les progrès de sa révision. Il lui semble parfois que ce qu'elle a fait un jour est perdu le lendemain. Quand elle retrouve des pages mal numérotées dans le manuscrit, elle en égare d'autres. Des Post-it ont disparu et, avec eux, des questions éditoriales précieuses. Certaines des annotations marginales de Gerard sont indéchiffrables, d'autres se sont effacées. Les paragraphes de la dernière partie du manuscrit qu'elle a revus pour les rendre plus clairs lui paraissent compliqués et obscurs quand elle les relit, comme si en son absence Gerard s'était obstiné, entêté à les rétablir dans leur état précédent.

Elle travaille sur le manuscrit depuis des mois – ou cela fait-il des années ? La date butoir se rapproche rapidement, elle n'a plus que neuf jours.

Si vous avez besoin d'une prolongation, Michaela… Dites-le-moi.

Mais Michaela ne fait pas confiance à l'éditeur de Gerard. Michaela ne fait pas confiance aux Presses universitaires de Harvard. Elle craint que, prenant prétexte de la mort de Gerard, elles ne retardent voire n'annulent la publication de l'ouvrage en raison de son caractère polémique.

Une préoccupation que Michaela veut éviter à Gerard. Comme elle avait respiré avec lui à l'hôpital, réglant sa respiration sur la sienne, et comme elle avait finalement respiré pour lui, substituant sa respiration (plus forte) à la sienne, il lui semble pouvoir rendre vie à Gerard par son travail sur le manuscrit. Plongée dans ses mots, comme dans son cerveau même. Il lui est donc particulièrement pénible de découvrir dans le manuscrit des fautes et des erreurs qu'elle est certaine d'avoir corrigées, et qu'elle doit corriger de nouveau.

Avec précaution, Michaela étale le manuscrit sur la table du café. Travailler sur une table aussi petite n'est pas idéal, mais elle peut y arriver. Dans des endroits comme celui-ci, elle a l'impression de rejoindre le cours de la vie normale. Elle n'est pas une personne solitaire, une femme qui a perdu son mari et donc sa place dans le monde ; dans la foule des touristes, Michaela est protégée par l'anonymat.

Une veuve doit avoir un sas de secours.

Cette veuve a suffisamment de médicaments pour tuer un troupeau d'éléphants.

Michaela rit. Une voix abrasive qu'elle ne se connaît pas. Bien !

Chaque fois qu'elle le peut, Michaela rit. Son rire ressemble au renâclement d'un cheval. À un croassement. Au son qu'émettrait un corbeau imitant un rire humain.

« Madame ? » Un serveur s'approche, comme si Michaela l'avait appelé.

Moins déférent que le jeune serveur du café Luz de la Luna. Plus vieux, plus près de l'âge de Michaela, debout près d'elle, un sourire/sarcasme aux lèvres.

« Voulez-vous un autre verre de vin, madame ? »

Michaela boit-elle donc du vin ? Elle avait eu l'intention de commander une eau gazeuse. Elle lève son verre, étonnée de constater qu'il est quasi vide et que, effectivement, il contient un fond de vin (blanc).

Boire à cette heure de l'après-midi n'est pas une bonne idée. Une femme solitaire, au café de Palomas Blancas. Dans une lumière blanche qui lui fait mal aux yeux, même à l'abri de ses verres teintés.

Qu'elle ferme les yeux et elle voit : Gerard est assis en face d'elle.

Ou Gerard va la rejoindre dans quelques minutes. (Elle regarde sa montre : mais c'est celle de Gerard. Un instant, elle est incapable de comprendre pourquoi elle porte la montre de Gerard.)

Elle remercie le serveur, mais ne commande pas un second verre de vin. Elle demande une eau gazeuse. Avec une feinte politesse, le serveur s'enquiert : citron, madame ? Ou lime ?

Michaela rit, tant la question est absurde. *Votre mari est mort, préférez-vous citron ou lime ?*

« Lime, merci.

– *Gracias, señora.* » Le passage à l'espagnol, à un espagnol touristique, est un genre de critique que Michaela choisira d'ignorer.

Elle laissera au serveur insolent un pourboire important. L'étonnera par sa générosité. Elle a beau être une *Blanche*, une *Américaine*, une *gringa*, il n'a aucun droit de la juger sans la connaître.

De petites rafales de vent font voler de minuscules grains de poussière sur la plaza. Michaela se frotte les yeux. Elle se concentre sur le manuscrit depuis près d'une heure et n'a guère progressé. Elle lit, relit les mêmes paragraphes. Un frisson d'anxiété, d'appréhension court sur sa peau : on la *regarde*.

Mais quand elle lève la tête, elle ne voit personne. Personne dont le regard cherche le sien.

Michaela en est venue à croire que l'homme aperçu de l'immeuble de l'accompagnateur de deuil était bien Gerard, qu'il avait été attiré par elle, qu'il l'attendait ; mais elle ne l'avait pas reconnu. Elle avait eu peur, gardé ses distances. Une partie d'elle-même n'avait pas voulu savoir qui il était et qu'elle devait le rejoindre. Elle avait pensé – *Bien sûr que ce n'est pas Gerard. Gerard est mort, il a été incinéré…*

Dès qu'elle avait formé cette pensée, Gerard était « mort » une seconde fois et avait disparu. Elle est sûre que c'est ce qui est arrivé, mais aussi qu'elle ne pouvait le comprendre que rétrospectivement. Sur le moment, elle avait été trop déroutée et effrayée pour savoir ce qui se passait.

Elle avait douté, tout en étant pleine d'espoir. Car douter, c'est espérer. En l'absence de doute, il ne peut y avoir d'espoir. L'espoir est ce qui nous fait le plus souffrir, sa veille à l'hôpital lui en avait laissé le souvenir cruel.

Tant de jours, de semaines où elle avait espéré. Adjuré l'homme dont elle était responsable de vivre, de respirer.

Elle s'était consumée dans cet effort, comme dans un enfer embrasé.

Ce n'était pas la faute du Dr N_, bien entendu. La mort avait envahi leurs poumons comme un souffle malveillant, irrésistible.

Michaela lève les yeux, une main en visière – voit passer devant le café un homme âgé dans un fauteuil roulant, poussé par un garçon d'une douzaine d'années. L'homme (corpulent, empourpré) *n'est pas* Gerard (elle le voit immédiatement), mais elle éprouve un élan de compassion pour lui, pas de l'amour mais la possibilité de l'amour. Car il est le mari de quelqu'un d'autre, à défaut d'être le sien. Comme si elle était devenue une plaie – à vif, inguérissable –, son propre cœur exposé dans sa poitrine, aussi criard et absurde que le Sacré-Cœur de Jésus – qui saignerait, saignerait sans fin de pitié pour tous ceux qui souffraient, comme Gerard avait souffert, en raison de son besoin désespéré d'alléger leur souffrance et, de cette façon, la sienne.

Elle ne comprendrait jamais la rapidité – la brutalité – avec laquelle leurs situations s'étaient inversées. Gerard, le protecteur et le consolateur, le plus fort ; Michaela, indécise, hésitante, plus faible. En l'espace de quelques semaines, c'était Michaela qui avait dû protéger et consoler, et Gerard qui était devenu dépendant d'elle. *Ma femme. Ne m'abandonne pas, fais-moi sortir d'ici…*

Elle avait souhaité si ardemment s'occuper de son mari pendant ses derniers jours. Elle avait planifié – ils avaient planifié – une belle lune de miel pour ces derniers jours. Il devait y avoir de la musique et des fleurs. Des fleurs fraîches tous les jours. Des mains étreintes, des baisers. Rien que des mots tendres, pas de récriminations ni d'expressions de désespoir. Plus d'analyses de sang, de « signes vitaux ». Plus de chasse à l'insaisissable oncologue à nœud papillon. *Qu'il aille se faire foutre. Quel besoin a-t-on de lui*. Aussi longtemps et aussi bravement que Gerard continuerait de vivre, Michaela vivrait, elle aussi ; et quand, finalement, il commencerait à renoncer à la vie, quand il n'y aurait plus d'autre possibilité, Michaela se préparerait à la mort, elle aussi.

Sans hâte. Sans tension. Dans une entière intimité. Une belle mort, garantie par une pléthore d'analgésiques, de somnifères que Michaela stockait depuis des années avec l'instinct aussi méthodique que résolu d'un écureuil enterrant des noisettes pour survivre dans un avenir (imprévisible). Ces cachets et pilules, elle en prendrait autant qu'elle supporterait d'en avaler avec des gorgées d'eau, exactement au bon moment.

Une mort unique, partagée par femme et mari. Comme aux plus beaux jours de leurs rapports amoureux ils n'avaient fait qu'un, transformés par une joie si extrême qu'elle était au-delà du langage et même de l'imagination.

Mais ce n'était pas arrivé. Rien d'approchant n'était arrivé. Cruellement, quelque chose d'autre était arrivé que la survivante sidérée s'efforce encore de comprendre.

« Gerard ! » Tu émerges d'une brume de chagrin en voyant ton mari de l'autre côté de la place inondée de soleil, le regard fixé sur toi.

Tu te rappelleras ensuite – il avait dû t'apercevoir le premier. Son regard t'avait réveillée comme les ondes d'un courant électrique.

Est-ce Gerard ? Un homme ayant à peu près sa taille et son âge, immobile, qui t'observe avec un intérêt singulier.

Ton cœur se met à battre très vite. Tu redoutes que cette personne, cet inconnu, ne te hèle – *Bonjour ! Je crois que nous nous sommes déjà vus – vous êtes la femme de Gerard McManus ?* Si tu étais reconnue de la sorte, tu te recroquevillerais de douleur. Les lèvres retroussées sur une grimace.

Mais l'homme qui ressemble à Gerard est trop gentleman pour te héler de l'autre bout de la place. D'ailleurs, il n'a pas l'air de te reconnaître, en fin de compte. Indubitablement, pourtant, quelque chose l'attire en toi.

Il est plus grand que Gerard, plus mince, avec un visage affable quoique sombre, les yeux creux de quelqu'un qui a été malade. Ses joues ne sont pas rasées, ce qui ne l'empêche pas d'avoir un air plein de dignité ; il porte une chemisette de coton blanc, un ample pantalon en seersucker bleu ; sous le soleil éclatant, il est tête nue, ses yeux clignent.

Un sourire étire le coin de sa bouche – timide, hésitant – curieux – le sourire qu'avait Gerard dans les premiers temps de votre rencontre. Un sourire si tendre que ton cœur se serre douloureusement.

Sans savoir ce que tu fais, tu te lèves, tu t'approches de cet homme comme une femme dans un rêve.

On s'attend à ce que tu t'effondres. Toi, l'épouse, révélée dans toute sa faiblesse. Que tu t'accroches à l'homme qui avait été ton mari, perdes tout sang-froid. Avec pour seule envie de l'entourer de tes bras, de fondre en larmes. Mais tu ne succomberas pas comme Orphée : l'enjeu est trop gros.

Un moment délicat comme passer un fil par le chas d'une aiguille. Le moindre faux pas, et tout s'évanouira.

L'air étincelant s'est resserré, tu avances dans une sorte de tunnel. Autour de toi, le son des voix, de la musique, de la circulation n'est plus qu'un brouhaha, un bourdonnement. Ta vue s'est bizarrement aiguisée, en se resserrant à l'extrême.

Brusquement, un vacarme de klaxons – grossier, dissonant : tu es descendue sur la chaussée, à l'extrémité de la place, et tu aurais pu être renversée par un véhicule si le conducteur n'avait donné un coup de frein, s'immobilisant à quelques centimètres de toi et t'invectivant avec colère.

Gerard se précipite, te saisit par le bras et te tire en sécurité sur le trottoir – « Pardon ! Prenez ma main… »

Pas le baryton grave de Gerard dont tu gardes le souvenir, et pas non plus le genre de phrase que Gerard te dirait ; dans la vraie vie, il t'aurait rabrouée et n'aurait pas souri.

Michaela ! Regarde donc où tu mets les pieds !

Mais : quelque chose l'empêche peut-être de te voir nettement et de savoir qui tu es. Un voile de larmes devant ses yeux. Une vue brouillée.

Il t'a tirée rudement sur le trottoir, loin de la chaussée pavée. L'espace d'un moment embarrassant, il continue à étreindre ta main – une main menue dans une main plus grande.

Une étreinte qui ne ressemble à rien dont tu te souviennes. Mais oui, elle est tout ce dont tu te souviens.

Le Gerard vigoureux, avant que les opioïdes n'engourdissent son âme.

Le Gerard sexuellement réactif, sensitif, avant que l'ombre de sa mort ne le dévirilise.

Bien que ce Gerard-ci semble avoir été malade, il est maintenant (manifestement) convalescent. Sa tête a été rasée (une opération ?), ses cheveux repoussent, clairsemés, d'un gris métallique. Mal assuré sur ses jambes comme s'il devait surveiller ses forces, il a néanmoins réussi à courir jusqu'à toi, à te tirer sur le trottoir pour t'éviter d'être blessée. Tu constates avec soulagement que ce Gerard a le dos droit, qu'il n'a pas (encore) été brisé par la douleur et par l'engourdissement narcotique de la douleur.

Est-ce l'homme que tu avais vu de la fenêtre de l'accompagnateur de deuil ? Est-ce l'homme que tu avais tenu dans tes bras de si longues heures en le suppliant de *respirer* ?

Un des accidentés de la vie. Si nombreux.

Tu es si profondément émue, si agitée que tu as du mal à distinguer les traits de Gerard. Comme tu aurais du mal à distinguer ton propre reflet dans une glace, tenue trop près. Tu te rends compte qu'il ne porte pas la casquette de baseball couleur ardoise aujourd'hui, mais c'est peut-être l'indication d'un changement temporel – si c'est un autre temps, c'est un autre Gerard. Ces changements sismiques dépassent ta compréhension. La chemisette blanche te rappelle peut-être quelque chose, mais tu es sûre de ne jamais avoir vu le pantalon en seersucker – à moins qu'il n'y ait un complet en seersucker au fond de l'armoire de Gerard à Cambridge, datant d'un passé lointain, antérieur à ton entrée dans sa vie.

« Est-ce que nous nous connaissons ? » Gerard te sourit d'un air interrogateur.

« Je… je ne sais pas. Est-ce que vous *me* connaissez ? »

Les yeux de Gerard descendent vers tes pieds, remontent vers ton visage, comme pour le déterminer. Un soupçon de souvenir hésite au seuil de sa conscience comme une ombre sous la surface de l'eau.

« Me diriez-vous votre nom ?

– Michaela.

– Michaela ! Un très beau nom. »

Tu n'as jamais considéré « Michaela » comme un beau nom. Plutôt comme une variante de « Michael ».

Comme si une femme pouvait être une simple variante d'un homme, presque sans identité propre.

Tu demandes son nom à Gerard, et il te le dit, mais c'est un nom décevant, un nom banal, tu enregistres seulement que ce n'est *pas Gerard McManus.*

(Plus tard, cela te paraîtra avoir son importance : il ne te demande pas ton nom de famille.)

Mais tu fais des hypothèses : si cette personne est effectivement Gerard, il est un Gerard qui n'existe que dans le temps présent, et il n'est donc pas le Gerard d'il y a quelques semaines. Il est probable qu'une sorte de voile ou de pellicule le protège de toi en cet instant. Il est de *l'autre côté*, il ne pourrait être identique à l'homme qui avait été ton mari ; et il n'aurait assurément pas le même nom puisque son histoire ne peut être identique à celle de l'homme qui est mort.

« Vous me demandez si je vous connais, Michaela. Eh bien, "connaître" peut être une sorte d'intuition. "Connaître" peut se passer entièrement de faits. »

Cet homme est excité par toi, flatté d'avoir attiré l'attention d'une femme un peu plus jeune que lui, quoique également (semble-t-il) gêné par l'émerveillement et le désir éhonté avec lesquels tu le dévisages.

Dans un endroit comme celui-ci, il est vraisemblable de soupçonner qu'une femme ayant ce comportement bizarre a bu ou consommé de la drogue. Peut-être, avec ces cheveux en broussaille, ces vêtements chiffonnés, ce regard fixe, est-ce une déséquilibrée, une SDF.

Malgré tout, se dit Michaela, il ne doit pas être si rare que des gens croient se reconnaître dans des lieux publics, des foules, des endroits festifs comme la plaza de la Catedral de Santa Teresa, un samedi après-midi de mai. Hommes, femmes. Miséreux et rapaces sexuels. Des rencontres de hasard qui jettent des étincelles, s'embrasent.

Cet homme aux joues mal rasées a été un homme que les femmes ont adoré, ce point paraît évident. Sa bouche est sensuelle, avide d'intimité. Bien qu'il n'ait pas d'alliance à la main gauche. Qu'il est étrange, qu'il paraît anormal et cruel qu'il soit apparemment devenu un être solitaire et dépossédé.

Ton alliance est trop grande pour ton doigt. Elle glisse et tu la rattrapes cinq ou six fois par jour. Tu as vu cet homme lui jeter à plusieurs reprises des regards pensifs.

Il sait. Il se souvient.

Gênant pour vous de vous parler, mais gênant aussi de vous taire. Si vous ne vous connaissiez pas – s'il n'y avait pas cette attraction curieuse entre vous – vous vous seriez déjà certainement éloignés l'un de l'autre par embarras. Mais vous continuez à vous regarder, incertains, comme si vous attendiez tous les deux de l'autre qu'il parle.

Il te demande si tu es descendue dans un hôtel de Santa Tierra et tu lui réponds que non, tu loues une maison dans Vista Drive. Mais il ne semble pas connaître Vista Drive.

« La maison est tout près de l'Institut – l'Institut de recherche avancée de Santa Tierra. Vous en avez entendu parler ?

– "L'Institut…" Non. Je ne crois pas. »

Mais si, il se rappelle. Quelque chose.

Ce que tu vois (réalises-tu) est un côté de Gerard McManus qui t'est resté dissimulé pendant les douze années de votre mariage. Un homme qui peut engager la conversation avec une étrangère dans la rue, que la perspective de l'inconnu excite et ne met pas mal à l'aise, non plus que la conduite curieuse de Michaela ; un homme apparemment à l'aise avec sa sexualité. Tu te rappelles que, dans votre vie commune, Gerard n'était généralement pas à l'aise avec les femmes ; du moins, avec celles qui ne travaillaient pas dans son domaine.

Il ne savait pas parler « de la pluie et du beau temps » – les conversations banales semblaient l'embarrasser.

En fait, le silence lui était souvent plus naturel.

Mais si tu glissais ta main dans la sienne et la serrais, sa réaction était immédiatement chaleureuse. Et si tu te penchais pour l'embrasser quand il était assis à son bureau…

Mais c'est le mari que j'aime. C'est l'homme qui m'aime.

Et maintenant il semble évident que cet homme-ci, l'homme à la tête rasée et à la bouche sensuelle, est plus âgé que le Gerard dont tu te souviens, qui n'avait que quarante-huit ans au moment de sa mort ; ce Gerard-ci a au moins dix ans de plus. Il a eu une maladie, mais pas une maladie fatale. Sur son bras gauche, tout juste visible sous la manche de la chemise, on aperçoit un tatouage – ce qui te surprend parce que (bien entendu) ton Gerard n'a jamais eu de tatouage, ni sur le bras gauche ni ailleurs.

Tu te rappelles que dans l'un des derniers chapitres de *Malaise dans le cerveau humain* Gerard parle avec respect du langage « crypté » et « codifié » de l'ornementation corporelle, c'est-à-dire des tatouages, chez les Amérindiens ; s'agissant de la population non amérindienne, le tatouage lui paraissait arbitraire et exhibitionniste, et il était plutôt désapprobateur.

Les cloches de la cathédrale sonnent 18 heures. Le soleil est encore haut dans le ciel. Tu éprouves une sorte d'excitation, d'attente nauséeuse du crépuscule, de la nuit. Car il est bien plus facile de ramener cet homme avec toi dans la maison de Vista Drive et de le mettre de nouveau dans ton lit que de comprendre qui il est, ce qu'il est, ce que vous êtes l'un pour l'autre.

Ton compagnon semble le sentir. Il se penche vers toi, te dominant de la taille. Dans ses yeux, de minuscules capillaires éclatés, qui ont décoloré le blanc de ses yeux et lui donnent un teint jaunâtre.

« Je m'apprêtais à aller boire un cappuccino, Michaela. M'accompagnerez-vous ? » La question est curieusement cérémonieuse, comme si beaucoup dépendait de la réponse.

Très vite, tu dis *oui*. Avec grand plaisir.

Ton Gerard adorait le cappuccino. Tu lui en avais apporté souvent à l'hôpital, pendant ces derniers jours d'espoir, avant qu'il ne devînt évident que Gerard ne pouvait plus rien manger ni boire avec plaisir mais seulement avec le souvenir nostalgique du plaisir, et finalement sans même cette consolation ; et finalement, il n'avait plus jamais bu de cappuccino. (Tu avais éprouvé un soulagement sombre le jour où tu lui avais demandé si tu devais descendre lui chercher un cappuccino dans un Starbucks voisin et qu'il avait répondu, avec un haussement d'épaules mélancolique – *Merci, chérie, mais non. Ce n'est plus la peine.*)

Mais cet homme-ci est vigoureux, énergique. Il ne se rappelle rien de ces terribles semaines de veille. Il ose te toucher le coude avec galanterie pour te guider quand vous quittez la place de la cathédrale.

Cela doit donc être revécu ? Les premières étapes maladroites de ton amour pour Gerard et de l'amour de Gerard pour toi ? Pas à Cambridge, dans le Massachusetts, mais à Santa Tierra, Nouveau-Mexique ?

Tu es prise de panique à l'idée que l'amour ne puisse fleurir une seconde fois.

Étant donné les probabilités incalculables qu'une personne ne naisse pas, pas une seule ne pourrait (plausiblement) naître une seconde fois.

Par conséquent, aucun amour ne pourrait (plausiblement) naître une seconde fois.

Pas d'autre choix que d'accompagner ce Gerard-ci. Tu ne peux imaginer le reste de la soirée sans lui, comme tu n'aurais pu imaginer, il y a à peine quelques semaines, le reste de ta vie sans lui. Tu trouves excitante, troublante, la façon dont ce Gerard te domine de la taille et semble te frôler de son bras comme par inadvertance ; dans les premiers temps, à Cambridge, Gerard avait été courtois avec toi, gardant souvent le silence pendant que tu bavardais avec nervosité.

Un fou rire menace de s'échapper de ta bouche. Tu ris si rarement depuis des mois que tu crains une explosion de rire hystérique.

Parce que c'est drôle, que ce Gerard-ci soit plus loquace que ton Gerard l'avait été quand vous vous étiez rencontrés, ce qui a pour effet de te rendre plus silencieuse. Curieux aussi d'entendre dans l'éloge que ce Gerard fait de la beauté de Santa Tierra et des monts San Mateo un écho de celui de ton Gerard, des mois plus tôt.

Beauté, étrange.
Monumentale et surréaliste…
Mais l'air – si pauvre !

Tu t'entends rire, quoique ces remarques n'aient rien de particulièrement drôle. Qu'elles fassent écho à celles de l'autre Gerard, voilà ce qui est drôle ; mais il est impossible de l'expliquer. (Car cet homme, cet inconnu, n'a jamais entendu ces remarques auparavant, bien sûr ; pour lui, ses observations sont totalement originales, et ta réaction frise l'insulte.)

Pourquoi tout ce qui se passe entre lui et toi est-il soudain si drôle ? Si terrifiant ?

Fou rire d'adolescence. D'adolescence féminine.

Rire fou flamboyant du bas-ventre (féminin).

Désir insupportable, concentré dans une minuscule protubérance de tissu, laquelle se compose presque entièrement de terminaisons nerveuses.

Pourtant, un contact négligent, brutal, et le désir palpitant dans ce fragment de tissu meurt instantanément, disparaissant comme s'il n'avait jamais existé.

Tu essaies de te souvenir : faire l'amour avec Gerard McManus. Tendresse, maladresse. Les manœuvres de corps plus très jeunes ni très agiles. Rire d'embarras. Rire de pardon. Car il y avait forcément eu une première fois, et pourtant, ta mémoire est brouillée comme un tableau blanc mal effacé.

Parce que vous n'êtes pas encore amoureux l'un de l'autre. Tout est provisoire, encore en train de prendre forme.

Tu es excitée, et pleine d'appréhension. Tu marches auprès de cet homme qui te conduit… où cela ? Vous avez quitté la plaza brillamment éclairée. Vous êtes dans un quartier de rues étroites. Bien que tu ne parles guère à ton compagnon (ta langue te semble énorme, un obstacle dans ta bouche), une conversation se déroule entre vous ; l'air environnant est chargé d'électricité statique. Une électricité de plus en plus intense, comme un désir contenu, confinant à l'insupportable, une terreur du débordement.

Tu ressens un élancement de désir, aigu, entre les jambes. Tu n'as rien éprouvé de tel depuis des semaines – des mois… Une bonne partie de ton corps est morte, atrophiée. Ta peau est une sorte d'enveloppe blanche, il y a de fins grains de poudre blanche à la racine de tes cheveux. Si on t'éviscérait, on te trouverait creuse à l'intérieur, comme un mannequin. Ton sang s'est desséché depuis longtemps pour devenir une sorte de poudre granuleuse. Mais tu souris, la *vie* ne te manque pas vraiment.

Plus facile d'être posthume, en fait. Oh, bien plus facile !

Mais à présent tu comprends : tu te retrouves face à ton mari Gerard dans un niveau d'existence modifié. Un Gerard plus âgé que tu n'avais jamais rencontré et qui est le moi essentiel de Gerard, son moi le plus pur, non (encore) façonné par sa relation avec toi.

Pas étonnant que vous soyez si mal à l'aise, et néanmoins pleins d'espoir, tremblants de désir : tout est encore en train de *prendre forme*.

Vous vous arrêtez pour boire un cappuccino à une terrasse de café jonchée de détritus. Le soleil couchant ensanglante le ciel comme un jaune d'œuf brisé. Vous vous contemplez timidement, avec émerveillement. Tu ris, ton compagnon a dû faire une remarque spirituelle. Ses yeux sont décolorés par des capillaires éclatés mais ce sont tout même de beaux yeux. Il te demande si tu es seule à Santa Tierra et tu lui réponds que non. Il tend la main vers la grosse montre d'homme qui glisse autour de ton poignet. « Avez-vous un mari, Michaela ? » Une question qui est une forme subtile d'accusation.

Tu réponds que tu es toujours mariée à ton mari. Mais que ton mari n'est pas dans ta vie en ce moment.

Comme si tu lui avais soumis une énigme. Il a l'air perplexe, soupçonneux. La transpiration brille sur son front qui est plus plissé que tu ne l'avais d'abord cru, de même qu'aux coins de ses yeux et de sa bouche les rides sont plus profondes. Quand il porte la petite tasse blanche de cappuccino à ses lèvres, sa main trahit un tremblement. Aucun homme ne veut être pris pour un imbécile – en cas de mauvais calcul stupide, de bévue sexuelle, mieux vaut que cela vienne de la femme, pas de l'homme. Car la femme, dans ce cas, a volontairement attiré l'homme ; elle lui a envoyé des signaux indubitables, mais (peut-être) frauduleux. Pourtant, il n'est pas en colère. Il n'est pas encore en colère. Il pose des questions sur Gerard

– qu'il appelle prudemment *votre mari* – et tu lui dis que ton mari était un historien des sciences à l'université de Harvard. Tu t'avises que c'est une vantardise pitoyable. *Était* invalide la vantardise. Ton compagnon écoute, le sourcil froncé. Il appuie les coudes sur la table, qui est bancale, agaçante. Qu'il est difficile de prendre au sérieux un drame sexuel qui se déroule sur une table bancale ! Le tatouage a éveillé ta curiosité. Tu distingues ce qui te paraît être une aile bleu cobalt (une aile d'oiseau ?) (une aile d'aigle ?) sur le biceps gauche musclé de l'homme. À demi pâmée, tu te demandes s'il a d'autres tatouages sur le corps.

Mais lui aussi a failli mourir. Il a failli passer de l'autre côté, tu le vois dans ses yeux sanglants.

Impulsivement tu refermes ta main sur celle de ton compagnon. Un instant, il est trop saisi pour réagir, puis il referme ses doigts sur les tiens, fermement.

« Si nous pouvions juste rester assis comme cela un moment. S'il vous plaît. »

Vous restez assis, main dans la main. Des amas monumentaux de nuages courent vers l'ouest, masquant le soleil et enflammant le ciel. Un grand calme t'envahit.

Au bout d'un moment, tu dis, doucement : « Tu es Gerard, n'est-ce pas ? Je crois que oui.

– Qui est "Gerard" ? Ton mari ?

– Tu es mon mari, je crois. Tu aurais pu l'être, je veux dire. »

Ton compagnon rit, une rougeur violente lui monte au visage. Ses joues mal rasées ont un éclat argenté. Ses paroles sont curieusement cérémonieuses, comme s'il les traduisait d'une autre langue. « Je serais ravi que tu sois ma femme, Michaela. Mais, bon, la vie m'a distribué d'autres cartes. »

Un moment, vous gardez le silence, vous tenant toujours par la main.

Ton cœur bat doucement, calmement. Tu dis à cet homme que tu l'as tenu dans tes bras dans cette ville même, il n'y a pas très longtemps. Tu lui avais assuré qu'il ne souffrirait pas, qu'il ne serait pas seul. Tu l'avais tenu dans tes bras durant des heures quand il luttait pour respirer, puis alors qu'il avait cessé de respirer. Et tu avais continué à le tenir dans tes bras pour veiller à ce qu'il fût protégé. Tu veux savoir… avait-il conscience de ta présence ? Pendant ces dernières heures ? Ou tout était-il venu trop tard ?

Ton compagnon réfléchit à ces questions. Elles ne semblent pas l'étonner ni le dérouter. Oui, dit-il lentement. Il avait conscience de ta présence – il n'avait jamais douté de toi.

Il t'appelle « Michaela » – comme Gerard aurait pu le faire, dans un murmure.

En te rappelant ces dernières minutes, tu te mets à pleurer. La dernière respiration d'une vie d'homme. Le dernier soupir oppressé.

Tu te rappelles l'horreur qui t'avait submergée, que tu ne peux surmonter. Quand tu t'étais rendu compte que l'homme que tu tenais dans tes bras avait cessé de respirer.

La respiration torturée, le long effort, le crève-cœur de ce (vain) effort, tu n'oublieras jamais. L'héroïsme dont les êtres humains sont capables, ce qui doit être enduré et qui est insondable même pour ceux qui en sont les témoins.

Pourtant, que tu te rappelles cet héroïsme n'apporte aucun réconfort à l'homme qui a souffert. *Rendu son dernier souffle. Dans tes bras.*

Sauf que maintenant, sur cette terrasse de café à Santa Tierra, il y a peut-être un répit.

Un repli du temps. Des mains qui s'étreignent. C'est *Gerard – mais il ne sait pas qu'il est mort.*

Tu comprends : tu ne dois pas reconnaître sa mort ou, comme Eurydice, il « mourra » une seconde fois. Il disparaîtra à ta vue, tu le perdras une seconde fois.

Tu grelottes convulsivement. Tes dents claquent. Tu t'entends déclarer à Gerard que tu l'aimes plus que jamais. Tu étreins sa main, la soulèves et la couvres de baisers.

Les jointures de cette main, couvertes de poils rudes.

Il est stupéfait. Il est en éveil, excité. Il dit : « Tu ferais bien de venir avec moi, chérie. »

Il laisse des billets sur la table. Te fait lever. Tu vacilles contre lui, il t'entoure un moment de ses bras avant que tu ne te dégages, ne retrouves ton sang-froid. Tu as senti le battement de son cœur, senti son désir. Ton visage est empourpré, des larmes coulent de tes yeux. Tu désires follement l'emmener dans la maison de Vista Drive. Tu le tiendrais de nouveau dans tes bras, tu le réconforterais de nouveau, respirerais dans ses poumons de nouveau et, cette fois, tu ne renoncerais plus jamais à lui.

Mais il a d'autres projets. Il t'écoute à peine. Il t'entraîne de l'autre côté d'une rue, dans un marché miteux où l'on vend des aliments, des chèvres et des poulets, du maïs en vrac, des poteries, des tissus et des sculptures, des bijoux en turquoise, des objets d'art.

Il est excité, moins gentleman qu'il ne l'avait paru. Il habite quelque part par là – c'est cela ? Pas un touriste comme toi.

Vous passez devant des éventaires, certains fermés par des grilles pour la nuit. Il flotte une forte odeur d'alcool, de nourriture répandue. Des éclats de rire aigus, une alarme de voiture stridente qui te fait grincer des dents.

« Plus très loin. Viens ! » Il te tire par le bras, les doigts refermés autour de ton poignet.

Ici, les visages ne sont pas illuminés par les lumières gaies de la plaza. Tu entends des mots âpres et sifflants dans une langue que tu ne reconnais pas.

Pas de l'anglais et pas de l'espagnol. (Du kiwaan ?)

D'énormes nuages aux allures de galions assombrissent le ciel. Au-delà des montagnes, un flot horizontal de feu liquide, si beau que tes yeux sont noyés de larmes.

Vous avez beaucoup marché, tu es hors d'haleine. Peu de touristes blancs par ici. Des hommes bruns au visage sombre, essentiellement. Le teint basané, olivâtre. Les cheveux très noirs, noirs comme de l'encre. Les yeux très noirs sans pupilles, tout en iris.

Ton compagnon continue de te tirer le long de la rue jonchée de détritus. Tu ne pourrais l'arrêter maintenant si tu le voulais. Il est certain qu'il habite par ici. Il loue une chambre dans un hôtel voisin. Et pas dans l'un des hôtels flambant neufs autour de la cathédrale. Tu trébuches sur un rebord de trottoir alors qu'une masse indistincte vole vers toi – quelque chose de blanc et de doux contre ton visage. L'homme qui ressemble à Gerard jure et frappe la colombe blanche de son poing, lui brisant instantanément le cou de sorte qu'elle tombe à terre, agitée de tressaillements.

Tu n'as pas le temps de te reculer d'horreur. Tu n'as aucune envie d'inciter ce poing à frapper ton visage.

Tandis que ton compagnon te presse d'avancer, tu entraperçois des peintures, des sculptures grossières. Il t'a conduite dans un marché amérindien. Des animaux aux groins protubérants, aux petits yeux avides, aux défenses recourbées. Des animaux découvrant de sauvages crocs, brillants de salive. Des oiseaux prédateurs, des serpents lovés avec, en guise d'yeux, des pièces de monnaie luisantes. Weyaki, dieu du Chaos, sous la forme d'un gros crapaud trapu aux yeux exorbités. Ton regard s'arrête sur des dessins grossiers représentant des Blancs – des hommes blancs en uniforme frappant des gens à la peau sombre avec des matraques, les jetant à terre, leur lançant des coups de pied dans les côtes, le ventre, le visage.

Des soldats à cheval tirant à bout portant sur des Indiens déjà tombés à terre. Des massacres de femmes et d'enfants indiens, des corps nus entassés. Un village pueblo, une croix en flammes.

Des visages blancs ricanants, des visages tête-de-mort. Des bouches dégoulinantes de sang.

Des femmes blanches aux lèvres rouges, la peau d'une pâleur de craie, les joues fardées, clownesques. Des femmes blanches vacillant sur des talons ridiculement hauts, moulées dans des vêtements faisant ressortir leur poitrine, leur bassin maigre, leurs petits seins pointus. Est-ce ainsi qu'ils nous voient, penses-tu. Est-ce ainsi qu'ils *me* voient.

Tu n'es pas à ta place ici. Les yeux d'inconnus à la peau sombre se posent sur toi, pleins d'indignation.

Salope de Blanche. Boucher raciste.

Assassin!

Tu te détournes, effrayée. La haine brille dans leurs regards. Tu tentes de protester que ce n'était pas toi, ce n'est pas toi, pas toi qui es l'assassin raciste. Oui, c'est vrai, tu es *blanche*, mais tu n'es pas un *assassin*, pas toi!

La musique s'est évanouie, l'air retentit de cris de dérision, de haine. Tu tentes de rebrousser chemin, mais un poing te frappe au visage, te faisant chanceler. Tu tombes à genoux. Du sang gicle de ton nez sur le tee-shirt ample que tu portes. Le compagnon à qui tu t'étais confiée dans ton désespoir pitoyable s'est retourné contre toi, écœuré.

Est-ce Gerard ? Ton mari ? Qui te repousse, te répudie publiquement ?

Tu appelles – *Gerard !* Comme une enfant terrifiée appelle un parent – *Ne me laisse pas ici ! Ne me laisse pas seule ici !*

Subitement le ciel s'est obscurci, laissant place à la nuit, l'air est raréfié et froid. Le soleil a disparu sous l'horizon. Une lune d'un blanc livide s'est levée. Pas de pitié pour les *assassins racistes* !

Les lumières de Santa Tierra sont à des kilomètres. Tu as été conduite en bordure du désert. Grelottante, tu es conduite à l'autel du cruel dieu Crâne du haut plateau désertique – le dieu-démon Ishtikini. Le dieu pueblo du rire édenté, dieu des orbites aveugles, dieu-animal, dieu des monceaux d'ossements, dieu charognard, dieu cannibale prêt à dévorer les organes du corps quand la vie cesse d'y battre : cœur, cerveau, poumons, reins, foie, estomac, intestin, parties génitales.

La déesse-démon Skli se jette sur toi en hurlant. Ses serres te griffent le visage. Le sang coule entre ses jambes. Des bras te tiennent, enserrent étroitement ta cage thoracique, à peine si tu parviens à respirer quand Skli plonge ses griffes acérées comme des rasoirs entre tes jambes, loin en toi dans un spasme de douleur brûlante.

Les cris d'un animal blessé et terrifié, terribles à entendre.

Tu tombes, tombes lourdement, ignominieusement, sur le sol trempé de ton sang sombre. Trop faible pour appeler à l'aide ou même pour relever la tête.

47

Aube

Réveillée par le tapage des perroquets sauvages dans le ravin derrière la maison ! Il semble qu'on les tue, mais quand Michaela se risque sur la terrasse, pieds nus et vêtue (qui sait avec quel débraillé), elle ne voit rien qu'un remuement d'ailes fugitif, vert vif, rouge sang, dans le feuillage en contrebas.

Immobile, elle écoute. Appuyée contre la rambarde, le regard fixé sur le ravin.

Attendant qu'on lui dise… quoi ? Hypnotisée par des cris sauvages, comme par la sauvagerie du chagrin.

Comprends : ton mari est mort. Il ne reviendra pas. Mais tu es en vie. Tu dois retourner à ta vie.

48

La bonne veuve

« Oui. Je comprends. »

Ce matin-là, quand le téléphone sonne, Michaela répond au lieu d'ignorer la sonnerie comme elle le fait depuis des semaines.

Au lieu de se dérober avec appréhension. De sortir de la pièce en courant, les mains pressées contre les oreilles.

Plus tard, elle se met à passer elle-même des appels. Avec beaucoup de retard, mais pas *trop tard*, espère-t-elle.

Les lettres non ouvertes (réexpédiées de Cambridge) entassées sur une table dans une pièce où elle entre rarement, évitées depuis des semaines, elle commence à les trier par piles.

Mains tremblantes, cœur qui s'emballe, elle doit s'enjoindre *Respire! – respire* mais elle ne renonce pas, ne s'évanouit pas malgré une tension devenue dangereusement basse ces dernières semaines, souvent qui l'oblige à mettre la tête entre ses jambes, dans les moments d'extrême faiblesse il lui est arrivé de devoir se traîner jusqu'au premier étage de la maison *terrassée par le chagrin, folle de chagrin, brisée par le chagrin comme un serpent dont une botte géante a rompu les vertèbres.*

Elle comprend: il sera bientôt temps de quitter Santa Tierra.

Bientôt temps de libérer la maison de Vista Drive qui a été louée jusqu'à la fin août.

Et bientôt temps que Michaela assume ses responsabilités de veuve de Gerard McManus et d'exécutrice de Gerard McManus dont le testament doit être présenté selon la procédure officielle devant le tribunal des successions du comté de Middlesex à Cambridge, Massachusetts.

« Oui. Je suis vraiment désolée. J'ai été injoignable, je n'ai pas d'excuse... »

Voilà des semaines qu'elle manque à ses devoirs. Elle s'est laissé engloutir par le chagrin. Elle s'est laissée aller à une détérioration mentale et physique. A omis d'ouvrir des lettres essentielles et, par la suite, d'envoyer des copies de l'acte de décès de son mari à leur cabinet d'avocat. N'a pas répondu à des coups de téléphone, à des e-mails essentiels étant donné qu'au moment requis ne fût-ce que pour décider de répondre à ces coups de téléphone et à ces e-mails elle avait probablement sombré dans un rêve éveillé, se rappelant avec un luxe de détails douloureux les courses que Gerard et elle avaient faites ensemble durant des années au Safeway de Massachusetts Avenue, prenant deux chariots et se séparant par souci d'efficacité à l'entrée du magasin (Michaela commençait par les produits frais, Gerard, par le poisson et les fruits de mer) pour se rejoindre aux caisses, où Michaela arrivait invariablement la première parce que Gerard avait besoin de temps pour choisir certains articles tels que céréales, café, jus d'orange et qu'il n'aimait pas être « bousculé » ; combien de fois Michaela s'était-elle moquée de Gerard qui se sentait obligé de déclarer que, dans le Safeway comme ailleurs (les musées, par exemple), il n'aimait pas être « bousculé », une façon (comprenait-elle) de lui reprocher d'aller trop vite, comme une enfant impatiente ; et, les bons jours, ils pensaient à apporter leurs propres sacs (en tissu) pour y mettre leurs achats : sac rouge de la Harvard Coop, sac vert de Greenpeace, deux ou trois autres sacs sans importance alors et qui en avaient aujourd'hui que ces bouts de tissu avaient survécu à Gerard McManus ; et avec une belle entente le couple chargeait ses provisions dans le coffre de la Subaru Foster de Gerard ; et quand ils arrivaient dans la maison de Monroe Street, conduits comme d'habitude par Gerard, ils transportaient les courses dans la maison en passant par le garage ; dans la cuisine, ils vidaient les sacs – boîtes de conserve dans les placards, produits périssables au réfrigérateur, bananes dans une coupe sur le plan de travail ; un ballet parfaitement chorégraphié, « Gerard » – « Michaela » ; et en même temps, ils sont totalement inconscients de leurs mouvements et du fait stupéfiant qu'ils sont ensemble et qu'ils sont en vie ; que « Gerard et Michaela » sont *en vie ensemble*. Il faut de longues minutes à Michaela dans la maison de location de Vista Drive à Santa Tierra au troisième mois de son veuvage pour percevoir cette vérité stupéfiante, et il faut d'autres minutes encore à la veuve pour contempler « Gerard et Michaela » qui parlent de quelque chose – depuis leur entrée dans la cuisine ils n'ont quasiment pas cessé de parler, de sourire et de rire, mais à propos de quoi ? – qu'est-ce qui les captive à ce point pendant que Gerard range un sachet de petits pois surgelés au congélateur (au mauvais endroit, observe Michaela, pas dans le tiroir des légumes mais sur l'étagère [de la porte] avec le pain congelé – elle ne lui en fera toutefois pas la remarque maintenant, elle attendra pour déplacer le sachet que Gerard ne soit plus là) et que Michaela se hisse sur la pointe des pieds pour disposer les boîtes de soupe, étiquettes apparentes, sur la troisième étagère du placard à côté du réfrigérateur ; mais la veuve n'entend pas ce qu'ils se disent, elle voit leurs bouches remuer, entend le murmure de leurs voix ; elle se désespère de ne pas savoir pourquoi Michaela rit, avec ce hochement de tête qui signale de l'incrédulité devant quelque chose (d'improbable, d'amusant) que dit Gerard, et sur le visage de Gerard, ce petit sourire en coin signalant qu'il sait qu'il exagère, que bien sûr il plaisante, ce que sait aussi Michaela, raison pour laquelle ils rient tous les deux, si profondément unis et si manifestement mari-et-femme en cet instant que dans la maison de Vista Drive la veuve éclate en sanglots irrépressibles, désespérés devant tout ce qu'elle a perdu irrémédiablement...

Plus essentiel encore, la veuve a omis d'ouvrir des lettres avec accusé de réception envoyées par l'avocat de Gerard conformément au testament de Gerard McManus qui la désigne comme son exécutrice de même que pour ses manuscrits, ses archives et la bibliothèque personnelle de Gerard McManus, laquelle compte vingt-six mille volumes.

Omis même de (re)lire le testament (de trente-deux pages), envoyé par e-mail par le cabinet d'avocat. (Naturellement, celui-ci ne devrait pas comporter de surprises pour Michaela : ils avaient fait leur testament ensemble, une dizaine d'années auparavant, l'avaient actualisé quatre ans auparavant, auprès du même avocat et avec à peu près les mêmes clauses.) (Le testament de Michaela fait-il lui aussi trente-deux pages ? Elle ne l'a pas vu depuis des années et n'en a aucune idée.) Eh bien, la veuve est incapable d'expliquer son comportement. Alors que Gerard comptait si manifestement sur elle.

Il avait nommé *ma femme Michaela* son exécutrice testamentaire. Sa principale bénéficiaire. Lui avait confié son précieux manuscrit.

Ses enfants, les beaux-enfants de Michaela. Sa belle-famille.

« Allô ? C'est Michaela. Oui – moi… Je suis vraiment navrée… »

Toujours risqué de parler avec la famille, les amis de Gerard, ceux qui l'avaient aimé, Michaela réussit pourtant à garder les yeux secs pendant l'épreuve et ne bafouille, ne bégaie presque pas.

« … il m'a demandé de vous dire qu'il vous aime… vous aimait… »

Elle suffoque, incapable de poursuivre. Pour l'amour du ciel *Respire ! Une respiration après l'autre.*

Vraisemblablement ses canaux lacrymaux se sont atrophiés. Le chagrin évacué par tous ses pores comme une sueur huileuse.

Trop compliqué d'expliquer à la famille de Gerard que, au début de son hospitalisation, elle l'avait supplié de lui permettre de les prévenir, mais qu'il avait refusé. Par fierté, peut-être. Et très vite ensuite, trop tard.

Cela étant, personne n'accuse Michaela. Ni la fille ni le fils. Au contraire, ils se montrent étonnés et soulagés que leur belle-mère négligente appelle enfin.

« … oui, il pensait à vous. À la toute fin, il… »

Pas une once de vérité dans tout cela. Dans sa souffrance, dans le délire opioïde de ses derniers jours, à peine si Gerard avait conscience de la présence de Michaela, qui le tenait dans ses bras, baisait son front.

« … a dit combien il vous aimait, combien il regrettait de ne pas avoir voulu de visites… »

Pour être une bonne veuve, comme pour être une bonne épouse, il faut apprendre à mentir de façon convaincante.

À mesure qu'elle recouvrera sa santé mentale, Michaela recouvrera sa capacité (atrophiée) à mentir.

Il n'est pas naturel pour Michaela de parler aux enfants, à la famille, aux amis intimes de Gerard, parce que invariablement par le passé c'était surtout Gerard qui leur parlait, pas elle ; et il n'est pas naturel pour Michaela de parler à sa place comme s'il ne pouvait le faire.

Étrange de prononcer son nom aussi fréquemment. Comme si Gerard était dans un lieu lointain ou frappé d'un genre d'incapacité.

« Oui. Vous avez raison. Gerard avait actualisé son testament il y a quelques années. Donc je pense que celui-ci est... »

Elle entend sa voix, calme et neutre, comme si sa vie n'était pas fracassée, en morceaux à ses pieds.

Est-ce que la vie est essentiellement une imposture ? se demande-t-elle.

Uniquement quand elle avait été malade, après la mort de Gerard. Là, Michaela n'avait pas été dans l'imposture.

D'autres ont réussi à survivre à de telles pertes, cependant. Maintenant, c'est au tour de Michaela.

Elle avait été physiquement malade, intestins évacuant des excréments liquides, veines enflées battant dans ses jambes, éclairs de douleur derrière les yeux. Prendre un bain, trop d'effort – une douche, beaucoup trop agitée – à peine si elle prenait la peine de se laver les mains après être allée aux toilettes.

Car à quoi bon ? Tout le monde se fiche que vos mains grouillent de bactéries.

Mais maintenant elle se prépare à prendre une douche. Si elle a l'intention de persévérer dans sa vie, de remplir ses devoirs de veuve, elle doit au moins prendre une douche, débarrasser son corps des odeurs animales aigres du chagrin, du désespoir. Eau brûlante, savon entre les jambes où la déesse-démon Skli avait enfoncé ses griffes-rasoirs pour faire jaillir le sang, pour humilier.

Une plaie à vif, entre ses jambes. Michaela y porte la main avec précaution et est étonnée de ne pas la retirer couverte de sang.

Un bleu à la mâchoire inférieure, où le poing avait frappé.

(Était-ce Gerard qui l'avait frappée ? Elle se rappelle l'expression de fureur sur son visage, sa stupéfaction. Jamais auparavant dans leur vie commune Gerard n'avait eu un geste menaçant.)

Déconcertant de voir des cheveux dans la douche, des cheveux dans les poils de la brosse de Gerard. Chaque fois que Michaela lave, brosse et peigne ses cheveux, il en tombe une quantité excessive.

La perte de poids entraîne une perte de cheveux, sait Michaela. Dans son état funèbre, elle a pris l'habitude de manger debout, de manger ce qu'elle peut tenir dans sa main, ne prenant pas le temps de cuisiner par gêne de manger seule, comme les animaux mangent seuls.

Miroir embué où sa tête est baissée comme est baissée la tête d'un animal avant le coup fatal sur le crâne.

Yeux voilés regardant des yeux voilés, atterrés par son air épuisé, sa pâleur livide qui auraient consterné Gerard.

Ma belle petite fille.

Qu'as-tu fait de toi-même ?

« … dès que le testament sera homologué. Absolument. »

Michaela a appris de leur avocat de Cambridge que les biens de Gerard sont « gelés » jusqu'à l'homologation du testament par le tribunal des successions du comté de Middlesex. Leurs comptes joints sont (en partie) gelés, eux aussi. C'est la procédure habituelle, rien d'alarmant. (Assure-t-on à Michaela.) Mais il est essentiel de prendre un rendez-vous au tribunal des successions dès que possible, lui dit E. L. Erickson.

« Oui, bien sûr. Je… rentrerai en avion dès que… »

La voix de Michaela hésite. *Rentrer en avion*… où cela ?

Elle ne retournera jamais à Cambridge, elle le sait. Jamais dans la maison de Monroe Street dont elle ne pourrait franchir le seuil sans mourir tout net.

« … tout sera finalisé ici. »

Finalisé. Quel mot ! Un ricanement lui tord les lèvres.

En dépit de ses bonnes résolutions des derniers jours, Michaela a été incapable de se forcer à (re)lire le testament de Gerard. Le sentiment d'horreur qu'elle avait éprouvé dans le bureau d'Erickson quand Gerard et elle avaient signé leur testament devant témoins la submerge de nouveau.

Comme tu avais raison d'être horrifiée ! Terrifiée.

Comme tu avais raison de comprendre que ces documents signent la fin de votre existence.

Pourtant : il y a quelque chose de très important concernant le retour de la veuve dans la maison de Monroe Street à Cambridge.

Sauf qu'elle ne parvient pas à se rappeler quoi.

La première chose à faire, avant même de monter tes valises idiotes à l'étage, est de te tuer.

Comme tu pourras, tu trouveras bien un moyen.

Évidemment ! Le moyen est tout trouvé puisque la maison dispose d'un garage attenant, ce qui n'est pas le cas de celle de Santa Tierra.

Michaela pourra calfeutrer les fenêtres de ce garage et la porte coulissante avec des serviettes pour veiller que les émanations du pot d'échappement de la voiture ne s'évaporent pas. Elle a lu que la mort par inhalation d'oxyde de carbone peut être étonnamment rapide – de trois à cinq minutes si les conditions sont idéales, dans un garage bien isolé.

Michaela pourra donc facilement avaler une poignée des somnifères de sa réserve, boire un verre de vin ou deux, se détendre derrière le volant de la voiture en écoutant la station de radio préférée de Gerard, WCRB-FM (musique classique), et s'enfoncer dans le sommeil tandis que le moteur tournera avec une discrétion létale pendant plus longtemps, beaucoup plus longtemps que trois ou cinq minutes.

Oui chérie. Viens!

Ta main dans la mienne.

***

Il y a quelque chose d'ignoble à *hériter*. Quelque chose de dégradant à *survivre*.

Étrange, Michaela n'a quasiment pas pensé au testament de Gerard. À un héritage. *Son* héritage – l'idée la met mal à l'aise.

Elle se rappelle vaguement que le testament de Gerard était classique. La plupart de ses biens au *conjoint survivant*. D'autres legs, moins importants, à ses enfants et aux associations caritatives auxquelles il faisait des dons depuis des années.

« … merci, mais non! – ce n'est pas nécessaire, Lucinda. Tout se passe au mieux. »

Elle doit dissuader la (belle-)fille empressée qui habite Seattle de venir en avion à Santa Tierra aider la (belle-)mère. Comme si Michaela avait besoin d'aide maintenant, après tout ce qu'elle a enduré!

Tout ce qu'elle fera, elle le fera seule.

Je vous en prie – *seule*.

Un sentiment de panique à l'idée que les enfants de Gerard se mettent en tête de venir à Santa Tierra, de raccompagner Michaela chez elle.

Bien qu'elle soit contente, suppose-t-elle, qu'ils lui aient pardonné sa conduite (inexplicable).

Comme si Michaela était morte, elle aussi. Mais Michaela n'était pas morte.

« Nous ne savions pas quoi faire, dit Lucinda, d'un ton hésitant. Tu ne répondais jamais à nos appels ni à nos e-mails. Nous n'avions aucune idée de la gravité de l'état de papa jusqu'à ce qu'une administratrice de l'Institut nous contacte. Elle nous a dit qu'elle était une de tes "amies intimes" et que tu l'avais autorisée à nous donner des nouvelles de papa… »

Michaela écoute avec une stupéfaction croissante.

« Je n'ai jamais autorisé personne à vous parler de Gerard ! Je ne connais même pas cette femme.

– Elle a dit être ton amie – "Iris"…

– Non ! Ce n'est pas mon amie.

– Elle a dit…

– Non ! »

Si contrariée qu'elle coupe la communication.

Si contrariée qu'elle ignore la sonnerie du téléphone quand Lucinda rappelle. Subitement, elle est prise d'une colère froide, de rage. Elle n'a pas éprouvé d'émotion aussi violente depuis des mois.

Elle sort en vacillant sur la terrasse en bois de séquoia, se penche par-dessus la rambarde, les mains sur les oreilles.

Non non non non non.

Finalement, quand Michaela baisse les mains, elle n'entend plus que les cris des perroquets sauvages dans le ravin, en contrebas.

Le lendemain, Michaela appelle la (belle-)fille pour s'excuser et expliquer : elle n'a pas besoin d'aide pour le moment.

Dans son nouvel état raisonnable, Michaela se repent de la conduite de l'autre Michaela, égarée par le chagrin comme un animal sauvage enragé. *Mais c'est fini.*

La veuve (bonne, raisonnable) entend remplir ses obligations. Elle a secoué l'envoûtement de la mort, elle n'y succombera plus.

Payer les factures. Faire des chèques. Pas de moyen plus ordinaire de se (re)lier au monde.

Chez la veuve, l'ordinaire et la pénitence se confondent.

Chez la veuve, l'ordinaire et l'insupportable se confondent.

Car Michaela a découvert un dossier de factures (impayées) dans le bureau de Gerard. Des factures réexpédiées de Cambridge, mises de côté par Gerard quand il avait été atteint d'une pneumonie, oubliées ensuite dans sa lutte pour survivre.

Il avait pour habitude de payer les factures par Internet vers la fin du mois. À présent, certaines d'entre elles sont en souffrance. Dont son assurance maladie.

Comme Gerard serait mortifié ! se dit Michaela. D'avoir négligé de payer les factures. D'avoir failli à remplir les tâches quotidiennes ordinaires dont il s'était si capablement acquitté comme mari.

D'avoir failli à sa femme en mourant.

Une tâche ingrate, payer les factures. Et maintenant d'autres factures, un déluge à venir en provenance du Centre de cancérologie de Santa Tierra… Mais libeller des chèques peut être une consolation à un moment où rien n'a d'importance, car c'est invariablement une activité solitaire, un conjoint ne vous manque pas quand vous libellez des chèques, ce que Michaela peut faire, raisonne-t-elle, jusqu'à ce que l'argent s'épuise et s'il s'épuise/quand il s'épuisera ce sera un signe clair que Gerard a préparé les choses pour elle, que sa vie est épuisée.

Je suis ici, je ne te quitterai pas, chère Michaela.

J'ai ta main. J'attends.

La plus sombre des tâches de la veuve, comme la plus absurde et la plus déchirante : rapporter les cendres de son mari dans la maison de Monroe Street à Cambridge où il avait vécu de longues années.

Si Gerard et Michaela avaient su, quand ils avaient quitté leur maison si allègrement en janvier : que l'un d'eux ne reviendrait pas, mais *serait rapporté* dans une urne…

Michaela a envie d'éclater de rire. Mais chez une veuve le rire est le prélude à des pleurs hystériques, et donc déconseillé.

Les enfants (adultes) ont vaguement parlé de « disperser les cendres de papa » dans un torrent des Catskills, à Roxbury, derrière une cabane ayant appartenu aux grands-parents de Gerard laquelle était (toute la famille en convient) « l'endroit au monde préféré » de Gerard.

Michaela a entendu parler de cet endroit mythique des Catskills, pas d'électricité, pas de sanitaires, acheté depuis longtemps par des étrangers, mais pendant les douze années de son mariage avec Gerard il n'avait pas insisté pour retourner à Roxbury, préférant voyager à l'étranger pendant l'été ; Michaela n'avait cependant pas fait d'objection à ce projet, qu'elle avait écouté poliment.

En réalité, il n'est pas question qu'elle laisse disperser les cendres de Gerard où que ce soit, comme des débris. Quelle coutume barbare !

Même si elle comprend – *Ce ne sont que des cendres. Ce n'est pas Gerard.*

Couchée dans le lit de la maison de Vista Drive dont elle sera bientôt expulsée, elle prépare mentalement la façon dont elle transportera en avion l'urne contenant les *restes cinéraires* de Gerard. Elle ne mettra pas l'urne en soute. Elle ne l'expédiera pas. Elle ne veut pas risquer de la perdre.

Au contrôle de sécurité, elle la présentera à l'inspection.

Cette urne contient les cendres de mon mari que je rapporte chez nous.

Le visage sombre, respectueux, le personnel laissera passer la veuve.

Sans doute l'un des agents de la sécurité dira-t-il dans un murmure *Mes condoléances, madame.*

De la même façon que d'autres passagers transportent de petits chiens en avion, dans des sacs pouvant être glissés sous le siège devant eux, Michaela transportera l'urne, les cendres, les *restes cinéraires* de son défunt mari, qu'elle glissera sous le siège devant elle.

Comme nos vies sont absurdes, pense-t-elle, atterrée.

Quand la *personne* n'est plus que *matière* – obscène.

Il est beaucoup moins honteux de mourir. Qu'il est étrange que si peu de gens y aient pensé ou aient eu le courage de passer à l'acte.

Cet élancement de culpabilité dans le ventre, une sorte de nausée, que la veuve soit toujours en vie alors que le mari est mort.

Néanmoins, tandis que Michaela repasse (obsessivement) la scène dans son esprit, elle commence à s'apercevoir que tous les agents de sécurité de l'aéroport ne se montrent pas respectueux envers la veuve. En fait, l'un d'eux regarde d'un air soupçonneux l'urne dans son sac de tissu bordeaux, placée sur le tapis roulant à rayons X.

Michaela a beau avoir signalé à plusieurs agents que l'urne contient les *restes cinéraires* d'un homme, l'urne a beau porter bien en vue l'estampille *G. McManus. chapelle des Cimes, Santa Tierra, NM*, le responsable de l'Agence nationale de la sécurité déclare sévèrement à Michaela que l'urne va devoir être ouverte pour inspection.

Pire encore, c'est à la veuve qu'il incombe de l'ouvrir sous le regard des agents de sécurité. Michaela ne l'a encore jamais fait, n'a pas voulu voir son contenu, ne s'est jamais senti assez forte pour voir son contenu et n'a donc aucune idée de la façon dont on ouvre cette fichue urne dont le couvercle est solidement en place.

Le dévisser ? Tirer dessus ? Tirer *fort* ? Michaela est rouge de contrariété, d'anxiété, de culpabilité.

(Aucun des agents ne va-t-il donc l'aider ? *Aucun ?*)

Finalement, Michaela parvient à forcer le couvercle. Ferme très vite les yeux, ne peut se résoudre à regarder à l'intérieur ce qui a été consumé et réduit à trois kilos et cent grammes.

Les agents examinent le contenu de l'urne en plongeant un stylo dans les cendres, un index ganté, tâtonnant, remuant. Michaela est bouleversée par ces actes grossiers, mais n'ose pas faire d'objections. Avec ahurissement elle s'entend dire, d'un ton brusque – *Madame ? Nous allons devoir vous demander de venir par ici.*

Le contenu de l'urne pose un problème. Bien qu'il soit clairement identifié.

... devons vous demander d'attendre ici, madame. Jusqu'à ce que nous puissions déterminer le contenu exact de ce récipient.

Les *restes cinéraires* ressemblent-ils à un narcotique quelconque ? Cocaïne, haschich ?

On autorise Michaela à fouiller frénétiquement dans sa valise de cabine pour y chercher le reçu du crématorium de la chapelle des Cimes. Elle le tend au responsable de l'Agence nationale de la sécurité qui l'examine longuement, puis secoue la tête avec gravité.

Madame il nous est impossible de savoir si ce document concerne bien ce récipient. Ou, si c'est le cas, si le contenu précédent du récipient n'a pas été vidé et remplacé par une autre substance.

À ce moment-là la veuve se met à pleurer les larmes incontrôlables qu'elle ne répand généralement pas en public.

Ravagé par les larmes, le visage humain rougit, enfle. Les yeux bouffissent, la vision se rétrécit.

Pleurer sans retenue, aussi ouvertement – une sorte de nudité.

Quelle honte ! Couchée dans son lit, en sueur, misérable, incapable de dormir, Michaela prévoit l'arrivée en renfort d'un contingent d'agents de sécurité, une détention, sous le regard médusé des autres voyageurs.

Une analyse du contenu de l'urne par un laboratoire médicolégal pourrait demander des jours, une semaine. Des semaines. Temps pendant lequel Michaela ne sera pas autorisée à prendre l'avion. (Où sera-t-elle, d'ailleurs ? Elle aurait déjà libéré la maison de Vista Drive ; cette scène horrible se déroulerait à l'aéroport d'Albuquerque.) En fait, Michaela pourrait être rapidement arrêtée pour présomption d'importation en contrebande de substance illicite sur un vol domestique.

ARRESTATION DE LA VEUVE D'UN PROFESSEUR DE HARVARD
RÉCEMMENT DÉCÉDÉ
SOUPÇON D'APPARTENANCE À UN RÉSEAU
DE TRAFIC DE DROGUE

Elle est en nage! misérable! À ce stade Michaela n'essaie plus de dormir.

Oh Seigneur! – meurs, tu veux.

Tue-toi, arrête ce cirque. Tu as une réserve de cachets exprès pour ça.

Non. Elle a changé d'avis. Elle ne rapportera pas les cendres de Gerard dans ses bagages à main. Il faudra qu'elle les mette en soute. Une idée nouvelle et fascinante: prendre l'urne avec elle quand elle s'asphyxiera enfin dans le garage de Cambridge; elle la posera sur le siège à côté d'elle, dans la voiture dans le garage de Cambridge, pendant que s'élèveront les minces nuages gris des gaz d'échappement et les notes de la musique classique jouée par la station de radio préférée de Gerard, WCRB-FM.

Et viens m'embrasser, j'attends.

49

« Sauvez-vous »

Tu te rappelles leur avoir dit *Non merci.*

Poliment fermement leur avoir dit à tous *Non s'il vous plaît. Ne venez pas.*

Pourtant : la sonnette retentit. Après un silence, des coups frappés à la porte.

Tu te rappelles avoir verrouillé la porte (bien sûr), pourtant à ta grande horreur tu entends quelqu'un l'ouvrir – « Bonjour ? Michaela ? Vous êtes là ? »

Une voix féminine gutturale, familière. Pourtant, l'espace d'un moment tu ne la reconnais pas.

De bonne heure ce matin-là réveillée par l'étau se resserrant autour de ta poitrine. Haletante. Les cris de perroquets sauvages dans le ravin, se confondant avec le tourbillon de tes pensées.

Tu ne t'attendais pas à ce qu'un intrus *passe.*

Un espion de l'Institut. Catégoriquement tu leur avais dit *non.*

Tapie maintenant dans la salle de bains. Échevelée, à peine vêtue. Un visiteur est la dernière chose que tu souhaites. Un intrus.

Dans la salle de bains violemment éclairée tu étais en train de faire l'inventaire de ta réserve de cachets. Somnifères, antidouleurs. Des récipients en plastique alignés sur l'étagère à côté du lavabo. Des années de stock.

De quoi tuer un éléphant.

Un frisson d'appréhension, d'attente. Car tu n'es pas décidée sur ce que tu vas faire des cachets. Dans l'un des scénarios, le plus prudent, tu les jettes dans la cuvette des WC en veillant à le faire par petites quantités pour ne pas boucher les toilettes. Dans un autre scénario, le plus grisant, tu rapportes les cachets à Cambridge, soigneusement rangés dans ta valise cabine.

Avant le garage calfeutré, l'asphyxie par oxyde de carbone. Le moteur tournant pendant des heures, le sommeil bercé par la musique.

« Michaela, répondez-moi s'il vous plaît ! C'est Iris… »

Bien sûr, c'est la voix d'Iris Esdras. Tu es remplie de rage, de consternation.

La voix vibre de sollicitude et de la griserie de cette sollicitude, coercitive, intrusive. Iris Esdras à qui tu avais expliqué que tu ne serais pas chez toi si elle passait, que tu ne serais jamais chez toi quand elle passerait. Et cependant, à présent, voici qu'Iris s'est introduite dans la maison. Iris est déterminée à t'aider, a-t-elle dit. Elle est déterminée à t'empêcher de te nuire davantage, a-t-elle dit. (Car Iris est convaincue que tu t'es tailladée, infligé des blessures par des moyens secrets et sournois qui s'aggravent.) À présent, elle est de l'autre côté de la porte de la salle de bains et tu t'aperçois avec horreur que la porte n'est pas fermée à clé et qu'il est trop tard pour le faire,

Iris saura que tu la fermes à clé et que tu es derrière la porte, à quelques dizaines de centimètres d'elle.

Atterrée, tu vois la poignée tourner. Iris ne pousse pas la porte – pas encore. Elle vérifie juste (discrètement) si elle est fermée à clé.

Si elle l'était, il pourrait s'agir d'une urgence. Telle serait la conclusion d'Iris. Une intervention dramatique pourrait se révéler nécessaire : appeler le 911.

Des sirènes dans Vista Drive de bon matin, avant que le soleil soit tout à fait levé. Des urgentistes faisant irruption dans la maison, empoignant la femme à demi vêtue accroupie tapie en larmes dans un coin de salle de bains…

Pas d'autre solution par conséquent que d'ouvrir la porte. Comme si tu venais de te rendre compte qu'Iris t'appelait.

« Ah, Michaela ! Dieu merci, vous allez… bien. »

Un soulagement authentique sur son visage poudré de geisha. Dans ses yeux excessivement maquillés. Prépare-toi à l'étreinte étouffante.

« … inquiète pour vous, chérie ! »

Chérie. Quand Iris Esdras s'est-elle mise à t'appeler *chérie*.

Molle, sans résistance sous son étreinte, les bras ballants comme ceux d'une marionnette. Tu ne trouves rien à dire qui ne soit pas lâche, accommodant. Tu ne veux pas d'ennuis, tu veux simplement qu'on te laisse tranquille.

Car Gerard reste à distance quand d'autres sont à proximité.

Un parfum de chair talquée, de produits de beauté. Éclat des ongles vernis de rouge. Iris Esdras a un visage aussi brillamment coloré qu'une affiche. Des cheveux teints, noir indien, séparés au centre de son cuir chevelu (très blanc) et ramassés en un chignon serré. Bien que massive, les hanches et les seins opulents, elle a le maintien agressif d'une danseuse de flamenco. Elle porte des écharpes flottantes, des jupes longues, des hauts perlés au décolleté plongeant qui découvrent le sommet de gros seins gélatineux. Elle est chaussée de sandales dorées à bout ouvert, ses ongles de pied sont vernis et scintillants.

Tu lui assures que tu vas bien, mais elle est sceptique. Elle agrippe tes épaules maigres, scrute ton visage comme si elle se penchait sur un abîme. Elle va te préparer un petit déjeuner, dit-elle. Tu es trop maigre. Tu ne vas pas bien. Elle passera des coups de téléphone pour toi – l'Institut paiera ton billet de retour, en classe affaires.

Tu remercies Iris, mais tentes d'expliquer que tu ne pars pas tout de suite. Il y a plusieurs choses que Gerard t'a demandé de faire à Santa Tierra et que tu vas faire pour lui. Tu as tes propres engagements à respecter à Albuquerque.

Iris secoue la tête d'un air sceptique. Des engagements à Albuquerque ?

Tu lui demandes de te faire une faveur : pourrait-elle emporter ce matin même les hideuses sculptures de dieux-démons que tu as découvertes lors de ton emménagement et dissimulées à la vue… L'une d'elles est ici même dans la salle de bains, sous le lavabo, et il y en a deux autres dans le placard du vestibule. Ishtikini, Skli, Weyaki… Tu ne sais pas bien comment prononcer leur nom.

Iris rit et t'assure qu'aucun des invités de l'Institut ne s'est jamais plaint des œuvres d'art se trouvant dans cette maison ni dans aucune des autres maisons de l'Institut. Ils sont généralement ravis de leur logement et de l'ameublement. De quoi parlez-vous exactement ? demande Iris. Quels « dieux » ?

Tu le lui dis : le dieu charognard, la déesse de la Création et de la Destruction, le dieu du Chaos… Tu penses qu'il s'agit de dieux pueblos.

Non, dit Iris. Ce sont des dieux farceurs, des « dieux fantômes », pas d'authentiques dieux pueblos.

Mais qu'est-ce que cela veut dire ? demandes-tu. Pas d'« authentiques » dieux pueblos ?

Iris secoue la tête, amusée. Comme si vouloir t'expliquer la hiérarchie des dieux pueblos était vain.

Tout ce qu'il te faut savoir, dit-elle, c'est que les sculptures présentes dans la maison ne sont pas censées représenter de *vrais dieux*. Les artistes prennent souvent pour sujets les démons que tu as nommés parce que les « dieux supérieurs », les « authentiques dieux pueblos », ne peuvent être figurés. Voilà pourquoi les « dieux inférieurs » – Ishtikini surtout, et Skli – sont populaires.

Tu grimaces en entendant leur nom prononcé à voix haute. « Emportez-les, s'il vous plaît », implores-tu.

L'œil acéré d'Iris s'est dirigé vers tes pieds nus. Elle voit, car comment cet œil acéré pourrait-il ne pas voir, que tes ongles sont longs et déchiquetés comme des griffes naissantes. Elle voit que – tu as beau t'être douchée récemment, cela n'a pas suffi à rattraper de semaines de négligence – une patine de crasse est décelable entre tes orteils.

Iris fait remarquer, raisonnablement, que si tu comptes partir bientôt, que peut bien te faire la présence de sculptures « hideuses » dans la maison ?

Tu bégaies : « Je vous en prie – emportez-les. Maintenant. »

Tu t'es mise à trembler de tous tes membres. Dans le miroir, tu vois ton visage mortellement pâle. Tu te vois te pencher pour ouvrir le placard sous le lavabo. Tu vois le visage sauvagement maquillé d'Iris Esdras flotter au-dessus de toi, aux aguets. Tu vois tes deux mains saisir la statue d'Ishtikini avec son crâne grotesquement disproportionné, sa bouche hurlante, son pénis filiforme en érection, une statue faite d'un bois dense et sombre, étonnamment lourde pour sa taille.

Tu vois tes mains élever le démon sculpté au-dessus de la tête d'Iris et l'abattre vite et violemment. Surprise, la femme pousse un petit cri incrédule. Alors qu'elle titube et vacille, elle te griffe, s'accrochant à tes vêtements, puis tombe lourdement sur le carrelage où fleurissent déjà des taches rouges. De ta hauteur, tu vois que son crâne s'est brisé, que son cuir chevelu d'un blanc crayeux s'est déchiré, qu'un lambeau de peau pend…

Tu la regardes. Tu as l'impression d'avoir le cerveau totalement anéanti. Dans le miroir, un peu plus loin, Gerard observe, attend.

Tu ne cherches pas à le voir. Si tu tournes la tête, il disparaîtra.

Viens me rejoindre maintenant, Michaela.

Tu as fait tout ce que tu avais à faire ici.

Tu te retournes vers Iris Esdras qui te regarde d'un air perplexe.

Iris répète que les dieux farceurs ne devraient pas poser de problème, tu n'as qu'à les laisser où ils sont si tu les trouves hideux. Ce sont des sculptures populaires inoffensives, que certains trouvent charmantes et d'autres, « hideuses ».

Iris explique ensuite qu'elle se fera un plaisir de t'aider à expédier tes cartons et à planifier ton vol de retour. L'Institut te paiera un billet en classe affaires si tu libères la maison avant le 1er juillet.

Tu l'interromps : « Allez-vous-en, s'il vous plaît. Emportez ça et allez-vous-en. Maintenant. »

Tu tiens le hideux dieu charognard dans ta main. Dans tes deux mains. Tu le fourres dans les bras d'Iris.

Comme elle hésite, tu lui dis : « Alors, allez-vous-en seule. Sauvez-vous. »

50

L'examen

Couche-toi ! Couche-toi à plat dos ! Sur la table d'examen, détends-toi !

Détends tes muscles, détends tes os ! Détends ton cerveau dont les pensées débordent comme une eau tiède d'un gobelet en papier tremblotant !

Dans la blouse de papier voilant à peine ta nudité, détends-toi !

Ton premier devoir est de rester en vie.

Tu as enfin pris rendez-vous avec le Dr W_.

Le Dr W_ t'a été recommandé par le Dr M_.

Le Dr M_ t'a été recommandé par (ton amie) Iris Esdras.

Tension très basse, a découvert le Dr W_.

Battements de cœur rapides. « Excitation. »

Température au-dessus de la normale (37°7).

Les analyses de sang révéleront anémie, manque de potassium.

Amaigrissement, important. Peau : pâle, moite.

Tu te sentais faible, fiévreuse. Des étourdissements. Des douleurs soudaines dans la tête, les yeux. Des fulgurations pareilles à des éclairs de chaleur peuvent indiquer une lésion dans une artère cérébrale. Des élancements dans ton oreille interne. Des démangeaisons dans ton oreille interne, à te rendre folle. Tu es tentée d'enfoncer un fil de fer dans ton conduit auditif pour y mettre fin. *Es-tu en train de brûler vive ? Le chagrin est-il un incendie qui te brûle vive ?*

Le Dr W_ ausculte tes poumons avec un stéthoscope. Poitrine, dos. Le Dr W_ te demande de tousser.

Le Dr W_ écoute ton cœur. (Battements accélérés !)

Il entoure tes chevilles de son index et de son pouce (gantés) pour déterminer si elles sont enflées.

Un électrocardiogramme est pratiqué par un technicien. Des électrodes (froides) fixées sur ta poitrine, ta gorge, ton abdomen.

Puis une échographie cardiaque. Des électrodes (froides) fixées sur ta poitrine, ta gorge, ton abdomen. Pour enregistrer plus précisément le murmure du cœur et déceler la présence (éventuelle) d'un caillot.

Couche-toi, ne bouge pas. Respire ne respire pas.

Quarante-sept minutes éprouvantes et pendant une partie de ce temps tu peux écouter l'étrange *frottement* du cœur et, si tu le souhaites (tu ne le souhaites pas), regarder sur un écran pour voir le *frottement* fantomatique du cœur.

Une valve qui fuit, sûrement. Un cœur brisé.

Couchée immobile respirant et ne-respirant-plus, respirant et ne-respirant-plus, car il y a une pause entre les deux, une césure. Reste immobile, vigilante et vivante. *Le premier devoir de la bonne veuve est de rester en vie.*

Tu commences à entendre au-dessous et au-delà du *frottement* de ton cœur un *frottement* plus profond, plus pénible, plus douloureux. Commences à entendre une respiration rauque et oppressée.

Une respiration familière. Terrifiante, cette respiration.

Tu entends, et tu te dis – *Non. Ce n'est pas.*

Car tu l'avais tenu dans tes bras quand il était mort. Quand il s'était mis à ne-plus-respirer et qu'il était mort. Tu l'avais tenu dans tes bras, tu étais morte avec lui, et pourtant tu as continué à vivre, ta vie est une malédiction, une lumière aveuglante brillant sans trêve, des yeux sans paupières condamnés à une vision aveugle.

Prête à concéder maintenant, des semaines après la mort de ton mari, et des semaines après l'incinération de ses restes au crématorium de la chapelle des Cimes, que Gerard n'est plus en vie. Tu ne te dis pas – encore – *Mon mari est mort.* Tu ne dis pas *Mon mari est mort.* Mais tu parviens à dire *Mon mari n'est plus en vie.*

Néanmoins, la respiration se fait plus bruyante. Elle semble d'abord venir de sous la table d'examen, mais on dirait à présent qu'elle vient d'une autre direction. Une bouche d'aération dans le mur ? Le moniteur d'échographie cardiaque ? Une ligature dans l'air ?

Un bruit poussif, épais, dense. Une lutte, une suffocation d'air, terrible à entendre. Comme si ce qui respirait le faisait contre sa volonté, son désir. Comme si le simple fait de respirer était un tourment. Comme si *respirer* était une torture, des ongles enfoncés dans la chair. Comme si ce qui était *respiré* était autre chose que de l'air.

Pauvre Gerard ! Contraint de respirer une sorte de substance visqueuse, un gaz liquide, vert putrescent, dans ses narines, ses poumons.

Gerard lutte, souffre. Tu ne supportes pas sa souffrance.

Ce n'est pas notre souffrance, mais la souffrance des autres qui nous détruit. Pas notre mort que nous redoutons, mais la mort de ceux à qui nous ne souhaitons pas survivre.

« Non. Arrêtez. »

Tu te redresses, brutalement. En plein examen tu ne supportes plus qu'on te touche. Tu ne supportes plus d'écouter tes battements de cœur et la respiration oppressée qui remplit maintenant toute la pièce.

Tu repousses l'instrument que tient l'infirmière surprise. Arraches les électrodes avec tes ongles, les jettes loin de toi.

Tu pleures sans bruit. Ton visage s'est chiffonné comme un masque de papier mâché.

Quoi que te dise l'infirmière pour t'apaiser, n'écoutes pas.

Le Dr W_ a été appelé, mais le temps qu'il entre dans la pièce tu as hâtivement enfilé tes vêtements, écarté d'un coup de pied la blouse en papier, tu es prête à partir.

Exit, penses-tu. *Exit, existe.*

Pas assez rapide pour t'enfuir. Dans le bureau du Dr W_, haletante, en nage, bien que l'air te semble réfrigéré.

Comme à la morgue de l'hôpital où l'on avait emmené ton mari. Où ses *restes* avaient été conservés avant d'être remis au crématorium et funérarium de la chapelle des Cimes.

Le Dr W_ est asiatique, de cet âge mystérieux compris entre vingt-neuf et quarante-neuf ans. Sa peau est lisse, ses yeux sont très noirs. Avec une expression d'incompréhension compatissante il te sourit quand tu t'efforces de lui expliquer pourquoi tu veux absolument partir avant la fin de l'échographie cardiaque.

« Je... je ne crois pas... que je devrais être ici, bégaies-tu bêtement. Je crois... que je devrais être ailleurs...

– Oui ? C'est-à-dire... ?

– Avec mon mari Gerard.

– Et votre mari est... ?

– Mon mari n'est pas à Santa Tierra.

– Et où se trouve-t-il ?

– Il se pourrait qu'il soit à Santa Tierra, mais je ne sais pas où. »

Le Dr W_ te jette un regard scrutateur. Comme s'il essayait de déchiffrer une langue étrangère.

« Il me veut près de lui. Je... je vais le rejoindre bientôt.

– Mais cela ne peut-il attendre la fin de l'examen, madame McManus ? »

La question est si raisonnable, la voix si douce et pleine de sollicitude que tu ne peux que répéter, dans un murmure : « Mais moi aussi je veux être auprès de lui. Je... je devrais déjà y être. »

Malade de culpabilité, de honte.

Le premier devoir de la veuve est de rejoindre son mari.

Nous sommes sur terre pour adoucir mutuellement notre solitude.

Rien de plus solitaire que la Mort.

Tu sens ta tête s'alléger comme un ballon rempli d'hélium. Tu es prise d'une soudaine griserie. Bientôt, cette épreuve sera terminée !

« Madame McManus, avez-vous de la famille ? Des parents que vous pourriez contacter ? »

Famille. Parents. Un vide dans ton cerveau.

De l'autre côté de l'abîme, tes parents aimants, qui ne sont pas encore âgés quoique au bord de l'être, que tu ne peux pas plus contacter qu'un porteur de contagion ne peut contacter les vivants.

« N... non. Je ne crois pas. Je veux dire – je ne suis pas proche d'eux. Je ne veux pas les inquiéter. Je ne peux pas leur faire porter le poids de – ce qui s'est passé – mon chagrin...

– Des amis, alors ? Chez vous ? »

Tu secoues la tête. *Des amis. Chez moi.*

L'autre côté de l'abîme, sans plus de signification pour toi que n'en auraient des inconnus.

« Ma place est *ici*. Il n'y a rien pour moi *là-bas*. J'attends juste de savoir où – exactement – je dois aller. »

Quel que soit le sens de ces mots, qui te semblent énoncer calmement un fait, le Dr W_, la mine sombre, se sent obligé de prendre une décision à ta place : organiser ton admission aux urgences de l'hôpital adjacent.

« On vous y transportera en fauteuil roulant, madame McManus. Vous êtes extrêmement tendue, votre sécurité est en jeu. »

Tu le regardes avec froideur. Gerard serait impressionné par le calme, la hauteur avec lesquels tu refuses une admission aux urgences.

Tu refuses très fermement, tu ne donnes pas ton consentement, tu ne consentiras jamais à être admise dans cet hôpital ni dans un autre, tu ne signeras aucun papier et, si quelqu'un essaie de te retenir, tu déposeras plainte.

Tu vas quitter immédiatement cet endroit détestable. On ne peut t'en empêcher.

Il est illégal de retenir une personne contre sa volonté. Tu connais tes droits de citoyenne !

Le Dr W_ essaie de te « raisonner ». Mais tu n'écoutes plus le Dr W_.

D'ailleurs tu es capable de tenir debout. Bien que mal assurée sur tes jambes, tu es capable de marcher, tes jambes se meuvent aussi facilement que celles d'une marionnette, libérées de la pesanteur. Tu contrôles parfaitement ta coordination motrice ! Tu te tiens droite, la tête haute, te rappelant que le guide du Nouveau-Mexique de Gerard conseillait au randonneur de se faire aussi droit, grand et imposant que possible en cas de rencontre avec un puma, et d'émettre des sons agressifs pour faire fuir l'animal.

Évitez absolument de courir devant un puma – était-il conseillé.

Gerard et toi aviez trouvé cela drôle. Très drôle. Vous aviez ri tous les deux, avec ravissement.

Évitez absolument. De courir.

Sors du bureau du Dr W_ sans courir.

Tu ne te rappelles pas avoir jamais vu ce labyrinthe de couloirs (sans fenêtres, éclairés au néon). Tu sembles pourtant savoir qu'il y aura un ascenseur un peu plus loin… Si tu continues à avancer, si tu ignores les voix qui te hèlent – *Madame McManus ?* – *Michaela ?* – tu te retrouveras dehors, au soleil, dans une minute ou deux.

Marche, cours dans le soleil. Cours, cours ! Ne te retourne pas.

Dans le parking, aucune idée de l'endroit où tu as garé ta voiture, tu ne sais même pas si tu en as une (de location) et, si oui, laquelle, mais tu espères, tu souhaites croire que, si tu la vois, si tes yeux avides se posent sur elle, tu te souviendras.

Michaela, c'est trop dur pour toi ! Viens me rejoindre.

Il y a une place pour toi, chérie. Avec moi.

51

« Ramène-moi à la maison »

Voici la clé, Michaela. Va chercher la voiture, je te retrouve à l'entrée de l'hôpital.

Gerard fouille dans une poche à la recherche de la clé de contact. Fouille dans une poche de sa blouse d'hôpital, mais il n'y a pas de poche, il n'y a pas de clé, sauf que Gerard trouve pourtant une clé qu'il te met dans la main, et tu la prends en sanglotant de soulagement que vos vies soient si profondément changées, en cet instant précis.

Une clé que tu ne reconnais pas, mais à laquelle tu te cramponnes comme à la vie même et brusquement tu es dehors, dans un air raréfié qui se rafraîchit, c'est le crépuscule, des phares s'allument, tu te retrouves en train de monter les marches de béton menant au parking couvert du Centre de cancérologie, haletante d'excitation et d'espoir, les paroles de Gerard résonnant à tes oreilles – *Va chercher la voiture !*

Bien souvent ces temps derniers tu t'es retrouvée en train de chercher une voiture dans un parking, mais c'est la première fois, crois-tu, que tu as la clé de contact en main, ce qui prouve (penses-tu) qu'il y a réellement une voiture ;

bien que tu ne saches pas vraiment, parmi les rangées de véhicules qui semblent s'étirer à perte de vue, lequel est la vôtre, à Gerard et à toi.

Si tu la vois, tu la reconnaîtras. Si tu presses la télécommande, des lumières s'allumeront.

Tu te dis avec sagacité qu'une plaque d'immatriculation du Massachusetts sera facile à repérer parmi les plaques du Nouveau-Mexique.

Mais tu t'avises alors que la voiture louée par Gerard a des plaques du Nouveau-Mexique. Pas du Massachusetts.

Tu cherches, le souffle court, anxieuse. Il est essentiel de rester en mouvement pour que l'étau ne puisse se resserrer autour de ta poitrine et t'étouffer.

Mais tu es très anxieuse parce que Gerard t'attend. Depuis le temps, il doit t'attendre avec impatience, tu ne dois pas le décevoir.

Tout amour est trahison dans des conditions extrêmes. Car l'amour n'est pas assez fort pour supporter les conditions extrêmes.

Mais voilà que, à ta stupéfaction et à ton soulagement, tu as trouvé la voiture – les lumières se sont allumées, la voiture a pris vie.

Tu sors du parking. Prudemment, car l'allée est étroite. Il y a des piliers bizarrement placés. À ta grande contrariété, malgré ta prudence tu as éraflé la portière côté passager contre un pilier parce que tu ne vois pas très bien dans le rétroviseur latéral.

Tu te dis – *Le miroir est le passé. Le passé est perdu.*

Tu te dis – *Tu ne peux pas aller là-bas ! Tu n'as pas de chemin pour y aller.*

Tu parviens tant bien que mal à descendre les nombreux niveaux du parking, tu parviens à sortir du parking, tu es obligée de tourner à droite, de faire le tour du pâté de maisons, un pâté de maisons interminable ; il te faut de longues minutes frustrantes pour arriver devant l'hôpital où Gerard t'attend, mais tu vois alors que Gerard n'est pas là, tu vois une succession d'inconnus sortir par le lent tambour de la porte automatique, des visages flous d'inconnus, mais pas Gerard ; l'angoisse t'étreint, tu ne sais quoi faire, ton mari n'est pas là…

Et puis, des doigts tambourinent sèchement sur le pare-brise.

Tu te tournes, et tu vois Gerard debout près de la voiture, côté passager. Mais ce n'est pas le Gerard que tu t'attendais à voir.

Les cheveux de ton mari d'ordinaire si bien brossés sont hirsutes, on voit son crâne par endroits. Il porte une blouse d'hôpital tachée qui lui arrive à peine aux genoux, et il est pieds nus. Il a les joues creuses, il a maigri. Ses yeux injectés de sang te regardent avec colère. Il est terrible de voir à quel point ton mari est furieux contre toi, combien il est déçu. Car, apparemment, il t'a fallu très longtemps pour amener la voiture devant l'hôpital.

Avec consternation, tu remarques que Gerard traîne un pied de perfusion, du Dilaudid coule dans un bras meurtri, une solution saline dans l'autre bras meurtri. Mais il se met à marteler le pare-brise de son poing avec fureur.

Laisse-moi monter ! Laisse-moi monter ! Ramène-moi à la maison !

52

Seule

Si seule. Seule de ne pas être touchée.
Seule de ne pas être étreinte, protégée. Nommée.
Si seule que tu as pris un rendez-vous avec la Mort.

D'après moi, ça s'est insinué dans votre oreille quand vous dormiez.

Fièvre, inflammation, démangeaison – c'est forcément une infection bactérienne.

À ce stade, près du cerveau, on risque l'encéphalite.

Pourquoi avoir attendu aussi longtemps pour consulter ?

Où étiez-vous toutes ces semaines ?

53

Révélation sous la forme d'une colombe

La veille de ton dernier cours à Albuquerque.

Sans prévenir la nouvelle arrive avant que tu puisses te protéger.

Sous la forme d'un oiseau au plumage blanc tombant du ciel, heurtant ton visage avant que tu puisses te protéger – *Letitia Tanik est morte.*

Tu es accablée de remords. Tu es accablée de culpabilité.

Tu voudrais en savoir davantage, mais personne à qui t'adresser.

Letitia Tanik est morte.

Mais comment, pourquoi ? Tu n'en as aucune idée.

La nouvelle t'est arrivée, brève et mystérieuse comme une énigme. Tu comprends que tu devrais résoudre cette énigme, mais tu es incapable de la comprendre, tu es malade de culpabilité, une nausée de culpabilité, à présent ce n'est plus seulement Gerard que tu as trahie, mais aussi cette jeune fille, que tu as maintenant presque oubliée.

Tu te réveilles en toussant, en suffoquant. Le visage mouillé de larmes.

Te rappelant la façon dont Letitia t'avait étreinte dans ta voiture, pressant son visage brûlant contre ton cou. *Merci, professeur!* Personne ne t'a touchée aussi intimement et avec autant d'émotion depuis longtemps.

Couchée dans ton lit, hébétée de remords. Car assurément – il est possible que Letitia soit morte. Très possible que Letitia se soit suicidée.

Tu n'avais pas su comment lui parler, tu n'avais pas trouvé la manière. N'avais pas su comment convaincre la jeune femme désespérée de rester en vie.

Depuis le jour où tu l'avais emmenée au centre de soins d'urgence, tu n'avais plus jamais entendu parler d'elle. Elle n'était jamais revenue en cours. N'avait jamais répondu à tes e-mails. Tu avais décidé de ne pas signaler l'incident parce que tu avais promis à Letitia de ne pas le faire.

Et donc maintenant dans ton lit tu essaies de trouver la force de te lever, ce qui est toujours le plus gros effort de la journée, comme si Sisyphe ne poussait pas au sommet de la montagne un rocher, mais son être même.

Pardonne-moi, Letitia! Je t'ai trahie, toi aussi.

54

« Merci d'avoir changé ma vie »

En route pour Albuquerque et pour ton dernier cours.

Enfin ! le trimestre arrive à son terme. Ensuite tu seras libre de quitter le Nouveau-Mexique à jamais.

Ensuite tu seras libérée du Nouveau-Mexique à jamais.

Par conséquent tu veilles à rouler sur la voie de droite de l'I-25. Exactement à la vitesse maximum autorisée.

Car le tirage (fantomatique) sur le volant continue. Une force d'attraction vers la gauche.

Michaela, c'est trop dur pour toi ! Viens me rejoindre.

Il y a une place pour toi, chérie. Avec moi.

Sur le trajet de Santa Tierra à Albuquerque tu te tourmentes en pensant aux façons dont tu aurais pu aider Letitia Tanik. Si tu n'avais échoué par ignorance, par couardise. Car la timidité est une forme de couardise. Ne pas vouloir être importun.

Ne pas vouloir encourir la colère de la jeune femme.

Ne pas vouloir admettre qu'il y a des choses que nous ne pouvons faire, comme il y a des gens que nous ne pouvons aider.

L'accusation résonne dans ton crâne – *Letitia Tanik est morte.*

Le mystère ontologique de la Mort : que les morts disparaissent et ne réapparaissent plus jamais excepté dans les rêves. Ils nous ont quittés, et nous ne pouvons plus les voir, leur parler, les toucher, respirer pour eux. Quel que soit le désir que nous en ayons.

Manœuvre ta voiture sur l'I-25 en regardant droit devant toi. Bien que tes yeux se remplissent de larmes et que le volant continue de tirer à gauche, regarde droit devant toi.

« Professeur ! » Une voix connue au moment où tu t'apprêtes à entrer dans le bâtiment crépi de l'université pour la dernière fois.

Une fille s'approche de toi dans l'allée, un sourire hésitant aux lèvres. Tu ne vois pas ses yeux – d'énormes lunettes de soleil aux verres très sombres et à la monture de plastique blanc lui cachent la moitié du visage. Elle porte une chemise à manches longues d'un tissu vaporeux couleur abricot, l'ombre d'un soutien-gorge au-dessous, un short de velours blanc qui moule des cuisses généreuses, des sandales à bout ouvert. Des anneaux scintillants se balancent à ses oreilles, elle a les lèvres rouge vif et brillantes comme un visage d'affiche publicitaire. Ses ongles, mains et pieds, sont vernis de rouge. Ses cheveux, brillants, châtain foncé, sont coupés très courts dans le style punk, rasés sur la nuque.

Tu la regardes sans comprendre. Puis, tu vois – Letitia Tanik !

Pas morte comme tu l'avais rêvée pas plus tard que la veille, mais débordante de vie, debout devant toi comme une enfant contrite.

Tu es stupide d'étonnement, de soulagement.

« Letitia ! C'est… vous. »

Letitia rit, embarrassée. Elle est manifestement ravie, peut-être flattée que tu te rappelles son nom et que (à en juger par ton expression) tu sois profondément émue de la voir.

« Professeur, j'espérais vous rencontrer avant l'atelier. C'est la première fois que je reviens sur le campus depuis un moment, mais… je voulais vous voir. »

Dans une cascade de mots qui semblent appris d'avance, et néanmoins sincères, Letitia s'excuse d'avoir cessé de venir à l'atelier et de ne pas avoir répondu à tes mails. Elle affirme que l'atelier était très important pour elle. Que *tu* es très importante pour elle.

Les excuses ne sont pas nécessaires, dis-tu à Letitia. Si soulagée de voir ton étudiante en vie que tu ne peux cesser de sourire bêtement.

Elle a une dispense médicale de l'université, dit Letitia. Elle avait pu convaincre son médecin de famille de Las Cruces qu'elle avait une sorte de maladie comme la mononucléose, elle était retournée chez ses parents où elle dormait beaucoup et où sa mère la nourrissait, la « mononucléose » était quelque chose qu'ils pouvaient comprendre, ils pouvaient chercher sur Internet et ça se soignait principalement par le repos, alors ça allait – « S'ils se faisaient d'autres idées – ma mère par exemple, ou mes sœurs – sur ce que j'avais, ils n'ont rien dit. Pas devant moi. » Letitia rit en s'essuyant les yeux.

Tu lui demandes si son médecin de Las Cruces l'a véritablement examinée. S'il lui a fait faire des analyses. Mais Letitia élude d'un haussement d'épaules.

Tu lui dis qu'elle semble beaucoup mieux. Manifestement, elle se sent mieux…

Oui. Beaucoup mieux. C'est vrai.

Comme une élève appliquée, Letitia te dit qu'elle a essayé de garder le contact avec d'autres écrivains de l'atelier : elle s'en était « vraiment voulu » de les laisser tomber, de te laisser tomber ; participer à un atelier implique de soutenir le travail des autres, mais elle était dans une phase « vraiment glauque » qui avait bousillé beaucoup de choses pour elle et fait du mal à d'autres, comme ces amis qu'elle avait perdus parce qu'elle ne pouvait pas les voir ni même leur parler parce qu'elle ne voulait pas répondre à leurs questions et qu'ils voient qu'elle se conduisait bizarrement.

Tu lui dis qu'elle n'a pas à s'excuser. Tu comprends, bien sûr.

Embarrassée, Letitia te dit qu'elle ne peut pas venir non plus à ton atelier de l'après-midi. Quelqu'un l'attend, alors elle ne peut pas.

Quelqu'un attend, alors peut pas. Letitia fait un geste vague dans la direction d'un parking.

Tu as envie de rire. *Naturellement,* Letitia va manquer ce dernier cours alors qu'elle assure avoir adoré l'atelier, avoir énormément appris de toi et t'être reconnaissante...

Letitia a un haussement d'épaules évasif quand tu lui demandes ce qui lui est arrivé depuis votre dernière rencontre.

« ... des trucs. Des tas de trucs.

– "Des tas de trucs" ? Mais encore, Letitia. »

Elle rit de nouveau, en rougissant. Elle n'a visiblement pas l'intention de dire à son professeur ce qui la fait rire d'un rire aussi aigu.

« Mais vous avez une dispense médicale ? Jusqu'à l'automne ?

– Peut-être plus longtemps. Ça dépend.

– Mais vous allez reprendre les cours, non ? Vous n'arrêtez pas définitivement, j'espère.

– Eh bien – ça dépend. »

Ton ancienne étudiante est résolue à ne pas te contredire, car cela aboutirait à prolonger une conversation devenue embarrassante, comme si vous vous étiez rencontrées dans une allée étroite et que vous deviez manœuvrer pour vous croiser sans vous toucher.

« Mais vous allez – bien, Letitia ?

– Oui, je vous l'ai dit, madame. Ça va. » Elle commence à être crispée, comme si tu la serrais de trop près.

Bien. Ça va. Une sorte de code. Vous parlez toutes les deux en code, mais ni toi ni Letitia n'êtes certaines de ce qui est communiqué.

Malgré tout, ton soulagement est immense. *En vie, en vie. Letitia Tanik est en vie !*

Moins d'une heure auparavant, tu étais malade de culpabilité. Te dire que tu aurais pu sauver la jeune femme et que tu avais échoué aurait empoisonné le reste de ta vie après la perte de ton mari.

Ça, tu dois encore l'expier – cette perte-là. Pendant cette longue journée à Albuquerque tu éviteras d'y penser.

Tandis que Letitia continue à parler, tu comprends que, pour elle, tu es une adulte – une autorité. Elle n'a aucune idée de ton insignifiance au sein de l'université ou du monde. Elle croit sincèrement que tu es un « professeur » – une adulte investie d'un certain pouvoir. Tu as écrit deux récits, tu as publié deux livres. Certains des étudiants de l'atelier les ont lus, et peut-être aussi Letitia, car au début du trimestre elle était extrêmement communicative, participait au cours avec enthousiasme. Tu ne ressembles à personne des gens qu'elle connaît et par conséquent elle ne te fait pas confiance, pas totalement.

Néanmoins, tu es quelqu'un qu'il convient de se concilier. Même maintenant, elle doit se concilier ta bienveillance, te séduire. C'est sa façon d'interagir avec une inconnue.

Tu as hésité à lui parler de son violeur. *Le* violeur.

Letitia s'attendait à des questions. Qu'est devenu l'étudiant en ingénierie; l'avait-elle jamais dénoncé, avait-elle parlé du viol à quelqu'un d'autre que toi? Avait-elle réellement vu un médecin, fait un examen gynécologique en bonne et due forme? Tu doutes que l'agresseur ait été accusé du crime ou même interrogé par des policiers. Tu le sens.

Au moins Letitia ne vit-elle plus dans la même résidence que lui. (Du moins le supposes-tu.)

Pourtant: quand la brume de ton chagrin s'est dissipée, tu as revu le jeune homme torse nu appuyé à la balustrade du second, tu te rappelles sa pose indolente, la boîte de bière qu'il tenait à la main; tu te rappelles une autre personne, une jeune femme, sortant sur le balcon pour le rejoindre ou l'affronter – tu n'avais pas assez bien vu la scène pour pouvoir le déterminer.

Elle a renoué avec lui. Le violeur.

Ton cœur se serre. Cela peut-il être vrai? Tu ne veux pas l'envisager.

Mais ce n'est pas à toi de juger, penses-tu. Pas à toi d'accuser.

Tu es incapable de poser la moindre question à Letitia sur le sujet. Ni de lui demander pourquoi elle n'a pas répondu à tes e-mails.

Tu ne veux pas avoir l'air de fouiner. Tu ne veux pas avoir l'air d'accuser, de désapprouver.

Letitia est impatiente de changer de sujet. L'atelier lui a beaucoup appris, affirme-t-elle. *Tu* lui as beaucoup appris.

« En nous encourageant à tenir un journal, par exemple. Cela a changé ma vie, en fait. Je savais ce que c'était, bien sûr, mais je n'en avais jamais tenu un. Je crois que je me disais – comment peut-on ne pas tout dire ? Comment peut-on s'empêcher d'écrire un millier de pages ? Comme... *Anna Karenine* ? *Guerre et Paix* ? Une fois que j'ai commencé, j'ai eu peur de ne pas pouvoir m'arrêter. Les mots venaient, venaient. Ce qui m'est arrivé, vous savez, peut-être que j'ai écrit mille pages, mais c'est en ligne, pas dans un vrai journal que quelqu'un pourrait trouver. Je ne pouvais pas venir à la fac parce que j'étais malade, en fait j'ai été assez malade, il y avait des jours où je sortais à peine de mon lit tellement j'étais fatiguée, c'était vraiment comme la mononucléose. Mais j'ai écrit, je sais que c'est trop tard pour le cours parce que vous allez me mettre une note d'*incomplete*, et c'était vraiment, vraiment très sympa de votre part, mais peut-être, si vous êtes d'accord, cette histoire que j'ai écrite, mettons que ça vaille un A – ou un B –, peut-être que vous pourriez me donner cette note au lieu d'un *incomplete* ? C'est possible ? Je sais que j'ai manqué des cours – je le sais bien. J'imagine que ça peut vous éliminer parce qu'un séminaire une fois par semaine, chaque fois qu'on manque, c'est comme manquer trois cours, hein ? Ça, je le sais. J'assume. Mais en tout cas, voilà – Letitia te tend un manuscrit d'une trentaine de pages, dont tu entraperçois le titre, *Soins d'urgence*. C'est une partie de quelque chose de plus long. Pas autobiographique – plutôt une fiction. "Inventée", quoi... » Letitia rit, avec nervosité.

C'est étrange : en regardant Letitia Tanik tu ne vois dans ses lunettes noires que ton propre visage spectral en miniature.

Il est presque 15 heures, l'heure de ton atelier. Quelques étudiants sont passés près de vous dans l'allée avant de pénétrer dans le bâtiment. Ils vous jettent des regards curieux ; ils ont sans doute noté les cheveux bruns brillants de Letitia, débarrassés de leurs mèches fluo, mais ils ne se sont pas attardés pour vous parler, à l'une ou à l'autre.

Tu t'interroges : sont-ils au courant ? Letitia s'est-elle confiée à l'un d'entre eux ? Ont-ils soupçonné… quelque chose ?

Mais qu'est-il arrivé à Letitia, elle-même le sait-elle vraiment ?

Comment donner du sens à un récit. Quand la nature de ce qui *est arrivé* n'est pas claire, y compris pour celui à qui *c'est arrivé*.

Tu imagines que Letitia va t'étreindre comme elle l'avait fait dans la voiture, tu n'oses pas respirer dans l'attente de cette nouvelle étreinte, mais (tu n'es pas déçue, tu t'y étais préparée) elle se détourne déjà, disant dans un murmure embarrassé : « Merci d'avoir changé ma vie, professeur. D'accord ? »

Pour finir, une phrase bateau. Un geste de la main, un vague sourire-rouge-à-lèvres, quelqu'un l'attend ailleurs et Letitia doit partir.

***

« Personne ! »

En ce dernier jour de cours, une constatation stupéfiante : aucun de tes étudiants n'est venu.

Tu entres dans la salle du séminaire au rez-de-chaussée de Memorial Hall et découvres avec consternation, dépit, honte – qu'il n'y a personne…

La longue table ovale occupe presque toute la pièce (vide). Sur le sol, un sac en papier abandonné d'où dépasse une assiette en carton souillée. Des fenêtres sales, à hauteur d'épaules, laissent filtrer une vague lumière blafarde.

Il y a beau n'y avoir personne dans la salle, et aucune chance que quelqu'un arrive, tu entres cependant, poses ton sac de livres sur la table et restes là à réfléchir, un sourire idiot aux lèvres.

Quelle imbécile ! Tu t'es trompée de jour.

C'était hier, le cours est terminé.

Certains des étudiants sont venus, pas beaucoup. Ils sont repartis.

Tu ne les reverras jamais.

Non : il y a eu un malentendu.

Tu entres de nouveau dans la salle de séminaire, c'est un autre temps. La barrière de Plexiglas entre toi et les autres a disparu, comme un sort qui a été levé.

Et bientôt, le souvenir de la barrière de Plexiglas te paraîtra n'avoir été qu'un rêve. Un mauvais rêve, parmi bien d'autres.

Tu es (toujours) debout et vivante et la preuve en est que lorsque tu pénètres dans la salle du séminaire au rez-de-chaussée de Memorial Hall, des silhouettes – des visages – sont installées autour d'une longue table ovale et t'attendent *toi*.

Au début les visages sont flous, brouillés. Tu ne peux reconnaître les visages à leurs traits – *il n'y a pas de traits*.

Puis, à mesure que tu regardes, ces formes indistinctes, lisses et plates commencent à se « remplir » – deviennent « connues » – comme par le seul effort de ta volonté ; à ton grand soulagement, les noms affluent aussi par une sorte de magie – *Melanie, Zora, Trev, Frankie, Brett, Wyn, Simon…*

Et voici une autre surprise, qui t'ahurit et te met les larmes aux yeux : ces inconnus souriants t'ont apporté un gros bouquet ébouriffé de marguerites, de verges d'or, de carottes sauvages et de houx ! Pour fêter la fin de l'atelier, semble-t-il.

Ils t'aiment bien, alors ? Ces personnes réunies là ? Qui murmurent presque avec timidité – *Bonjour, Michaela !*

(Car tu les as encouragés à t'appeler « Michaela » – et pas « professeur », et pas « Mme McManus ».)

Des sourires volettent autour de toi comme des papillons. Tu ris de ravissement, les yeux remplis de larmes. Tu es réellement touchée, reconnaissante, tu remercies ces personnes attentionnées pour les fleurs qui semblent avoir été cueillies à la main, coupées dans un champ et qui sont d'autant plus précieuses qu'elles sont sauvages. Rapidement ton cerveau calcule : tu apporteras le bouquet à Gerard, à l'hôpital. Tu lui feras la surprise. Tu espéreras qu'il n'a pas remarqué ton absence et qu'il sera heureusement surpris à ton retour comme si tu venais de sortir de sa chambre. Car c'est encore un temps où ton mari apprécie les fleurs, quoique (peut-être) ce soit devenu un temps où leur beauté même blesse l'œil jauni par la maladie. Peut-être y a-t-il quelque chose de répugnant et de cruel à apporter de belles fleurs à des malades en phase terminale.

Merci, merci ! Oh, je t'aime…

Pas un épanchement que tu oses. Tout simplement – impossible.

Mais – cette atmosphère de fête, de félicitations. On dirait que tes étudiants comprennent que tu les as protégés de ton être brisé. La contagion de ton désespoir, le fait (dévastateur) que le langage est un piètre adversaire contre la mort, tu les en as préservés et de cette façon tu leur as donné de l'espoir.

Oui. Je peux le refaire. Une fois encore.

Et si c'est fait par moi, alors je suis la personne qui l'a fait – je suis cette femme.

Tu te sens comme une nageuse ayant bravement – témérairement – plongé dans une rivière qui, vue de la rive, semblait paisible alors qu'en réalité son cours est rapide, bien trop rapide pour tes capacités, et qu'il t'entraîne irrésistiblement en aval. Tu bats frénétiquement des bras et des jambes pour ne pas être aspirée par le courant, parviens au prix d'un effort surhumain à nager jusqu'à l'autre rive et tu émerges, titubante, épuisée, les poumons en feu – mais debout.

S'il pouvait savoir, Gerard serait fier de toi.

Il t'avait toujours soutenue dans ton travail : écriture, enseignement.

Ces années de mariage où ton mari t'aimait et était ton ami le plus proche et (oui) aurait sacrifié sa vie pour toi, aurait souhaité que tu lui survives.

Fini maintenant. Dois aller de l'avant maintenant.

Bats des bras, des jambes, de tous tes membres !

Pour ce dernier atelier tu as apporté des macarons d'une boulangerie de Santa Tierra, des clémentines et des grappes de raisin noir sans pépins, des fruits secs et des chips aux lentilles « bio », de l'eau gazeuse.

Tu as apporté des gobelets en plastique, des assiettes en carton et des serviettes à motif floral à distribuer à la ronde, gaiement. Brusquement, une fête ! Frankie a apporté des petits gâteaux au glaçage rose qu'elle a faits elle-même.

Trev a apporté deux packs de bière Coors. Zora a apporté deux packs de Coca Light.

Comme il te semble maintenant absurde d'avoir imaginé que tes étudiants te considéraient avec hostilité. Tu te rappelles que tu n'arrivais pas à les entendre à travers la barrière de Plexiglas, qu'ils n'arrivaient pas à t'entendre. La veille, des heures durant, tu avais cherché en vain le sommeil, redoutant que personne ne vînt au dernier atelier.

Fréquemment pendant ce semestre tu as entendu des étudiants projeter de se retrouver en dehors de l'atelier pour poursuivre la critique de leur travail. Tu as réuni des inconnus en une petite communauté qui, quoique tu en aies été l'inspiratrice, t'exclura et te survivra.

Sois fière, Michaela. Essaie.

Ta mission dans l'Ouest touche à son terme, penses-tu. Un (unique) billet d'avion a été acheté. Des cartons ont été remplis, fermés. La maison (inoccupée, vide) de Monroe Street à Cambridge attend son (désormais unique) propriétaire.

Le garage attenant à la maison attend. Le véhicule acheté au nom de Gerard qui est maintenant le tien.

Tu tâches de te rappeler l'intérieur du garage. De te rappeler à quel point il est hermétique – assez peu, soupçonnes-tu. La porte à bascule grinçante n'a jamais fermé jusqu'au sol – il doit bien y avoir deux à cinq centimètres de jour.

Néanmoins, tu ne peux quitter le Nouveau-Mexique sans avoir fait un pèlerinage aux différents endroits marqués d'un astérisque dans le guide *Lonely Planet* de Gerard. Ce ne sont pas de simples lieux touristiques, mais (peut-être) des points de jonction avec l'*autre monde* – la frontière entre les mondes y sera poreuse. Passer de l'un à l'autre n'exigera pas un effort surhumain. Ce ne sera pas « contre nature ». Il est vraisemblable que, si tu en as le courage, tu pourras y rencontrer l'esprit de Gerard et l'accompagner dans l'*autre monde* comme tu en as reçu l'instruction.

Tu te livres à ces pensées avec calme tout en apportant à ton cours un peu plus que ta présence d'esprit habituelle. Car ces pensées sont un réconfort pour toi.

Car même la peur, si elle t'est spécifique, est un réconfort pour toi.

Simon Khraw, l'un des trois hommes de l'atelier, a accumulé, selon ses dires, plus de trois cents pages d'un texte intitulé *Vie en cours*, où il relate son enfance et son adolescence.

Cet après-midi il soumet le troisième chapitre, la poursuite du récit d'une maladie pulmonaire d'enfance (bronchiolite) dans une famille ouvrière (dysfonctionnelle) d'Albuquerque, sur un mode ironique et drôle.

D'une voix tendue et frémissante Simon lit un passage où il raconte que, à l'âge de dix ans, il avait déjà manqué mourir, dû être transporté aux urgences de l'hôpital général d'Albuquerque et même être intubé à plusieurs reprises, et que cela avait conduit ses parents à lui en vouloir, à se montrer indifférents et même à le maltraiter. Il écrit avoir entendu sa mère se plaindre à un membre de la famille alors qu'il avait à peine neuf ans : « J'aime Simon, bien sûr, mais je mentirais si je ne disais pas que nous serions tous assez soulagés si, simplement… il "disparaissait". » Simon éclate d'un rire aigu, pressant un poing contre sa bouche.

C'est une révélation bouleversante. Personne n'ose regarder Simon. Comme tu es assise près de lui, tu tends la main – d'instinct – et la poses légèrement sur sa main tremblante.

Simon a un petit sursaut. Sa première réaction est de retirer sa main, mais il se retient.

Suit un silence pénible. Il y a eu d'autres révélations poignantes pendant ces ateliers, mais tu ne te rappelles pas avoir jamais touché quelqu'un. (Letitia Tanik était une exception, mais cela n'avait pas eu lieu pendant le cours, devant témoins.)

Peu après, la discussion habituelle s'engage comme si rien d'extraordinaire ne s'était produit.

Mais qu'as-tu fait, Michaela ? Pourquoi ?

Tu as souvent remarqué que Simon semble éviter ton regard, même quand tu t'adresses directement à lui. Il murmure d'un ton bref *Oui, c'est ça. D'accord. Merci !* – le visage impassible et figé, et il prend des notes sur un ordinateur portable.

À d'autres moments, tu vois ses yeux vert transparent se couler vers toi quand il pourrait croire que tu ne t'en aperçois pas.

Quel âge a Simon Khraw ? Impossible à déterminer.

Les traits d'un enfant compressés dans les ruines d'un visage mûr.

Jeunesse, enthousiasme, espoir compressés dans défaite, résignation, ressentiment.

Simon porte invariablement une chemisette de coton blanc, un ample short chino. À son poignet, une montre digitale d'aspect coûteux, avec l'un de ces cadrans noirs aveugles qui doivent être touchés par le porteur pour lui révéler l'heure, à la manière d'un secret.

Il a un visage curieusement lisse, mais sa peau semble desséchée comme du parchemin. Il a les yeux vivants, vifs, méfiants d'un enfant hyperactif, un peu protubérants. Ses cheveux couleur sable aux boucles serrées lui donnent l'apparence d'un mannequin de vitrine : artificiel, empesé. Mais en y regardant de plus près, on remarque que ses cheveux sont clairsemés, que ses mains anguleuses tremblent, d'anxiété peut-être, ou d'enthousiasme, ou encore d'impatience. Un nerf semble paralysé dans sa joue gauche, ôtant toute expression à ce côté de son visage, et tu perçois, ou crois percevoir, dans son corps mince une intensité contenue qui aspire à se libérer.

Des passages de son récit autobiographique font allusion à des cours d'informatique à Cal Tech, mais sans précision de dates ni d'âges. Assurément, Simon n'est plus *jeune*.

La maladie l'a prématurément vieilli. La maladie et la peur de la maladie.

Simon est l'un des meilleurs écrivains de l'atelier, mais il n'a pas de présence. S'il était absent, il ne manquerait probablement à personne. (Pas à *toi*, en tout cas, pas comme te manqueraient les étudiants plus loquaces, plus expansifs qui t'appellent Michaela avec désinvolture et te sourient.) Par timidité ou par esprit de contradiction, Simon s'exprime rarement et seulement par des remarques brèves et elliptiques comme s'il pensait à voix haute. Il est possible – probable – que, avec un diplôme de Cal Tech, il se considère supérieur à ses camarades de l'atelier qui pour la plupart n'ont pas de diplôme universitaire ; ou alors, par manque d'assurance, il est gauche en présence de jeunes femmes séduisantes pour qui il est invisible.

Arrogant/insécure. Têtu/renfermé.

En fait, les autres écrivains respectent Simon, quoique se montrant peu chaleureux en sa compagnie. Quand son travail est commenté, il est d'une politesse raide, tape obsessivement sur son ordinateur, fermé même aux compliments comme s'il ne pouvait y ajouter foi ; il sourit rarement. Cependant, il remercie chacun d'avoir lu son travail et d'en proposer la critique ; il ne manque jamais de te remercier à la fin de l'atelier ; avec une sorte de timidité agressive, il t'a serré la main – « Merci, madame McManus. » (Il ne t'a jamais appelée « Michaela » comme le font les autres.)

Une poignée de main, un inconnu. Tu as été parcourue d'un léger frisson, instantanément effacé de ta mémoire.

Tu as vu Simon marcher à pas lents et appliqués, avec une canne, dépassé par des étudiants indifférents, plus jeunes et plus agiles.

Il n'a pas manqué un seul cours.

Tu l'as vu couler vers toi des regards impénétrables.

S'imagine-t-il avoir des affinités particulières avec toi ? S'imagine-t-il être amoureux de toi ?

Impossible ! Il n'a aucune idée de qui tu es.

Avant la fin de ce dernier atelier deux autres chapitres de récits autobiographiques ont été présentés et critiqués en détail, avec sympathie mais rigueur. Presque tous les aliments et les boissons ont été consommés. L'atmosphère de fête perdure, comme un ballon très légèrement dégonflé.

Trois heures de discussion intense qui te laissent épuisée, mais euphorique, revigorée. Il te semble qu'un travail important a été accompli. Ton esprit n'a pas dérivé comme il le fait parfois. Tu te rends compte que pendant ces trois heures tu as été trop concentrée sur ton cours pour ressentir tristesse, anxiété, appréhension.

Tu n'as pas pensé une seule fois à Gerard.

Réconfort ou désir de te tourmenter ? Préparer ce que tu diras/dirais à Gerard sur ce dernier cours, qui a été si vital pour toi. Comme n'importe quel air pollué serait vital pour quelqu'un cherchant désespérément à respirer.

La façon dont tu le raconteras à Gerard. Des informations sur le mode gai et bavard, la conversation entre époux. Car ta vie sombrera dans l'oubli si tu ne la racontes pas au mari.

Tu aimerais dire à Gerard, sans vantardise mais d'un ton plein d'espoir, que tes étudiants t'ont fait des présents, à ton grand étonnement.

Pas seulement le vase de fleurs, mais aussi des cartes, une pile de cartes ainsi qu'un objet empaqueté avec élaboration qu'ils avaient gardé caché sous la table jusqu'à la fin du cours – d'une forme bizarre, gros comme une pastèque avec une protubérance au sommet, emballé dans un papier argenté qui craque quand tu le retires.

Et qu'est-ce que c'est ? Tu regardes, trop saisie pour sourire.

Indien pueblo, t'est-il expliqué.

De la réserve de Cases Grandes, célèbre pour ses artistes...

Il s'agit une tête de cerf (grandeur nature) ingénieusement composée d'une myriade de lanières de cuir usées, maintenues ensemble par des agrafes ressemblant à des graines scintillantes miniatures. Les yeux sont des globes de verre opaque tandis que les cornes, abîmées et décolorées, semblent « authentiques ».

Tu t'entends remercier gaiement les étudiants en manifestant ton plaisir. Tu t'entends admirer l'originalité, l'ingéniosité de la sculpture. La voix te manque, tu déglutis pour ne pas t'étrangler.

« Un souvenir du Nouveau-Mexique. À emporter chez vous, Michaela.

– Certains d'entre nous sont allés à Cases Grandes, le week-end dernier... »

Tu bafouilles des remerciements. Oh, des remerciements sincères !

Tu as des fourmillements au bout des doigts. En baissant les yeux tu constates avec horreur que les minuscules graines scintillantes sur la tête de cuir du cerf sont en fait des tiques – des tiques vivantes. Tirées de leur somnolence par la chaleur de ta chair, plusieurs ont rampé sur tes mains.

Discrètement tu essaies de te débarrasser de ces insectes miniatures, à peine plus gros que des acariens – tu ne veux pas embarrasser tes étudiants ni les décevoir mais tu estimes capital d'empêcher les tiques de se loger dans les parties humides, dissimulées du corps – aisselles, entrejambe, oreille interne. Une nuque sous d'épais cheveux humides.

Tu ouvres les cartes, à présent, avant que les étudiants partent. Tu es émue par plusieurs d'entre elles qui sont faites à la main, colorées, gaies, affectueuses – *Chère Michaela, merci d'avoir changé ma vie!* Les mots miroitent devant tes yeux, comme des larmes.

Puis la table ovale est débarrassée, nettoyée en deux temps, trois mouvements. Ce sont des étudiants adultes qui ne laissent rien traîner derrière eux; plusieurs sont des mères de famille, accoutumées à passer derrière tout le monde. Assiettes en carton, gobelets en plastique, serviettes, restes, boîtes vides de Coors et de Coca sont joyeusement jetés à la poubelle. Derniers adieux, poignées de main et étreintes. Les étudiantes te serrent dans leurs bras – « Merci, Michaela! » Tu as la vision éblouie d'une Michaela splendide qui a changé la vie des autres alors que la sienne s'est effondrée comme un ballon crevé.

Donnez de vos nouvelles, leur dis-tu.

Et – *Vous allez me manquer. Envoyez-moi ce que vous écrivez.*

Bientôt, tous sont partis. Simon Khraw semble avoir été le premier à s'en aller, peut-être avant même que tu aies déballé la tête de cerf en cuir. Lui n'avait rien à voir avec cette idiotie, signale son indifférence.

Il ne t'a pas non plus laissé de carte. Tant mieux, penses-tu.

De tes étudiants, Simon est à la fois celui dont le manuscrit est le plus prometteur et celui dont tu espères ne plus avoir de nouvelles à l'avenir.

Tu parviens à recouvrir la tête de cerf avec le papier argenté craquant, car tu ne supportes pas la vue de cette horreur. Dès que le couloir sera entièrement vide, tu l'emporteras dans les toilettes pour le jeter dans une poubelle.

(Mais… les tiques grouillent-elles? Tu sens quelque chose remonter rapidement le long de ton bras. Une sensation de picotement au creux de l'aisselle.)

(Une sensation de picotement dans ton oreille interne gauche.)

Le vase de marguerites, de verges d'or et de houx, tu le rapporteras à Santa Tierra. Une gageure de le caser dans ta voiture, à l'arrière, par terre, et de le caler avec des livres pour qu'il ne se renverse pas en répandant son contenu. Mais tu essaieras parce que ces fleurs sauvages sont belles et que tu ne supportes pas l'idée de les laisser.

Cligne des yeux si tu m'entends.

Cligne des yeux si tu es (encore) en vie.

En regardant dans une glace des toilettes tu découvres… ton visage est revenu !

Des parties de ton corps qui avaient disparu depuis des mois semblent être réapparues, une épaule, un ou deux doigts, le côté gauche de la bouche.

Des mèches de cheveux, un lobe d'oreille, blanc comme un pétale de marguerite. Prudemment tu prends une profonde inspiration. L'envoûtement a-t-il pris fin ?

Tu raisonnes : tu avais été la femme d'un homme et tu avais aimé ton mari énormément, mais maintenant tu vas vivre sans lui.

« Tu peux vivre de cette façon, Michaela – exactement comme tu as vécu aujourd'hui. »

Voilà le conseil que pourrait te donner Gerard. Quand il réalisera qu'il est mort et que tu n'es pas (encore) morte.

« Oui, tu es brisée – vaincue… Mais les autres ne te verront pas ainsi et tu ne dois donc pas leur révéler ton cœur… par pitié pour eux. »

Pas une vie entière. Jamais plus une vie entière. Une demi-vie. La *demi-vie* de la veuve.

« Mais cela peut être ta vie désormais. »

Ton cœur est inondé de chaleur, d'espoir. Une sensation minuscule, délicate et fugace comme une aile de papillon.

Tu le peux. Tu le feras.

Tu en fais le serment.

55

Demi-vie

Les jambes tremblantes, appuyé sur une canne, il se dirige vers un arrêt de bus dans Ascension Drive à la limite du campus.

Il s'assoit lourdement sur le banc comme si ses genoux avaient ployé.

Et la canne lui échappe des doigts, roule sur le trottoir.

Il est très fatigué ou hébété. Ces absences surviennent après des périodes de concentration intense. Avec difficulté, il tâche de récupérer sa canne sur le sol, car il n'y a personne pour venir à son aide, personne dans les environs.

S'il meurt en cet instant, il mourra seul. Affaissé sur le banc de l'arrêt de bus, une canne serrée entre les genoux, inutile.

À la sortie du parking tu reconnais immédiatement la silhouette affaissée sur le banc : Simon Khraw. Chemise blanche, short chino.

Tu as le choix entre différentes sorties. Tu pourrais aisément éviter Ascension Drive si tu le voulais, quitter le parking par une autre rue, plus petite.

Tellement plus facile de feindre ne pas voir Simon Khraw, qui (manifestement) ne t'a pas vue. Mais tu éprouves de la pitié pour cet homme au visage jeune-vieux et donc (malgré toi) tu prends la sortie qui te conduira à proximité de l'arrêt du bus.

Tu baisses ta vitre, le hèles – « Simon ? Bonjour ! Puis-je vous raccompagner ? »

Puis-je. Pas *Je peux*. Car il est délicat, tu le comprends, de proposer à une personne « à mobilité réduite » une aide dont il n'a pas manifesté le désir.

Simon lève les yeux de son ordinateur, surpris. Un instant, il semble ne pas te reconnaître et tu te demandes s'il a des problèmes de vue. Puis embarrassé, ou contrarié, Simon secoue rapidement la tête *Non merci*.

Si tu le regardais attentivement tu verrais peut-être qu'un afflux de sang assombrit sa peau pâle parcheminée. À moins que son visage ne demeure impassible, à demi paralysé.

« Non ? Vous en êtes sûr, Simon ? Cela ne me dérange vraiment pas… »

Simon. L'appeler par son nom semble agressivement professoral, possessif.

Aucune idée de l'endroit où habite Simon Khraw, mais tu ne comptes pas renoncer aussi facilement. Telle est la *demi-vie* de la veuve : accepter de pouvoir être blessée par les autres, offrir une aide qui sera peut-être rejetée par fierté.

Comme tu avais offert à Letitia Tanik de l'aider, quel qu'eût été le résultat final. *Essayer. Tu dois essayer.*

Ce n'est pas de la pitié que tu éprouves pour Simon Khraw. Tu ne le penses pas. De la compassion, peut-être. *Et la façon dont il t'a regardée.*

Tu proposes à Simon de le raccompagner d'une façon si neutre, si raisonnable, sans laisser transparaître la moindre intention de faire une faveur à quelqu'un qui paraît en avoir besoin, comme si tu avais déjà raccompagné Simon à de nombreuses reprises et que ce soir-là n'ait rien d'extraordinaire, que tu réussis à triompher de sa réticence (apparente) et qu'il boite bientôt jusqu'à ta voiture, dans laquelle il se hisse avec une grimace de douleur.

Essoufflé, la respiration sifflante après ce simple effort de quelques mètres. Il doit être heureux de cette aubaine, quoique également contrarié, humilié.

Tu sais d'après ses écrits que sa forme de bronchiolite est incurable mais qu'elle n'est pas « évolutive » comme le serait un cancer du poumon. Il a de bons jours, il en a de mauvais. Des jours où il doit respirer de l'oxygène pur par aérosol doseur et où tout effort est difficile, d'autres où il respire plus ou moins normalement et marche sans canne. (Tu as vu cet étudiant « mature » marcher presque gaiement – une ou deux fois ce trimestre.) Les rafales de vent brûlant, chargées de poussières et de polluants, sont mauvaises pour Simon ; un air froid et clair est bon pour lui. Tu déduis de ses écrits qu'il est brouillé avec sa famille et qu'il a adopté une attitude d'« indifférence stoïque » à leur égard – peu convaincante, à ton avis. Mais le récit autobiographique douloureusement sincère et impitoyable de Simon ne révèle pas s'il vit ou s'il a des relations « intimes » avec quelqu'un ; pas même si quelqu'un s'occupe de lui, de son bien-être.

Quand il respire, on croirait entendre le froissement de chardons. Tu hésites à lui demander s'il se sent bien, la question risquerait de l'offenser…

Simon t'informe d'un ton bref que oui, il va bien.

« Quand je suis fatigué, j'ai ce genre de "crise". Mais cela ne dure que quelques minutes. Ce n'est pas *important.* »

Comme s'il avait lu dans tes pensées et qu'elles ne lui aient pas plu.

En t'indiquant le chemin à suivre pour se rendre chez lui, à cinq kilomètres de là, Simon parle brièvement comme sous la contrainte. Dans cet espace réduit, vous êtes tous les deux intimidés : l'enseignant et l'étudiant.

Dans un cadre universitaire, il n'y a pas de *physicalité.* Le principe est – *des esprits, pas des corps.*

À l'avant de ta voiture, les conditions sont entièrement différentes. Brusquement, Simon Khraw est *tout près.* Impossible d'ignorer sa respiration laborieuse, sa proximité nerveuse. Les poils châtains bouclés sur ses jambes, lesquelles sont minces, apparemment peu musclées.

Et – quels sont vos âges (relatifs) ? Tu es nimbée d'une aura d'autorité, inévitablement. Un étudiant d'un certain âge comme Simon pourrait naturellement éprouver de la rancœur contre un enseignant plus jeune que lui, et de sexe féminin.

Tu te dis – *Il est mal à l'aise avec moi parce que je suis une femme. C'est peut-être une erreur.*

Pourtant, une fois commencée, la scène doit se dérouler. Tandis que tu conduis, Simon t'indique le chemin. Il veille à garder un ton uni, neutre.

Impossible d'échapper à ce que tu as mis en branle sur une impulsion par solitude et par la perversité de la solitude qui est une terreur d'être seul et de n'être pas seul comme le rythme systolique d'un cœur unique.

Tout en étant sensible à la présence de l'inconnu (tendu, excité) à côté de toi, tu penses à la première fois où tu avais accompagné Gerard McManus dans sa maison de Monroe Street. Vos sentiments s'étaient rapidement renforcés, en quelques jours. Il avait acheté tes livres, les avait lus tous les deux en l'espace d'une nuit et voulait t'en parler. Ce qui t'avait effrayée parce que cela ne ressemblait pas à la réaction des autres hommes que tu avais connus, dont un ou deux n'avaient jamais pris la peine de lire un mot de tes écrits comme si, te connaissant intimement, ils te connaissaient d'une façon qui court-circuitait les livres et les rendait superflus. Invitée par Gerard (souriant, excité) à entrer dans l'austère et belle demeure de brique, et une vague de panique, un vertige t'avait saisie comme si tu entrais dans ton propre futur, incapable de résister.

La force d'attraction du futur… ? Soulevée par une grande vague écumante, ballottée, roulée et déposée plus loin, épuisée et haletante sur le sable.

Je suis ici. Je suis ici. Mais… où ?

La première surprise est que Simon Khraw habite dans un quartier de maisons individuelles et non dans une maison jumelée ou un immeuble. Le 227, Armand Street est un petit bungalow à charpente de bois pareil à d'autres dans la rue, presque invisible derrière des cactus et des buissons d'armoise à l'état sauvage, stores baissés au ras des fenêtres. Le jardin de devant est couvert d'une mince couche de gravier ratissé et de débris de branches. Dans la lumière déclinante, le bungalow semble peint d'une étrange couleur bleuâtre qui luit faiblement, comme radioactive.

« Merci, Michaela. C'est très gentil à vous… »

Michaela sonne bizarrement dans la bouche de Simon, on croirait qu'il se force à prononcer un mot tabou.

Évitant ton regard, avec difficulté, Simon ouvre la portière et manœuvre ses jambes pour descendre de la voiture sans laisser tomber sa canne. Il porte également un sac de livres qui cogne contre ses genoux. Sa respiration est accélérée, rauque et irritée. Mais tu ne vas certainement pas te précipiter à son aide.

Tu te prépares à partir, mais non, Simon se penche à la portière par la vitre baissée. Il te demande avec une grimace douloureuse si – peut-être – tu voudrais entrer un instant avant de retourner à Santa Tierra ? Il a du thé, du café, du vin…

Tu es touchée par cette invitation, si gauchement formulée. Par la grimace sur le visage de Simon, et par l'espoir dans son regard.

Naturellement, tu déclines aussitôt. *Merci, Simon, mais – non. Je ne peux pas.*

En fait, tu t'entends dire : « Eh bien. Peut-être – quelques minutes… »

Quand il n'y a nulle part ailleurs où aller. Personne qui t'attende patiemment ou impatiemment.

Personne qui se demande où tu es. Si tu es vivante, non vivante.

Car la chambre du septième étage de l'hôpital a été vidée, nettoyée et désinfectée et il y a maintenant un inconnu dans le lit qui avait été celui de ton mari pendant si longtemps que tu aurais imaginé que le matelas avait pris la forme de son corps mortel.

***

Le froid te fait claquer des dents. Sauf qu'il ne fait pas froid, mais 33 degrés.

Bien que ce soit une décision inoffensive, penses-tu.

Impulsive, irréfléchie – inoffensive.

Se rendre chez un étudiant. Un étudiant adulte. Officiellement, une fois les notes remises, un ex-étudiant. Quelques minutes seulement. Quelqu'un que tu ne reverras jamais.

Comme sous un charme. Tu es sous un charme. De loin, Gerard observe sa veuve avec incrédulité, désapprobation.

À quoi penses-tu, Michaela ?

Je suis ton mari. Je t'attends...

Une fois descendue de la voiture, impossible de changer absurdement d'avis et d'y remonter ! Pas sous le regard de Simon Khraw.

Une fois descendue de la voiture, suivant hardiment Simon sur une allée de béton d'une couleur fanée, finement craquelé, battre en retraite n'est plus possible. La scène doit être jouée jusqu'au bout.

Fait : la terreur de la maison vide qui t'attend à Santa Tierra l'a emporté sur une peur moins intense de cette maison-ci, comme la terreur du mari défunt l'a emporté sur une peur moins intense de Simon Khraw, avec son visage ravagé jeune-vieux et ses yeux adorateurs.

Quelqu'un pour t'adorer de nouveau. Une affaire sordide.

Tu le suis comme en état de transe. Une faiblesse, l'impulsion d'un instant. Frisson d'appréhension, d'exultation. À coup sûr, tu ne peux avoir aucun désir (véritable) de suivre un inconnu dans un bungalow aux stores baissés.

Cactus hirsutes, armoise et lavande envahissantes répandant un parfum si suave que tu as un moment d'étourdissement.

Une odeur de témérité ici, se confondant avec l'odeur de lavande.

Pire, une odeur de désespoir.

Mais maintenant tu es à l'intérieur de la maison. La porte a été (doucement) refermée derrière toi.

Simon s'excuse nerveusement de l'état de la maison. Il n'a pas eu de visiteur depuis – combien de temps ? – peut-être bien un an...

À l'intérieur du bungalow, un miroitement de lumière filtrée et réfractée. Tu as une sensation de vertige comme si tu te trouvais à l'intérieur d'un corps, baignant dans la chaleur d'organes vivants.

Les stores ont été tirés sur les fenêtres de la salle de séjour pour faire barrage au soleil brûlant du Nouveau-Mexique. Des climatiseurs de fenêtre ronronnants, pas de climatisation centrale, le résultat est minimal.

Un air confiné, une odeur – peut-il s'agir d'oiseaux? Perruches, Perroquets? Cacatoès? Tu vois des plumes éparpillées, certaines vertes et rouge vif, d'autres d'un blanc vaporeux, sur la moquette. Tu entends un babil excité d'oiseaux dans une autre pièce.

Simon, ton hôte emprunté, a posé son sac sur une table. Il frotte ses mains fines l'une contre l'autre dans un geste inconscient. Te dévisage, yeux vert transparent plissés comme si tu étais au centre d'un brasier de lumière. L'improbable est arrivé, peut-être? Et maintenant?

Visiblement, il ne s'attendait pas davantage à ce que tu acceptes son invitation impulsive que tu ne te serais attendue à l'accepter.

Il te sourit, intensément, le visage empourpré comme un enfant confus. Ses dents sont plutôt petites pour un adulte, pas vraiment régulières ni particulièrement blanches; tu imagines un obsédé du fil dentaire, s'adonnant à cette pratique avec une joie sombre.

Oubliant de t'inviter à t'asseoir, Simon demande en bégayant si tu veux du thé, du café, du jus de pomme, de canneberge, du ginger ale, du vin?

Le *vin* semble une anomalie. Tu ne peux imaginer boire du *vin* seule avec Simon Khraw dans cette maison.

Ou, peut-être: un thé glacé?

Oui. Du thé glacé. Vous êtes soulagés tous les deux, une proposition très raisonnable étant donné la chaleur.

Simon continue à secouer la tête avec stupeur, souriant comme un enfant devant une énigme. Il est très difficile pour lui, dit-il, d'assimiler le fait que tu sois réellement chez lui.

Bien qu'il ait rêvé de quelque chose comme ça, dit-il. Il y a quelques jours. Et au début de l'atelier d'écriture en janvier.

Comme quoi ? demandes-tu avec hésitation.

Que vous soyez *ici*. Dans cette maison, à cet endroit. Là où vous êtes maintenant.

Cela dit, il n'avait pas vu ton visage clairement dans son rêve. Non. Mais il savait que c'était toi…

Gerard aurait médité sur le sujet : la façon dont le cerveau qui rêve semble « reconnaître » quelqu'un qui, dans le rêve, ne présente aucune ressemblance avec la personne concernée.

Tu t'entends rire. Un rire sceptique. Un rire nerveux. Tu claques toujours des dents.

Tu veux croire que même dans ton état d'égarement tu exerces un certain pouvoir sexuel sur lui, l'homme. Lui qui a été ton étudiant pendant quinze semaines, dont tu as « critiqué » le travail avec rigueur comme si tu lui étais supérieure.

Tu veux penser – *Ce n'est pas une erreur. Pas à regretter.*

Mais Simon ne semble pas amer, ni hostile. Peut-être l'as-tu mal jugé depuis le début. Ses yeux brillent comme s'il était profondément ému, au bord des larmes.

Il t'adore. Voilà pourquoi, honteusement, tu es ici.

Simon a davantage à dire, mais il est brusquement à court de souffle. Il s'excuse et va dans la cuisine préparer le thé glacé. Du thé à la menthe, promet-il.

Il oublie (de nouveau) de t'inviter à t'asseoir. Tu te retrouves seule, avec soulagement. Tu déambules dans la petite salle de séjour aux couleurs fanées mais chaudes, avec son canapé affaissé, ses coussins usés, des tapis et des tentures navajos, des étagères bourrées de livres et de manuels, des photos de paysages familiers sans doute prises par Simon lui-même – dunes de sable sculptées, végétation désertique, sentiers de montagne, pics, ciel d'un bleu éclatant. Sur une bordure de carrelage autour de la cheminée, une guitare qui a l'air d'être utilisée. Sur une table voisine, dans une pile de livres, l'un des tiens – ton premier ouvrage, avec sa couverture vert pâle qui évoque des feuilles de fougères en filigrane ou une dentelle…

Tu te sens un instant prisonnière, prise au piège. Si Simon a lu ce livre, il a habité l'intérieur de ton moi le plus authentique, la *demi-vie* altruiste de la veuve ne l'abusera pas.

Tu penses – *Mais je peux partir n'importe quand. Je n'aurais même pas à m'expliquer.*

Fuir ! Laisser un mot griffonné en évidence sur le manteau de la cheminée.

Il vaut probablement mieux que nous ne revoyions jamais.

Probablement mieux, couper les complications à la racine.

Mais tu ne fais pas un mouvement. Tu attends le thé glacé à la menthe, la soif te dessèche la gorge.

Ce vent perpétuel, soufflant par rafales, charriant de minuscules grains de sable et de poussière qui s'incrustent dans tes poumons. *La soif est une émotion honnête.*

Tu scrutes ton reflet fantomatique dans un petit miroir fumeux sur un mur. Curieuse de savoir ce que Simon Khraw voit en toi, ou de toi.

Effarée de découvrir qu'une partie de ton visage a (re) commencé à s'effacer comme une aquarelle fanée par un soleil éclatant.

Simon revient, rayonnant, portant un plateau en plastique mandarine avec verres et pichet de thé glacé. Tu devines que le thé était dans une bouteille au réfrigérateur, et c'est un soulagement – il ne s'est pas affairé dans la cuisine. Il a simplement mis des glaçons dans les verres, versé le thé, ajouté un brin de menthe. Des biscuits au gingembre, sortis d'un paquet, disposés sur une assiette. Simon bavard, nerveux. Touchant de voir qu'il a pris le temps d'humecter ses cheveux et de les peigner, très légèrement – des cheveux couleur sable aux boucles serrées qui lui donnent l'air d'un mannequin de vitrine, presque séduisant dans une chemise de soirée blanche.

Vous vous asseyez. Face à face sur un fauteuil de rotin rembourré et sur un canapé de rotin rembourré. Agréablement embarrassés, pleins d'espoir. Haussant la voix pour couvrir le ronronnement du climatiseur, une conversation dont seront retenues des bribes, comme on se rappellerait un numéro de jongleurs dans un cirque, émerveillé par le simple fait qu'il ait pu être exécuté et non par l'adresse des exécutants.

Poliment, discrètement, ton hôte ne s'enquiert pas de ta vie (privée). Il ne te fait pas remarquer ton livre sur une table voisine, il ne te demandera pas de le dédicacer. Il est réfléchi, circonspect. Tu es amenée à reconnaître qu'il est intelligent et qu'il y a une certaine ruse dans son intelligence. Peut-être sait-il très bien (peut-être tous tes étudiants savent-ils) que ton mari bien-aimé est mort il y a quelques semaines, il se peut qu'il ait appris sa mort dans un journal local. Mais Simon ne veut pas te mettre mal à l'aise. Simon te divertit en te racontant les vicissitudes de son travail – *Khraw Software Consulting, Inc.*

Oui, il avait frôlé la faillite, au départ. Mais il se débrouille mieux, à présent – beaucoup mieux.

Tandis que Simon parle – moins hésitant maintenant, presque avec vantardise, et tu es soulagée qu'il y ait quelque chose dont il puisse se vanter, comme une femme pourrait être heureuse de la virilité d'un homme non pour elle-même mais pour lui, pour qu'il ne se sente pas sexuellement humilié en sa présence – tu écoutes poliment, oui tu es impressionnée comme tu es censée l'être. Tu vois avec un pincement de compassion que la maladie chronique a ravagé la jeunesse de cet homme tout en le gardant jeune, inutilisé.

Si tu le souhaitais, tu pourrais prendre son cœur dans ta main.

Serrer, serrer son cœur (virginal) dans ta main. Si tu le souhaitais.

Vous riez souvent, tous les deux. Comme des conspirateurs. Le sens de l'humour de Simon est saugrenu, inattendu. Il y a si longtemps que tu n'as pas ri que tu en as la gorge irritée.

Le thé glacé parfumé à la menthe est délicieux. Les biscuits au gingembre sont légèrement rassis, mais délicieux aussi, et ils te font saliver. Mais tu es vite satisfaite, tu en as vite assez.

Vous ne parlez ni l'un ni l'autre de l'atelier d'écriture. Simon ne sollicite pas de compliments sur son travail, et tu ne lui en fais pas. Il devrait être évident à tes remarques tout au long du trimestre que tu le considères comme un très bon écrivain, c'est-à-dire comme un écrivain prometteur, et il y a quelque chose d'irrévocablement condescendant dans le mot *prometteur*. Par conséquent tu l'évites.

Vous ne parlez pas non plus des autres étudiants de l'atelier. On pourrait d'ailleurs croire que vous venez de vous rencontrer. Il y a moins d'une heure. Simon Khraw pourrait ne jamais avoir été « ton étudiant », mais simplement quelqu'un d'intéressant rencontré par hasard à l'arrêt du bus.

Il parle de sa santé, toutefois. Impossible pour Simon d'éviter ce sujet. Il tient à ce que tu saches que sa maladie chronique est « en rémission ». Qu'elle l'est depuis plusieurs années. Naturellement, il a eu quelques « crises », de temps à autre. Pas suffisamment graves pour nécessiter un passage aux urgences – généralement pas, en tout cas.

L'Institut Salk, Johns-Hopkins, l'UC-Berkeley mènent des recherches révolutionnaires sur des maladies pulmonaires telles que bronchiolite, emphysème, cancer du poumon. Il espère, dit-il, recouvrer *89 pour cent* de sa capacité respiratoire, un jour.

Une vie normale, en fait. Un jour prochain.

Tu écoutes avec fascination. Tu es captivée par ces mots. Tu éprouves une sensation de grande tendresse. L'envie de saisir les mains de cet homme pour calmer leur gesticulation nerveuse. L'envie de serrer ces mains dans les tiennes et de lui intimer – *Respire! Respire!* Tu promettras de le protéger, tu le tiendras dans tes bras quand il aura besoin de toi, tu ne l'abandonneras pas dans ses moments de désespoir.

De certaines de ses remarques, tu déduis qu'il doit friser la trentaine. S'il a vingt-neuf ans, il pourrait passer pour en avoir trente-neuf ou davantage. Mais seulement vu sous un certain angle. Il n'a assurément pas l'âge de Gerard comme tu l'avais d'abord (presque) pensé. Tu as devant toi un jeune parent, inconnu jusque-là, en manque d'affection, en demande d'attention, mais doux, aimant et fidèle; terrifié par la solitude, par sa difficulté à respirer quand il est seul, suffoquant dans son lit, s'étouffant dans la nuit, seul. *Toi, tu dois le sauver. C'est pour cela que tu es ici.*

Comme un sédatif puissant une sensation te submerge, faisant fondre tes défenses, ta résistance. En entendant l'espoir vibrer dans la voix d'un autre. Tu crois tout ce que Simon te dit, quoi qu'il te dise, comme tu avais cru aux projets extravagants de l'élégant oncologue à nœud papillon, le Dr N_, un Napoléon impatient de zapper les tumeurs, d'arracher un mourant à l'anéantissement, tu te rappelles clairement les promesses de l'élégant Napoléon qui semblait t'assurer que ton mari pouvait être sauvé tout en sachant (intérieurement) avant même qu'il entre aux urgences qu'il était condamné. Tu crois tout ce que Simon Khraw te dit, quoi qu'il dise, parce que, essentiellement, tu ne crois rien, tu as perdu toute foi, non seulement dans la *recherche de pointe*, mais dans la foi elle-même. Pourtant, l'espoir brille sur ton visage. Tu reflètes l'espoir comme une surface réfléchissante. Tu pourrais plaisanter (un jour, si tu deviens une compagne intime de Simon Khraw) en offrant de faire un don de moelle osseuse pour prolonger sa vie, si la moelle osseuse peut la prolonger. Un nettoyage de son être même, fini le vieil ADN, injecté le nouveau, un nouveau départ avec un nouveau système immunitaire, une naissance virginale, tu es une veuve et ta vie n'est qu'une demi-vie de toute manière, pourquoi ne pas te transplanter dans le corps d'un autre. Simon restera en rémission le restant de ses jours ou il ne restera pas en rémission le restant de ses jours. Il guérira jusqu'à un certain point – il apprendra à passer pour « normal ». Ou son état se dégradera progressivement et il mourra prématurément, à moins que son état ne se dégrade vite et qu'il ne meure prématurément.

Tout cela, tu le crois de la même façon. Toutes les possibilités.

Tu te retrouves en train de regarder fixement un tapis navajo à tes pieds. Il est un peu fané, mais tu admires la richesse subtile des bruns, teinte du blé, teinte de la robe d'un jeune cervidé, brun-roux et rouge-roux, brun terre et blanc-beige et le plus profond des noirs, un tapis qui est une œuvre d'art, un tapis qui est un puzzle, où des motifs irréguliers en dents de scie se croisent avec une précision géométrique. Car ces croisements, ces possibilités sont la totalité la vie. Jusqu'à ce que, passant de possibilité en possibilité, la vie devienne quelque chose d'autre que la vie et soit appelée la Mort.

Baissant la voix comme si quelqu'un pouvait l'entendre Simon te raconte sa rencontre avec un prêtre quand il avait douze ans.

Celui-ci lui avait recommandé de ne pas céder à l'amertume, à la colère, de ne pas en vouloir à Dieu à cause de sa maladie, et pendant longtemps Simon avait fait d'énormes efforts pour ne pas être amer, en colère, ne pas en vouloir à Dieu jusqu'à ce jour, à quinze ans, où il s'était effondré en cours de gym incapable de respirer et avait dû être transporté aux urgences en ambulance. Il lui était apparu alors, avec l'évidence d'une morsure de serpent, qu'il n'avait aucune raison de ne pas être amer, en colère et de ne pas en vouloir à Dieu – « M'est avis que je l'ai mérité. »

Quand tu quittes la maison de Simon, tu vois qu'il se tient parfaitement immobile, attendant que tu le touches pour lui dire au revoir, comme (peut-être) tu avais touché sa main à l'atelier, mais tu t'écartes en souriant, un grand sourire, impatiente de partir, d'échapper à ses yeux adorateurs, ne te risques pas à le toucher, encore moins à l'étreindre comme les étudiantes de l'atelier t'avaient étreinte.

Non, pas même une poignée de main. Trop dangereux.

« J'espère que vous me permettrez d'être votre ami, Michaela… »

Gauche, il te suit dehors dans l'air plus frais de ce début de soirée. Il te raccompagne à ta voiture au bord du trottoir. D'une poche il tire une lettre, une lettre dans une enveloppe cachetée, excessivement gauche maintenant, les lèvres sèches, la bouche sèche, il avait eu l'intention de te la donner à la fin de l'atelier, mais avait été trop timide. Maintenant, il a dépassé sa timidité.

« Je me dis que je l'ai écrite, après tout. Alors, pourquoi pas. »

56

La femme adultère

Au volant de ta voiture sur l'I-25. Dans la nuit.

Moins de circulation mais des travaux nocturnes réduisent l'autoroute à deux voies qui semblent serpenter à travers l'enfer.

Bulldozers jaunes broyeurs, *bips* stridents rapides, phares aveuglants de camions gigantesques. Tu avances avec prudence à trente kilomètres à l'heure, redoutant un accident.

Redoutant une punition. La femme adultère.

Quand tu entreras dans la chambre d'hôpital – que verras-tu ? Ton mari sera-t-il conscient, sera-t-il inconscient, te reconnaîtra-t-il et un sourire éclairera-t-il son visage ou lèvera-t-il vers toi des yeux effrayés et vides…

Ton cœur cesse de battre à cette pensée. Une sueur froide et huileuse perle sur ton corps coupable.

Tu rentres à Santa Tierra en pleine nuit. Presque 23 heures !

Jamais tu ne t'es absentée de la maison de Vista Drive aussi longtemps. Tu quittes l'I-25, grelottante de culpabilité, d'anxiété. Dépasses les panneaux indiquant les directions de Los Alamos, Santa Fe.

… va-t-il tendre les bras pour t'étreindre une dernière fois avec toute la force qui lui reste ou te dévisager de ses yeux creux, froids et furieux, va-t-il exiger de savoir où tu avais disparu ? Tentera-t-il vainement de parler, trop épuisé pour parler, trop épuisé pour que ses paupières palpitantes restent ouvertes…

Dans Vista Drive, montant lentement la route sinueuse. Une obscurité totale dans ce quartier chic au-dessus de l'Institut. En contrebas, le scintillement des lumières éparses de Santa Tierra, frivoles et inconséquentes comme des lumières d'arbre de Noël.

La maison est presque invisible dans le noir. Cette maison. *La* maison.

Une maison que tu avais partagée avec un autre. Inexplicablement maintenant, une maison vide.

Tu te sens mal à l'aise. En t'approchant d'une maison obscure dont les baies vitrées miroitent sous la lumière de tes phares.

La maison ne devrait pas être totalement *obscure*. Tu avais laissé des lumières allumées – comme Gerard le faisait toujours. Et une radio allumée, pour faire croire à des voix humaines.

Mais à présent elle semble plongée dans le noir. Tu te demandes si la radio a été éteinte, elle aussi.

La bouche sèche comme cendres. Toi, la femme adultère sur le point d'être confondue.

Dans l'allée, dans la voiture, moteur tournant. Curieusement léthargique, les membres de plomb. Car ce sera peut-être une erreur d'entrer dans la maison (obscure) après t'être absentée un nombre d'heures inadmissible.

(Le moteur tourne au ralenti à l'air libre et non dans un espace confiné. Les gaz d'échappement montent vers le ciel, inoffensifs. Aucune chance qu'un empoisonnement à l'oxyde de carbone abrège tes souffrances.)

Une sensation de picotement dans ton oreille gauche où une pensée interdite incandescente s'enfouit, toujours plus près du cerveau.

Permettez-moi d'être votre ami. Aimez-moi !

La gorge serrée, consumée de culpabilité. De honte.

Tu voudrais protester – *Il n'y a pas eu d'adultère. Il n'y a eu aucun contact. Il n'y a eu – rien du tout.*

Tu voudrais protester – *Je suis une veuve, une veuve n'a pas de mari. Une veuve ne peut pas être adultère.*

Déjà pendant le trajet de retour à Santa Tierra tes souvenirs d'Albuquerque ont commencé à s'évaporer. Une brume de chaleur pareille à un rêve, qui s'évapore.

L'excitation et l'euphorie de ton dernier cours – le visage de tes étudiants. Leurs noms précieux que tu avais appris par cœur – évaporés.

Le bungalow d'un bleu étrange d'Armand Street presque invisible derrière des cactus biscornus. Les stores baissés au ras des fenêtres, comme des yeux aveugles.

Ces heures (illicites) passées en compagnie d'un inconnu. Qui avait besoin qu'on s'occupe de lui, que *tu* t'occupes de lui. *Michaela, permettez-moi d'être votre ami.*

Tout s'évapore. Inoffensif comme des gaz d'échappement blanchâtres à l'air libre.

L'énigme : si tu entres dans le Centre de cancérologie de Santa Tierra on ne te laissera pas aller plus loin que la réception.

Car inexplicablement c'est arrivé : si tu entres dans le Centre de cancérologie de Santa Tierra et que tu prennes l'ascenseur jusqu'au septième étage (oncologie), si tu suis le couloir jusqu'à cette chambre, cette chambre singulière entre toutes, ce ne sera pas Gerard qui t'attendra sur le lit de cette chambre.

Le lit, la chambre, le couloir, l'ascenseur, la réceptionniste à l'accueil, la façade du Centre de cancérologie – tout continue d'exister. Pourtant, Gerard n'existe plus.

Très difficile de comprendre que si tu cherches Gerard dans toutes les chambres du monde jusqu'à la fin de tes jours tu ne le trouveras pas.

Un effort mental comme d'essayer de comprendre les nombres imaginaires. Une énigme qui blesse le cerveau.

À l'intérieur de la maison, une légère odeur de terre, de pourriture te prend aux narines comme un avertissement. Tu allumes aussitôt les lumières, y compris celles que tu te rappelles avoir allumées avant ton départ pour Albuquerque en début d'après-midi.

Un silence de mort dans la maison. Pas de radio, bien que (tu en es certaine) tu aies également laissé la radio allumée – un bavardage affable t'avait accompagnée jusqu'à la porte.

Tu penses à la façon dont au cœur de la moelle épinière la mort par infection virale attend patiemment son heure jusqu'à ce que l'affaiblissement du système immunitaire la réveille.

À la façon dont nous portons notre mort en nous. Douillettement tapie dans notre moelle épinière.

Encore un détail étrange : les lumières ne suffisent pas à éclairer les pièces. Comme si un écran te séparait des objets, les rendait flous et imprécis comme vus sous l'eau.

Les dieux-démons ont absorbé la puissance d'éclairage des ampoules – au sens propre ! Une agression contre ta raison plus sournoise, parce que subtile, qu'une agression violente.

Tu avais supplié Iris Esdras d'emporter les sculptures hideuses, mais elle n'avait fait que se moquer de toi.

Des mois plus tôt, Gerard aussi s'était moqué de toi.

Dans la maison tu as apporté le vase de fleurs offert par tes étudiants. Laissant un sillage de pétales derrière toi.

Tu as été absente si longtemps ! *Adultère.*

Dans la maison, le sac bourré de dossiers d'étudiants et glissée parmi eux l'enveloppe cachetée que Simon Khraw a fourrée dans ta main étonnée et réticente.

Cette enveloppe que tu n'ouvriras jamais.

Cette enveloppe que tu comptes ne jamais ouvrir.

Cette enveloppe que tu te jures de ne jamais ouvrir, mais que tu poseras néanmoins sur la commode de ta chambre cachetée et non lue.

Preuve de l'innocence de la veuve.

Chérir la lettre. Mais ne pas lire la lettre.

Dans quelques jours tu rangeras l'enveloppe (non ouverte) dans la valise cabine que tu emporteras avec toi dans l'avion te ramenant à Boston. Cette enveloppe oubliée dans une poche de la valise où elle restera (peut-être) non ouverte et non lue. Longtemps après ton retour à Monroe Street, Cambridge.

Découverte un jour parmi tes affaires par les héritiers de la maison.

Sauf que tu n'as pas d'héritier. Gerard était ton seul héritier.

Tu ne jetteras pas l'enveloppe que Simon Khraw t'a confiée, mais tu pourrais la perdre et si elle est perdue (hypothèse) tu éprouveras un pincement de regret, mais aussi de soulagement : car alors tu ne sauras pas ce que Simon t'a écrit, qui avait apparemment tant d'importance pour lui et qui pourrait te déchirer le cœur si tu le savais.

Non lue, la lettre disparaîtra totalement de ta conscience. Une *possibilité* coupée à la racine.

« Bonjour ? bonjour… »

Ta voix faible, sans écho dans la maison vide.

Imitant Gerard qui en rentrant à la maison appelait *Michaela ? Bonjour ? Tu es là ?* – avec quelque chose de pressant dans la voix.

Mais parfois avec plus d'exubérance – *Bonjour bonjour, chérie ! Je suis rentré.*

Tu courais à sa rencontre. Si brièvement qu'il se fût absenté.

Un plaisir d'accueillir un mari qui rentre comme prévoyant un temps où il ne rentrera pas, ce qui rend ces retours précieux.

Telles sont les pensées qui te tourmentent ce soir. Alors que tu regardes dans les pièces (éclairées) pour t'assurer que tu es seule, que tu n'as pas à avoir peur.

Mais c'est la solitude qui est la peur.

Décevant : les fleurs ne sont plus aussi belles. Il ne valait pas la peine de les rapporter. Si tu avais eu l'intention d'impressionner Gerard, de lui montrer à quel point tes étudiants t'appréciaient, le stratagème est tombé à plat.

Tu aurais pu jeter le vase et les fleurs à la poubelle, avec la tête de cerf incomparablement laide.

À présent, une odeur d'eau saumâtre sur tes mains, tes vêtements. Des gouttes tombées sur la moquette.

Tu te dis – *Est-ce la Mort qui est entrée dans cette maison…*

Tu vides le reste d'eau viciée dans l'évier, fais couler l'eau froide pour évacuer l'odeur. Te débarrasses du vase, des fleurs dans la grosse poubelle verte sur le côté de la maison.

Cela a beau faire des semaines, tu ne t'es toujours pas habituée à l'air froid raréfié de Santa Tierra. Tu ne t'es pas habituée au haut désert. Et comme la température s'est refroidie ! Depuis midi elle a dû chuter de dix degrés…

Tu te prépares à te coucher en te déchaussant à côté du lit. Tu dors entièrement habillée ou presque, une habitude que tu avais prise quand Gerard avait été admis à l'hôpital en prévision d'une sonnerie de téléphone venant interrompre ton sommeil – *Madame McManus ? Votre mari est dans un état critique, venez immédiatement.*

En fait, cet appel n'était jamais venu. Car tu étais déjà à l'hôpital dans les derniers jours de la mort de ton mari.

Couchée, tu ne fais pas un mouvement. Forçant ta respiration à continuer, à ne pas cesser parce que Gerard attend beaucoup de toi, encore maintenant.

Pourtant, peu à peu tu faiblis. Tes paupières frémissent, tes doigts se desserrent. Le téléphone sonne, tu es paralysée, incapable de prendre le combiné alors que tu entends une voix mécanique, basse et rapide – *… n'est pas mort, en fin de compte… transféré dans une clinique de rééducation… dossier (temporairement) égaré… veuillez appeler ce numéro pour organiser son retour à domicile…* Mais tu n'arrives pas à saisir le numéro, le message s'interrompt.

Couchée sur le lit, les mains croisées sur la poitrine. Pas *dans*, mais *sur* le lit. Comme il pourrait être établi une distinction capitale entre être couché *sur* et non *dans* la tombe.

… veuillez appeler ce numéro pour organiser son retour à domicile…

Ton cerveau s'est figé. Si tu bouges, tes pensées déborderont avec un goût d'eau saumâtre.

Tu n'oses pas bouger et tu n'oses pas penser au lendemain. Il fait nuit à présent, une nuit sans étoiles. La perspective du lendemain t'emplit d'horreur.

Et après ce jour-là, le suivant. Et *le suivant*.

Un futur interminable. Ta vue n'y suffira pas, l'horizon est si lointain.

Car maintenant ton enseignement a pris fin. Maintenant, tu es à la dérive sur une mer saumâtre.

Tu tâches de te remémorer le plaisir d'enseigner. Il y a quelques heures à peine, à Albuquerque. Et le plaisir ressenti quand Letitia Tanik t'avait abordée en se déclarant en vie.

Un plaisir non dépourvu d'une certaine surexcitation nerveuse, mais captivant, fascinant. Palpitant de vie comme un organe est gorgé de sang.

Tu espères que, en dépit de ton malheur (secret), tu as touché la vie de certaines personnes qui sans cela seraient pour toi des inconnus.

Tu souris. Tentes de sourire. Une grimace te déforme la bouche.

Il t'avait trouvée belle. Il t'avait contemplée avec des yeux adorateurs. Il n'avait jamais vu l'horrible sourire de la veuve, au moins ce spectacle lui a-t-il été épargné…

Plus pitoyable encore, la vanité d'une veuve.

Tu entends : un soufflement rude quelque part dans la maison.

Une respiration irrégulière, un bruit impatient évoquant des roseaux qui s'entrefroissent. En fait, il y a un moment que tu entends ce bruit, mais tu souhaitais croire que ce n'était que le vent.

D'où provient-il ? De l'intérieur de la maison ou peut-être du ravin de derrière ?

Des ailes inquiètes, un remue-ménage d'ailes. Un murmure d'oiseaux aux plumes noires.

Pleinement réveillée. Poings frottant tes yeux. Ce souffle est une sorte de rire. Une sorte de mépris. Ce qu'a de pitoyable l'espoir, la naïveté te faisant imaginer que tu pourrais trouver une consolation dans le travail.

Comme si une vie vécue avec des étrangers pouvait compenser le vide de ton cœur.

Rire étouffé, tu es si pathétique.

Un rire plus doux, tu es si pitoyable.

Tu t'extraies des draps froissés que tu n'as quasiment pas changés depuis des semaines. À quoi bon, quel défi à l'absurdité, des taies d'oreiller et des draps frais lavés sans mari. Tu te lèves, vacillante, stupéfaite de constater qu'il est 4 heures du matin.

N'as-tu pas dormi pendant toutes ces heures ? Ton cerveau bourdonne comme un tube au néon. La respiration rauque, oppressée, vient de quelque part, tout près.

« Gerard ? » Ta voix est basse, prudente.

Prise de peur, et néanmoins pleine d'espoir. Il t'a été très difficile d'accepter que Gerard t'a abandonnée.

Naturellement : tu comprends qu'il est peu probable que Gerard soit dans la maison, car depuis le 13 avril Gerard est censé être *décédé*. Il y a de nombreuses copies de « son » acte de décès. « Ses » cendres sont dans cette pièce même, à l'intérieur d'une urne placée dans un sac en tissu.

Pourtant la respiration qui assaille tes oreilles ressemble beaucoup à celle de Gerard dans ces dernières heures terribles.

Comprends : la respiration de Gerard ne s'est jamais arrêtée. Bien que de plus en plus difficile, avec des pauses toujours plus nombreuses, elle ne s'arrêtera jamais.

Avec précaution, tu sors de la chambre. Ouvres la porte du couloir, le bruit de respiration est immédiatement plus fort.

Alarmée, tu vois un mince rai de lumière sous une porte au fond du couloir, il n'y en avait pas quand tu étais allée te coucher. La pièce qui servait de bureau à Gerard, rarement utilisée parce qu'il préférait travailler à l'Institut quand il était encore en état de le faire.

« Bonjour ? Il y a quelqu'un ? Qui… qui est là ? » Ta voix est faible, tremblante.

Les jambes chancelantes tu te diriges vers le bureau de Gerard. Le rai de lumière sous la porte. Tremblant convulsivement, grelottant de froid, des ruisselets de sueur sur ton visage fiévreux, qui est un visage honteux parce que par couardise tu as abandonné ton mari qui n'a que toi pour l'emmener dans l'*autre monde*.

Une femme adultère, jouissant de l'adoration d'inconnus. Une veuve, espérant se dérober à sa responsabilité envers le mort.

À mesure que tu approches de la pièce au bout du couloir, la respiration devient plus forte et plus oppressée, comme celle d'une grande bête blessée. De longues pauses entre les respirations, des râles d'asphyxie – rauques, sifflants, atroces à entendre.

Terrifiée à l'idée de t'approcher de la porte et pourtant tu le dois. La pesanteur t'attire vers la porte. À mi-chemin, tes genoux fléchissent. Tu trébuches et tombes à genoux devant la porte, n'oses pas l'ouvrir, mais y appuies seulement ton front brûlant.

Pardonne-moi, Gerard, je ne suis pas assez forte.

Je rentre à la maison. Je pars d'ici.

Des heures plus tard, tu te réveilles hébétée et endolorie sur le plancher, à demi vêtue, pieds nus. Aucune idée de la raison qui t'a attirée là. Des élancements d'une douleur idiote dans ton cou. Tes yeux sont sensibles et irrités comme si tu avais regardé fixement une lumière aveuglante pendant des heures.

Étonnée de constater qu'il est si tard, 7 h 30 passées, d'ordinaire tu es réveillée avant l'aube, incapable de te rendormir. À l'exception des cris et des appels d'oiseaux au-dehors et du battement sourd de ton sang, tout est silence, aussi calme qu'un ciel voilé de cirrus vaporeux.

57

L'approche

Rejoins-moi, Michaela. J'attends.
C'est le point de passage.

Moins de quarante-huit heures encore à Santa Tierra.

Paralysée par l'horloge (numérique) qui ne va que dans un seul sens.

La carte d'embarquement portant ton nom est imprimée et posée sur la commode à côté de ton passeport. Les clés de maison, les clés de voiture dont tu auras besoin à ton retour dans la maison de Monroe Street à Cambridge. Les vêtements que tu mettras pour prendre l'avion sont sur une chaise de ta chambre à coucher. Tu as même réservé une voiture de location qui viendra te prendre à l'aéroport Logan, aussi naturellement que l'aurait fait Gerard. Une sorte de griserie fait battre ton cœur à la perspective du *retour*.

Un *retour* effectué par Michaela McManus, seule. Une épouse qui a rarement voyagé seule depuis qu'elle est devenue une épouse. Qui n'a jamais seule effectué un *retour*.

Les livres de Gerard ont été soigneusement emballés, expédiés via UPS. Des cartons de vêtements, expédiés. Plus de la moitié des valises, faites – celles de Gerard et les tiennes. Aujourd'hui tu vas finir de vider les tiroirs, les placards. La maison sera nettoyée – tu tiens à le faire toi-même.

Les dieux-démons – les *dieux farceurs*, comme les a appelés Iris Esdras – tu comptes les remettre à leur place d'origine le matin de ton départ ; jusque-là ils resteront hors de vue.

Hors de vue, hors d'esprit.

Hors d'esprit, hors de vue.

Hors du mien, vue aveugle.

Oui ! Bientôt tu seras libérée des *dieux farceurs* et tu ne les reverras plus jamais.

Michaela, viens !

À midi forcée de quitter la maison, impossible de respirer.

En route pour le musée historique du comté d'Arriba à vingt kilomètres au nord de Santa Tierra. L'un des nombreux sites marqués d'un astérisque dans le guide du Nouveau-Mexique de Gerard.

L'un des endroits susceptibles d'être des *lieux de passage* si de tels lieux existent.

En dépit du soleil estival accablant, tu te sens optimiste. Bientôt, bientôt !

Cette terrible solitude doit prendre fin, Michaela. Il est temps.

Les sens en alerte, consciente d'être (peut-être) observée. Quand une présence humaine n'est nulle part, elle est partout.

(S'*il* t'observe – que voit-*il* ?)

Au musée historique du comté d'Arriba tu dois te garer à cinq cents mètres de l'entrée parce qu'une partie du parking est en construction. Tu traverses presque au trot une lumière vibrante pareille aux vagues de chaleur d'un four et le temps que tu arrives dans le musée des ruisselets de sueur coulent sur ton front, tes flancs, tu halètes.

Vite, vite ! Tu as tant tardé.

À l'entrée, une rampe d'accès pour les fauteuils roulants à côté des marches de pierre. Ton attention est attirée par un homme ayant à peu près le même âge que Gerard, droit et raide comme s'il souffrait ou appréhendait de souffrir, poussé dans un fauteuil par un garçon maussade d'une douzaine d'années ; quelque chose chez cet homme t'est familier, la position de ses épaules, son port de tête et même sa tenue décontractée, chemisette à carreaux, short kaki. Son visage est en partie masqué par une casquette blanche à visière qui te semble nouvelle et qui le coiffe bizarrement.

Voyant que le garçon a du mal à pousser le fauteuil sur la rampe, tu demandes : « Puis-je vous aider ? »

Risquée, une intrusion dans la vie d'inconnus. Le garçon renfrogné te surprend en marmonnant *Merci !*

Curieux que le fauteuil ne soit pas électrique. À moins que son mécanisme fonctionne mal. Avec effort, tu pousses le fauteuil (lourd, encombrant) jusqu'en haut de la rampe et par la porte automatique du musée. Tu es contente de te rendre utile. *Utile*, franchement et sans ambiguïté. Comme tu n'as pas souvenir de l'avoir été depuis un certain temps.

Tu te rappelles que Gerard a été transféré dans une clinique de rééducation, pas décédé mais sorti à tort du Centre de cancérologie et placé à tort dans une clinique inconnue. Une simple erreur (quoique monumentale, inadmissible) comme il en arrive couramment dans cette époque d'informatisation. Stupéfiant que Gerard ait été vivant à ton insu dans un monde parallèle qui t'était inaccessible…

Ce qui n'est que logique : si Gerard n'avait pas cessé d'exister le 13 avril de cette année mais qu'il ait continué d'exister, son apparence diffère forcément beaucoup aujourd'hui de ce qu'elle était le 13 avril.

Néanmoins – avec un pincement de déception, mais sans véritable étonnement – tu constates que l'homme en fauteuil roulant n'est pas Gerard, en fin de compte. À peine s'il lui ressemble, dix ans de moins, quinze kilos de plus, dépourvu des manières courtoises de Gerard, une certaine insolence dans l'attitude, mais (malgré tout) tu éprouves un frisson d'émotion en pensant que si, par hasard, des inconnus vous regardent tous les trois en cet instant (fugitif), ils seront conduits à se dire – *Femme, mari, fils.*

En cet instant fugitif, une bouffée de fierté. Tu n'es pas seule, tu n'es pas non aimée, tu n'es pas une pitoyable épouse abandonnée, mais la femme de quelqu'un, oui et la mère de quelqu'un. Regardez !

Contrairement au garçon qui t'a remerciée d'être venue à son aide, l'homme en fauteuil t'accorde à peine un regard : un haussement d'épaules, un grognement, et il reprend le contrôle de son fauteuil, s'éloigne aussitôt, actionnant les roues de ses mains habiles avec rapidité et impatience.

Parce qu'il ne t'aime pas. Il ne te connaît même pas.

Au guichet tu achètes un unique billet. Mais au moment d'entrer dans la première salle d'exposition tu te rends compte qu'on t'en a donné deux, tu as deux billets (adultes) à la main, incapable de te rappeler si tu as payé pour les deux ou seulement pour un. Impossible de le savoir sans retourner au guichet poser la question, tu n'as pas fait attention au prix ni pensé à prendre le reçu.

Tu présentes l'un des billets à un gardien et, confuse, fourres l'autre dans une poche.

Le musée historique avec ses objets, ses installations, ses vidéos en boucle sur la vie rude de la Frontière est une destination touristique appréciée, les pièces principales sont bondées, des familles avec enfants, y compris en poussette. Les vidéos les plus regardées reproduisent des scènes de bataille, des escarmouches avec volées de flèches, fusillade. Affrontements entre indigènes à la peau sombre et conquérants espagnols en costume coloré. Soldats américains en uniforme lancés à la poursuite d'adversaires indiens, déchargeant leurs fusils. Vidéos de cow-boys à cheval, rassemblements de bétail. Rodéos. Débandades. Chevaux au galop. Les autres visiteurs du musée te fascinent. Tu les regardes avec un sentiment d'envie, de respect. Des inconnus liés par les exigences les plus simples – satisfaire les besoins (infinis) des enfants. Mais aussi par des remarques, des coups d'œil, des froncements de sourcil, des sourires, comme si rien n'avait plus d'importance dans la vie que la complicité entre membres de la famille, une toile d'araignée douce et collante liant des personnes qui sans cela n'auraient peut-être que peu de sympathie les unes pour les autres ; voire de l'aversion.

Pas d'autre personne seule en vue. Seulement toi.

Et pour ces autres, tu es invisible.

Non aimée, personne. Nulle part.

Si Gerard était là, il explorerait d'abord les salles les moins bondées, au deuxième et dernier étage du musée : des archives comprenant traités, cartes, journaux ; exposition de couteaux, lances, flèches et arcs primitifs ; pointes de flèche ; outils rouillés, ornements de perles, mocassins de cuir, coiffures à plumes ayant appartenu à des chefs des tribus apaches, navajos, pueblos. Il étudierait les daguerréotypes d'Indiens, de colons blancs, de soldats américains, de villages pueblos et de sites funéraires. Les œuvres d'art, objets sculptés, tissus râpés, reproductions grandeur nature d'habitations tribales, fumée de feu de bois comprise. Il regarderait avec scepticisme des mannequins de cire mélancoliques au regard vide dans un diorama censé représenter *la vie du village apache de Fort Still aux environs de 1847*.

Gerard prenait le temps de lire les informations affichées sur les murs des musées, il louait un casque pour écouter avec attention les enregistrements audio. Quand, ne tenant plus en place, tu brûlais de changer de salle, Gerard s'attardait.

Parfois tu t'impatientais. Un regret aigu te transperce, si seulement tu pouvais être impatientée de nouveau par ton mari...

Chercher impulsivement sa main, à quelques centimètres de la tienne. La saisir et la serrer fort dans la tienne.

Comment est-il possible que tu sois en vie et que je sois toujours morte!

Mais non: tu veux dire *Comment est-il possible que tu sois mort et que je sois toujours en vie...*

Dans la salle suivante tu lis que les conquérants espagnols, les colons ont massacré des millions d'indigènes. Tu lis une histoire abominable d'exploitation, d'esclavage impliquant l'Église catholique. Prêtres jésuites, missionnaires catholiques, missions espagnoles, églises érigées dans des régions reculées afin de les soumettre. Tu lis que des enfants indiens ont été enlevés à leur famille, forcés de vivre dans des orphelinats catholiques, affublés de noms chrétiens, empêchés de parler leur langue maternelle. Tu lis que des enfants indiens se sont évadés des orphelinats pour rentrer chez eux, ou tenter de rentrer chez eux. Tués lors de leur évasion, morts par suicide. Un aspect de l'histoire coloniale américaine passé sous silence: le suicide des enfants. Massacres, lynchages perpétrés par l'armée. Scalps. Villages incendiés. Morts par contagion: variole, rougeole, syphilis, tuberculose. D'après les estimations, en 1491, la population d'Amérique du Nord comptait cent quarante-cinq millions d'indigènes ; en 1691, elle avait diminué de quatre-vingt-quinze pour cent.

Cent trente-huit millions d'indigènes exterminés !

Un génocide. Des siècles avant que le mot voie le jour.

Rien de tout cela ne t'étonne. Rien de tout cela ne devrait t'étonner.

Su mais oublié, dans une brume d'approximation et d'à-peu-près, comme la distance entre la Terre et le Soleil mesurée en années-lumière que tu n'as apprise que pour l'oublier, dans cette catégorie de l'oublié-su, ou plutôt du su-oublié.

Avec de gros écouteurs, tu écoutes un enregistrement d'enfants pueblos interviewés des décennies plus tôt. Ce sont peut-être des enfants enlevés à leur famille et forcés de vivre dans des orphelinats catholiques où des choses terribles leur étaient faites et où ils se faisaient à eux-mêmes des choses terribles, ils parlent un anglais hésitant, d'une voix si aiguë que tu ne saisis pas leurs mots ; et parfois leur voix se lézarde, s'éteint et tu n'entends plus que des parasites et des pleurs.

À moins que ce ne soit toi qui pleures ? Essuyant idiotement tes yeux larmoyants, ta bouche molle et triste.

Tu jettes un regard autour de toi, mais personne ne t'observe. Pas de Gerard.

Cette terrible solitude. Impossible de la supporter encore longtemps.

Rien qui te retienne dans le musée historique du comté d'Arriba, car manifestement Gerard n'est pas là.

Pourtant en t'adressant ce reproche *Gerard n'est pas là* tu fais naître la possibilité que *oui bien sûr, Gerard est là.*

Au premier étage du musée dans un vacarme de « chants de guerre apaches » enregistrés tu aperçois l'homme en fauteuil roulant qui s'était montré si impoli envers toi une heure auparavant. Il n'est plus poussé par le garçon maussade (qui le suit à distance, avec un air d'ennui), mais se propulse lui-même à travers une exposition de masques de guerre apaches imposants, accrochés du sol au plafond. Alors que tu le regardes, l'homme lève la tête pour te couler un regard par-dessous la visière de sa casquette et tu es saisie par la malveillance rusée de son expression – *C'est Gerard qui t'observe, mais sans te reconnaître.*

Bien que ce soit indubitablement celui de Gerard, c'est un regard qui tout à la fois te « connaît » et te juge indigne d'attention, d'importance. Ce Gerard te jauge avec le regard grossièrement évaluateur d'un mâle lambda. Il ne t'a jamais rencontrée au concert de Cambridge (peut-être) mais t'a (peut-être) aperçue parmi les spectateurs ce soir-là. Ou alors il t'a aperçue à Cambridge. Le plus fugitif des coups d'œil, un homme (impersonnel) jaugeant une femme (impersonnelle) rencontrée dans un endroit public. Derrière le masque facial, un cerveau qui (manifestement) reconnaît ton visage mais hors de tout contexte signifiant : toi, qui as été mariée à Gerard pendant plus de douze ans et qui l'aimes profondément, est moins qu'une connaissance pour ce Gerard-ci qui ne t'a jamais connue intimement et n'éprouverait pas un instant de chagrin s'il apprenait ta mort.

C'est choquant, stupéfiant. De voir le regard de Gerard devenu rusé, malveillant. Que cet homme ne soit pas Gerard et que pourtant il *soit Gerard* te bouleverse. Comme un père regarderait son enfant sans savoir qu'il est son enfant, sans émotion si on lui défonçait le crâne sous ses yeux.

Impuissante, immobile, tu regardes. Propulsant insolemment son fauteuil, l'homme passe devant toi alors que retentissent des chants de guerre apaches si bruyants et si terrifiants de férocité que les visiteurs grimacent et se bouchent les oreilles de leurs mains.

Tu souhaites désespérément implorer cet homme, le supplier – *Mais, Gerard, tu ne me reconnais pas ? Ta femme Michaela. Nous nous aimons, nous avons été mariés pendant douze ans…*

Mais tu sais que ce serait inutile. Ce Gerard n'est pas ton mari bien-aimé. Il n'est pas ton ami, il ne te veut pas de bien, tu serais un poids pour lui, tu ne l'attires même pas sexuellement, à peine s'il te voit comme une *femme*. Et de toute façon les chants de guerre apaches noieraient tes paroles plaintives.

Pas déçue ! Soulagée, au contraire.

Impatiente de quitter le musée historique du comté d'Arriba, mais alors que tu te diriges vers la sortie tu découvres une exposition intitulée *Dieux et démons indigènes du Sud-Ouest* qui t'attire malgré toi.

Une exposition mineure, dans une alcôve de l'entresol. Un espace sans fenêtre qui attire peu de visiteurs. Au plafond un éclairage au néon décolore les ombres et aplatit curieusement les objets exposés comme dans une BD.

Beaucoup d'informations historiques sur les murs, le genre d'exposition que Gerard aurait aimé. Les objets vont de simples dessins au trait comme pourrait en faire un enfant doué à des sculptures élaborées qui pourraient être qualifiées d'« artistiques ». L'ensemble se caractérise par un aspect primitif et outrancier. Tu sens tes cheveux se dresser sur ta nuque quand tu t'approches.

Tu reconnais immédiatement le dieu charognard Ishtikini avec son crâne grotesquement disproportionné, ses yeux fixes, son ventre gonflé et son pénis filiforme en érection. La plus grande représentation de ce dieu-démon est une statue, haute d'une trentaine de centimètres, curieusement accroupie, genoux pliés ; la plus menaçante est plus petite, faite de métal de récupération et d'éclats de verre, dotée de petits yeux de fouine qui semblent bouger dans leurs orbites et fixer l'observateur. Un autre Ishtikini, taillé dans du bois de bouleau, a la même expression malveillante que la sculpture que tu as dissimulée sous le lavabo de la salle de bains.

Tu ne peux t'arrêter de grelotter, de trembler. Dans une description d'Ishtikini tu apprends ce que tu ne savais pas jusque-là – que le dieu-démon « insatiable » a le pouvoir de s'enfouir dans des corps vivants à la façon des chacals, dévorant cerveaux, cœurs, entrailles, parties génitales.

Ishtikini (dieu charognard, dieu Crâne des Indiens pueblos zuni) est à la fois dieu et démon : appétit vorace jamais satisfait.

Skli est représentée par plusieurs figures lubriques, dessins et sculptures, plus grotesques les unes que les autres. On se dit que seul un homme a pu créer ces visions obscènes de la « femme » – une bouche hurlante en O, des seins pareils aux mamelles d'une truie, un vagin grossièrement sanglant. Il est donc étonnant de découvrir une BD d'une artiste navajo féministe contemporaine qui présente la déesse-démon comme une sorte de Wonder Woman, une héroïne affublée d'énormes lunettes noires de marque, aux lèvres rouge vif, aux seins comme des obus, nue, exception faite de cuissardes de cuir aux talons de huit centimètres qui montent presque jusqu'à l'entaille sanglante de l'entrejambe – un spectacle audacieux ! Dans les cases de la bande dessinée, *Skli, notre superdéesse de la Création et de la Destruction*, saisit des adversaires à la peau blanche, hommes comme femmes, leur tranche la tête de ses dents et les éviscère avec des serres griffues vernies d'un rouge luisant.

Tu fais un effort pour admirer cette appropriation de la déesse par une jeune artiste. Tu essaies de sourire, tu n'es pas visée personnellement, certainement pas *toi*.

Également transformé en une sorte de figure comique, Weyaki, dieu du Chaos, le crapaud boursouflé aux yeux exorbités censé être responsable des malheurs du monde. Weyaki, qui semble asexué, ne t'a jamais horrifiée tout à fait autant qu'Ishtikini et Skli.

À la fin de l'exposition se trouve la figure qui t'a le plus désorientée : la tête de cerf grandeur nature composée d'une myriade de lanières de cuir grossièrement agrafées, avec yeux de verre et cornes « véritables »… Un dieu-démon comme les autres ? Un « dieu farceur » ? Tu n'as jamais su son nom, à supposer qu'il en ait un.

Tu passes sous la corde séparant les visiteurs des objets exposés. Aucun gardien n'est là pour te réprimander, tu souhaites seulement lire le cartel sous la tête de cerf mais les mots sont effacés, indéchiffrables.

Tu touches la tête de cuir comme si tu la caressais. Examines les agrafes brillantes, grosses comme des graines, qui semblent, ici, être de simples agrafes et non (comme tu l'avais imaginé dans la salle du séminaire) des tiques. L'assemblage maladroit des lanières, son aspect manifestement artificiel et absurde semblent être une caractéristique de l'objet, comme s'il parodiait l'art amérindien ; les cornes « véritables » sont-elles là pour accentuer la parodie ? Ou comme un cri de consternation ?

Une appropriation du naturel par l'artificiel. Du sacré par le profane, l'obscène.

Mais tu n'en es pas sûre. Ne peux le savoir. L'étau du chagrin se resserre autour de ta poitrine.

Tous ces dieux-démons qui te regardent de leurs yeux vides/sinistres sont un tourment pour toi. Difficile de ne pas croire qu'ils t'ont attendue à l'affût ici toute ta vie.

Mais pourquoi Gerard t'a-t-il amenée à eux ? Pourquoi Gerard désirait-il si intensément aller dans l'Ouest dans ce qui serait la dernière phase de sa vie ? Voilà l'énigme.

Tu te rends compte que tu as des fourmillements au bout des doigts. L'ascension rapide de quelque chose de trop petit pour être vu à l'œil nu, par milliers, pas plus gros que la pointe d'un crayon, cela remonte le long de ton bras tandis que, face à la tête de cerf, tu clignes des yeux, regardes, tâches (vainement) de comprendre… Quoi que tu essaies de voir, tu ne *vois* pas.

Très vite, alors, l'engourdissement se propage et tu ne *sens* plus.

Oreille interne. Infection, bactéries. Près du cerveau.
Cligne des yeux si tu m'entends ? Michaela ?
Cligne des yeux si tu es (encore) en vie.

58

Clocher de San Gabriel

Viens, Michaela ! Plus haut.

Tu grimpes un escalier en spirale. Vite !

Tu clignes férocement des yeux. Des larmes dans tes yeux. De la poussière, du sable dans tes yeux.

Dans un clocher à côté d'une église « historique » en adobe, des marches de pierre raides, usées, inégales et incurvées sous tes pieds comme une roche érodée.

C'est la belle mission espagnole de San Gabriel de Isleta. Fondée en 1597 par des pères franciscains. Une église d'adobe patinée par le temps, murs, clocher et cimetière, croix en bois haute de six mètres, visible à des kilomètres dans la plaine désertique d'un mauve brumeux.

Tu es venue ici pour cela. Attirée par la croix. Onze kilomètres à l'ouest de Santa Tierra.

Qu'est-ce qu'une croix sinon des bras écartés. Apparence d'un torse, quelque chose qui est parvenu à tenir debout, bras implorants écartés.

Gerard avait marqué d'un astérisque la mission San Gabriel de Isleta dans le guide.

Plus haut, plus haut. Vite!

Hors d'haleine grimpant l'escalier en spirale. Dont la vis est si serrée, les marches si étroites que tu as le tournis comme un enfant qui tournoie sur lui-même.

Des rafales de vent brûlant rabattent des cheveux secs comme de la paille sur tes yeux, ta bouche. Te coupent la respiration.

Beau et austère de loin, le clocher l'est moins de près. Des pierres du désert, ce que Frank Lloyd Wright appelait *maçonnerie du désert*, qui se désagrègent. Des débris de mortier jonchent les marches, des fientes et le squelette délicat de petits oiseaux, des éclats de minuscules os blancs sous les pieds.

Tu grimaces en marchant sur ces petits os blancs.

Déjà, tu es hors d'haleine. Déjà, des élancements de douleur dans tes cuisses.

Tes jambes sont accoutumées à courir sur des surfaces plates, pas à monter des marches abruptes. Tes poumons sont (toujours) mal habitués à la rareté de l'oxygène.

La douleur ne peut pas être dissuasive. La douleur est prévisible. Les pires moments d'angoisse de Gerard étaient silencieux, il ne criait pas ni ne gémissait quand la longue aiguille s'enfonçait dans son abdomen pour y libérer le produit de contraste…

Tu es déterminée à atteindre le sommet du clocher avant qu'on t'arrête. Une décision impulsive, tu n'avais pas le temps de réfléchir : se glisser sous la corde au rez-de-chaussée, ignorer le panneau d'avertissement

CLOCHER FERMÉ POUR RÉPARATION
DANGER ENTRÉE INTERDITE

À distance, il attend. Sauf que tu ne sais pas vraiment dans quelle direction.

Pour cela que tu es ici, penses-tu. Pour cela que tu as été pressée de grimper au sommet du clocher, pour *voir*.

(Dans l'attente d'un signe.)

Car la promesse est que la terrible solitude va prendre fin.

La terrible solitude va prendre fin aujourd'hui même, peut-être.

Dans l'heure même. Peut-être.

Le moment du *passage*.

Il t'a attendue toutes ces semaines. Il te protégera. T'enveloppera de ses bras pour t'immobiliser. Pour que tu ne désespères plus comme tu as désespéré, dévorant tes propres entrailles. Pour que tu ne te fasses pas (davantage) de mal.

Il te pardonnera de l'avoir trahi, de l'avoir oublié. (Mais, as-tu envie de protester, tu ne l'avais jamais oublié!) D'avoir fui le *passage* par couardise.

Viens, Michaela! Plus haut.

Moins de vingt-quatre heures avant ton départ de Santa Tierra. Ta carte d'embarquement est imprimée, la plupart des valises (les tiennes et celles de Gerard) sont faites. Soigneusement étiquetées. Tu auras ton passeport pour pièce d'identité.

Dans ta valise cabine, l'enveloppe (toujours non ouverte) du jeune asthmatique transi d'Albuquerque que (tu le jures) tu n'as pas l'intention d'ouvrir mais que (tu le concèdes) tu ne peux te résoudre à jeter.

J'espère que vous me permettrez d'être votre ami, Michaela.

Penser ces pensées (indésirables) te donne le tournis. À moins que ce ne soient les pensées qui te pensent.

Invasion du cerveau. Doux et liquide, chaud et visqueux, informe, indifférent, quelque chose s'est coulé, insinué dans ton cerveau.

Et l'air du haut désert, comme une lame de rasoir. Respire, respire ! – tel est le commandement.

Pas assez de sang dans le cerveau. Pas assez pour qu'il repousse l'invasion (dévorante).

Il y a le danger, si ton pied glissait sur ces marches usées étroites qui tournent sur elles-mêmes…

Par des fenêtres rudimentaires dans le mur du clocher tu vois les montagnes – les monts San Mateo. De là où tu es, les montagnes ne ressemblent pas à la vision que tu en avais de Santa Tierra, plus abruptes, moins définies, en partie masquées par la brume de chaleur violette comme dans un rêve.

Plus près du clocher, le rio de Piedras – rivière des Pierres. Une rivière laide, qui curieusement ne reflète pas le ciel (bleu, dur) mais est grise, miroitante, comme un immense serpent, perpétuellement agitée d'un mouvement sinueux.

À mi-chemin des monts San Mateo et du rio de Piedras se trouve le parc de Cold Spring Canyon que Gerard a également marqué d'un astérisque dans le guide *Lonely Planet*.

Souvent à Santa Tierra, avant sa maladie, Gerard avait parlé de randonner sur les sentiers des montagnes et du canyon. Tu savais qu'il avait eu des problèmes de genou, une légère sténose de la colonne vertébrale, que les randonnées ambitieuses n'étaient plus à sa portée, mais il avait néanmoins tenu à faire avec toi l'une des randonnées courtes de Cold Spring Canyon. Avant de tomber malade.

Ensemble vous aviez étudié des photos des sentiers de randonnée dans le canyon. Des murs abrupts de granite teintés d'indigo, des stries verticales dans la roche évoquant d'antiques hiéroglyphes. Des mises en garde contre les serpents à sonnette, les pumas. Les risques de crues subites en cas de brusques averses. La randonnée la plus courte faisait huit kilomètres, avec pour point de départ le rio de Piedras.

À mesure que tu montes les marches de pierre tu t'approches du ciel. Le sommet de ton crâne s'élève. Une lumière éblouissante ! De hauts cirrus vaporeux pareils à des pensées qui s'évanouissent.

Tu commences à éprouver une sensation de vertige, de nausée. L'étau du chagrin revient, étreint soudain tes côtes, se resserre…

Une brusque envie de rebrousser chemin…

N'aie pas peur, Michaela.

Rien à craindre, Michaela.

Gerard attend-il au loin ? Du haut du clocher, tu lui feras signe avec l'abandon joyeux d'un enfant faisant signe à un parent (invisible).

Une main en visière sur les yeux, souhaitant désespérément voir où est Gerard…

Au-dessous de toi, une voix sèche s'élève : « Madame ! S'il vous plaît ! »

Et : « La corde n'est pas là pour rien. »

Un gardien t'a repérée dans le clocher interdit. Un jeune Américano-Mexicain. Si son ton se veut sarcastique, le sarcasme se dilue sous sa politesse.

Ce gardien, peut-être l'unique gardien de la mission San Gabriel, tu avais espéré l'éviter. Tu l'avais aperçu quand tu étais entrée dans l'église en feignant de faire partie d'un groupe de touristes conduit par un guide amérindien.

Tu avais fait presque toute ton ascension à son insu. Plus que quelques marches et tu seras au sommet du clocher. Ciel immense, vents féroces.

Michaela, vite !

Michaela, je t'attends.

Mais le gardien à l'œil acéré t'a suivie dans l'escalier. Il élève la voix, le ton sévère : « Madame ? Je vous l'ai dit – *la corde n'est pas là pour rien.* Le clocher *n'est pas ouvert.* »

Tu calcules : réussiras-tu à atteindre le sommet avant que le gardien t'intercepte ? Un jeune Américano-Mexicain oserait-il t'empoigner par le bras ?

Haletante et étourdie, tu t'appuies contre la rambarde à hauteur de taille, la main en visière tu regardes au loin, guettes un signe alors que le vent te fouette, avide, impatient…

Mais, non. Tu as cessé de monter les marches. Un arrêt brutal, soudain.

Que fais-tu, Michaela ? Après être venue si loin.

Une voix empreinte de déception, de désapprobation. Mais tu n'as pas le choix, tu t'es arrêtée. Un long moment, tu tâches de reprendre ton souffle, incapable de faire un mouvement en avant ou en arrière.

Je ne peux pas, je ne peux pas. Aller de l'avant.

Pardonne-moi, Gerard. Je t'ai trahi une fois encore.

Tu as fait volte-face, tu vas descendre les marches. Humblement, comme une enfant coupable prise en flagrant délit de mauvaise action.

Tu fais des excuses au gardien. Expliques que tu avais simplement l'intention de prendre des photos avec ton portable comme tu l'avais fait dans d'autres missions, dans d'autres clochers, sans problème.

Mais le gardien ne se laisse pas amadouer aussi facilement. Il est contrarié, ta conduite l'a apparemment inquiété.

« … dû voir le panneau, madame. Il y en a partout. Quand le vent souffle comme ça, surtout au sommet, c'est dangereux, il y a des risques d'accident. »

Accident au sommet, plongeon par-dessus la rambarde. Aucun gardien ne veut de mort pendant ses heures de service.

Si le clocher était vraiment dangereux, n'y aurait-il pas une sorte de cloison clouée sur l'entrée pour empêcher les touristes de monter ? Telle aurait pu être ta justification pour passer sous la corde. Mais tu n'oses pas le dire.

Descente, retour au rez-de-chaussée. Nouvelles excuses au gardien. Parle avec clarté, souris-lui. Ne l'irrite pas davantage.

Tu veux qu'il sache que tu n'es qu'une touriste présomptueuse, une Blanche arrogante, une *gringa* irréfléchie qui ignore panneaux et barrières de corde parce que c'est ce que les *privilèges blancs* t'ont conditionnée à faire ; tu n'es pas une femme désespérée, rendue folle par le chagrin, décidée à risquer ta vie dans un vent brûlant violent au sommet d'une tour ; il n'a pas été à deux doigts de voir cette femme s'écraser au sol, le crâne fracassé, la cervelle répandue sur les dalles usées…

Non. Cela n'est pas arrivé et ne risquait pas d'arriver.

Tu sors (sans hâte, avec décontraction) de l'église. Passes devant une chapelle où les flammes de petites bougies trapues vacillent dans le courant d'air et où une femme aux cheveux blancs, agenouillée, le visage presque entièrement dissimulé dans ses mains fines, est venue prier.

Les battements de ton cœur se sont calmés, ta folle excitation s'est apaisée. Tu n'es plus qu'un ballon dégonflé, ne courant plus de danger.

Tu espères que personne ne t'a observée. Une fournée bruyante de touristes, descendue d'un bus, est arrivée devant la porte de l'église et s'apprête à s'y engouffrer.

Madame ! La corde n'est pas là pour rien – Gerard rira quand tu lui répéteras ces paroles.

L'une de ces répliques comiques que l'on se répète tout au long d'un mariage jusqu'à ce que finalement aucun des conjoints ne se rappelle plus son origine. Sinon que mari et femme sont liés l'un à l'autre par de tels souvenirs, les plus insignifiants étant les plus attachants, les plus durables.

Tu t'arrêtes pour introduire des billets dans une urne recevant les dons à la mission – des billets de cinq dollars, un billet de dix. Ta pénitence.

Dans la boutique, feins de vouloir acheter quelque chose. Feins d'être une touriste classique. Qui ne tremble pas, ne grelotte pas, le front soudain perlé de sueur, épuisée, flageolante maintenant que le flot d'adrénaline décroît. Regarde les articles. Objets en cuir travaillé, bijoux d'argent et de turquoise, cartes de prière représentant un jeune saint Gabriel aux yeux noirs. Reproductions miniatures en adobe de la mission San Gabriel de Isleta. Cartes postales, brochures. Tee-shirts, casquettes. Livres du Sierra Club, livres de la société Audubon, *Missions espagnoles du Sud-Ouest, une histoire en images.* Livres pour enfants, bande dessinée intitulée *Une histoire de l'holocauste latino*.

Tu sors dans l'air vif et venteux. Tu te demandes si le gardien est en train de faire un rapport sur toi – à qui ? Et pourquoi ?

Mais il ne connaît pas ton nom. Personne ne connaît ton nom. Personne ne sait où tu es. Dans le monde entier il n'y a personne (maintenant) qui sache où tu es ou qui s'en soucie.

Pas de but à ta vie. Pas de boussole.

59

Rio de Piedras

Mais bien entendu il y a un but : tu sais quel est ce but.

Le départ du sentier du rio de Piedras est à cinq kilomètres. Vas-y directement, inutile d'attendre un signe de Gerard.

Tu arrives dans le parc de Cold Spring Canyon débordante d'espoir, d'attente.

Parce qu'il était absent des autres endroits. Des lieux marqués d'un astérisque dans le guide, il ne reste que le sentier de la rivière.

Parce que le moment est venu, tu en es certaine. Le moment du *passage*.

Moins de vingt heures avant l'envol de ton avion pour Boston. Et donc, ce qui arrivera doit arriver maintenant.

Comme si tu l'avais prévu, tu es en tenue de randonnée. Si tu n'as pas de chaussures de randonnée (un impératif pour Gerard), tu portes des tennis et des chaussettes en coton.

Un short kaki, l'un des tee-shirts blancs de Gerard, trop grand pour toi. Sur la tête, un chapeau à large bord pour protéger tes yeux du soleil.

Un soleil incandescent, dans le canyon ! Quoique le ciel commence à se pommeler de nuages, que le bleu en soit moins éclatant qu'il ne l'avait paru du clocher de la mission San Gabriel.

Des marcheurs se rassemblent au point de départ du sentier, à cinq cents mètres du rio de Piedras, à peine visible. Un groupe disparate de personnes (blanches ?), mené par un guide amérindien aux airs machos et aux épaules musclées, qui a de longs cheveux noirs et raides, retenus par un bandeau rouge.

Dans tout le champ visuel, rien de plus éclatant que ce bandeau rouge.

Au premier regard, le guide paraît jeune, une vingtaine d'années. Mais quand tu l'observes plus attentivement, tu t'aperçois qu'il a au moins quarante ans, visage alourdi, cou et jambes aux muscles noueux. Il est d'une amabilité agressive, ses yeux brillent d'une sorte d'amusement moqueur, glissent sur les randonneurs, sur toi, comme s'il comptait, jaugeait.

« Bonjour ! Est-ce que vous m'entendez tous ? Je m'appelle… »

Un son bref et dur, quelque chose comme *Kwer-vo*. Un cri d'oiseau.

« … votre guide aujourd'hui pour notre randonnée dans le canyon et jusqu'au site funéraire pueblo… »

Tu te rappelles que Gerard tenait particulièrement à voir ce site funéraire qui, d'après le guide, n'est accessible qu'à pied, par le sentier du canyon.

Tu es anxieuse, excitée. Tu défailles d'impatience. Il est évident pour toi que Gerard est ici, quelque part.

Le fait est que, si Gerard est quelque part, Gerard est *ici*.

(Pas parmi les randonneurs, cela dit. Peu probable. Il t'attendra sur le sentier.)

Le guide macho au nom dur comme un cri d'oiseau donne des instructions aux marcheurs rassemblés : ne jamais s'éloigner seul dans le canyon parce qu'on peut s'y perdre en l'espace de quelques minutes, veiller à avoir une pleine bouteille d'eau au départ, en cas de coup de chaleur ou de vertige pendant la marche *ne pas continuer*, en cas de pluie soudaine *ne pas continuer*…

Dans ces canyons aux parois abruptes, des *crues subites* sont toujours à craindre si de fortes pluies se déclenchent soudain. Mais *Kwer-vo* annonce que le bulletin météo prévoit une journée « claire », « exempte de danger ».

En fait, le ciel n'est pas vraiment clair, pas totalement. Des nuages côtelés au-dessus des montagnes, d'un gris scintillant de minéral. Néanmoins le soleil brille sans obstacle.

Il donnera le signal du départ dans sept minutes très exactement, prévient le guide. Les randonneurs devraient profiter des toilettes tant qu'ils le peuvent, faire leurs provisions.

Au Lodge du canyon tu achètes en hâte une bouteille d'Évian et un mélange de fruits secs. Incapable de te rappeler à quand remonte ton dernier repas. L'attente, l'espoir te font tourner la tête.

Bien que le Lodge soit climatisé, une chaleur rayonnante semble irradier de ton corps. Sous les cheveux, ta nuque est poissée de sueur. As-tu une (légère) fièvre ? Le chagrin s'est installé dans tes os, tu ne peux te rappeler un temps où il ne te consumait pas. La fièvre est une tentative désespérée pour chasser l'ennemi de ton sang.

Personne pour veiller sur ta santé, sur ton bien-être, désormais. Personne qui ne se contrefiche pas de toi.

Le fait est que tu en veux à Gerard de t'avoir abandonnée. Toi, tu ne l'as pas abandonné.

Dans les toilettes, tu presses des serviettes mouillées d'eau froide contre ton visage.

Sauf que l'eau du robinet n'est pas froide, mais tiède. Les serviettes en papier, de mauvaise qualité, se désagrègent presque instantanément.

Terrible solitude. Ton cœur amer.

Impossible de parcourir ce sentier seule…

« Madame ? Vous vous sentez bien ? » Une présence à côté de toi, une voix féminine pleine de sollicitude.

Manifestement, tu avais un comportement étrange – peut-être vacillais-tu sur tes jambes.

Oui juste un peu étourdie. Empourprée de fièvre.

Très vite tu assures à cette femme que tu vas bien. Embarrassée, mais oui, tout va bien.

Évite ses yeux. Évite l'apitoiement. Particulièrement, l'apitoiement sur soi.

D'une voix brève tu répètes – « Oui. Je vais *bien.* »

Tu rejoins aussitôt les randonneurs. Tu ne perdras pas de vue le bandeau rouge.

Avec un sentiment de malaise tu te demandes si Gerard sait que tu dois quitter le Nouveau-Mexique le lendemain matin. S'il comprend que c'est ta dernière chance de *passage.*

Un fait curieux : une partie de toi croit que (probablement, presque certainement) Gerard t'attend quelque part sur le sentier du canyon mais en même temps tu sais que Gerard est mort, que Gerard est devenu de (simples) cendres, déjà rangées dans l'une des grandes valises et tendrement enveloppées de tes propres mains dans le peignoir éponge de Gerard pour les protéger de tout accident.

Néanmoins la logique est imparable : si Gerard est quelque part, Gerard est *ici.*

Il semble également vraisemblable que le guide au nom dur comme un cri d'oiseau aura son rôle à jouer dans le *passage*.

Ses cheveux noirs et raides, son attitude macho pleine de défi te font penser au dieu charognard Ishtikini.

Tu commences à te demander s'il n'*est* pas Ishtikini.

Tu suis le sentier, dépassant avec aisance des marcheurs plus lents. Au départ, il ne présente pas de difficulté : plat, large d'au moins trois mètres, quelques petits rochers épars, un sentier bien dégagé. Marchant d'un pas régulier, tu dépasses des couples, des familles avec enfants... Tu t'interroges sur le discernement de parents emmenant de jeunes enfants sur ce chemin rocailleux qui deviendra vite malaisé.

Des sacrifices à Ishtikini, est-ce ce que nous sommes ?

Tu souris à cette pensée. Logique macabre.

Tu es une marcheuse expérimentée, mais seulement jusqu'à un certain point. Tu n'as jamais randonné sac au dos. Tu n'as campé que dans ta jeunesse, pendant les camps d'été. Tu n'as jamais fait de randonnée réellement longue et ardue – douze kilomètres étaient ta limite, dans les Adirondacks, il y a très longtemps. Quinze, vingt kilomètres sur les sentiers labyrinthiques des monts San Mateo ne seraient pas à ta portée.

Dans sa jeunesse, Gerard avait randonné sac au dos dans les parcs de Yosemite, Yellowstone, Bryce Canyon. Mais pas ces dernières années. Pas depuis qu'il te connaît.

Tu te sens en forme ! Dans la glace des toilettes, avant que l'intrusion de l'inconnue interrompe ta rêverie, avait flotté un visage fiévreux rayonnant, un visage étonnamment jeune, le visage d'une femme qui n'était pas (visiblement) ravagée par le chagrin, quoique un peu maigre, dénutrie.

Un visage rayonnant d'espoir. Un visage avide d'espoir.

Gerard te reconnaîtrait-il après ces nombreuses semaines? Tu te le demandes presque avec timidité.

Tu as quelque chose d'une nouvelle mariée, te dis-tu. Une mariée virginale. Tant de semaines, de mois écoulés depuis que tu n'as pas dormi dans les bras de ton mari. Tant de semaines, de mois que ton mari ne s'est uni amoureusement à toi, n'a pénétré ton âme.

La définition du mariage, cette pénétration de l'âme par l'âme d'un autre dont les corps ne sont que le moyen. Aujourd'hui tu ne te rappelles plus que vaguement ces étreintes, comme si elles avaient eu lieu dans une vie précédente.

Marche sur le sentier d'un pas régulier. Tant qu'il est assez large, dépasse les randonneurs plus lents. (C'est toujours un plaisir de dépasser des randonneurs plus lents!)

Kwer-vo sera toujours devant toi, tu ne peux le rattraper, personne ne peut rattraper *Kwer-vo* qui vous conduit, toi et les autres randonneurs (blancs, caucasiens?), plus avant dans le canyon. *Kwer-vo* et son large dos musclé, ses jambes noueuses au point d'en être presque difformes, son bandeau d'un rouge éclatant au milieu des couleurs sèches et sourdes du canyon.

Ne regarde pas de côté les randonneurs que tu dépasses. Des visages flous, indistincts, comme aperçus à travers un verre ondulé. S'ils te parlent, leurs paroles sont indistinctes. Ignore-les.

Ne perds pas le guide de vue. Il te conduira à Gerard, c'est tout ce qui compte.

Des rafales de vent brûlant dans ton dos.

Après une heure de marche dans le canyon, le premier arrêt: la Demeure des morts des Indiens pueblos.

Le sentier descend maintenant dans un labyrinthe de rochers, de mesquites rachitiques. Les parois abruptes du canyon interceptent la lumière. Une âpre odeur minérale. Les marcheurs les plus faibles ont rebroussé chemin, ne demeurent que les plus robustes.

Stupéfiant d'arriver à une brusque déclivité, le sentier plonge, aboutissant quinze mètres plus bas dans une sorte d'amphithéâtre. *Kwer-vo* indique que c'est l'emplacement d'un « autel sacrificiel » et de « catacombes » pueblos, antérieurs même à l'invasion espagnole de 1540, et abandonnés depuis longtemps quand des colons anglais s'étaient installés dans la région à la fin du XIXe siècle.

Tu essaies d'imaginer découvrir ce site extraordinaire pour la première fois. Comme avaient dû le faire les premiers Pueblos. Une progression tortueuse dans le canyon et soudain, à un détour du chemin, ce qui ressemble à une gigantesque excavation – dans quel but ?

Il y a forcément un but.

Pour l'esprit primitif, pas de hasard.

« Pour vous donner un ordre d'idées, dit *Kwer-vo*, rappelez-vous que le Nouveau-Mexique n'a été admis dans l'Union qu'en 1912. Ce site funéraire pueblo date de 1512. »

Murmures, exclamations. Rires (blancs) nerveux. Tes cheveux se hérissent sur ta nuque.

Les Pueblos qui vivent aujourd'hui à Taos (ou ailleurs) ne descendent pas des Pueblos qui habitaient autrefois cette région, dit *Kwer-vo*. Il y a plus d'une douzaine de tribus d'Indiens pueblos au Nouveau-Mexique et chacune parle une langue qui diffère sensiblement des autres, même si elles ont une racine commune (disparue).

« Oui, je suis un Pueblo – mais de la tribu Kawa. »

Le *kiwaan*. La langue « menacée » à laquelle s'intéressait Gerard.

Tu te demandes si *Kwer-vo* souhaite se différencier des anciens Pueblos qui avaient pratiqué le sacrifice humain. S'il veut que les *gringos* sachent que ce n'étaient pas ses ancêtres et qu'il ne parle pas leur langue.

Kwer-vo rit souvent quand il s'adresse à son auditoire. Mais quand on le regarde, on ne voit aucune gaieté sur son visage.

Il a été blessé, peut-être a-t-il servi dans l'armée américaine. Son visage buriné, ses joues (imberbes) sont marqués de cicatrices. Tu remarques qu'il a perdu une partie de son oreille gauche, laquelle a été maladroitement remplacée par un matériau synthétique couleur chair qui ne se confond pas de manière convaincante avec sa peau.

Tu laisses les autres marcheurs descendre vers le site funéraire avant de les suivre, avec prudence. Dans ces circonstances, Gerard conseillerait la prudence. Le soleil cogne sur ton crâne, tu aurais vite fait de glisser sur des pierres roulantes. Tu as mal dormi la nuit précédente, ta vision se brouille sur les côtés. Une cheville qui se tord, une chute qui foule un poignet, fissure un crâne – *Non.*

Tu es soulagée de constater que la majeure partie du site pueblo est interdite d'accès aux marcheurs, protégée par des clôtures. Mais tu es contrariée de voir qu'ils s'agglutinent près des ruines, prennent des photos avec leurs appareils, leurs téléphones portables.

Des *selfies* ! Un autel sacrificiel pueblo derrière un visage au sourire niais.

Mal à l'aise, tu te rends compte que *Kwer-vo* t'observe. Quand il ne s'adresse pas aux randonneurs, son visage marqué prend une expression de hauteur affable, de dédain.

L'un des randonneurs lui demande si les taches sur l'autel sont du sang humain et *Kwer-vo* réplique : « Non. Le dernier sacrifice remonte à des centaines d'années. »

Néanmoins, des taches sont visibles. Des photos sont prises.

De nouveau, tu remarques que *Kwer-vo* te regarde. T'observe.

Parce que tu es l'unique femme seule encore présente ? Ou – parce qu'il te connaît ?

Tu ne veux pas penser que le guide indien éprouve un intérêt particulier pour toi, un intérêt sexuel. Qu'il est curieux de *toi.*

Un frémissement au creux de ton ventre, moins un désir sexuel que la nostalgie de ce désir, de sa perte.

Mais je ne suis plus une femme. Je suis une veuve.

Tu as peur de t'humilier, une femme sans mari, une femme abandonnée. Une femme recherchant l'intérêt masculin d'où qu'il vienne.

Au milieu de rochers recouverts d'épaisses couches de sable émergent çà et là des totems des morts. Certains sont des formes abstraites et d'autres évoquent des figures humanoïdes. À moins que les formes abstraites, érodées par le temps, soient tout ce que le passage des siècles ait laissé subsister des formes humaines.

Au flanc de la colline, un peu plus loin, tu distingues vaguement le contour de trous creusés dans la roche, comme les alvéoles d'une ruche gigantesque. Des centaines, des milliers de ces trous. Étaient-ce des habitations pueblos primitives ou une extension des catacombes ?

Les vivants, les morts. Au point de *passage*, ils sont indifférenciables.

Cette terrible évidence te submerge, comme une eau sale montant jusqu'à ta bouche. Le site funéraire est la terre entière, la Mort est partout où tu poses le pied.

Un éclair de chaleur dans le ciel. Sans que personne semble s'en être aperçu, le ciel s'est chargé de nuages de pluie.

Pourtant, le soleil domine toujours. Des rais de soleil, illuminant des pans de l'autel en ruine.

L'un des randonneurs déclare à *Kwer-vo* d'un air contrit que la randonnée de Cold Spring Canyon est « sacrément plus fatigante » que ne le décrivait le guide. Il n'est pas sûr d'aller au bout des huit kilomètres, il devra peut-être renoncer bientôt… Une bonne chose que toutes les femmes et tous les enfants aient déjà rebroussé chemin.

Toutes les femmes ? Tu attends que *Kwer-vo* te désigne, toi, l'exception.

Un autre randonneur se félicite en plaisantant que les enfants aient rebroussé chemin si on fait ici des sacrifices d'enfants.

Une ombre passe sur le visage de *Kwer-vo*, car (bien sûr) ces bavardages l'irritent, mais (bien sûr) étant un guide salarié il est obligé de prendre ces remarques ineptes au sérieux.

Kwer-vo répond qu'on n'est pas « sûr à cent pour cent » des sacrifices qui étaient faits ici. Essentiellement des sacrifices d'animaux, pense-t-on. Et de « captifs », d'« ennemis ».

Est-ce vrai ? te demandes-tu. Au musée du comté d'Arriba, tu avais appris que des enfants pueblos, y compris des nourrissons, étaient parfois sacrifiés à Ishtikini et à d'autres dieux. Car à quoi rimerait de sacrifier autre chose que les êtres les plus précieux à votre dieu le plus précieux ? Un dieu se satisferait-il de moins ?

Mais tu ne vas pas contredire *Kwer-vo*, qui parle avec tant d'autorité.

Kwer-vo fait remarquer que l'on célébrait également des cérémonies de mariage, ici. Des baptêmes. Pas uniquement des *sacrifices*.

Des mariages ! Tu écoutes avec beaucoup d'intérêt.

Tu bois de l'eau à ta bouteille, qui tremble dans ta main. Une eau qui n'est plus fraîche, mais désagréablement tiède, une eau que tu imagines grouillante de microbes, de bactéries. L'intérieur de ta bouche est couvert d'une fine pellicule de poussière qui se prolonge dans ta gorge, tes poumons.

Est-ce le plan ? Un mariage. Puis – le passage…

Car tu vois Gerard. Sans souhaiter reconnaître que tu le vois.

Comment Gerard avait-il appelé ce phénomène – *vision aveugle*. Le cerveau voit ce que l'œil enregistre. Quoique le cerveau ne puisse pas toujours nommer ce que l'œil enregistre (en aveugle).

Tu n'as pas voulu regarder attentivement les autres randonneurs. Des coups d'œil en biais, rien de plus. Au musée d'Arriba tu l'avais également remarqué – le visage des gens qui t'entouraient était devenu flou, imprécis. Et maintenant, sur le site funéraire, tu es atteinte d'une sorte de rétrécissement du champ visuel, tu ne vois que droit devant toi ; ta vision périphérique a disparu.

Tu regardes fixement l'un des randonneurs, son visage de profil, net, reconnaissable entre tous : Gerard.

Tu es stupéfaite, frappée de paralysie. Une sensation de chaleur intense t'envahit, te mettant au bord du malaise. Le randonneur qui est resté le plus près de *Kwer-vo* depuis le début de la randonnée, que tu n'as pas essayé de dépasser, est Gerard – jusqu'à présent tu n'avais vu que son dos.

Mais bien sûr, cela semble évident maintenant : *Gerard*.

Tu pensais vaguement que ton mari t'attendrait quelque part sur le sentier. Ou sur le site funéraire.

Voilà pourquoi tu es ici, sur le site funéraire. Mais Gerard était au nombre des randonneurs depuis le départ, et tu ne t'en étais pas rendu compte.

Naturellement, il a changé depuis sa longue hospitalisation. Il est moins grand qu'il ne l'avait été – quoique toujours *grand* – et bien que son pas ait été régulier sur le sentier, il semble affligé d'une légère boiterie ; ce qui te rappelle qu'à l'hôpital tu l'avais vu marcher dans le couloir, quand il était encore capable de marcher, avec une légère boiterie, et tu avais ri d'étonnement car dans ces premiers temps tu étais souvent stupéfaite, étonnée, incrédule ; des émotions qui provoquent souvent le rire, un rire aigu, surpris, effrayé, et tu t'étais entendue demander à ton mari pourquoi diable il *boitait*, depuis quand il s'était mis à *boiter*, oh, mon Dieu – que voulait dire cette *boiterie* – et Gerard avait répondu, blessé, comme si ta question irréfléchie l'avait froissé, qu'il avait toujours eu une légère claudication, une vieille blessure au genou droit, mais que tu ne l'avais jamais remarquée parce qu'il s'efforçait de la dissimuler et parce que tu n'étais pas « préparée » à le voir boiter.

Mais maintenant sur le sentier du canyon Gerard boite, de façon flagrante. Il est l'un des marcheurs les plus âgés, quoique dans une forme impressionnante.

Tu remarques qu'il porte une chemisette blanche que tu crois reconnaître, un short de randonnée, et une casquette beige qui t'est familière… Tu pensais avoir rangé ces vêtements dans des valises, mais peut-être ne l'as-tu pas fait. À moins que, plus probablement, ils aient été laissés au Centre de cancérologie au moment du transfert de Gerard dans une clinique de rééducation où (te rappelles-tu vaguement) son dossier avait été perdu à cause d'une panne informatique…

Ton cœur cesse de battre : pourquoi Gerard semble-t-il ne pas te *voir* ?

Pourquoi te tourne-t-il aussi rigidement le dos, refusant de te reconnaître ?

(Mais il a assurément conscience de ta présence. Il t'a regardée à plusieurs reprises, tu n'y as pas fait attention. Entre lui et *Kwer-vo* il y a une sorte de complicité.)

Gerard va être le marié, est-ce là l'idée ? Et tu as été amenée ici pour être son épousée ?

À la différence de la cérémonie civile de Cambridge, célébrée par un secrétaire de mairie avec quelques parents pour seuls témoins, cette cérémonie sera un rituel sacré dans un lieu d'une beauté et d'une étrangeté surnaturelles.

Néanmoins, tu hésites à t'approcher de Gerard qui se tient toujours à l'écart, te tournant le dos. Tu vois clairement à présent qu'il t'attend. Il attend quelque chose. Il est le seul randonneur à ne pas avoir rôdé dans les ruines pour prendre des photos ; il n'a pas d'appareil (en évidence). (Mais tu as rangé l'appareil de Gerard dans une valise ! Avec autant de précaution que les cendres, en l'enveloppant dans des vêtements.)

Étrange, d'être frappée de timidité. Ou peut-être de peur. Tu restes figée sur place à une dizaine de mètres de Gerard tandis que les autres randonneurs continuent de sillonner le site comme des fourmis, te masquant parfois ton mari…

Plus haut, sur un promontoire dominant le site, mais à quelques mètres du bord pour être facilement vu des randonneurs, *Kwer-vo* fume une cigarette par bouffées rapides, accroupi sur les talons. Il a tourné la tête de biais, comme pourrait le faire un animal quand il mange hâtivement.

Tu es choquée de voir quelqu'un fumer dans le canyon, et particulièrement le guide indien ; tu es certaine d'avoir vu des panneaux qui l'interdisaient. Il y a des semaines qu'une alerte aux risques d'incendie est en vigueur à Santa Tierra et dans les environs.

Ishtikini prend de nombreuses formes. Ishtikini n'est pas ce qu'il semble.

Quand vous pensez à Ishtikini, repensez-y.

Les randonneurs remontent sur le sentier. Une montée ardue, bien plus longue qu'elle n'avait semblé à la descente.

Kwer-vo leur fait signe, te fait signe. Dépêchez-vous !

Il a décidé de rebrousser chemin, semble-t-il. De ne pas continuer. Car il y a un risque de pluie, peut-être de forte pluie. Un risque de crue subite dans le canyon.

Kwer-vo l'admet, le bulletin météo se trompait. Il a le visage sombre, mais son ton est enjoué : « Comme on dit dans ma langue – *Thsussa pia*. "Désolé-désolé." »

Est-ce authentique ? Du kiwaan ? Ou le guide (indien) au bandeau rouge insolent se moque-t-il de son auditoire (blanc) anxieux ?

Les premières gouttes de pluie tombent – lourdes, languides. Les randonneurs prennent avec empressement le chemin du retour.

Gerard, cependant, ne fait pas demi-tour avec les autres. Plein de défi, il poursuit sa progression sur le sentier sans une hésitation.

Cela aussi te choque. Mais tu n'as pas le choix, tu dois suivre Gerard, à dix mètres environ derrière lui.

Kwer-vo te hèle d'une voix inquiète : « Attendez ! Madame ! Il y a un gros risque d'averse, je conseille à tous les randonneurs de regagner le Lodge… »

Mais l'inquiétude de *Kwer-vo* ne semble pas très sincère. Ses excuses pour le bulletin météo erroné paraissaient elles aussi peu sincères, amusées.

Tu comprends : le guide indien vous donne, à Gerard et à toi, la permission de continuer sans les autres. Vous êtes choisis pour un destin particulier, Gerard et toi.

Vous aurez la bénédiction de *Kwer-vo* pour oser vous séparer des autres randonneurs insignifiants.

Tu ignores donc les appels de *Kwer-vo*. Emboites le pas à Gerard, espérant le rattraper. À la hauteur du site funéraire, le sentier s'est élargi jusqu'à faire près d'un mètre cinquante, mais il semble devoir bientôt se rétrécir de nouveau dans un enchevêtrement de rochers et de mesquites.

Timidement à présent, tu appelles – « Gerard ? C'est Michaela. Je suis derrière toi… »

Timide, excitée. Tremblant d'amour pour cet homme, et de peur.

« Gerard ? Je… je suis derrière toi… Attends-moi. »

Mais Gerard ne semble pas entendre. Il doit pourtant entendre une voix l'appeler par son nom…

Il ne ralentit pas son allure pour te permettre de le rattraper. C'est à toi qu'il appartiendra de le dépasser.

Parce qu'il me conduit au lieu de passage.

Parce que je dois le suivre, sans condition.

Tu te rappelles sa colère quand tu avais mis trop longtemps pour amener la voiture devant l'hôpital. Sa rage, son incrédulité lors de la première nuit que tu avais passée dans sa chambre d'hôpital, quand il avait essayé d'ôter le cathéter de son pénis et que tu avais osé tenter de l'en empêcher…

Mais Gerard paraît beaucoup plus calme, maintenant. Il est droit, déterminé. Il a dû entendre ta voix parce qu'il lève une main en signe de salut, sans toutefois tourner entièrement la tête vers toi.

Tu peux le voir, tu peux le reconnaître de profil. Mais il ne se tourne pas jusqu'à rencontrer ton regard.

Il aimerait. Mais il ne peut pas.

Tu dois lui faire confiance. La confiance est amour.

Il y a le commandement : ne pas se retourner. Ne pas adresser la parole à l'aimé. Tu ne dois pas attendre de Gerard qu'il te traite comme une enfant. *Confiance.*

Un grondement de tonnerre menaçant. Un bruit d'effondrement, à des kilomètres de distance. Néanmoins, les nuages les plus noirs ne sont pas (encore) au-dessus de vous.

Des gouttes de pluie discrètes comme de gros grains de raisin violet. Mais s'il y a des *gouttes*, on ne peut pas (encore) parler de *pluie*.

Sur le sentier qui se rétrécit et redevient difficile, Gerard avance d'un pas remarquablement régulier. Tu ne te rappelles pas avoir jamais vu ton mari marcher à ce rythme. Tu t'essouffles à essayer de le suivre. Alors qu'autrefois vous marchiez souvent côte à côte quand le chemin était assez large, Gerard fonce maintenant en tête.

Tu te rappelles avec un pincement de nostalgie que vous vous teniez souvent par la main quand vous marchiez ensemble. Le long du fleuve Charles. Dans les musées, les rues. Généralement c'était toi qui prenais la main de Gerard dans la tienne, et Gerard serrait alors la tienne en retour.

Si l'initiative venait rarement de lui, sa réaction était toujours chaleureuse quand tu lui prenais la main.

Mon cher mari. Mon chéri.

Pourquoi ne m'attends-tu pas…

Tes yeux larmoient toujours à cause du soleil, qui les a rendus douloureux. Son éclat brutal s'adoucit pourtant, car le vent charrie des nuages et, bientôt, une sorte de voile ou de brume le masquera entièrement.

« Gerard ? Je t'en prie, attends-moi… »

Tu ne supplies pas. Peut-être implores-tu, plaidant ta cause comme une épouse le ferait avec son mari, raisonnablement. Mais Gerard continue à marcher/boiter à vive allure. Le dos droit, intransigeant. La tête haut levée. On le croirait familiarisé avec ce sentier quelque peu dangereux, sans doute l'a-t-il déjà emprunté.

Tu glisses-dérapes dans une descente. Rien de plus traître qu'une descente abrupte.

De part et d'autre, des parois scarifiées, couleur de sang brûlé.

Une odeur de terre rocheuse, de mesquite. Sur les parois du canyon des stries curieuses évoquant d'antiques hiéroglyphes, les gribouillages d'un fou.

Les gouttes de pluie grosses comme des grains de raisin commencent à perdre leur forme discrète. Il ne s'agit plus de gouttes, mais de pluie.

Des rideaux de pluie. Une pluie battante.

Désespérément tu cries à Gerard de t'attendre. Tu as une peur panique de glisser sur les roches mouillées, de tomber et te blesser. Mais tu ne vois plus Gerard, la lueur blanche, sa chemise, a disparu.

Offre-toi à Ishtikini. Alors, Gerard te pardonnera.

Tu le sais : si la pluie continue à tomber aussi violemment, dans quelques minutes l'étroit canyon abrupt se muera en torrent.

Tu as été prévenue. D'innombrables fois. Des panneaux sur le sentier, des panneaux au Lodge. Tu avais vu, mais sans voir.

Déjà, tes chaussures sont trempées. Tes vêtements sont trempés, ton chapeau, tes cheveux.

Tu voudrais protester : jamais Gerard ne s'est montré cruel envers toi. Jamais il ne t'a abandonnée sur un sentier. Jamais il n'a ignoré tes cris, tes supplications.

Tu continues pourtant à avancer en trébuchant, descendant toujours. Tu te demandes presque si tu n'as pas pris une mauvaise bifurcation, désorientée par la pluie.

Si tu n'as pas perdu ton mari à jamais.

Il y a si longtemps que tu soupires après lui, à présent tu vas le rejoindre. À moins qu'il ne t'échappe, encore maintenant.

Chérie, je t'aime tant.

Suis-moi, fais-moi confiance.

Donne-moi ta main chérie. Vite !

Mais tu es apparemment perdue. Tu ne peux rejoindre Gerard, ne peux saisir sa main, il est quelque part devant toi, tu es haletante, épuisée. Toi qui te targuais d'être en bonne condition physique, en excellente forme pour ton âge, une coureuse, une bonne marcheuse, quelle vanité !

Impossible d'éviter les rochers qui barrent le sentier, tu dois les escalader tant bien que mal.

Jambes saignant de mille égratignures. Poumons en feu, visage mouillé de larmes qu'emporte la pluie.

Tu l'entends derrière toi, sans vouloir reconnaître ce que tu entends : une eau torrentielle.

Il t'est impossible de croire que Gerard t'abandonnerait au canyon. Au dieu charognard. Car n'y a-t-il pas un lien sacré entre vous, femme et mari, anéantis ensemble dans le *passage* ?

Au loin, un éclair blanc. La chemise blanche de Gerard, si loin que tu désespères.

« Gerard ! Gerard ! Attends-moi ! »

Il faut te rendre à l'évidence, tu ne peux suivre Gerard en ligne droite. Tu dois revenir à la bifurcation précédente et prendre le sentier que tu n'avais pas pris, à l'endroit où tu avais commis ton erreur (quasi fatale). Pourvu seulement qu'il ne soit pas trop tard, qu'il soit encore temps de réparer cette erreur.

Un fait amer: tu as beau voir ton mari devant toi à travers des rideaux de pluie, tu ne peux aller directement à lui, le revendiquer pour tien. Voilà le fait amer.

Tu trouves déroutant que Gerard continue à avancer à un tel rythme, même sous la pluie. Même en sachant (il doit savoir) que tu le suis. Sa boiterie ne ralentit pas son allure, mais semble au contraire l'accélérer. Pour compenser sa boiterie, il se déplace avec plus d'agilité. Il a le dos raide, inflexible. Tu te rappelles cette nuit de janvier, peut-être celle où tout avait commencé, le délitement, les erreurs, la supplication désespérée *Respire!* – il avait feint de dormir alors que tu désirais si intensément le serrer dans tes bras parce qu'il avait souhaité l'oubli du sommeil plus que l'amour d'une épouse à ce moment de votre vie.

Tu voudrais protester – *Mais je t'aime tant.*

Pas de vie sans toi.

Malgré tout tu persistes à croire que, si tu parviens à rattraper Gerard, à le forcer à te regarder en face, il te reconnaîtra comme tu le supplies de te reconnaître. Les mots lui seront arrachés – *Michaela! Bien sûr, moi aussi je t'aime.*

Tu dois faire comprendre à Gerard que tu as rejeté le monde pour lui. Tu avais voulu lui faire don d'une moelle osseuse précieuse, ce qui se rapproche le plus de l'âme. Et maintenant, *le moment du passage.* Tu es préparée à renoncer.

Mais des rideaux de pluie t'aveuglent. Tes cheveux, tes vêtements sont trempés. Tu grelottes, tes dents claquent, quelle folie ! Et où est Gerard ?

Tu cours, trébuches sous la pluie. Toujours une erreur de courir sur un sentier rocailleux et pourtant tu cours et sous la pluie tu tombes, tu tombes durement. Tu t'es tordu la cheville, tu gémis de douleur.

Terrorisée, tu entends le grondement de l'eau derrière toi. Pas le battement de ton sang dans ton crâne, mais une eau noire se ruant entre les parois cauchemardesques du canyon.

« Gerard ! Attends ! C'est moi – ta femme… »

Les mots que tu hurles sont des flèches, tu l'as atteint.

Des flèches dans son dos (en fuite).

Il n'est pas clair, ne sera pas clair si dans l'urgence du moment Gerard a conscience de ta présence ou s'il a simplement entendu ta voix, une voix, une voix si chargée d'angoisse, de désir qu'il ne peut plus l'ignorer, et dans le même instant la faiblesse s'abat sur lui comme un filet, il interrompt brutalement sa fuite pour se tourner, se tourner vers toi, pour *te* voir enfin, révélant le visage de ton mari exactement tel que tu te souviens de lui, une expression de désespoir, et cependant d'amour, qui te coupe le souffle dans l'instant même où arrivant derrière toi le flot torrentiel te submerge et t'emporte.

Mais il n'y a pas de Gerard, il n'y a pas de guide. Il n'y a personne.

Seule tu étouffes, halètes, avales de l'eau. Une eau sale montant jusqu'à tes cuisses, ventre, poitrine. Une eau tourbillonnante qui te fait perdre l'équilibre. Tu glisses, tu ne te raccroches à rien, tu tombes. Tentes avec tout ce qu'il te reste de force de t'arracher à la course folle de l'eau. En quelques minutes elle est montée d'un mètre cinquante, tu as parié et perdu. Tu es une gringa *stupide, tu vas mourir dans cet endroit reculé. Tout près, le rio de Piedras monte lui aussi, par centimètres, par dizaines de centimètres. Une pluie violente, jaillie du ciel. Tu es à bout de forces, épuisée. Tes membres sont de plomb. Tu perds connaissance. Tu perds le fil scintillant de toi-même. La vie qui a été* toi *depuis ta naissance, tu la perds, cette vie pâlit, vacille, suffoque, se noie. Au prix d'un effort herculéen, tu essaies de te soulever, chaque molécule de ton être s'efforce de vivre mais – ta force est insuffisante.*

Et puis, incroyablement, tu es debout – une fois encore, debout – alors que le courant fauche tes jambes ; alors que tu t'accroches à un rocher pour te redresser. Car tout ce qui compte c'est que tu respires – Respire ! *Alors qu'un flot torrentiel te malmène comme un amant brutal, te jette contre les rochers. Ton crâne se brise comme une coquille d'œuf. Le sang noir d'artères éclatées inonde ton cerveau. Ton dernier cri est étranglé, inaudible –* À l'aide ! Aide-moi, Gerard ! *– mais il n'y a personne.*

À cet instant, anéantie. Disparue.

60

Le départ

En attendant le taxi qui doit l'emmener à l'aéroport d'Albuquerque pour son vol de Boston de 11 heures, Michaela a relu plus d'une fois un court article en première page du *Santa Tierra Post*.

Les valises (remplies, fermées, étiquetées) attendent dans l'allée. Michaela attend sur le perron de la maison de Vista Drive.

Oui, trois kilos cent de restes cinéraires dans une urne. Le manuscrit, les notes de Gerard. Dans l'une des poches à fermeture Éclair, la lettre (toujours non lue) de Simon Khraw.

Défaillant de soulagement. Riant de soulagement. Respirant profondément comme elle s'était rarement permis de respirer à Santa Tierra, maintenant que l'étau du chagrin semble avoir entièrement disparu.

Les meurtrissures sur sa cage thoracique guériront, avec le temps. Ces égratignures (inexplicables) à l'intérieur de ses bras, de minces croûtes qui sécheront et tomberont bientôt.

Michaela est soulagée de quitter la maison de Vista Drive, bouillon de culture de souvenirs cauchemardesques. Tellement soulagée !

Bien que le ciel soit clair comme du verre lavé, transparent et rien derrière – absolument rien. Un parfum de lavande l'enveloppe, douceâtre comme l'éther. Du ravin derrière la maison les cris de perroquets sauvages qui (suppose-t-elle) vont lui manquer à Cambridge.

Valises idiotes. Pourquoi se donner la peine de les emporter.

La maison de location, propriété de l'Institut de recherche avancée de Santa Tierra, est fermée, verrouillée ! Michaela n'y remettra plus jamais les pieds. Quel soulagement de quitter enfin la maison, de mettre les clés dans une enveloppe laissée dans la boîte aux lettres pour Iris Esdras.

(Innocemment elle avait induit Iris Esdras en erreur. En lui disant qu'elle, Michaela, ne partait pas pour l'aéroport avant 11 heures et que par conséquent si Iris voulait passer, comme elle l'avait dit à plusieurs reprises, elle pouvait le faire à 10 h 30, Michaela serait ravie de la voir et de lui faire ses adieux.)

Dans la maison, « en sécurité », l'un d'entre eux peu respectueusement enveloppé dans une serviette, les dieux-démons.

Fini. Plus jamais.

Terminé !

Michaela sirote un café. Du café noir, une consolation. Michaela parcourt le *Santa Tierra Post*, livré quotidiennement à la maison, mais qu'elle n'avait jamais lu pendant les mois de son séjour ici.

Atterrée de découvrir dans le coin inférieur gauche de la première page un court article intitulé :

MORT D'UNE FEMME NON IDENTIFIÉE EMPORTÉE PAR UNE CRUE SUBITE, COLD SPRING CANYON

Les sauveteurs du comté d'Arriba ont découvert le corps d'une randonneuse non identifiée dans Cold Spring Canyon hier après-midi, emportée par une crue subite après les pluies torrentielles d'une intensité exceptionnelle d'hier.

La victime a été décrite par le médecin légiste du comté comme une femme blanche d'une trentaine d'années aux cheveux châtains mi-longs, pesant environ cinquante kilos et mesurant un mètre soixante-dix. On n'a retrouvé sur elle ni portefeuille ni papiers d'identité. La plupart de ses vêtements lui ont été arrachés par la crue et n'ont pu être localisés.

On a trouvé de l'eau dans les poumons de la victime, mais sa mort serait principalement due à un grave traumatisme crânien ainsi qu'au sang perdu par de multiples lacérations.

Les employés du parc ont informé les sauveteurs que la victime avait poursuivi la randonnée après qu'instruction eut été donnée aux randonneurs de revenir à leur point de départ. Le sentier a été fermé peu après. Les employés du parc ont recherché la randonneuse sans succès avant d'être contraints par la crue à rebrousser chemin.

Il n'a pas été retrouvé pour l'instant à Canyon Lodge de véhicule appartenant à la victime non identifiée.

Des crues subites ont emporté des sections de plusieurs routes du comté d'Arriba et entraîné la fermeture à la circulation de la route 25 sur plusieurs kilomètres pendant une grande partie de la journée d'hier.

Neuf personnes ont été hospitalisées, mais jusqu'à présent on ne déplore que le seul décès de la randonneuse non identifiée de Cold Spring Canyon.

Le shérif du comté d'Arriba demande à toute personne ayant des informations permettant d'identifier la victime de bien vouloir appeler le 505-493-2201.

Michaela lit, relit cet article. Elle est atterrée, glacée.

Il lui paraît particulièrement triste que la femme n'ait pas été identifiée. Pas de papiers d'identité, pas de portefeuille. Vêtements arrachés.

Sa famille doit s'inquiéter de sa disparition. Quelqu'un doit s'inquiéter.

Une mort terrible, emportée par un torrent, entre les parois impitoyables d'un canyon.

Vite, Michaela replie le *Santa Tierra Post*, le met de côté. Jamais plus elle ne lira le *Santa Tierra Post*.

Ses mains tremblent. Elle est glacée. Mais il ne sert à rien de se tourmenter pour une inconnue qui maintenant, un jour plus tard, a peut-être été identifiée…

Le taxi est arrivé ! Michaela se lève d'un bond, débordante de joie.

Le coffre du taxi s'est ouvert. Michaela aide le chauffeur à mettre les valises dans le coffre, sa force étonne le jeune Hispanique. Et deux valises sont placées à l'arrière, à côté de Michaela.

« Aéroport d'Albuquerque, madame ? Oui ? »

Oui ! Le premier matin de la nouvelle vie de Michaela.

61

Une voix issue d'un nuage de fièvre

Une main étreint la tienne. Une main sèche et chaude étreignant ta main glissante et humide.

Quelqu'un t'enjoint – *Respire !*

Penché sur toi, suppliant – *Respire !*

Cligne des yeux si tu entends. Cligne des yeux si tu es (encore) en vie.

Cligne plisse tâche de voir qui se penche sur toi en suppliant – *Respire !*

Chéri je t'aime tant tiens ta main.

N'abandonnerai jamais

DE LA MÊME AUTRICE
(suite)

Délicieuses Pourritures

AUX ÉDITIONS STOCK
La Fille tatouée
Je vous emmène
Hudson River
Infidèle
Johnny Blues
Mon cœur mis à nu
Blonde
Man Crazy
Nous étions les Mulvaney
Zombi
Corky
Confessions d'un gang de filles
Le Goût de l'Amérique
Le Rendez-Vous
Solstice
Cette saveur amère de l'amour
Souvenez-vous de ces années-là
Les Mystères de Winterthurn
L'Homme que les femmes adoraient
Eux
Bellefleur
Une éducation sentimentale
Le Pays des merveilles
Mariages et Infidélités
Le Jardin des délices
Marya
La Légende de Bloodsmoor
Haute Enfance
Aile de corbeau
Amours profanes

AUX ÉDITIONS DU FÉLIN
Un amour noir
Au commencement était la vie

AUX ÉDITIONS TRISTRAM
De la boxe

AUX ÉDITIONS LES ALLUSIFS
Le Triomphe du singe-araignée

Mise en pages :
Anne Offredo, Valravillon

Cet ouvrage a été achevé d'imprimer
en août 2022 dans les ateliers de
Normandie Roto Impression s.a.s.

N° d'imprimeur : 2203184
Dépôt légal : octobre 2022
ISBN : 978-2-84876-963-9
Imprimé en France